Marie Force
Bis du mich küsst

Montlake

Das Buch

Es ist ihr erster Tag in Miamis größter Klinik, und die attraktive Carmen steht bereits vor einer großen Herausforderung: Sie soll sich um den brillanten Neurochirurgen Dr. Jason Northrup kümmern. Er ist eine Koryphäe auf seinem Gebiet – und bringt aus New York jede Menge Probleme mit.

Für seinen Neuanfang in Florida braucht er Carmen. Und Carmen braucht diesen Job. Was aussieht wie eine klassische Win-win-Situation, hält einiges an Gefühlschaos bereit. Denn Carmen trauert noch immer ihrer großen Liebe hinterher, die sie viel zu früh verloren hat. Und das passt einfach nicht zu den Gefühlen, die Jason in ihr auslöst …

Die Autorin

Marie Force ist Autorin von über 80 zeitgenössischen Liebesromanen, von denen etliche sich auf den Bestsellerlisten der New York Times, der USA Today und des Wall Street Journal platziert haben. In deutscher Sprache sind bisher die erfolgreichen Reihen »Gansett Island«, »Quantum« und »Neuengland« erschienen.

Marie Force wurde in Rhode Island geboren, wo sie auch heute wieder mit ihrem Mann und ihren zwei fast erwachsenen Kindern lebt.

Marie Force

Bis du mich küsst

MIAMI NIGHTS

Roman

Aus dem Amerikanischen
von Lotta Fabian

 Montlake

Die amerikanische Ausgabe erschien 2020 unter dem
Titel »How Much I Feel« bei Montlake, Seattle.

Deutsche Erstveröffentlichung bei
Montlake, Amazon Media EU S.à r.l.
38, avenue John F. Kennedy, L-1855 Luxembourg
Februar 2021
Copyright © der Originalausgabe 2020
By HTJB, Inc.
All rights reserved.
Copyright © der deutschsprachigen Ausgabe 2021
By Lotta Fabian

Die Übersetzung dieses Buches wurde durch Amazon Crossing ermöglicht.

Umschlaggestaltung: bürosüd⁰ München, www.buerosued.de
Umschlagmotiv: © Roy Conchie / Alamy Stock Photo;
© MNStudio / Alamy Stock Photo;
© PokkO / Shutterstock
Lektorat: Ute-Christine Geiler, Birte Lilienthal, Agentur Libelli GmbH
Gedruckt durch:
Amazon Distribution GmbH, Amazonstraße 1, 04347 Leipzig /
Canon Deutschland Business Services GmbH, Ferdinand-Jühlke-Str. 7,
99095 Erfurt /
CPI books GmbH, Birkstraße 10, 25917 Leck

ISBN 978-2-49670-536-2

www.montlake.de

KAPITEL 1

Carmen

Es hat genau einen Tag gedauert, bis sich mein Traumjob in einen Albtraum verwandelt hat. Wobei das eigentlich noch großzügig ausgedrückt ist. In Wirklichkeit ist dafür bloß ein fünfzehnminütiges Treffen mit dem Krankenhausdirektor notwendig gewesen, und schon sind jahrelanges Studium, Planung und Träume durchs Fenster in den sengend heißen Sonnenschein Floridas hinausgeflogen.

Nirgendwo in der ausführlichen Stellenbeschreibung, die mir bei meiner Bewerbung um den Job der stellvertretenden Leiterin der Öffentlichkeitsarbeit am Miami-Dade General Hospital ausgehändigt wurde, ist das Wort »Babysitter« aufgetaucht. Okay, wir wollen ehrlich sein: Wenn ich gewusst hätte, was wirklich von mir erwartet werden würde, würde ich jetzt nicht in der brennenden Vormittagssonne stehen und darauf warten, dass Dr. Jason Northrup sich bequemt, zu seinem ersten Arbeitstag zu erscheinen.

»Alles, was er will oder braucht, besorgen Sie ihm«, hat mich Mr Augustino angewiesen. »Halten Sie ihn einfach nur von den Büros in der Chefetage fern.«

»Aber heute ist doch auch mein erster Tag. Wäre es nicht besser, jemanden zu nehmen, der sich hier schon auskennt, damit er ihn herumführt?«

»Ich möchte, dass Sie das tun«, hat er erwidert und mir damit keinen Ausweg gelassen.

»Soll ich ihn herbringen, damit er mit Ihnen sprechen kann?«

»Ich bin den ganzen Tag lang mit dem Vorstand beschäftigt. Lassen Sie ihn bloß nicht in die Nähe des Konferenzraums.«

An der ganzen Sache stinkt etwas gewaltig. Warum rollt das Krankenhaus nicht den roten Teppich aus, um Dr. Northrup willkommen zu heißen? Mr Augustino hat Northrup als erstklassigen Facharzt für Kinderneurochirurgie bezeichnet. Wenn so jemand keinen roten Teppich verdient, wer dann? Am allerverwirrendsten daran ist aber, dass Mr Augustino etwas derart Wichtiges ausgerechnet dem jüngsten Neuzugang in seinem Team anvertraut, anstatt es persönlich zu übernehmen.

Da mir diese Aufgabe so kurzfristig übertragen wurde, hatte ich keinerlei Zeit, irgendwelche Nachforschungen anzustellen, sodass ich völlig unvorbereitet und deswegen irgendwie missgestimmt bin, während ich auf Northrups Ankunft warte. Mr Augustino hat mir ein Foto von einem sündhaft gut aussehenden Mann mit dunkelblondem Haar, goldbraunen Augen und einem attraktiven Dreitagebart in die Hand gedrückt. Ich kann mir gut vorstellen, was für ein Typ dieser Northrup ist: privilegiert, verwöhnt und immer mit allem durchgekommen. Und jetzt ist es mein Job, ihn zu bauchpinseln und ihm das Gefühl zu vermitteln, willkommen zu sein.

Nachdem ich jahrelang als Kellnerin gejobbt und auf echte Kinder aufgepasst habe, um mich durch College und Uni zu bringen, ärgert es mich, dass ich jetzt einen erwachsenen Mann babysitten soll. All die sorgfältig ausgedachten Ideen für Marketing und Öffentlichkeitsarbeit, die ich mir zurechtgelegt hatte, um meine neuen Chefs von Tag eins an zu beeindrucken, befinden sich immer noch in der ledernen Aktentasche, die ich an meine Brust drücke, obwohl sie völlig nutzlos geworden ist angesichts des Jobs, mit dem man mich an meinem ersten Tag betraut hat.

Eine Sache, die man dem Miami-Dade General Hospital zugutehalten muss, ist, dass das Gelände einfach wunderschön ist: üppiges Grün, bunte Blumenbeete und weite Rasenflächen, die dank eines ausgeklügelten automatischen Bewässerungssystems selbst in der größten Sommerhitze immer frisch und saftig aussehen.

Natürlich kommt der gute Arzt zu spät, was mir viel zu viel Zeit dafür lässt, meine begrenzten Möglichkeiten zu überdenken, während ich versuche, in der schwülen Luft des Junivormittags nicht dahinzuschmelzen, auch wenn meine Achseln feucht werden und mein mühsam geglättetes Haar sich prompt wieder zu locken beginnt. Ich könnte zur Personalabteilung gehen und erklären, dass der Job doch nichts für mich ist. Mit weniger als einem Tag Dauer würde er nicht mal in meinem Lebenslauf auftauchen, vor allem da ich gerade erst die Formulare ausgefüllt habe, die für die Aufnahme meiner Daten in die Buchhaltungssoftware und die Sozialversicherungssysteme des Krankenhauses benötigt werden. Ich könnte immer noch alles abbrechen.

Aber dann fällt mir wieder ein, wie stolz meine Eltern und meine Großmütter waren, weil ich nach meiner jahrelangen Ausbildung eine so gute Stelle gefunden habe. Nachdem ich nach Tonys Tod wieder zu Hause eingezogen war, stehe ich endlich erneut auf eigenen Füßen, habe mir ein Apartment in Kendall gemietet, in der Nähe des Krankenhauses. Und dann ist da noch der Schrank voller Businesskostüme und Hosenanzüge, die ich mir angeschafft habe, damit ich bei der Arbeit ein professionelles Bild abgebe. Dass ich das alles bezahlen kann, hängt direkt mit meinem neuen, üppigen Gehalt zusammen, das ich natürlich nicht bekomme, wenn ich kündige.

Alles hinzuschmeißen ist also keine Option.

Vor allem nicht, wenn ich dem Job von vornherein keine Chance gebe. Außerdem bin ich niemand, der schnell das Handtuch wirft. Meine geliebte Abuela wäre so enttäuscht. Sie und meine genauso geliebte Nona haben sich fast mehr über diesen Job gefreut als ich. Nicht zu vergessen, dass mein oberstes Ziel stets gewesen ist, dafür zu sorgen, dass Tony stolz auf mich sein kann. Ich bin davon überzeugt, dass er irgendwo um mich ist, und ich möchte, dass er sieht, ich lebe nicht nur weiter, sondern bringe es auch zu etwas, anstatt sofort aufzugeben, wenn es mal schwierig wird. Ich kann nicht alle in meinem Leben enttäuschen, indem ich dieser Gelegenheit einfach den Rücken kehre.

Da ertönt das Dröhnen eines Sportwagens und lenkt meine Aufmerksamkeit auf die lange Einfahrt zum Haupteingang der Klinik. Ungläubig beobachte ich, wie ein schwarzes Porsche-Cabrio die halbrunde Auffahrt hochkommt. Hinter dem Steuer sitzt Northrup, eine Blondine in einem sexy roten Kleid neben ihm.

»Was für ein Klischee«, sage ich halblaut, während er das Auto dicht vor mir zum Stehen bringt.

Er steigt elegant aus dem Wagen, groß, muskulös und sogar noch attraktiver als auf dem Foto. Habe ich etwas anderes erwartet? Als er auf mich zugeht, setzt er ein selbstsicheres Lächeln auf, und natürlich muss mein gesamter Körper augenblicklich zum Leben erwachen. Jede Zelle in mir scheint laut »Halleluja« zu singen, und meine Brustspitzen richten sich auf, was mich furchtbar wütend macht.

Ich möchte nicht, dass irgendein Teil von mir in irgendeiner besonderen Weise auf irgendeinen Teil von ihm reagiert, aber ich müsste schon tot sein, um diesen Mann nicht wahrzunehmen.

Und während ich die letzten fünf Jahre mehr oder weniger in einem Zustand der Betäubung verbracht habe, ist Dr. Northrup der lebende Beweis, dass ich weiterhin eine Frau aus Fleisch und Blut bin.

Er schiebt die Wayfarer-Sonnenbrille hoch auf sein von der Fahrt im Cabrio zerzaustes blondes Haar. Bei ihm ist »zerzaust« sexy. Seine goldbraunen Augen funkeln, sein Lächeln könnte geradewegs aus einer Zahnpastawerbung stammen, und sein Körper ... Wow. Er muss genauso viele Stunden im Fitnessstudio zugebracht haben wie an der Uni.

Mir fällt auf, dass ich ihn anstarre, doch ich sehe mich außerstande, den Blick abzuwenden. Habe ich je in meinem Leben einen attraktiveren Mann zu Gesicht bekommen? Der Gedanke fühlt sich irgendwie respektlos an gegenüber der Erinnerung an den einzigen Mann, den ich je geliebt habe, und reißt mich aus meiner Erstarrung.

Ich räuspere mich und umklammere meine Aktentasche fester, halte sie vor mich, um den Beweis für meine alberne Reaktion auf ihn zu verbergen. »Dr. Northrup?«

»Ja, das bin ich. Und Sie?«

»Carmen.« Ich strecke ihm eine Hand hin, von der ich hoffe, dass sie nicht schweißfeucht ist. »Carmen Giordino, stellvertretende Leiterin der Abteilung für Öffentlichkeitsarbeit. Willkommen im Miami-Dade General Hospital.«

»Freut mich, Sie kennenzulernen, Ms Giordino.« Irgendwie verwandelt er das Ergreifen meiner Hand, das leichte Drücken und Wieder-Loslassen in etwas Erotisches, das mich erneut atemlos macht.

Ich hasse es, dass er mich dazu bringt, so auf ihn zu reagieren, wie es seit seiner Pubertät vermutlich jede Frau, die auch bloß einen Funken Leben im Körper hatte, getan hat. Ich hasse ihn sogar noch mehr, als ich feststelle, dass er mir einen

Fünfzigdollarschein in die Hand gedrückt hat. Ich will ihn gerade fragen, wofür der sein soll, als er es mir erklärt.

»Tun Sie mir einen Gefallen, und bringen Sie Betty in die Cafeteria, kaufen Sie ihr was zum Frühstück, und rufen Sie ihr ein Taxi«, teilt er mir mit gesenkter Stimme mit, sodass nur ich ihn höre.

»Aber …«

»Hat man Sie nicht gebeten, mich in Empfang zu nehmen und sich um meine *Bedürfnisse* zu kümmern?«

Wie er das Wort »Bedürfnisse« betont, lässt ein Bild von ihm, verschwitzt und nackt und mir ausgeliefert, vor meinem geistigen Auge erstehen, was mich nur noch wütender macht. Ich bin nicht sicher, auf wen ich das mehr bin – auf ihn oder auf mich selbst. Ich spüre, wie mein Gesicht heiß wird, und als ich den Mund öffne, um ihm eine angemessene Antwort auf seine unverschämte Bitte zu geben, kommt kein Laut heraus.

»Im Moment besteht mein *Bedürfnis* darin, dass Sie sich um sie kümmern.« Er blickt mich flehend an, und ich muss mich zusammenreißen, um ihm nicht stehenden Fußes in die Arme zu sinken. »Okay?«

Es ist schlimm genug, den Auftrag zu erhalten, Babysitter für einen Neurochirurgen zu spielen, doch dann gebeten zu werden, Babysitter für sein dümmliches Betthäschen zu sein, ist noch mal eine völlig andere Geschichte. »Es tut mir leid, ich bin nicht bereit …«

Ohne mich zu beachten, dreht er sich um und winkt Betty zu uns auf den Bürgersteig. »Kommst du? Das hier ist Carmen Giordino. Sie zeigt dir, wo die Cafeteria ist, und besorgt dir ein Taxi zum Flughafen.« Er gibt der Blondine einen Kuss auf die Wange. »Es war nett, dich kennenzulernen, aber jetzt muss ich los. Die Arbeit ruft.«

»Vielen, vielen Dank für alles, Jason«, sagt Betty, den Blick bewundernd auf sein makelloses Gesicht gerichtet.

Northrup schenkt ihr seine Version eines aufrichtigen Lächelns. »War mir ein Vergnügen.«

Ich verdrehe die Augen, stelle mir vor, was in diesem Fall wohl zu »alles« gehören mag. Der Stich der Eifersucht, der mich unvermittelt trifft, ärgert mich nur noch mehr. Was kümmert es mich, wenn sie mit ihm im Bett war?

Er wirft mir seine Autoschlüssel zu, und ich muss sie entweder fangen oder werde am Kopf getroffen. Ich fische sie in letzter Sekunde, bevor das passiert, aus der Luft. »Können Sie den Angestelltenparkplatz finden und Priscilla dort parken?« Mit einem Zwinkern fügt er hinzu: »Danke, ich schulde Ihnen einen Gefallen.« Mit einem Nicken zu Betty zeigt er wieder sein strahlendes Lächeln. »Oder vielleicht auch zwei.«

»Wo wollen Sie denn hin?«

»Ich schaue mich mal ein bisschen an meinem neuen Arbeitsplatz um. Wir sehen uns später.«

»Aber ich soll doch …« Ich breche ab, als ich merke, dass ich mit seinem Rücken rede. Also muss ich jetzt auf eine Wasserstoffperoxid-Blondine und einen Porsche 911 aufpassen? Dieser Tag wird besser und besser. Ich bin noch nie stolzer auf die Jahre gewesen, in denen ich mich am College und an der Uni abgerackert habe, als in diesem Moment.

Auf mein leises Knurren hin weicht Betty ein paar Schritte zurück, stolpert etwas auf ihren High Heels. »Ich hab eigentlich gar keinen Hunger.« Ihr albernes Gekicher nagt an meinen Nerven.

Ich lockere den Griff um die Aktentasche und lasse die Arme sinken, fühle mich nach nur einer Stunde in meinem neuen »Traumjob« völlig erschlagen.

Bettys Augen werden rund, und ihre roten Lippen formen ein O.

»Was denn?« Ich schaue an mir hinab und sehe, worauf Betty starrt. Das »Leder« meiner Aktentasche hat auf mein noch

11

nicht bezahltes Kostüm abgefärbt. Ich stoße einen wütenden Frustschrei aus.

»Ich bin sicher, die chemische Reinigung kriegt das raus.« Bei Bettys freundlichem Lächeln fühle ich mich schlecht wegen der gemeinen Sachen, die ich über die unschuldige Zeugin des krachenden Scheiterns meiner hoffnungsvollen Karriere gedacht habe.

Ich entscheide, dass ich nichts zu verlieren habe, wenn ich Betty auf meine Seite ziehe, also blicke ich zu der anderen Frau hoch, die dank ihrer Zehn-Zentimeter-Absätze über mir aufragt. »Darf ich fragen, wie Sie ihn kennengelernt haben?«

»Das war ein total komischer Zufall.«

Ach, ist es das nicht immer?

»Ich war da an diesem Gepäckdingsda am Flughafen und habe auf meine Koffer gewartet, die nicht gekommen sind, und auf meinen Freund, inzwischen Ex-Freund, der nicht aufgetaucht ist, um mich abzuholen.« Betty wischt sich eine Träne weg. »Dann konnte die Fluggesellschaft mir vor heute früh keinen Flug nach Hause buchen. Ich hab all mein Geld ausgegeben und zudem meine Kreditkarte bis zum Limit belastet, um hierherzufliegen und den Mistkerl zu treffen, der mich dann einfach hat sitzen lassen. Kein Gepäck, kein Geld, kein Mistkerl. Jason hat mich weinen sehen und gefragt, ob er helfen kann. Gott sei Dank war er da, sonst hätte ich am Flughafen übernachten müssen. Er hat mich sogar zum Essen eingeladen und mir eine Flasche von meinem Lieblingswein gekauft.«

»Und was hat er im Gegenzug für diese Freundlichkeit erwartet?« Die Frage ist mir entschlüpft, bevor ich sie zurückhalten kann. Entsetzt über mich selbst, will ich mich gerade für diese grobe Unhöflichkeit entschuldigen, als Betty auch schon weiterredet.

»Nichts.« Sie wirkt nicht im Geringsten beleidigt von meiner Frage, worauf sie jedes Recht hätte. »Er hat mir einen

Riesengefallen getan und im Gegenzug nichts verlangt. Er hat sogar auf dem Sofa geschlafen, damit ich sein Bett haben konnte. Dann hat der Wecker auf seinem Handy nicht geklingelt. Jason war also am ersten Tag im neuen Job spät dran und hatte furchtbaren Stress. Wissen Sie zufällig, wie viel Uhr es ist? Mein Flug nach Philadelphia geht um halb elf. Und ich würde vorher gerne nachfragen, ob mein Gepäck aufgetaucht ist.«

Ich zücke mein Handy, sehe, dass es fast neun ist, werfe einen Blick zum Porsche. »Steigen Sie ein.« Ich überlege kurz, ob es möglich ist, am ersten Tag gefeuert zu werden. Nun, das werde ich wohl rausfinden müssen. Ich nehme auf dem aufgeheizten Ledersitz hinter dem Lenkrad Platz und streife mir die Pumps von den Füßen, damit ich die Kiste hier fahren kann. Der Wagen springt mit einem Brummen an, das durch meinen Körper vibriert, mich an das Prickeln erinnert, das sein Besitzer in mir ausgelöst hat. Das Auto riecht so, wie er es vermutlich tut – nach Zitrus, Gewürzen und sexy Mann.

Ich bin dankbar, dass Tony mir auf der Highschool beigebracht hat, Autos mit Gangschaltung zu fahren. Das wird sich nun auszahlen.

Wenn meine Hände schon vorher schweißfeucht waren, dann sind sie inzwischen richtig nass, als ich den Sportwagen, der mehr kostet, als ich in zehn Jahren verdiene, über die volle Schnellstraße lenke. Dr. Northrup hat mich gebeten, den Porsche zu parken, nicht, damit fünfzehn Kilometer zum Flughafen und noch mal fünfzehn wieder zurück zum Krankenhaus zu fahren. Was, wenn ich irgendwo entlangschramme? Bei dem Gedanken wird mir ganz anders, so wie auch bei der Vorstellung, was die feuchte Luft und der Fahrtwind wohl mit meinem Haar anstellen, das ich vorhin eine volle Stunde lang mühsam geglättet habe.

Plötzlich fällt mir siedend heiß ein, dass ich überhaupt nicht dazu gekommen bin, Seiner Königlichen Hoheit zu sagen, dass er sich von den Büros der Krankenhausleitung fernhalten soll. Er wird doch nicht von sich aus hingehen, oder? O Gott, ich hoffe, dass er sich vor allem für die Operationssäle, die Ausstattung und die Labore statt für den Verwaltungstrakt und die Besprechungszimmer interessiert.

Mr Augustino hat mich beauftragt, für Jason Northrup den Babysitter zu spielen. Der hat mich direkt an Betty durchgereicht. Eigentlich befolge ich also meine Anweisungen, indem ich Betty zum Flughafen bringe, oder? Ich rede mir ein, dass das hier irgendwie unter den Punkt »Sonstige Pflichten nach Anweisung« fallen muss.

Für den höchst unwahrscheinlichen Fall, dass Betty je nach Südflorida zurückkehrt und einen medizinischen Notfall erleidet, wird sie sich an die gute Behandlung durch eine Mitarbeiterin des Miami-Dade General erinnern. So. Heute habe ich Öffentlichkeitsarbeit vom Feinsten abgeliefert.

»Das ist wirklich total nett von Ihnen«, sagt Betty, als wir die Ausfahrt zum Flughafen nehmen.

»Kein Problem.« Wenige Minuten später halte ich auf der Ebene für Abflüge an und atme erleichtert auf, weil ich mit dem Auto heil hier angekommen bin.

O mein Gott!

Meine Handtasche mit meiner Brieftasche, dem Führerschein und meinem Handy befindet sich in der obersten Schublade meines Schreibtischs in meinem neuen Büro. Also kann ich mich auf der Rückfahrt auch noch mit der Sorge herumschlagen, dass ich mit einem »geborgten« Auto ohne Führerschein erwischt werden könnte. Wunderbar!

Der Polizist, der den Verkehr im Haltebereich dirigiert, wählt ausgerechnet diesen Moment, um seine Trillerpfeife zu benutzen, was mich so erschreckt, dass ich mit dem Fuß von der Kupplung rutsche. Das Auto macht einen Satz nach vorne, und ich verfehle den Wagen vor mir um ungefähr einen Zentimeter. Jetzt ist es offiziell – bevor dieser Tag vorbei ist, werde ich einen Nervenzusammenbruch erleiden. Hoffentlich bin ich schon wieder zurück im Krankenhaus, wenn das passiert.

Betty beugt sich vor, reckt den Hals, um den Abstand zwischen unserer Stoßstange und der des Autos vor uns zu begutachten. »Oh, das war knapp.«

»Ja, leider.«

»Ich geh dann mal, damit Sie schnell zurück zur Arbeit können.«

»Es war nett, Sie kennenzulernen. Und es tut mir leid, dass Ihre Reise so unerfreulich war.«

»Es war ja nicht alles schlimm«, erwidert Betty mit einem Achselzucken. »Ich habe schließlich rausgefunden, dass es noch wirklich nette Menschen auf der Welt gibt, die bereit sind, einer Fremden in Not beizustehen.«

Wieder einmal stelle ich fest, dass der erste Eindruck irreführend sein kann. »Nehmen Sie das hier.« Ich reiche ihr den Fünfziger von Northrup. »Er hat mir das für Ihr Frühstück und das Taxi gegeben.«

Betty betrachtet das Geld unsicher. »Es würde sich irgendwie nicht richtig anfühlen, sein Geld zu nehmen, nachdem er mir schon so sehr geholfen hat.«

»Sehen Sie sich sein Auto an. Ich wette, Sie brauchen das mehr als er. Also keine Sorge. Außerdem können Sie ihm, wenn Sie zu Hause sind, ins Krankenhaus schreiben und ihm das Geld zurückzahlen.«

Bei diesem Vorschlag strahlt Betty auf. »Das mach ich. Danke noch mal, Carmen.«

»Gern geschehen.« Ich beobachte, wie Betty ins Terminal hastet, so gut jemand auf zehn Zentimeter hohen High Heels hasten kann. Ihrem Blödmann von Freund ist da ein echtes Juwel durch die Lappen gegangen, so viel steht fest.

Ich richte meine Aufmerksamkeit wieder auf die vor mir liegende Aufgabe, die darin besteht, Dr. Jason Northrups Porsche ohne Zwischenfall, Beule oder Kratzer zurück zum Krankenhaus zu bringen – und das alles möglichst, ohne im Knast zu landen.

KAPITEL 2

Carmen

Die Metalltür fällt mit einem lauten Scheppern ins Schloss, das mich zusammenfahren lässt. Ich blicke zwischen den Gitterstäben hindurch und muss lachen. So habe ich mir meinen ersten Tag im neuen Job ganz bestimmt nicht vorgestellt. Und dabei war es nicht einmal meine Schuld. Das Auto vor mir ist ins Schleudern geraten, weshalb ich mich erschreckt und das Lenkrad verrissen habe. Natürlich hat der Verkehrspolizist im Streifenwagen hinter mir bloß *mein* Schleudern gesehen und mich rausgewunken.

Als ich weder meinen Führerschein noch einen Beleg dafür vorzeigen konnte, dass ich die Erlaubnis hatte, das Cabrio zu fahren, hat mir der Polizist erklärt, ihm bliebe nichts anderes übrig, als mich auf die Wache mitzunehmen und den Porsche zu beschlagnahmen, bis ich meinen Führerschein und den Beweis, dass ich das Auto nicht gestohlen habe, vorlegen kann.

Bei dem Gedanken, meine Eltern könnten herausfinden, dass ich im Knast sitze, erstirbt jeglicher Drang, zu lachen, dafür beginnen meine Hände zu zittern. Ich bin noch nie verhaftet worden, saß noch nie hinter Gittern. Wie konnte es nur so weit kommen?

Sie haben mich im Krankenhaus anrufen lassen – also da, wo heute der erste Tag in meinem Traumjob begonnen hat –, sodass ich eine Nachricht für Dr. Northrup hinterlassen konnte. In der habe ich ihn gebeten, der Polizei zu bestätigen, dass ich seinen Porsche nicht geklaut habe. Es war ziemlich heikel, die Vorstandssekretärin dazu zu bewegen, den neuen Neurochirurgen aufzuspüren, auf den ich eigentlich aufpassen sollte, damit er den Cops erklärt, dass ich sein Auto nicht gestohlen habe.

Ich überlege, wie sich das wohl später in meinem Arbeitszeugnis lesen wird.

Wenn er den Anruf tätigt und mich aus dem Arrest erlöst, muss ich den Porsche, den er Priscilla nennt, dort abholen, wohin sie ihn abgeschleppt haben. Himmel, was, wenn sie den Wagen dabei beschädigt haben? Wird Northrup von mir erwarten, dass ich die Reparatur bezahle? Und wie viel wird es kosten, das Auto zurückzubekommen?

Und was, wenn er sagt, dass ich sein Auto tatsächlich gestohlen habe, da er mir ja schließlich nicht wirklich erlaubt hat, damit das Krankenhausgelände zu verlassen? Es ist also durchaus möglich, dass ich eine Weile hierbleiben muss. Als mir das bewusst wird, drehe ich mich einmal um mich selbst und betrachte die winzige Zelle. Wenigstens wirkt sie einigermaßen sauber. Sobald ich die Toilette an der Wand hinten entdecke, verspüre ich das dringende Bedürfnis, sie zu benutzen. Aber die Vorstellung, das zu tun, solange mich jeder sehen kann, ist einfach zu schrecklich, daher bin ich entschlossen, es so lange auszuhalten, bis ich unbeobachtet bin.

Ich lasse mich vorsichtig auf der schmalen Bank nieder. Was, wenn niemand mich hier rausholt? Was, wenn Northrup das Auto als gestohlen meldet? Was, wenn mir nichts anderes übrig bleibt, als meine Eltern anzurufen, damit sie mich auslösen? Bei dem Gedanken, dass sie herkommen müssen, regt sich Übelkeit in mir.

Ich hab keine Ahnung, wie lange ich hier bin. Dem unangenehmen Druck auf meiner überstrapazierten Blase nach zu urteilen, muss es über eine Stunde sein.

Das Prickeln auf meiner Haut ist das erste Anzeichen dafür, dass Jason Northrup vor meiner Zelle steht.

»Was für eine Überraschung, Sie hier vorzufinden.« Er beehrt mich mit dem sexy Lächeln, das bereits vorhin meinen Herzschlag hat rasen lassen und von dem mir ganz heiß geworden ist.

Ich bin stinksauer auf mein Herz und den Rest meines Körpers.

Ich springe auf, was ich wegen des bereits erwähnten Zustands meiner Blase besser hätte bleiben lassen. »Ich habe Ihr Auto nicht gestohlen.«

»Wie konnte es dann auf der I-95 beschlagnahmt werden?«

»Ich hab Betty zum Flughafen gebracht. Sie haben mir gesagt, ich soll mich um sie kümmern. Sie hat erklärt, ihr Flug ginge um halb elf. Wenn ich erst ein Taxi gerufen hätte, hätte sie es nicht rechtzeitig geschafft.«

Sein Blick gleitet von meinem Gesicht nach unten zu meinem Busen, was meine Brustspitzen sofort bemerken.

Jetzt bin ich auch auf sie sauer.

Er richtet seine goldbraunen Augen wieder auf mein Gesicht. »Was ist mit Ihrer Jacke passiert?«

Okay, also hat er auf den Fleck geschaut, den die Aktentasche hinterlassen hat, nicht auf meinen Busen. Versuche das mal jemand meinen Brüsten klarzumachen. »Betriebsunfall.«

Seine Augenbrauen ziehen sich zu einer gestrengen Linie zusammen, die ebenso sexy ist wie all seine anderen

19

Gesichtsausdrücke. »Und warum zappeln Sie so rum, als hätten Sie Ameisen in der Hose?«

Ich kann nicht glauben, dass ich das tatsächlich ausgerechnet ihm erklären muss. »Ich muss aufs Klo, wenn Sie es unbedingt wissen müssen.«

Er blickt zu der Toilette in der Zelle und dann wieder zu mir.

»Das wird nicht passieren. Bitte sagen Sie, dass Sie meine Handtasche dabeihaben, damit ich hier rauskann.«

Er deutet auf die Handtasche unter seinem Arm, die ich bisher gar nicht bemerkt hatte.

Ein Polizist tritt zu ihm und schließt die Zelle auf.

Ich habe es so eilig, hier rauszukommen, dass ich glatt stolpere.

Northrup streckt den Arm aus, um mich zu stützen, und einen entsetzlichen Moment lang fürchte ich, die Kontrolle über meine Blase zu verlieren.

»Bitte verraten Sie mir, wo ein Klo mit Tür ist.«

Er fasst mich am Ellbogen und führt mich über den Flur zu den Toiletten im Eingangsbereich.

Ich hab keine Zeit, lange darüber nachzudenken, ob es klug ist, mich von ihm anfassen zu lassen, aber mein Körper hat einiges dazu zu sagen: Prickeln, Gänsehaut, aufgerichtete Brustspitzen … Und alles, was er getan hat, war, seine Hand um meinen Ellbogen zu legen. Das ist *nicht* gut – und es ist so absolut bizarr. Ich habe in meinem ganzen Leben noch nie auf irgendjemanden so reagiert wie auf ihn, und das ärgert mich nur noch mehr. Mein verstorbener, geliebter Ehemann verdient entschieden mehr Respekt, als er von mir bekommt, seit Jason Northrup aufgekreuzt ist.

In der Toilette zerreiße ich mir in meiner Hast auch noch meine Strumpfhose. Als ich schließlich am Waschbecken stehe, erhasche ich einen kurzen Blick auf mein Spiegelbild, doch das reicht schon, um wildes krauses Haar zu sehen, das ich der Fahrt in einem Cabrio in der feuchtwarmen Luft Südfloridas zu verdanken habe.

Ich stütze mich mit den Händen auf das Waschbecken, nehme mir kurz Zeit, um mich zu sammeln, wappne mich gegen die alberne Anziehung, die ich Dr. Jason Northrup gegenüber empfinde, der so was von überhaupt nicht mein Typ ist, dass es nicht mal mehr komisch ist, und bereite mich darauf vor, nach dem kurzen Ausflug ins Gefängnis gleich an meinem ersten Arbeitstag meinen Kollegen und Kolleginnen gegenüberzutreten. Was für ein furioser Auftakt meines Berufslebens.

Meine Reaktion auf ihn ist mir nicht geheuer. Es ist Jahre her, dass ich etwas erlebt habe, das sich auch nur entfernt wie Verlangen angefühlt hat. Ich hatte beinahe vergessen, wie es ist.

Tony ist schon so lange tot, dass es mir manchmal vorkommt, als sei das alles bloß ein Traum gewesen. Die Erinnerungen an ihn und die Zeit, die wir gemeinsam verbracht haben, verblassen allmählich, sosehr ich mir auch wünsche, dass es anders wäre. Ich habe furchtbare Angst davor, ihn zu vergessen, und meine Reaktion auf Dr. Northrup vermittelt mir das Gefühl, dem Mann untreu zu werden, der mich von ganzem Herzen geliebt hat.

Ich kann mich zu Jason Northrup nicht hingezogen fühlen. Nicht auf diese Weise. Er ist ein Arbeitskollege und daher tabu.

Außerdem, jeder Typ, der so aussieht wie er, einen Porsche fährt und den Beruf Gehirnchirurg ausübt, muss das romantische Äquivalent zu Giftsumach sein. Das sollte ich nie vergessen und mich darauf konzentrieren, den Schaden wiedergutzumachen, den ich meiner knospenden Karriere an einem einzigen katastrophalen Vormittag zugefügt habe.

Ich versuche bei meinem Haar zu retten, was zu retten ist – was leider nicht besonders viel ist –, verlasse die Toiletten entschlossenen Schrittes und laufe direkt in die unnachgiebige

Brust von Dr. Jason Northrup hinein. Verdammt, natürlich riecht er so gut wie sein Auto. Besser, wenn ich ehrlich sein soll. Mit einem Seufzen versuche ich mich damit zu trösten, dass auch dieser Tag irgendwann vorbei sein wird.

»Besser?« Das neckende Lächeln sendet einen köstlichen Schauer über meinen Rücken – wie vermutlich über den jeder Frau im Universum, die nicht tot ist.

Ich mache einen Schritt von ihm weg, zwinge ihn dadurch, meinen Arm loszulassen. »Viel besser. Kann ich gehen?«

»Sie müssen den Strafzettel bezahlen und Papiere unterschreiben.«

»Ich krieg einen Strafzettel?« Bislang habe ich noch nie einen bekommen, nicht mal für falsches Parken.

»Ich fürchte schon. Sie sind ohne Führerschein unterwegs gewesen.«

»Aber ich besitze doch einen. Ich hatte ihn nur nicht bei mir.«

»Und genau das ist das Problem.« Er nickt zu dem Fenster hin, hinter dem mit ausdrucksloser Miene ein Polizist steht und auf mich wartet. Northrup zieht meine Handtasche unter seinem Arm hervor und reicht sie mir.

»Wie sind Sie hergekommen?«

»Ich hab mir ein Taxi gerufen.«

»Und Ihr Auto?«

»Das ist beschlagnahmt. Darum kümmern wir uns gleich.«

Ich überschlage schnell im Kopf und komme zu dem Ergebnis, dass ich nach der Zahlung der Kaution für mein Apartment und den Ausgaben für meine neue Garderobe noch ungefähr vierhundert Dollar auf meiner Kreditkarte habe. Alles, was mehr kostet, bringt mich in Schwierigkeiten. »Wie viel wird es wohl kosten, es auszulösen?«

»Keine Ahnung. Aber vermutlich werden wir das gleich herausfinden.«

Ich schlucke krampfhaft und gehe zu dem Schalter, hoffe, Northrup bemerkt die Laufmasche in meiner Strumpfhose nicht. Beinahe, als hätte ich ihm die Idee in den Kopf geschrien, spüre ich die Hitze seines Blickes auf meiner Haut und frage mich, ob er wohl mit der gleichen verwirrenden Reaktion auf mich zu kämpfen hat wie ich bei ihm. Dann beschließe ich, die Antwort darauf nicht wissen zu wollen.

»Hier bitte unterschreiben«, sagt der Polizist mürrisch.

Meine Unterschrift ist so zittrig wie der Rest von mir nach einer Stunde im Knast.

»Das sind dann dreihundertzwanzig Dollar.«

Ich schnappe nach Luft. »Nur für das Fahren ohne Führerschein?«

»Und das Überqueren der durchgezogenen Linie.«

»Aber das musste ich machen, damit ich nicht mit dem Auto neben mir zusammenstoße, das zuerst ausgeschert ist.«

Der Polizist sieht mich an, und sein Mund klappt auf. »Carmen?«

Mein Blick zuckt zu seinem Namensschild. Paulson. Oje. Er war Tonys Sergeant während seines ersten Jahres im Job.

»Was tun Sie denn hier? Hey, Jungs, das ist D'Alessandros Ehefrau Carmen.«

Ein paar der anderen Polizisten, die ich nicht wiedererkenne, kommen rüber, um mich zu begrüßen, fragen, wie es mir geht und was ich hier tue.

Bevor ich all die Fragen beantworten kann, zerreißt Paulson den Strafzettel. »Sie hätten bloß etwas sagen müssen. Das hat sich alles erledigt.«

»Oh, danke.« Die Geste und der Grund dahinter rühren mich zu Tränen, was ich im Moment gar nicht gebrauchen kann. Ich zwinge mich, die Fassung zu bewahren, mich nicht von der Trauer überwältigen zu lassen. Nicht, wo ich so viel anderes habe, worum ich mich kümmern muss, wie beispielsweise den

Arzt hinter mir, der mein Verlangen weckt, einfach indem er atmet.

»Ihr Freund Dr. Northrup hat uns versichert, dass das alles nur ein Riesenmissverständnis ist.«

»Ach, hat er das?«

»Ja, habe ich«, bestätigt Jason. »Sie hatte die Erlaubnis, mein Auto zu benutzen.«

»Bei der Gebühr für das Auslösen des Wagens aus dem Gewahrsam kann ich allerdings nichts tun«, erklärt der Sergeant. »Da sind mir die Hände gebunden.«

»Keine Sorge«, sagt Jason zu dem freundlichen Mann. »Wir kümmern uns drum. Kommen Sie, Carmen. Lassen Sie uns aufbrechen.«

»Es war wirklich schön, Sie zu sehen, Carmen. Ich denke oft an Sie und … Nun, ich denke oft an Sie. Ich hoffe, es geht Ihnen so weit gut.«

»Danke. Ich komme klar. Normalerweise.«

»Freut mich zu hören.« Der Sergeant lächelt mir mitfühlend zu. »Schauen Sie ruhig mal wieder vorbei, okay?«

»Nun, ich hoffe, das wird dann aber unter angenehmeren Umständen sein.«

Paulson lacht. »Wenn Sie je wieder festgenommen werden, sagen Sie uns, wer Sie sind. Wir kümmern uns um unsere Leute.«

»Es ist gut, das zu wissen.« Ich war so verängstigt von der Erfahrung, verhaftet zu werden, dass mir überhaupt nicht in den Sinn gekommen ist, irgendjemandem zu erzählen, wer ich bin. Tony und ich waren nicht lang genug verheiratet, dass ich überall offiziell meinen Namen hätte ändern lassen, was der Grund ist, weshalb es den Polizisten, die mich festgenommen haben, nicht aufgefallen ist. Das und die Tatsache, dass sie vermutlich noch auf der Highschool waren, als Tony gestorben ist. »Danke noch mal.«

»Kein Problem. Die Verwahrstelle ist zwei Blocks weiter in dieser Richtung.« Er deutet nach links.

»Das werden wir finden.«

Erneut fasst Dr. Northrup mich am Ellbogen, um mich aus der Polizeiwache zu dirigieren.

Ich nehme mir vor, seine Hand abzuschütteln, ihm zu sagen, dass er mich loslassen soll, dass ich sehr wohl dazu imstande bin, ohne seine Hilfe zu gehen. Doch als ich aus der klimaanlagengekühlten Wache in den warmen Sonnenschein hinaustrete und mir klar wird, dass ich tatsächlich in einer Arrestzelle eingesperrt war, beginne ich erneut zu zittern.

»Alles ist gut.«

Ich klammere mich an seinen beruhigenden Tonfall, obwohl ich mir fest vorgenommen habe, mich von der Versuchung fernzuhalten, die er darstellt. Während er mir tröstend mit der Hand den Rücken reibt, versuche ich mir einzureden, dass es egal ist, dass er sofort meine Stimmung wahrgenommen hat und genau das gesagt hat, was ich hören musste.

»Es ist vorbei. Keine große Sache.«

»Sicher. Keine große Sache. Und wenn meine Mutter heute Abend anruft, um zu fragen, wie mein erster Tag so gelaufen ist, sollte ich da die Stippvisite im Gefängnis erwähnen?«

»Vermutlich möchten Sie den Teil lieber weglassen. Sie könnten ihr erzählen, dass Sie während der Arbeitszeit in einem Porsche gefahren sind. Das ist aufregend.«

Ich schaue zu ihm und sehe, dass er mich mit einer freundlichen Miene betrachtet, begleitet von dem charmanten Lächeln, das in mir spontan den Wunsch weckt, mich ihm an den Hals zu werfen. Unsere Blicke begegnen und verfangen sich, während eine seltsame Spannung zwischen uns entsteht, wie elektrischer Strom, und es ist klar, er fühlt es ebenfalls. Doppelt toll und ein Grund mehr, Abstand von ihm zu halten.

Gegen den entschiedenen Protest meines Körpers rücke ich von ihm ab. »Ich kann allein gehen.«

»Gerne.«

»Danke.«

»Eines Tages werden Sie über all dies lachen können, das ist Ihnen schon klar, oder?«

»Das bezweifle ich doch sehr. Wir Giordinos werden nicht verhaftet. Wir werden nicht in Handschellen abgeführt, und wir werden auch nicht erkennungsdienstlich behandelt, Polizeifoto eingeschlossen. Wir werden nicht einer Leibesvisitation unterzogen und in eine Arrestzelle gesperrt.«

»Die haben eine Leibesvisitation gemacht?«

Ich ertrage es nicht, daran auch nur zu denken. »Ja.«

»Überall?«

»So gut wie. Ich musste meine Oberbekleidung ablegen, um zu zeigen, dass ich keine verdeckten Waffen am Körper trage.« Das war mit Abstand der peinlichste Moment meines Lebens.

»Hm.«

»Was soll das heißen? ›Hm‹?«

»Ich sehe das nur gerade vor meinem geistigen Auge, Sie in vernünftiger weißer Baumwollunterwäsche, und finde es durchaus … reizvoll.«

Ich wirbele zu ihm herum, bereit, ihn zu boxen oder ihm wenigstens eine Ohrfeige zu verpassen, aber sein Lächeln ist nicht selbstgefällig. Es ist sogar kein bisschen selbstgefällig, sondern eher gequält, und als ich einen Blick nach unten riskiere, verstehe ich, warum. Was sich an der Vorderseite seiner Hose abzeichnet, ist ziemlich beeindruckend. Sehr beeindruckend und sehr erregt. Bei dem Gedanken an mich in Unterwäsche. O Gott.

»Ich trage keine vernünftige weiße Baumwollunterwäsche«, teile ich ihm knapp mit, wütend auf mich selbst, weil ich hingeschaut habe. Aus Gründen, mit denen ich mich später

26

auseinandersetzen werde, wenn ich weit weg von ihm bin, ist es mir wichtig, dass er weiß, dass meine Unterwäsche weder weiß noch aus Baumwolle ist.

»Umso besser.« Er fährt mir mit einem Finger über die Wange, und bei der zärtlichen Berührung durchzuckt mich eine Flamme, die jede einzelne meiner Körperzellen mit Licht und Energie auflädt.

Verblüfft und zutiefst beunruhigt von meiner Reaktion auf ihn, mache ich einen Schritt zurück. »Ich weiß nicht, was für ein Spiel Sie hier zu spielen glauben ...«

Er lässt seine Hand sinken. »Kein Spiel. Das Letzte, was ich im Moment gebrauchen kann, sind irgendwelche romantischen Verwicklungen.«

»Gut. Dann haben wir das ja schon mal gemeinsam. Also fassen Sie mich besser nicht mehr an.«

»Entschuldigung.«

Wir legen die Strecke zur Verwahrstelle für beschlagnahmte Autos schweigend zurück, und erst unmittelbar bevor wir beim Tor ankommen, fragt er: »Worum ging es vorhin? Warum hat er Ihren Strafzettel zerrissen?«

»Ich ... äh ... kannte mal jemanden bei der Polizei.« Den wichtigsten Jemand in meinem Leben, den ich unendlich geliebt und dann auf furchtbare Weise verloren habe. Jäh durchzuckt es mich, wirft mich zurück in die dunkelsten Tage meines Lebens. Trauer ist manchmal komisch. Sie kann einen aus dem Nichts überfallen, einem mit schmerzlichen Erinnerungen förmlich ins Gesicht schlagen, sodass sie einem auch noch fünf Jahre später den Atem rauben.

»Geht es Ihnen gut?«

Ich nicke, weil das alles ist, was ich tun kann.

Drinnen erfahren wir, dass sie sechshundert Dollar für das Auto wollen. Bevor ich das verdauen kann, reicht Jason seine schwarze American-Express-Karte über die Theke.

»Ich zahle das zurück.«

Irgendwie.

Ich hätte Betty ein Taxi rufen sollen. Mein sorgsam kalkuliertes Budget lässt keinen Raum selbst für minimale Ratenzahlungen zur Abtragung einer Schuld von sechshundert Dollar. Ich werde ein paar zusätzliche Schichten im Restaurant übernehmen müssen. So viel also dazu, dass ich dachte, meine Kellnerinnenkarriere sei zu Ende, jetzt, wo ich einen guten Job ergattert habe.

»Machen Sie sich deswegen keine Sorgen. Ich muss zurück zum Krankenhaus, können wir das daher möglichst schnell über die Bühne bringen?«

»Gern«, erwidere ich mit zusammengebissenen Zähnen, weil er mich daran erinnert, dass diese Katastrophe auch auf *seinen* ersten Tag im neuen Job ungünstige Auswirkungen hat. Ich trete einen Schritt zurück, damit er auf der Quittung unterschreiben kann. Ich schaue verstohlen auf seine Unterschrift und stelle fest, dass sie für einen Arzt erstaunlich lesbar ist, weise mich aber sogleich zurecht, dass mich das nicht zu interessieren hat.

Nachdem einer der Mitarbeiter den Porsche geholt hat, geht Jason einmal um den Wagen herum und überprüft ihn auf mögliche Schäden.

Ich ringe die Hände und spreche im Geiste zwei Ave-Maria, während ich auf sein Urteil warte. »Ist da … Hat jemand …«

»Sieht gut aus.«

Vermutlich hört man mein erleichtertes Seufzen bis nach Broward County.

Jason öffnet die Beifahrertür und bedeutet mir, einzusteigen.

Ich atme zischend ein, als die Rückseiten meiner Beine die Ledersitze berühren.

»Vorsicht, der Sitz ist vielleicht heiß.«

»Oh, danke für die rechtzeitige Warnung.«

Weil ich irgendetwas mit meinen Händen tun muss, greife ich nach dem Sicherheitsgurt und schnalle mich an, während er hinter das Lenkrad gleitet. Hier sitze ich in dem sexysten Auto der Welt neben einem Mann, der sehr gut der sexyste Mann der Welt sein könnte, und meine Haare sehen aus wie ein sturmzerzaustes Vogelnest, ich hab Brandblasen an den Beinen, Laufmaschen in meiner Strumpfhose und einen rechteckigen Farbfleck vorne auf meiner neuen, teuren Kostümjacke. Das alles kann auch nur mir passieren.

»Ich werde Ihnen das so schnell wie möglich zurückzahlen.« Und wenn ich dafür in den nächsten Wochen jeden Abend kellnern muss, ich werde ihm alles bis auf den letzten Cent erstatten.

»Sie können mich eigentlich genauso gut in Naturalien bezahlen.«

KAPITEL 3

Carmen

Ich starre ihn mit offenem Mund an.

»Machen Sie den Mund zu, und hören Sie auf, so was Schmutziges zu denken.« Sein leises Lachen ist sexy und nervig zugleich. »So verlockend Ihre Idee auch sein mag, das meine ich nicht.«

Ich spüre, wie mein Gesicht heiß wird, und das liegt nicht an der sengenden Sonne, die von einem wolkenlosen Himmel auf uns niederbrennt. »Sie wissen doch gar nicht, was ich gedacht habe!«

»Oh, bitte. Als ob man Ihnen nicht jeden einzelnen Gedanken an der Nasenspitze ablesen könnte.«

»Das stimmt überhaupt nicht!«

»Aber so was von.«

»Ich wusste gar nicht, dass Neurochirurgen so unreif sein können.«

Das entlockt ihm ein weiteres Lachen. »Es ist unsere kindliche Genialität, die uns so charmant und liebenswert macht.«

Ich verdrehe die Augen. »Ja, klar.« Eigentlich erstaunlich, dass bei seinem aufgeblähten Ego in dem kleinen Auto überhaupt noch Platz für mich ist. Nur gut, dass das Verdeck offen ist.

»Was ich gemeint habe, ist, dass ich Ihre Hilfe brauche.«

»Sie brauchen meine Hilfe? Wobei denn bitte?« Ich kann es gar nicht erwarten, seine Antwort zu hören.

»Mein Ruf ist ernsthaft beschädigt. Ich muss das in Ordnung bringen, und zwar schnell.«

Der Schmerz, der in seiner Stimme mitschwingt, macht mich neugierig. Ich kenne solchen Kummer selbst, und trotz bester Absichten, distanziert zu bleiben, ertappe ich mich dabei, dass ich mich auf meinem Sitz umdrehe, damit ich ihn besser ansehen kann. Und, wow … Er hat die Wayfarer-Sonnenbrille aufgesetzt, eine Hand liegt lässig auf dem Lenkrad des PS-starken Wagens, und die Ärmel seines gebügelten Oberhemdes sind hochgekrempelt, was den Blick freigibt auf die feinen goldblonden Härchen und eine teure Armbanduhr am linken Handgelenk.

»Worum geht es? Was ist passiert?«

»Wenn wir zurück im Büro sind, geben Sie meinen Namen bei Google ein. Da kann alle Welt es haarklein nachlesen – selbst der Vorstand des Miami-Dade General.«

Ich schnappe nach Luft. »Sie haben sich mit dem Vorstand getroffen?«

Er stößt ein kurzes Lachen aus. »Wenn man das so nennen möchte.«

»O Gott.« Ist es eigentlich möglich, am selben Tag im Gefängnis zu landen und gefeuert zu werden? Ich befürchte, das werde ich herausfinden. Mein Magen sackt nach unten. Wenn ich an die Party denke, die meine Familie zur Feier meines neuen Jobs im Restaurant veranstaltet hat … Ich kann einfach nicht vor sie treten und ihnen erklären, dass alles schon am ersten Tag den Bach runtergegangen ist.

»Was ist?«

31

»Mr Augustino hat darum gebeten, dass ich … äh … dafür sorge, dass Sie niemandem aus dem Vorstand über den Weg laufen.«

Seine Hand schließt sich fester ums Lenkrad. »Großartig«, stöhnt er. »Das hätten Sie vielleicht erwähnen sollen.«

»Als hätten Sie mir dazu eine Chance gelassen …« Ich denke daran, wie er mir die Schlüssel zugeworfen und dazu auch gleich die Verantwortung für seine Freundin aufgehalst hat, und ich runzele die Stirn. »Warum erzählen Sie mir nicht einfach, was los ist?«

»Weil ich möchte, dass Sie sehen, womit ich zu kämpfen habe, bevor Sie meine Seite der Geschichte hören.«

»Reden wir von was Persönlichem oder was Beruflichem?«

»Persönlich. Überaus persönlich.«

Da ist etwas an der Art und Weise, wie er das sagt … Ich möchte kein Interesse verspüren. Ich möchte *nicht* wissen, was für persönliche Angelegenheiten seinen Ruf ruiniert haben. Okay, ich will es doch wissen. Ich will es so dringend wissen, dass ich mich sehr zusammenreißen muss, um ihn nicht zu bitten, mir sein Handy zu leihen, damit ich sofort im Internet nachschauen kann.

Meine Gedanken wirbeln durcheinander, zahllose Szenarien und Möglichkeiten schießen mir durch den Kopf, nichts davon angenehm. Ich hab beinahe Angst davor, was ich über ihn erfahren werde. Aus irgendeinem seltsamen Grund möchte ich nichts lesen, was mich am Ende dazu zwingen wird, ihn für immer zu verabscheuen. Mir ist der freundliche, rücksichtsvolle Mann, den Betty mir beschrieben hat, viel lieber als der arrogante, eingebildete Mistkerl, mit dem ich eigentlich gerechnet hatte.

»Bitte nicht vergessen«, sagt er und blickt mich an, »Sie dürfen nicht alles glauben, was Sie da lesen. Es gibt bei jeder Geschichte auch eine andere Seite.«

Seine Worte machen mich nervös.

Wir erreichen das Krankenhaus, finden den Parkplatz für Angestellte und organisieren einen Benutzerausweis für ihn, was angesichts des bisherigen Verlaufs meines Tages überraschend glattgeht. Als der Porsche auf dem ihm zugewiesenen Platz steht, hält mich Northrup zurück, als ich aussteigen will. »Es war falsch von mir, Sie zu bitten, sich um Betty zu kümmern, aber ich möchte Ihnen für die Hilfe danken.«

»Obwohl Ihr Wagen abgeschleppt wurde und es Sie mehr als sechshundert Dollar gekostet hat, ihn auszulösen?«

»Sie zahlen es mir ja zurück, und dem Auto ist nichts passiert.«

»Mit der Rückzahlung könnte es eine Weile dauern, vor allem, wenn ich gefeuert werde.«

»Warum sollten Sie gefeuert werden?«

»Hallo? Ich habe die einzige Aufgabe, mit der mein Chef mich betraut hat, spektakulär in den Sand gesetzt und bin zu allem Überfluss an meinem ersten Tag im Job im Knast gelandet. Wenn er mich nicht feuert, ist das ein verdammtes Wunder.«

»Von der Sache mit dem Knast weiß er ja gar nichts«, beruhigt mich Jason. »Mona hat versprochen, es niemandem gegenüber zu erwähnen.«

»Mona?«

»Die Chefsekretärin, die Ihren Anruf vom ... äh ... Revier angenommen hat. Als es ihr gelungen war, mich aufzuspüren, und sie mir erklärt hatte, was los war, habe ich sie um Stillschweigen gebeten.«

»Und ich bin sicher, sie war nur zu gern bereit, Ihnen Ihren Wunsch zu erfüllen.« Ich kann nicht verhindern, dass jedes Wort, das ich zu ihm sage, einen verächtlichen Unterton hat. Typen wie er können jede Frau, der sie begegnen, dazu kriegen, zu tun, was sie wollen, einfach indem sie sie mit ihrem Schlafzimmerblick anschauen.

»Sie hat mir versichert, dass sie niemandem davon erzählen wird. Ich dachte, das sei Ihnen wichtig.« Sein Achselzucken vermittelt mir das Gefühl, es sei kleinlich von mir, dass ich seine Methoden infrage stelle. Wie gelingt es ihm eigentlich nur, mich gleichzeitig gegen ihn aufzubringen und dafür zu sorgen, dass er mir ans Herz wächst? Von dem emotionalen Hin und Her bekomme ich noch ein Schleudertrauma. »Und übrigens mag ich Ihr Haar lockig, so wie jetzt.«

Ich hebe eine Hand, um das Katastrophengebiet zu glätten. »Jetzt machen Sie sich auch noch über mich lustig.« Ich steige aus dem Auto und knalle die Beifahrertür zu, eile zum nächsten Eingang und spüre dabei einen Luftzug an dem Loch von meiner Laufmasche.

Jason holt mich ein. »Das stimmt doch gar nicht. Ich mag Ihr Haar wirklich gerne lockig. Warum ist das ein Kapitalverbrechen?«

»Weil es nicht lockig ist. Es ist kraus. Und es sieht schrecklich aus! Ich habe heute Morgen eine Stunde damit verbracht, es zu glätten – alles umsonst.«

»Ich finde es nicht kraus, sondern lockig. Und sexy.«

»Sie sollten sich besser mal Ihre Augen untersuchen lassen, bevor Sie in den Gehirnen von anderen Leuten herumstochern, wenn Sie finden, dass mein Haar im Moment gut aussieht.«

Er muss lachen, und natürlich steht ihm auch das. »Erstens ›stochere‹ ich nicht in den Gehirnen von Leuten herum, und zweitens finde ich, dass es so auf jeden Fall besser ist als vorher, als es ganz glatt war und so ernst gewirkt hat.«

»Ich fürchte, Sie machen es mit jedem Wort nur schlimmer.«

»Und Sie sollten lernen, ein Kompliment einfach zu akzeptieren.«

Wenn wir nicht unmittelbar vor dem Eingang zum Krankenhaus stehen würden, würde ich vielleicht der Versuchung nachgeben und schreien oder meinen Glanzleistungen des heutigen Tages die hinzufügen, auf den neuen Neurochirurgen einzuschlagen. Er treibt mich in den Wahnsinn – auf mehr als eine Weise. In der Lobby steigen wir zusammen in den Fahrstuhl. Ich drücke den Knopf für die fünfte Etage und warte, dass er sein Stockwerk auswählt. Als er das nicht tut, blicke ich ihn an.

»Wo wollen Sie hin?«

»Zu Mr Augustino, um herauszufinden, was der Vorstand in meiner Sache beschlossen hat.«

»In Ihrer Sache? Was soll das heißen?«

Er lehnt sich in entspannter Haltung gegen die rückwärtige Wand der Aufzugkabine, beißt aber überhaupt nicht entspannt die Zähne zusammen und presst die Lippen aufeinander. »Offenbar gab es eine schwierige Diskussion darüber, ob ich hier überhaupt praktizieren darf.«

»Sind Sie nicht angeblich ein erstklassiger Kinderneurochirurg?«

»Angeblich schon.«

»Also warum sollten sie Ihnen irgendwelche Steine in den Weg legen?«

»Googeln Sie mich. Das werden Sie sehr erhellend finden.«

In der Vorstandsetage begrüßt uns die Frau, von der ich annehme, dass es Mona ist, mit einem mitfühlenden Blick für mich und einem begehrlichen für Jason. »Es tut mir so leid«, flüstert sie mir zu. »Ich hab niemandem was gesagt.«

»Vielen Dank.« Mir wird klar, dass sich ohne Jasons Geistesgegenwart die Nachricht von meinem Ausflug in den Knast wie ein Lauffeuer verbreitet hätte und ich gleich an meinem ersten Arbeitstag die Lachnummer der Verwaltung gewesen wäre.

»Ist das im Gefängnis passiert?«, erkundigt sich Mona und deutet auf den Fleck auf meiner Kostümjacke.

Den hatte ich fast vergessen. Komisch, wie die eine Katastrophe im Vergleich mit den anderen, die danach gekommen sind, an Bedeutung verloren hat.

»Das war ein Betriebsunfall«, erklärt Jason ernst.

»Oh.« Monas Augen werden ganz groß, während sie versucht, sich vorzustellen, was für einen Betriebsunfall ich wohl gehabt haben könnte. Ich schätze, sie ist Anfang fünfzig und ledig, denn sie trägt keinen Ring an der linken Hand. Sie hat ein liebes, rundliches Gesicht und einen unvorteilhaft fransigen Haarschnitt. An Jason gewandt sagt sie: »Mr Augustino hätte für Sie Zeit, wann immer es Ihnen passt.«

»Nun«, antwortet er mit dem charmanten Lächeln, das mich innerlich dahinschmelzen lässt, »dann auf in den Kampf. Drücken Sie mir die Daumen.«

»Viel Glück«, erwidert Mona, offensichtlich restlos bezaubert.

»Ja.« Ich muss mich räuspern. »Viel Glück.«

Er winkt uns kurz zu und macht sich auf den Weg zum Büro des Krankenhausdirektors, das am anderen Ende des Flurs liegt.

»Er ist einfach ein Traum, oder?« Mona schaut ihm nach, bis er ihrem Blick entschwunden ist.

Da das Letzte, worüber ich reden möchte, Dr. Jason Northrups Traumhaftigkeit ist, wende ich meine Aufmerksamkeit der Arbeit zu. »Ist Taryn hier irgendwo?« Sie ist meine direkte Vorgesetzte, die Leiterin der Abteilung für Öffentlichkeitsarbeit.

»Haben Sie es noch nicht gehört? Ihr Baby ist zu früh gekommen, und sie wird mindestens die nächsten sechs Wochen ausfallen.« Mona senkt die Stimme. »Ich glaub ja nicht, dass sie überhaupt wieder auftaucht, aber das haben Sie nicht von mir.«

Dieser Tag befindet sich in einer steilen Abwärtsspirale und verschlimmert sich minütlich, was ich nicht für möglich gehalten hätte. Mir entschlüpft ein nervöses Lachen, das ich nicht zurückhalten kann. Ich habe die Wahl zwischen hysterischem Gelächter und einem Heulkrampf. Die Möglichkeit, für Taryn zu arbeiten, war eine der Sachen, auf die ich mich am meisten gefreut habe. Sie hat mich beim Vorstellungsgespräch mit ihrer Intelligenz und Geistesgegenwart ernsthaft beeindruckt, und ich hatte gehofft, viel von ihr zu lernen.

»Sie hat Anweisungen in Ihrem Büro dagelassen und Unterlagen, von denen sie meint, Sie könnten sie nützlich finden. Sie muss irgendeine Vorahnung gehabt haben, dass was passieren wird. Geben Sie mir Bescheid, wenn ich Ihnen bei irgendetwas helfen kann.«

»Danke.«

Ich betrete mein Büro und lasse mich auf den Schreibtischstuhl fallen. Ich habe Hunger, Durst, bin völlig verschwitzt und irreparabel verstrubbelt und zerzaust. Doch bevor ich mich um irgendetwas davon kümmern kann, fahre ich meinen Computer hoch und öffne den Browser, um Jasons Namen in die Suchmaschine einzutippen.

Ich überfliege rasch die Schlagzeilen, die auf dem Bildschirm erscheinen, und bin bis ins Innerste erschüttert. »O Gott. O … mein … Gott …«

Jason

Nach einer quälenden halben Stunde mit Mr Augustino gehe ich zu Carmens Büro zurück und versuche, mich für ihre Enttäuschung zu wappnen. Ich habe ihr Interesse an mir gespürt, habe aber auch gemerkt, dass sie sich nicht zu mir hingezogen fühlen will. Faszinierenderweise hatte ich die gleiche

Reaktion auf sie – spontane Anziehung zum denkbar unpassendsten Zeitpunkt.

Als ich heute Morgen hier angekommen bin und sie gesehen habe, wie sie vor dem Krankenhaus auf mich gewartet hat, so hübsch und adrett, hat das etwas in mir geweckt, das in den langen Wochen seit dem »Desaster« geschlafen hat. Dass ich den spontanen Wunsch hatte, ihr das strenge und zugleich sexy Businesskostüm aufzuknöpfen und mit meinen Händen über ihre herrlichen Kurven zu fahren, die das Kostüm zu verhüllen versucht hat – übrigens vergebens –, hat mich überrascht. Ich hab nicht gelogen, als ich ihr gesagt habe, dass ich ihr Haar lockig und offen lieber mag, so als käme sie geradewegs aus dem Bett.

Bei dem Gedanken an sie, nackt zwischen den Laken, regt sich meine Libido, von der ich schon fast befürchtet hatte, dass sie für immer gestorben sei – bis mich Bilder von Carmen in weißer Baumwollunterwäsche eines Besseren belehrt haben.

Ich zwinge mich, meine überbordende Fantasie zu zähmen – für den Moment wenigstens –, und stehe auf der Schwelle ihres Büros, die Hände am Türrahmen über mir, und beobachte, wie der Blick ihrer dunklen Augen über die Zeilen zuckt, während sie liest, was für ein Mistkerl ich bin. Was sie nirgendwo in der ausführlichen Berichterstattung über die Geschehnisse in New York finden wird, ist eine Erwähnung davon, dass ich das Opfer einer weiblichen Intrige bin.

Sie ist so versunken in ihre Lektüre, dass sie mich nicht bemerkt, bis ich entscheide, dass sie genug gelesen hat, um im Bilde zu sein. »Ganz schöne Story, oder?«

Sie schreckt zusammen, schaut mich an, und während des kurzen Blickkontakts sehe ich all die Dinge, die ich in ihren Augen zu lesen befürchtet habe, zusammen mit einer gewaltigen Dosis Abscheu, die mich nur noch trauriger macht.

Ich lasse mich auf einen Stuhl fallen, erschöpft nach Wochen schlafloser Nächte voller Herzschmerz und wachsender Sorge um meine einst so verheißungsvolle Karriere. »Zu schade, dass das meiste davon nicht stimmt.«

»Was davon stimmt denn nicht? Die Tatsache, dass sie mit dem Vorstandsvorsitzenden des Krankenhauses verheiratet ist, oder die, dass Sie monatelang mit ihr geschlafen haben, bevor ihr Mann Sie beide in flagranti ertappt hat?«

Obwohl ich damit gerechnet habe, schmerzt es von ihr aus irgendeinem Grund mehr als sonst. »Es fehlt der Umstand, dass sie mir ihre Ehe verschwiegen hat, weil sie mich benutzen wollte, um ihren Mann loszuwerden, von dem sie offenbar die Nase voll hatte.« Ich beobachte Carmens ausdrucksstarkes Gesicht, während sie die Information verarbeitet, aber anders als vorher, als jeder Gedanke und jedes Gefühl klar zu erkennen war, ist sie jetzt verschlossen und auf der Hut.

»Sie meinen, sie hat Sie reingelegt?«

Ich nicke. »Und ich bin restlos drauf reingefallen. Ihr Ehemann hat meine sofortige Entlassung gefordert. Der Vorstand allerdings hat sich wegen all der Forschungsgelder und Zuschüsse, die an meiner Arbeit hängen, dagegen gesperrt. Stattdessen haben sie beschlossen, mich an die Schwestereinrichtung im sonnigen Florida zu versetzen. Jetzt stellt sich nur leider raus, dass Florida sich gar nicht so sicher ist, ob sie mich überhaupt wollen. Und falls Sie es nicht wissen: Es ist verdammt schwierig, ohne ein Krankenhaus als Neurochirurg zu arbeiten.«

»Was hat Mr Augustino gesagt?«

»Er hat mit beiden Händen zugegriffen, als sich die Chance ergeben hat, mich für sein Haus zu gewinnen. Bedauerlicherweise hat man vergessen, ihm von dem Skandal zu erzählen, und hat nur erwähnt, ich wolle eine Versetzung.

Daher geht es auch um seinen Kragen, jetzt, da ich hier bin und den ganzen Mist mitbringe. Der Vorstand ist alles andere als zufrieden mit ihm – und mir –, weil sie sich jetzt in diesem Dilemma befinden. Und nun verlangen sie zwei Wochen Bedenkzeit, in denen sie alles gründlich prüfen und begutachten wollen, ehe sie eine Entscheidung treffen.«

»Und was sollen Sie in der Zwischenzeit tun?«

»Däumchen drehen, Tourist spielen und meinen Ruf reparieren. Sie wissen schon, das übliche Zeug, das Leute im Urlaub so machen.«

»Warum kündigen Sie nicht einfach und suchen sich irgendwo anders eine passende Stelle? Sie haben doch sicherlich keine Probleme, was Neues zu finden. Ich hab schließlich Ihr CV gelesen.«

Damit meint sie mein Curriculum Vitae, meinen Lebenslauf, der eine beeindruckende Liste von Auszeichnungen und herausragenden chirurgischen Erfolgen enthält, was auch immer ich davon jetzt habe. »Weil ich jahrelange Forschungsarbeit, finanziert mit Fördergeldern und Zuschüssen, zurücklassen müsste, woraufhin alles bisher Erreichte verpuffen würde. Der einzige Weg, wie ich meine Arbeit fortsetzen kann, ist, innerhalb des East-Coast-Health-Partnersystems zu bleiben. Das hier war die einzige Stelle für einen Kinderneurochirurgen in einem Staat, in dem ich bereits eine Approbation habe. East Coast verlangt von uns, Zulassungen in verschiedenen Bundesstaaten zu haben, damit wir bei Bedarf in allen Einrichtungen zurate gezogen werden können. Ich habe tatsächlich schon mal hier am Miami-Dade gearbeitet und bei einer Operation assistiert.«

Carmen nagt an ihrer Unterlippe. »Warum haben Sie nicht bekannt gemacht, wie sie Sie reingelegt hat? Sie hätten sich eine Menge Ärger ersparen können, wenn Sie rechtzeitig Ihre Version der Geschichte geschildert hätten.«

»Das hat zwei Gründe. Der erste ist, dass es schwierig ist, die Tatsache zu entkräften, dass ihr Ehemann uns in ihrem Ferienhaus in den Hamptons nackt im Bett erwischt hat.«

Carmen verzieht das Gesicht.

»Und der zweite ist, dass sie Kinder im Teenageralter hat, die es nicht verdienen, die Leidtragenden einer solchen Schlammschlacht zu sein. Sie können nichts dafür, dass ihre Mutter ein berechnendes Miststück ist, das von den Medien als Opfer dargestellt wird, während dem smarten Neurochirurgen die Rolle des Schurken verpasst wurde. Wenn man der Presse glaubt, habe ich eine tugendhafte Ehefrau und Mutter verführt. Dem hat sie nie auch nur mit einem Wort widersprochen.«

Selbst all diese Wochen später fällt es mir schwer, die Frau, von der ich dachte, ich würde sie lieben, mit dieser eiskalten, berechnenden Intrigantin in Einklang zu bringen.

»Ihre Kinder sind Ihnen wichtiger, als den Schaden zu begrenzen, den Ihr Ruf nimmt?«

Das ist der Punkt, an dem es schwierig wird. »Mein Vater hat besonderen Ehrgeiz an den Tag gelegt, was außereheliche Aktivitäten angeht.« Mein dumpfer, flacher Tonfall ist der gleiche, der sich immer in meine Stimme geschlichen hat, wenn dieses Thema in den letzten zwanzig Jahren aufgekommen ist. »Ich erinnere mich noch viel zu gut daran, wie es sich angefühlt hat, zu erfahren, dass er meine Mutter betrog und dass die ganze Stadt darüber redete. Ich will nicht dafür verantwortlich sein, dass unschuldige Kinder so was erleben, wenn es in meiner Macht steht, es zu verhindern.«

Ist das Bewunderung, was ich in ihren Augen sehe? Und warum ist es mir so wichtig? »Werden Sie mir helfen, Carmen?«

»Sie brauchen ein Team von Krisenkommunikationsexperten, nicht jemanden frisch von der Uni und ohne jegliche praktische Erfahrung …«

»Ich möchte jemanden, der einen Sieg genauso sehr braucht wie ich. Wir haben zwei Wochen dafür, dem Vorstand zu beweisen, dass es kein Riesenfehler ist, mich einzustellen. Kann ich auf Sie zählen?« Ich erwähne nicht, dass ihr Abenteuer heute Vormittag mich schlappe sechshundert Dollar gekostet hat – auch wenn mir das Geld völlig egal ist –, aber sie schuldet mir was. »Carmen?«

Sie lässt mich etwas schwitzen, bevor sie antwortet. »Ich will die komplette Geschichte hören, bevor ich mich mit irgendwas einverstanden erkläre.«

»Gut.« Ich stehe auf. »Die erzähle ich Ihnen beim Dinner heute Abend.«

»Moment mal. Ich habe nichts davon gesagt …«

»Bitte?« Ich schaue sie mit meinem besten flehenden Blick an.

Nach einer langen Pause schreibt sie etwas auf einen Zettel und reicht ihn mir.

Ihre Adresse.

Mir wird ganz schwach vor Erleichterung. »Danke.«

»Bitte.«

»Ich hole Sie um halb acht ab?«

»In Ordnung.«

* * *

Pünktlich um halb acht parke ich am Straßenrand vor dem Gebäude, in dem sich ihr Apartment befindet, und steige die zwei Treppen zu ihrer Wohnungstür hoch. Ich fühle mich schuldig, weil ich sie genötigt habe, sich heute Abend mit mir zu treffen. Tatsache ist, ich weiß nicht, was ich sonst tun soll. Ich brauche jemanden, der sich hier in der Gegend auskennt und mir helfen kann, einen Plan dafür zu schmieden, wie ich mich dem Vorstand der Krankenhausgesellschaft gegenüber beweisen kann, damit man mir eine Chance gibt.

Wenn sie das nicht tun, sind meine Karriere und jahrelange Forschungsarbeit in Gefahr.

Das kann ich nicht zulassen. Ich stehe so dicht vor einem Durchbruch, der zu erheblichen Verbesserungen bei der Behandlung kindlicher Gehirntumore führen wird. Es ist wichtige Arbeit, der ich viel Zeit, Mühe und Ressourcen gewidmet habe, und ich kann nicht zulassen, dass die Heimtücke einer Frau all das zunichtemacht.

Als ich an Carmens Tür klopfe, weiß ich, dass ich nicht zulassen werde, dass Ginger mir das auch noch nimmt, zusätzlich zu allem, was sie mich schon gekostet hat.

Die Tür geht auf, und einmal mehr lässt mich Carmen Giordinos Anblick sprachlos zurück. Sie trägt ein schwarzes Wickelkleid, das ihre weibliche Figur betont. Das dunkle Haar fällt ihr offen auf die Schultern, und ich bemerke erfreut, dass sie es nicht wieder geglättet hat.

Wenn ich jetzt sage, dass das Allerletzte, was ich im Moment gebrauchen kann, romantische Verwicklungen sind, und vor allem mit jemandem aus dem Krankenhaus, dann meine ich das mit jeder Faser meines Wesens, trotzdem … Ich fühle mich unglaublich zu ihr hingezogen.

»Kommen Sie rein. Ich bin beinahe fertig.« Sie deutet in die Küche. »Ich hab eine Flasche Wein offen, falls Sie welchen möchten. Die Gläser sind über der Spülmaschine. Ich brauch nur eine Minute.«

Ich kann mir nicht vorstellen, was sie noch tun muss, schließlich ist sie ja schon perfekt, doch ich kenne mich gut genug aus, um nicht zu fragen. Ich begebe mich in die Küche, schenke mir ein halbes Glas Rotwein ein und schlendere durch das kleine, aber chic eingerichtete Apartment. Mein Blick fällt auf eine Reihe gerahmter Fotos an der Wand. Eines zeigt Carmen mit einem attraktiven dunkelhaarigen Mann in Polizeiuniform. Daneben hängt ihr Hochzeitsfoto.

Plötzlich erinnere ich mich wieder an das, was auf dem Polizeirevier passiert ist, und an meine Beobachtung gleich zu Anfang, dass sie keinen Ehering trägt, und mir wird klar, dass sie die Witwe eines Polizisten sein muss. Bevor ich auch nur anfangen kann, diese neue Information zu verarbeiten, kehrt sie zurück und bringt eine Wolke von ihrem Duft mit sich, der in mir spontan den Wunsch weckt, ihr näher zu kommen.

Sie bemerkt, dass ich die Fotos betrachte.

Ich habe das Gefühl, dass ich etwas sagen sollte. »Gut aussehender Mann.«

»Ja, das war er.«

»Was ist passiert?«

»Er wurde im Dienst erschossen, als er in einen kleinen Supermarkt gegangen ist, in dem gerade ein Raubüberfall stattfand.« Die Worte klingen geübt, als hätte sie sie schon tausendmal zuvor gesagt.

»Das tut mir sehr leid.«

»Danke.« Sie trinkt einen Schluck Wein. »Wir waren seit der Highschool zusammen und beinahe ein Jahr verheiratet.«

Ich spüre ihren Schmerz. »Wie hieß er?«

»Antonio, aber wir haben ihn Tony genannt.«

»Sie beide waren ein wunderschönes Paar.«

Sie lächelt, obwohl ihre dunklen Augen traurig blicken. »Wir waren sehr glücklich zusammen.«

»Wie lange ist das her?«

»Fünf Jahre. Es war sein zweites Jahr als Polizist.«

»Sie müssen damals noch sehr jung gewesen sein.«

»Vierundzwanzig.«

»Verdammt. Das tut mir furchtbar leid.«

»Es ist lange her.«

Irgendetwas an der Art und Weise, wie sie diese Worte sagt, verrät mir, dass der Verlust für sie trotzdem noch frisch ist.

»Wohin sollen wir gehen?«, erkundigt sie sich.

»Sie sind von hier. Entscheiden Sie.«

»Was mögen Sie denn?«

Sie. Ich mag Sie. Die Worte sind in meinem Kopf, eine unwillkürliche Reaktion auf eine unschuldige Frage und genau die Sorte Gedanken, die ich ganz bestimmt nicht in der Nähe meiner neuen Kollegin haben sollte. »Ich esse eigentlich alles.«

Sie denkt einen Moment nach. »Gut, dann weiß ich was.«

Ich folge ihr aus der Wohnung, verändert durch das, was ich hier erfahren habe. Obwohl ich nicht abstreiten kann oder will, dass ich mich spontan zu ihr hingezogen gefühlt habe, muss ich doch respektieren, was sie durchgemacht hat, die Anziehung zurückschrauben und mich außerdem darauf konzentrieren, mein Leben in Ordnung zu bringen.

Wenn ich meine Gedanken dorthin lenke, wo sie hingehören – auf das Desaster, zu dem meine vielversprechende Karriere verkommen ist –, dann werde ich nichts Dummes tun, wie zum Beispiel, mich in die wunderschöne junge Frau zu verlieben, die vielleicht den Schlüssel zu meiner Rettung in den Händen hält.

Kapitel 4

Carmen

Ich gebe gern zu, dass ich eine Menge Vorurteile bezüglich des guten Doktors hatte. Beispielsweise: Wenn er aussieht wie ein sexy Surfertyp und zudem ein Gehirnchirurg ist, muss er oberflächlich sein. Mit anderen Worten, ein Mann wie er kann jede Frau haben, die er will, daher erwarte ich, dass er von sich selbst überzeugt ist und unablässig auf der Suche nach einem besseren Angebot.

»Wir fahren nach Coconut Grove. Es wird ein bisschen dauern, aber mit der Zeit werden Sie die verschiedenen Stadtviertel von Miami kennenlernen.«

»Ich hatte keine Ahnung, dass die Stadt so groß ist.«

»Ja, unglaublich, vor allem, wenn man Miami Beach dazuzählt. Und der Verkehr ist eine einzige Katastrophe.«

»Das sehe ich.« Er hat das kaum ausgesprochen, als ein Wagen vor uns drei Spuren quert, um in letzter Sekunde eine Ausfahrt zu nehmen. »Was zur Hölle war das denn?«

»Gewöhnen Sie sich besser daran. Die Leute hier haben eine Aversion dagegen, den Blinker zu benutzen, vor allem bei Spurwechseln.«

»Und ich dachte, die Autofahrer in New York seien schlimm.«

»Im Vergleich mit denen aus Südflorida sind die total harmlos.«

Als wir eine halbe Stunde später an einem mexikanischen Restaurant anhalten, von dem mir eine meiner Freundinnen erzählt hat, ist mir klar geworden, dass meine Vorurteile ihm gegenüber total unfair waren. Er ist nicht oberflächlich, und er schenkt mir seine ungeteilte Aufmerksamkeit.

Das soll nicht heißen, dass die anderen Frauen im Restaurant ihn nicht beachten, doch er bekommt offenbar nichts von ihren Blicken mit, während wir dem Oberkellner zu unserem Tisch folgen. Eine Frau, die mit einem anderen Mann an einem der Nebentische sitzt, kriegt fast Schnappatmung, während sie meinen Begleiter anstarrt.

Frauen sind manchmal furchtbar. Ich möchte sie anstoßen, damit sie ihre Augen dorthin richtet, wo sie hingehören, vor allem da sie alt genug ist, um Jasons Mutter zu sein.

Und ja, er hat mich gebeten, ihn Jason zu nennen und nicht Dr. Northrup. Das ist auf der Fahrt zum Restaurant in genau dem Porsche passiert, der der Grund dafür war, dass ich heute früh im Knast gelandet bin. Ich kann immer noch nicht glauben, dass das wirklich geschehen ist, und versuche mir bei dem Gedanken ein kleines nervöses Lachen zu verkneifen.

Er blickt mich über seine Speisekarte hinweg an. »Was ist so komisch?«

»Ich musste nur an meinen Aufenthalt im Knast denken.«

»Ich bin froh, dass du mittlerweile darüber lachen kannst.«

»Die Alternative wäre ein hysterischer Weinkrampf.«

»Nein, das ist nicht nötig. Du hast dich tapfer geschlagen.«

»Es freut mich, dass du das denkst. Innerlich habe ich gezittert.« Ich beuge mich vor, um ihm zuzuflüstern: »Ich musste bisher noch nicht mal nachsitzen.«

Er lacht, und der Laut streicht über mich hinweg wie ein warmer Sommerwind, beruhigend und tröstlich. »Du bist ein echt braves Mädchen, oder?«

»Ja! Immer schon.«

»Dann habe ich eine gute Nachricht für dich: Du wirst nicht in der Hölle landen, weil du eine Stunde lang im Gefängnis warst.«

»Woher willst du das wissen?«

»Ich weiß es einfach. Die Hölle ist für wirklich schlimme Leute reserviert, und du gehörst zu den guten.«

»Und woher willst du *das* wissen?«

Er taucht einen Chip in die Salsa. »Liege ich da denn falsch?«

»Ich versuche schon, ein guter Mensch zu sein und anderen zu helfen.«

»Siehst du? Eine Stunde Knast wird all dem Gutsein nichts anhaben können.«

»Wenn meine Großmütter das rausfinden, werde ich es ständig unter die Nase gerieben bekommen.«

»Es besteht kein Grund, es ihnen oder sonst jemandem zu sagen. Es war einfach ein Missverständnis. Das ist alles.«

»Es war eine Stunde im Gefängnis.«

»Betrachte es als Erfahrung fürs Leben. Jetzt weißt du, wie es ist, verhaftet zu werden.«

»Das ist ein Teil Lebenserfahrung, auf den ich gut hätte verzichten können, daher kannst du die Versuche, es mir als was Positives zu verkaufen, auch gleich einstellen.«

»Außerdem ist es eine tolle Geschichte, die du später deinen Kindern erzählen kannst, wie Mommy mal einen Porsche gestohlen hat und von der Polizei verhaftet wurde.«

Ich bin gerade dabei, einen Schluck Wasser zu trinken, als er das sagt, verschlucke mich vor Schreck und muss heftig husten.

Er lacht darüber, und jede Frau – und auch so mancher Mann – im Lokal dreht sich nach ihm um. »Muss ich rüberkommen und Wiederbelebungsmaßnahmen einleiten?«

Ich winke ab und benutze meine weiße Stoffserviette, um mir den Mund abzutupfen. »A: Ich habe keinen Porsche gestohlen, ich habe ihn mir geliehen, um für dich die Drecksarbeit zu erledigen, und B: Ich wurde nicht wirklich verhaftet, weil nämlich keine Anklage erhoben wurde.«

Er zieht besorgt die Brauen zusammen. »Du weißt inzwischen, dass das mit Betty völlig unschuldig war, oder?«

»Sie hat mir erzählt, wie du ihr geholfen hast. Das war sehr nett von dir.«

»Das war keine große Sache. Ich hatte Mitleid mit ihr, als ich sie am Gepäckband weinen gesehen habe, nachdem ihr Typ nicht aufgekreuzt war. Und dann war ihre Reisetasche weg, und ich konnte sie in einer fremden Stadt nicht einfach sich selbst überlassen.«

»Die meisten Leute hätten genau das getan.«

»Nun, ich bin eben nicht wie die meisten Leute.«

»Das wird mir auch langsam klar.«

Der Kellner kehrt mit Salat für uns beide zurück.

»Also, erzähl mir doch mal, was dir für deine Kampagne vorschwebt.«

»Ich suche nach Möglichkeiten, mich beispielsweise in sozialen Projekten nützlich zu machen, damit ich was zu tun habe und gleichzeitig anderen helfe.«

»Öffentlichkeitswirksam oder lieber nicht?«

»Vorzugsweise ohne Zirkus, aber andererseits sollte der Vorstand schon davon erfahren.«

»Das kriegen wir bestimmt hin.«

»*Wir*, was?«

Seine Belustigung bringt mich irgendwie aus der Ruhe, genau wie der interessierte Blick, mit dem er mich betrachtet.

Seit ich Tony verloren habe, hatte ich mehr Verabredungen und Blind Dates, als ich zählen kann, doch ich ziehe es vor, die Augen vor der Tatsache zu verschließen, dass die Liebe meines Lebens tot ist und nicht wieder zurückkommen wird. Alle, die in meinem Leben irgendwie wichtig sind, haben mir erklärt, dass ich eines Tages eine neue Liebe finden würde, aber obwohl ich generell nichts dagegen hätte, bin ich auch nicht direkt auf der Suche danach.

Der heutige Tag und besonders dieser Abend mit Jason … Das ist das erste Mal, dass ich seit Tonys Tod überhaupt irgendetwas für einen anderen Mann empfunden habe. Die Gefühle, die er in mir weckt, sind unerwartet und zu großen Teilen auch unwillkommen. Ich möchte nicht so auf ihn reagieren. Ich möchte ihm bei seinem Problem helfen und dann wieder aus seinem Leben verschwinden, mit ruhigem Gewissen, weil ich meine Schuld beglichen habe.

Aber mit jeder Minute, die ich in seiner faszinierenden Gegenwart verbringe, wird klarer, dass nichts zwischen mir und diesem Mann einfach sein wird.

»Carmen? Alles okay?« Er wirkt ehrlich besorgt, während er mich über den Tisch hinweg mustert.

»Alles gut, und um deine Frage zu beantworten, ich bin sicher, dass es uns gelingt, dafür zu sorgen, dass die richtigen Leute von deinem Bemühen erfahren, anderen zu helfen, ohne dass du einen riesigen Medienzirkus veranstalten musst.«

»Das ist gut«, erwidert er und klingt erleichtert. »Das Letzte, was ich gebrauchen kann, ist mehr Medienaufmerksamkeit.«

»Du hast versprochen, mir die ganze Geschichte von dem, was in New York passiert ist, zu erzählen.«

»Ich weiß.« Er senkt seine Gabel, wischt sich den Mund ab und trinkt einen Schluck von seiner Margarita, braucht einen Moment, um sich zu sammeln, bevor er zu reden beginnt. »Du solltest noch eine Sache wissen, bevor du mehr erfährst.«

»Was denn?«

»Ich dachte, ich liebe sie, und habe angenommen, dass sie mich auch liebt. Ich dachte, ich hätte endlich die Richtige gefunden.« Sein ganzes Verhalten ändert sich. »Ich bin sicher, du glaubst, du wüsstest, wie ich ticke. Ein einigermaßen gut aussehender Kerl und dazu ein Arzt, der muss ein Casanova sein, jede Nacht eine andere Frau in seinem Bett haben und so weiter.«

»Solche Gedanken sind mir nie gekommen.«

Er lächelt, doch es ist eine traurige Version des früheren Lächelns, bei dem sein gesamtes Gesicht gestrahlt hat. »Nein, natürlich nicht! In Wahrheit arbeite ich wie ein Besessener. Oder genauer gesagt, ich habe wie ein Besessener gearbeitet, als ich noch einen Job hatte und ein Forscherteam und Operationen am laufenden Band. Ich habe, ohne mit der Wimper zu zucken, Sechzehn- oder Achtzehn-Stunden-Schichten geschoben. Ich hatte überhaupt keine Zeit für Frauen oder Bettgeschichten, und außerdem bin ich so einfach nicht gestrickt.«

»Wie bist du denn dann gestrickt?«

»Ich bin immer davon ausgegangen, dass ich nach dem Ende meines Studiums jemanden finden würde, eine Frau, die ich gern genug hätte, um den Rest meines Lebens mit ihr verbringen zu wollen, die ich dann heiraten und mit der ich Kinder bekommen würde. Ich hatte nie den Wunsch oder die Zeit, jeden Tag einer anderen nachzusteigen. Das soll nicht heißen, dass manche meiner Freunde und Kollegen das nicht tun, aber ich hatte nie Lust darauf.«

Er nimmt noch einen Schluck und stützt seinen Ellbogen auf den Tisch. »Ich habe Ginger bei einer Wohltätigkeitsveranstaltung zugunsten der Kinderkrebsforschung getroffen. Ein ehemaliger Kommilitone hatte mich eingeladen. Er ist inzwischen Kinderonkologe und gehörte zu den Sponsoren. Da meine Forschung sich mit bösartigen Hirntumoren bei Kindern befasst, dachte er, die Veranstaltung könnte mich interessieren. Ich stand allein an der Bar, als sie mich angesprochen hat. Wir haben eine Unterhaltung begonnen. Sie war witzig und attraktiv, und es war längere Zeit her, dass ich mir auch nur fünf Minuten für mich genommen hatte. Als sie gefragt hat, ob ich nach der Veranstaltung noch einen Drink mit ihr nehmen wolle, war ich sofort dabei.«

Das Erzählen dieser Geschichte fällt ihm sichtlich schwer, und ich fühle mit ihm, selbst wenn ich mir fest vorgenommen habe, ihm zu helfen, ohne mich zu weit reinziehen zu lassen. Dieses Ziel entgleitet mir mit jeder Minute, die ich mit ihm verbringe, weiter. Ich mag ihn, selbst wenn ich das eigentlich gar nicht möchte.

»Also sind wir zur Bar in dem Hotel gegangen, in dem die Veranstaltung stattfand, und wir haben geredet und viel gelacht. Irgendwann hieß es, die Bar wolle schließen, und wir waren die letzten Gäste. Als sie den Schlüssel zu einem Hotelzimmer gezückt und mich gefragt hat, ob ich mit nach oben kommen wolle, habe ich nicht gezögert. Mit ihr hatte ich mehr Spaß als mit jeder anderen Frau seit Jahren. So hat es angefangen.«

»Wie lange warst du mit ihr zusammen, bevor du die Wahrheit herausgefunden hast?«

»Drei Monate. Und ich gebe zu, dass ich mehr Fragen hätte stellen sollen, doch ich steckte bis zum Hals in Arbeit, und bei ihr habe ich mich gefühlt, als wäre ich im Urlaub. Eine so unbeschwerte Zeit hatte ich das letzte Mal vor meinem Studium erlebt. Ich habe mich bis über beide Ohren in sie verliebt, dachte ich wenigstens.«

»Hat sie in der ganzen Zeit nie ihren Ehemann oder die Kinder erwähnt?«

»Mit keinem Wort. Im Nachhinein begreife ich, dass sie absichtlich bei allem vage geblieben ist, was sie mir über ihr sonstiges Leben erzählt hat. Sie hat gesagt, sie sei im Vorstand mehrerer Wohltätigkeitsorganisationen und sei darüber auch mitverantwortlich gewesen für die Veranstaltung an dem Abend, an dem wir uns kennengelernt hatten, und dass ihre ehrenamtliche Tätigkeit den Großteil ihrer Zeit beanspruche. Erst viel später ist mir klar geworden, dass sie darauf geachtet hat, dass wir nach dem ersten Abend nicht mehr gemeinsam in der Öffentlichkeit gesehen wurden. Sie hat behauptet, sie wolle sich mit mir verkriechen, und ich hatte keinerlei Einwände dagegen. Nach zehn oder zwölf Stunden im Operationssaal konnte ich mir nichts Schöneres denken als ein selbst zubereitetes Essen zu Hause und eine Nacht im Bett mit ihr. Bis sie mich dann schließlich übers Wochenende in ihr Haus in den Hamptons eingeladen hat, wäre ich überhaupt nicht auf die Idee gekommen, dass sie verheiratet sein oder Kinder haben könnte.«

»Was ich nicht verstehe: Wenn sie ihre Ehe beenden wollte, warum hat sie dann nicht einfach um eine Scheidung gebeten?«

»Das hab ich mich auch gefragt, aber später habe ich gehört, dass sie ihren Mann bloßstellen wollte, indem sie ihn mit einem Jüngeren betrog, der ihren Worten nach all das war, was ihr Ehemann nicht zu bieten hatte: jung, sexy, gut im Bett, erfolgreich auf eine Art und Weise, wie ihr Ehemann es nie sein würde. Es hatte nicht das Geringste mit mir zu tun, sondern es ging ihr einzig darum, ihrem Ehemann heimzuzahlen, dass er sie ignoriert hatte, und darum, möglichst viel von ihrem Geld zu retten. Oder irgend so was. Ich werde vermutlich nie die ganze Geschichte dessen erfahren, was zwischen ihnen vorgefallen ist. Eine Sache weiß ich aber mit Sicherheit: Zu ihrem Plan gehörte nicht, dass das alles an die Öffentlichkeit dringt. Die Tatsache, dass ihre Kinder dabei verletzt wurden, ist das, was mich am meisten stört.«

»Wegen dem, was in deiner Familie passiert ist.«

»Ja, es ist das Schlimmste überhaupt, wenn alle in der Schule wissen, dass dein Vater oder deine Mutter fremdgegangen ist. Kinder können so einen Mist nicht verstehen, und sie sollten sich niemals damit herumschlagen müssen.«

Der Nachdruck, mit dem er das sagt, verrät mir, dass er nie verwunden hat, was sein Vater der Familie angetan hat.

»Es ist wirklich wichtig für mich, dass du und alle anderen wisst, ich hätte mich nie und unter keinen Umständen auf so etwas eingelassen, wenn ich die Wahrheit gekannt hätte. Und ja, in diesen Zeiten kann jeder mit einem Smartphone mühelos herausfinden, was er über einen anderen wissen muss. Doch mir ist nie der Gedanke gekommen, dass ich ihr gegenüber Grund zu Argwohn hatte. Ich dachte, ich hätte endlich die eine gefunden, mit der ich mein Leben verbringen möchte. Stattdessen fand ich mich in einen Skandal verwickelt, der mein gesamtes Leben in Mitleidenschaft gezogen hat und die Karriere gefährdet, die ich mir über Jahre mühsam aufgebaut habe. Manchmal fällt es mir auch jetzt noch schwer, zu glauben, dass das alles tatsächlich passiert ist.«

»Es tut mir wirklich leid, dass sie dir das angetan hat.«

Er schaut mich an und wirkt plötzlich erstaunlich verletzlich. »Du glaubst mir?«

»Natürlich.«

Er atmet langsam aus. »Ich bin sicher, manche der Leute, mit denen ich in New York zusammengearbeitet habe, würden mir nicht abnehmen, dass ich keine Ahnung hatte, wer sie in Wahrheit ist, aber genau das ist der Fall. Ich hatte nie mit dem Krankenhausvorstand zu tun. Ich hab so viel gearbeitet, dass ich an den meisten Tagen gar keine Zeit für etwas anderes hatte, als zu essen und zu schlafen. Was interessierte es mich schon, wer der Vorstandsvorsitzende der Betreibergesellschaft des Krankenhauses war? Solange er meine Arbeit nicht beeinträchtigte und mich meinen Job erledigen ließ, hatte ich keinen

Grund, mich mit ihm zu befassen. Mein direkter Vorgesetzter war der Chefarzt der Chirurgie, nicht der Vorstandsvorsitzende.«

»Manchmal kann ich nicht verstehen, warum Leute bestimmte Dinge tun. Nach Tonys Tod hat eine Frau, die mit einem der anderen Polizisten in seiner Einheit verheiratet war, einen Spendenaufruf für mich gestartet und Geld gesammelt, es dann aber einfach selbst behalten. Ich hatte sie nie darum gebeten, doch die Leute waren nach dem tragischen Vorfall so nett zu mir und wollten helfen. Ich wusste nicht mal, dass sie mit dem Spendensammeln angefangen hatte. Und ich wurde zu einem Zeitpunkt in den Mist reingezogen, zu dem ich mich nicht wehren konnte.«

»Menschen können echt furchtbar sein.«

»Gott sei Dank nicht die ganze Zeit. Es gab viel mehr Gutes als Schlechtes, nachdem Tony umgekommen war, aber dass jemand seinen Tod zu seinem eigenen Gewinn ausnutzen konnte, war wirklich schwer zu fassen.«

»Es ist widerlich. Hast du das Geld je erhalten?«

»Ein Jahr später oder so, und sie wurde wegen Betrugs angeklagt. Es war schrecklich. Als hätte ich zu dem Zeitpunkt nicht genug andere Probleme gehabt.«

»Es tut mir leid, dass dir das zugestoßen ist. Mit vierundzwanzig zur Witwe zu werden ist schlimm genug, da braucht man nicht noch eine hautnahe Erfahrung mit solcher Habgier.«

»Aber echt.«

Unsere Vorspeisen kommen – Hähnchen-Enchiladas für ihn und Tacos *al pastor* für mich. Das Essen ist nichts Besonderes im Vergleich zu dem, was ich gewohnt bin, doch ich kann unmöglich mit ihm im Restaurant meiner Familie aufkreuzen, selbst wenn dort viel Besseres serviert wird. Ich muss hieraus wirklich nichts machen, was es gar nicht ist.

»Erzähl mir mehr über die Nacht, in der er euch erwischt hat.«

Er stöhnt. »Muss ich?«

»Ich möchte nur sichergehen, dass ich die ganze Geschichte kenne, damit ich mir überlegen kann, wie ich dir am besten helfen kann.«

Er schiebt seinen halb leeren Teller beiseite, nimmt einen weiteren Schluck aus seinem Glas und beginnt mit irgendwie dumpfer, ausdrucksloser Stimme zu sprechen. »Sie hatte den Abend genau geplant, um größtmögliche Verheerung anzurichten.«

»Wie meinst du das?«

»Als er ins Schlafzimmer kam, kniete sie vor mir und hat mir einen geblasen.«

Ich zucke zusammen. »Verdammt.«

»Ich hab gehört, wie sich die Schlafzimmertür öffnet, und als ich Ginger angesehen habe, habe ich den berechnenden Blick bemerkt, den sie ihrem Mann zugeworfen hat, während sie weiter enthusiastisch an mir gesaugt hat.« Er schaut mich an. »Entschuldige bitte meine Unverblümtheit.«

Ich winke ab. »Und was ist dann passiert?«

»Erst mal musste ich mich heil aus ihrem Mund befreien, und dann hatte ich alle Hände voll damit zu tun, mich zu verteidigen, weil er sich mit erhobenen Fäusten auf mich gestürzt hat. Ich hatte keine Ahnung, was überhaupt vor sich ging, im Gegensatz zu ihr. Sie wusste ganz genau, was da los war, weil sie die gesamte verdammte Show genau so geplant hatte.«

»Wo waren die Kinder?«

»Das weiß ich nicht. Ich hab ja überhaupt erst am nächsten Tag erfahren, dass sie Kinder hat, als ich von meinem direkten Vorgesetzten gehört habe, dass mein Arbeitsvertrag an der Klinik ausgesetzt sei und ich das Krankenhausgelände nicht betreten dürfe, bis der Vorstand eine Sitzung anberaumt habe, bei der der unschöne Vorfall besprochen und darüber entschieden werden konnte, wie das weitere Vorgehen aussehen würde. Er war es auch, der mir erklärt hat, dass ich die ganze Zeit mit der verheirateten Mutter von zwei Teenagern geschlafen habe und dass ihr Ehemann der Vorstandsvorsitzende der Betreibergesellschaft meines verdammten Krankenhauses war.«

»Ich kann mir nicht einmal vorstellen, wie schlimm das für dich gewesen sein muss.«

»Ich habe Tage gebraucht, um zu begreifen, dass unsere Beziehung von ihrer Seite aus allein auf niederen Motiven und Berechnung beruhte. Und ich habe endlich getan, was ich von vornherein hätte tun sollen: Ich hab im Internet über sie recherchiert. Dabei habe ich erfahren, dass sie seit Jahren versucht, aus der Ehe rauszukommen, er sich aber weigert, sich von ihr scheiden zu lassen, weil sie viel Geld mit in die Ehe gebracht hat. Im Falle einer Scheidung würde er den Zugriff auf dieses Geld verlieren, weil sie einen Ehevertrag haben. Er hielt sie sozusagen als Geisel in der Beziehung, daher hat sie beschlossen, ihn auf die schlimmstmögliche Art und Weise bloßzustellen, die ihr eingefallen ist.«

»Das ist total schrecklich.«

»Aber echt. Es ist eine Sache, eine Trennung durchzumachen, wenn die Beziehung ihr natürliches Ende erreicht hat. Das hier ... Das war auf einem ganz anderen Level. Und es wurde erst richtig lustig, als die New Yorker Presse davon Wind bekommen und es nach Kräften ausgeschlachtet hat. Die Schlagzeilen waren brutal. ›Gehirnchirurg verführt Ehefrau des Vorstandsvorsitzenden‹. Ich glaube, die Quelle hinter dieser Geschichte war einer meiner Kollegen, der schon lange versucht hatte, zu beweisen, dass er besser ist als ich, obwohl alle genau wissen, dass das nicht stimmt. Er hat meinen Absturz voller Schadenfreude verfolgt, vor allem meine Beurlaubung.«

»Hast du je erwogen, sie zu verklagen?«

»Das habe ich in der Tat, und ich habe mich sogar mit einem Anwalt getroffen, der mir erklärt hat, ich hätte durchaus gute Aussichten auf Erfolg.«

»Also wirst du das tun?«

Er schüttelt den Kopf.

»Warum denn nicht?«

»Ihre Kinder haben genug gelitten. Ich habe es schlicht nicht über mich gebracht, ihnen das alles ein weiteres Mal zuzumuten.«

»Jason … Sie hat dein Leben ruiniert. Es sollte ihr nicht erlaubt werden, einfach so damit durchzukommen.«

»Sie hat mein Leben noch nicht ruiniert.«

»Sie hat dein Leben in New York ruiniert.«

»Ich wollte es einfach nur hinter mir lassen, und ein Gerichtsverfahren würde sich vermutlich über Jahre hinziehen, sodass es immer wieder hochkommen würde. Ich hab meinen Anwalt gebeten, sie darüber zu informieren, dass ich eine Anzeige in Erwägung ziehe, und er hat mir erzählt, dass sie bei der Aussicht, ich könnte das tatsächlich tun, völlig ausgeflippt ist. Mir reicht es, dass sie sich Sorgen machen muss, ich könnte damit vor Gericht ziehen. Im Moment ist mein einziges Ziel, diesen Job im Miami-Dade zu kriegen und über die Arbeit hier die Chance zu erhalten, den Schaden an meinem Ruf zu reparieren. Das ist alles, worauf es mir ankommt, und das kann ich nicht ohne Krankenhaus. In vielen anderen Fachgebieten könnte ich mich selbstständig machen, eine Praxis eröffnen, aber für Neurochirurgie ist das keine Option.«

»Muss es denn Neurochirurgie sein?«

Kapitel 5

Carmen

Er sieht mich an, als sei ich verrückt, und vielleicht bin ich das ja auch. »Ich habe jahrelang studiert und gelernt, um dorthin zu kommen, wo ich war, als es passiert ist. Ich habe meine Facharztausbildung abgeschlossen. Es wäre wirklich hirnverbrannt, mein Spezialgebiet aufzugeben, nicht zu vergessen, dass die ganze Forschung, in die ich so viel investiert habe, dann für die Katz wäre.«

»Ich schlage nicht vor, dass du das alles aufgibst. Ich frage mich nur, ob du andere Optionen hast.«

»Natürlich habe ich die, aber ich hab den Großteil der letzten zehn Jahre darauf verwendet, das zu erreichen ...« Er schüttelt den Kopf, und in seiner Wange zuckt ein Muskel. »Ich kann mir nicht von ihr meine Karriere kaputtmachen lassen, Carmen. Das geht einfach nicht.«

»Beabsichtigst du denn, irgendwann wieder nach New York zurückzukehren?«

»Das wäre mir zwar am liebsten, doch ich glaube nicht, dass das möglich ist. Ich bin dort nicht mehr erwünscht, nachdem der Vorstandsvorsitzende persönlich dafür gesorgt hat, dass ich nach Miami ins Exil geschickt wurde. Und das Krankenhaus hier will jetzt auch nichts mit mir zu tun haben.«

»Hat dir das jemand gesagt?«

»Mr Augustino war ganz offen. Er hat mir erklärt, der Vorstand habe keinerlei Interesse daran, sich mit mir oder meinem Skandal herumzuschlagen, allerdings seien sie sehr wohl an meiner Forschungsarbeit interessiert. Das ist offenbar der einzige Grund, warum sie überhaupt erwägen, mir eine Anstellung im Miami-Dade anzubieten.«

»Hast du schon eine Ahnung, was nach Ablauf der zwei Wochen passieren wird?«

»Ich fürchte, sie werden entscheiden, dass meine Forschungsarbeit den ganzen Mist, den ich mitbringe, nicht wert ist. Sie haben vermutlich nicht wirklich vor, mir die Zulassung für die Arbeit hier zu erteilen.«

»Wäre es vorstellbar, dass du ein Interview mit jemandem von der Presse hier in Miami machst, in dem du richtigstellst, was in New York passiert ist?«

Er denkt eine Weile darüber nach. »Dazu wäre ich sofort bereit, wenn gewährleistet wäre, dass es nicht auch in New York von den Medien ausgeschlachtet wird. Das ist aber dank des Internets ausgeschlossen. Und um meinen Namen reinzuwaschen, müsste ich ihren durch den Schmutz ziehen.«

»Und das kommt für dich wegen ihrer Kinder nicht infrage.«

»Richtig.«

Ich verspüre Respekt vor ihm, weil er alles tut, um ihren Kindern weitere Peinlichkeiten zu ersparen. Dieser Tag dient als stetige Erinnerung daran, wie gefährlich es ist, voreilige Schlüsse über andere Menschen zu ziehen. »Wie wäre es, wenn du sie bittest, Kontakt mit dem Vorstand des Miami-Dade aufzunehmen?«

Seine Grimasse verrät mir, was er von dieser Idee hält. »Das würde ja bedeuten, dass ich mit ihr reden muss, und das möchte ich nicht.«

»Auch nicht, um deine Karriere zu retten?«

»Ich würde es nicht einmal tun, um mein Leben zu retten.«

»Könntest du ihr eine Textnachricht schicken oder eine E-Mail, sodass du nicht persönlich mit ihr reden müsstest?«

»Ehrlich gesagt möchte ich so wenig wie irgend möglich mit ihr zu tun haben.«

»Könntest du eventuell deinen Anwalt beauftragen, eine Übereinkunft mit ihr auszuhandeln, vielleicht im Gegenzug dafür, dass du sie nicht verklagst?«

»Das wäre vermutlich machbar, wobei ich es mir offenhalten möchte, sie vor Gericht zu bringen. Ich finde die Vorstellung befriedigend, dass dieses Damoklesschwert über ihrem Kopf hängt. Trotzdem werde ich morgen mal mit meinem Anwalt telefonieren.«

Während ich weitere Optionen erwäge, räumt der Kellner unsere Teller ab und lässt uns die Dessertkarte da. Da Jason sein Essen kaum angerührt hat, packen sie es für ihn ein.

Ich bestelle frittiertes Eis, um mir mehr Zeit dafür zu verschaffen, einen Plan auszuklügeln, wie sich der Vorstand seinetwegen umstimmen lassen könnte. Ich hab da eine Idee, die mir vorhin gekommen ist.

»Wie wäre es, wenn du irgendwo ehrenamtlich tätig wirst, bis du dich das nächste Mal mit dem Vorstand triffst?«

»Was schwebt dir vor?«

»Es gibt eine kleine Klinik in Little Havana, die gratis Patienten behandelt und ein wahrer Segen für das Viertel ist. Der Arzt, der dort arbeitet, hatte vor Kurzem einen Autounfall und wird für eine Weile ausfallen. Die Krankenschwestern geben sich wirklich Mühe, aber sie könnten die Hilfe eines Arztes gut gebrauchen.«

»Ich müsste kurz bei meiner Haftpflichtversicherung nachfragen. Ich bin immer noch bei East Coast angestellt und über deren Versicherung abgedeckt, allerdings habe ich auch eine eigene Versicherung wegen des hohen Risikos in meinem Spezialgebiet. Ich bin mir ziemlich sicher, dass ich eine Deckungszusage für ehrenamtliche Arbeit erhalten kann.«

»Lass mich ein paar Anrufe machen und schauen, ob wir das hinbekommen.« Meine Cousine Maria ist Krankenschwester in der Klinik, aber das werde ich ihm nicht verraten, bis ich weiß, ob ich das überhaupt arrangieren kann. »In der Zwischenzeit kümmerst du dich um deine Versicherung und gibst mir Bescheid.«

»Ich rufe gleich morgen früh bei denen an.«

Ich schiebe ihm mein frittiertes Eis hin.

Er nimmt den zusätzlichen Löffel, den der Kellner ihm hingelegt hat, um zu probieren.

»Was ist mit ehemaligen Patienten?«

»Was soll mit denen sein?«

»Inzwischen müsstest du doch ein paar zufriedene Patienten haben, die sich lobend über dein Können und deine Behandlung äußern würden.«

»Mehr als ein paar.« Der selbstsichere Unterton in seiner Stimme erinnert mich an den Mann, den ich heute Morgen getroffen habe. Das scheint aber Ewigkeiten her zu sein, vor allem angesichts dessen, was ich seither über ihn erfahren habe.

»Kannst du mit ihnen Kontakt aufnehmen und sie bitten, was zu schreiben, was wir dem Vorstand präsentieren können? Wir wollen sie schließlich von deinen Qualitäten überzeugen.«

»Ich kann meine frühere Assistentin in New York bitten, sich darum zu kümmern. Sie müsste alle Kontaktinformationen haben.«

»Dann tu das bitte, denn schaden wird es jedenfalls nicht. Sie soll mir am besten direkt schreiben.« Ich reiche ihm meine frisch gedruckte Visitenkarte, auf der auch meine E-Mail-Adresse steht. »Und lass das auf keinen Fall über Augustino laufen.«

»Vertraust du ihm nicht?«

»Ich kenne ihn kaum. Ich habe keine Ahnung, ob man ihm trauen kann, weshalb es umso wichtiger ist, dass alles über mich geht. Nachdem er über die genauen Umstände im Unklaren gelassen wurde, will er dich vielleicht auch nicht mehr als der Vorstand.«

»Stimmt.«

»Ich möchte dir noch sagen, dass ich bereit bin, alles zu tun, was in meiner Macht steht, um dir zu helfen, aber ich will deswegen nicht meinen Job verlieren.«

»Das ist klar.«

Der Kellner bringt die Rechnung, und wir greifen beide danach, sodass sie vom Tisch rutscht, worüber wir lachen.

Sie ist näher bei Jason gelandet, daher schnappt er sie sich. »Das übernehme ich.«

»Dabei bin ich es doch, die dir Geld schuldet.«

»Mach dir deswegen keine Sorgen.«

»Ich mach mir aber Sorgen. Und ich zahle meine eigenen Rechnungen.«

»Du hilfst mir, einen Weg aus dem ganzen Schlamassel zu finden. Das ist alles, was ich an Rückzahlung brauche.« Er zieht erneut die schwarze American-Express-Karte hervor, um die Rechnung zu begleichen. »Ich würde glatt verrückt werden, wenn ich mir ohne deine Hilfe überlegen müsste, wie ich mit dieser Situation am besten fertigwerde.«

»Ich bin immer noch der Meinung, du solltest dir jemanden suchen, der deutlich besser als ich dafür geeignet ist, dir zu helfen.«

»Ich wüsste sonst niemanden, an den ich mich wenden könnte, und du kennst dich hier aus. Das kann mir in dieser

Form niemand anders bieten.« Er unterschreibt auf der Quittung und steht auf, wartet, dass ich vorausgehe. Wir verlassen das Restaurant, in dem schon wesentlich weniger Geschäftigkeit herrscht als bei unserer Ankunft.

Ich blicke auf mein Handy und stelle verblüfft fest, dass es nach zehn ist. Wie ist das denn passiert? Seit Tonys Tod ist die Zeit mein Feind. Entweder verfliegt sie, sodass ich mich verwundert frage, wie das Leben so schnell ohne ihn weitergehen kann. Oder sie schleppt sich quälend dahin, sodass ich nicht weiß, wie ich die Leere in meinem Leben füllen soll, zu dem er nicht länger gehört.

Der Angestellte des Restaurants hat Jasons Auto bereits geholt.

Er reicht dem jungen Mann einen Zwanzigdollarschein. »Tut mir leid, wenn wir Sie haben warten lassen.«

»Kein Problem. Das Auto ist einfach unglaublich. Haben Sie es von New York hergefahren?«

»Das hätte ich gern getan. Aber die Zeit war knapp, daher habe ich es liefern lassen.«

Der Typ reicht Jason eine Visitenkarte. »Wenn Sie jemanden brauchen, der es für Sie zurückbringt, melden Sie sich bitte bei mir.«

»Mach ich. Danke.« Jason hält mir die Beifahrertür auf und wartet, bis ich Platz genommen habe, bevor er die Tür schließt. Er gleitet auf den Fahrersitz und reicht mir die Tüte mit seinem restlichen Essen, damit ich sie für ihn halte.

»Was ist mit den digitalen Medien?«, will ich wissen, als wir auf der Rückfahrt zu meiner Wohnung sind.

»Was ist damit?«

»Hast du schon mal drüber nachgedacht, deine Accounts zu nutzen, um deine Version bekannt zu machen?«

»Welche Accounts?«

Ich blicke zu ihm hinüber. »Du bist nicht in den sozialen Netzwerken unterwegs? Überhaupt nicht?«

»Nope. Dafür hatte ich nie Zeit.«

»Nun, das ist eine extrem gute Gelegenheit, dir die Herrschaft über deine Geschichte zurückzuerobern. Wir sollten dir einen Instagram-Account einrichten, auf dem du zeigen kannst, wie du die neue Stadt kennenlernst, und wenn es uns gelingt, das mit der Sozialklinik auf die Reihe zu kriegen, dann umso besser.«

»Ich weiß nicht, wie ich es finde, in der Klinik mit dem Hintergedanken auszuhelfen, darüber zu posten.«

»Das ist doch genau der springende Punkt.«

»Ich weiß«, räumt er mit einem Seufzen ein. »Ich hasse es, anderen für Aufmerksamkeit zu helfen. Das fühlt sich irgendwie schmierig an.«

»Unter gewöhnlichen Umständen ist es das ja auch. Aber das hier sind keine normalen Umstände. Wenn du deine Karriere retten willst, musst du dich damit abfinden und alle Möglichkeiten nutzen, einen guten Eindruck zu hinterlassen.«

»Ich hasse das.«

Wir sind ungefähr zwei Kilometer von meiner Adresse entfernt, als hinter uns Blaulicht angeht.

Nach einem Blick in den Rückspiegel fährt Jason an den Straßenrand. »Was zur ...?«

»Das kann nicht zweimal am selben Tag passieren.«

»Für mich ist es ja das erste Mal. Gibst du mir mal die Fahrzeugpapiere?«

Ich öffne das Handschuhfach, in dem sich heute Morgen noch der Fahrzeugschein befand, und muss feststellen, dass es nun gähnend leer ist. »Äh, Jason?«

* * *

Sie stecken uns in dieselbe Zelle, in der ich heute Morgen gesessen habe, und die Tür schließt sich mit dem gleichen erschreckenden Scheppern, das mich schon beim ersten Mal hier so erschreckt hat. Der Polizist hat behauptet, er habe uns angehalten, weil eines der Rücklichter nicht funktioniert habe, aber als wir keine Papiere für das teure Auto vorweisen konnten, ist ihm nichts anderes übrig geblieben, als uns mit aufs Revier zu nehmen, bis geklärt ist, dass Jason der Besitzer des Wagens ist.

Und da bin ich wieder. Im Knast. Zum zweiten Mal am heutigen Tag.

Immerhin ist es mir gelungen, die ganze Zeit, während wir mit den Händen auf dem Autodach und mit gespreizten Beinen dastehen mussten, die Ruhe zu bewahren. Ich bin auch nicht ausgeflippt, als man uns gesagt hat, dass wir in der Arrestzelle warten müssen, bis die Besitzverhältnisse bezüglich des Autos überprüft sind. Ich habe mich zusammengerissen, als sie uns in Handschellen auf die Rückbank des Streifenwagens verfrachtet haben. Doch wieder in dieser Zelle zu sein, mit der Toilette in der Ecke, ist einfach zu viel.

Ich breche in hilfloses Gelächter aus.

»Was zur Hölle ist denn so komisch?«, will Jason wissen.

Ich kann weder atmen noch reden. Ich wedle mit der Hand, um die ganze Situation zu bezeichnen.

»Das hier ist nicht komisch. Das hier ist das verdammt noch mal Letzte, was ich im Moment brauche.«

Selbst das Wissen, dass er recht hat, kann nicht verhindern, dass ich weiterlache. Dieser Tag könnte unmöglich noch absurder werden. Ich brauche volle fünf Minuten, um wieder zu Atem zu kommen, und zu dem Zeitpunkt ist Jason wegen meiner Erheiterung ziemlich sauer auf mich.

»Es ist nur gut, dass sie unsere Handys einbehalten haben, sonst wäre ich ernsthaft in Versuchung, deinen

Instagram-Account sofort einzurichten und als Erstes ein Foto aus dem Gefängnis zu posten.«

Das entlockt ihm ein kleines Lächeln, als ob er es nicht verhindern könnte, selbst wenn er nichts hieran lustig findet.

»Kannst du nicht deine Beziehungen spielen lassen, um uns rauszuholen?«

»Das habe ich schon versucht. Der Streifenpolizist hat gesagt, er sei noch auf der Highschool gewesen, als Tony getötet wurde, und er könne nicht einfach auf mein Wort hin handeln, ohne sich das irgendwo bestätigen zu lassen. Aber er hat erklärt, das mit meinem Mann tue ihm leid. Trotzdem sitzen wir hier erst mal fest.«

»Jesus!«

Ich zucke zusammen, weil er den Namen des Herrn so beiläufig verwendet.

»Was denn?«

»Meine Großmütter würden dir dafür die Zunge rausschneiden.«

»Sorry. Scheiße. Ist das besser?«

»Viel.«

Er lacht, und das Geräusch umfängt mich wie ein warmes Bad, beruhigend und lindernd. Es gefällt mir, ihn zum Lachen zu bringen, vor allem, da er in den letzten Wochen so wenig zu lachen hatte.

Ein älterer Polizist tritt an die Zellentür. »Sie sind Tony D'Alessandros Ehefrau?«

»Ja, das war ich.«

»Kommen Sie mit.«

»Kann mein Bekannter auch mit?«

»Ja, klar.«

Wir folgen ihm über eine Reihe von Fluren in einen karg möblierten Raum, in dem im Wesentlichen nur ein Tisch und Stühle stehen.

»Sie können hier warten.«

»Das Auto gehört mir«, sagt Jason. »Es ist heute Vormittag wegen eines Missverständnisses beschlagnahmt und zur Verwahrstelle nicht weit von hier abgeschleppt worden. Als ich es dann später ausgelöst habe, hat man wohl vergessen, die Papiere wieder zurück ins Handschuhfach zu legen. Das habe ich allerdings erst gemerkt, als wir kontrolliert wurden.«

»Wir überprüfen das. Sobald sich bestätigt, was Sie uns erzählt haben, steht es Ihnen frei, zu gehen.« Der Polizist schaut mich an. »Sie dürfen jetzt sofort nach Hause. Ich kann Sie von jemandem heimfahren lassen, wenn Sie das wollen.«

»Ist schon in Ordnung. Ich warte mit meinem Bekannten.«

»Hätten Sie gerne einen Kaffee?«

»Nein, danke. Alles in Ordnung.«

»Ich werde tun, was ich kann, um die Sache so schnell wie möglich zu klären.«

»Vielen Dank.«

Er verlässt den Raum und schließt die Tür hinter sich. Ich glaube nicht, dass sie abgesperrt ist, aber wenn es so ist, möchte ich es lieber nicht wissen.

Jason setzt sich an den Tisch. »Du solltest gehen.«

»Nicht nötig. Ich bleibe.«

»Du musst morgen früh zur Arbeit.«

»Ich weiß.«

»Es wird spät.«

»Ich habe gesagt, dass ich bleibe, und das werde ich auch tun.«

»Hast du Angst, mich mir selbst zu überlassen?«

»Ich bin schreckensstarr. Ich hab schon mit genug Problemen zu kämpfen, ohne dass du es noch schlimmer machst.«

Er wirkt bestürzt, bis er begreift, dass ich ihn bloß aufziehe, und dann lacht er. Er lacht so heftig wie ich vorhin. Genau wie mein eigenes Lachen enthält seines einen Anflug von Hysterie, die ich auf jeden Fall verstehe. Brave Streber, die sich immer an alle Regeln halten, landen nicht im Gefängnis, und ganz bestimmt nicht zweimal hintereinander am selben Tag.

»Du bist heute wirklich ein Knastvogel«, erklärt er, als er sich schließlich wieder beruhigt hat.

»Aber nur deinetwegen! Ich hab nichts Böses gedacht, als du und dein Porsche in mein Leben gebraust seid, um in meinem geordneten Alltag jede Menge Chaos zu stiften.«

»Gib es ruhig zu. Das war der größte Spaß, den du seit Langem hattest.«

Ich verschränke abwehrend die Arme. »Ich werde nichts in der Art zugeben.«

Das Lächeln, mit dem er mich bedenkt, löst eine ganze Kette von Reaktionen in mir aus, wie sie schon den ganzen Tag ablaufen. Ich hab nie daran geglaubt, dass man sich auf den ersten Blick zu jemandem hingezogen fühlen kann, weil mir das vorher nie passiert ist. Tony und ich waren zwei Jahre lang befreundet, bevor wir offiziell miteinander gegangen sind. Ich habe meine Freundinnen und Cousinen heimkommen sehen, völlig hin und weg von einem Mann, den sie gerade erst getroffen hatten, doch meistens hat das nicht lange angehalten.

»Woran denkst du?«

Seine Frage überrascht mich. »Wie bitte?«

»Du bist gerade ganz ernst geworden und hast die Brauen zusammengezogen.« Er versucht, meine Miene nachzumachen.

»Oh, äh, an nichts Besonderes.« Ich kann ja schließlich nicht dem Objekt meiner spontanen Zuneigung gegenüber eingestehen, dass ich im Zusammenhang mit ihm über genau dieses Thema nachgedacht habe.

»Lügnerin.« Er lehnt sich mit dem Stuhl nach hinten, beginnt riskant zu kippeln. »Verrat mir, weshalb du die Stirn gerunzelt hast und eine steile Falte zwischen deinen Brauen war.«

Ist es hier drin wirklich so heiß, oder kommt mir das nur so vor? »Ich habe mich bloß gefragt, weshalb sie so lange brauchen, um zu überprüfen, ob das Auto wirklich dir gehört.«

»Vermutlich müssen sie erst den Typen von der Verwahrstelle erreichen.«

»Meinst du, du musst am Ende noch mal die Gebühren zahlen, um es auszulösen?«

»Vermutlich.«

Damit verdoppelt sich meine Schuld, da ich ja diejenige bin, die dafür verantwortlich ist, dass der Porsche heute überhaupt beschlagnahmt worden ist.

Ich lasse mich auf einen Stuhl gegenüber von ihm fallen. »Mir tut das alles so furchtbar leid. Als Mr Augustino mir aufgetragen hat, den Babysitter für dich zu spielen, hatte er, glaube ich, nicht im Sinn, dass ich das im Gefängnis tue.«

»Er hat das Wort ›Babysitter‹ benutzt?«

Unter seinem Blick rutsche ich unbehaglich hin und her. »Vielleicht?«

»Das ist einfach großartig. Ich bin so froh, dass ich praktisch mein ganzes Leben an Schule und Hochschule verbracht habe, damit ich in meinem neuen Job einen Babysitter verpasst kriege.«

»Ich hab mir das auch nicht ausgesucht.«

»Du kannst ja nichts dafür. Die Schuld liegt allein bei mir. Ich bin einer Frau auf den Leim gegangen – zum ersten Mal im Leben –, und für diesen Fehler werde ich sehr lange zahlen müssen.«

»Nicht notwendigerweise.« Während ich ihn betrachte, spüre ich wieder diese Faszination und ärgere mich über mich selbst. Warum muss ich mich so zu ihm hingezogen fühlen? Ausgerechnet zu dem Typen, der meine erste Aufgabe in meinem Traumjob ist, für den ich jahrelang geschuftet und mich abgerackert habe?

Die Ironie entgeht mir nicht. Ich bin fünf Jahre lang durch einen Nebel der Trauer gewatet, und das erste Mal, dass ich etwas für einen anderen Mann empfinde, muss es ausgerechnet *er* sein. Meine Freundinnen und meine Familie versuchen schon ewig, jemand Neues für mich zu finden. Nur ganz wenige der zahlreichen Erstverabredungen, die sie für mich angebahnt haben, haben überhaupt zu einer zweiten geführt, sehr zum Frust der Möchtegern-Ehestifterinnen, die mich so gerne glücklich sehen wollen.

Sie wären entzückt, zu wissen, dass Dr. Jason Northrup dafür sorgt, dass meine Kopfhaut und andere, wichtigere Stellen an meinem Körper prickeln. Da mein neuer Boss allerdings entschlossen ist, Jason und seinen Skandal von dem Krankenhaus, für das ich nun arbeite, fernzuhalten, ist er der letzte Mann, an dem mein Körper Interesse bekunden sollte.

Aber versuche mal jemand, das meinem Körper klarzumachen …

Ich verschränke die Arme, damit Jason nicht merkt, was unter meiner Kleidung los ist. Das ist nichts, was er wissen muss. Außerdem bin ich sicher, dass es bloß vorübergehend ist. Er sieht gut aus und ist ein charismatischer Gehirnchirurg, Himmel noch mal. Jede heterosexuelle Frau, die auch nur einen Funken Leben in sich hat, würde so auf ihn reagieren.

Ich möchte glauben, dass ich nicht wie andere Frauen bin, vor allem in der Beziehung, dass ich nicht wegen Sachen ausflippe, die meine Freundinnen oder Cousinen in helle Aufregung versetzen. Beispielsweise ist einmal Justin Bieber mit seinem ganzen Gefolge ins Restaurant gekommen, und alle anderen waren völlig geplättet, doch ich habe sie ganz normal bedient.

Bieber kocht auch bloß mit Wasser, so wie alle anderen. Ich hatte keine wie auch immer geartete Reaktion auf den Kerl, dem andere Frauen ihre Unterwäsche auf die Bühne werfen. Hat es Spaß gemacht, ihn kennenzulernen? Klar. Außerdem hat er ein fürstliches Trinkgeld dagelassen, das mir sehr gelegen kam, als ich die Kaution für meine neue Wohnung aufbringen musste.

»Und woran denkst du jetzt?«

»Runzle ich wieder die Stirn?«

»Irgendwie schon.«

»Ich hab daran gedacht, wie ich mal Justin Bieber begegnet bin.« Ich muss ihm ja nicht genau erklären, was genau ich in Bezug auf meine Reaktion auf ihn im Vergleich zu der auf Bieber gedacht habe und dass sich bei ihm meine Brustspitzen aufrichten. Warum tun sie das eigentlich?

»Wie war das?«

Ich zucke die Achseln. »Nichts Besonderes. Er ist zusammen mit einer Gruppe von Leuten in das Restaurant meiner Familie gekommen. Ich habe sie ganz normal bedient, aber alle anderen waren nicht mehr zurechnungsfähig.«

»Ich kann mir gut vorstellen, wie du ganz kühl und ruhig bleibst, während alle anderen komplett durchdrehen.«

»Ich fange wegen berühmter Leute nicht an zu spinnen. Schließlich treffe ich sie schon mein ganzes Leben lang.«

»Ach wirklich?«

Ich nicke, stehe auf, um mich zu recken, und setze mich dann neben ihm auf den Tisch. »Das Giordino's, das Restaurant meiner Familie, ist sehr bekannt. Die Leute kommen aus der ganzen Stadt, um dort zu essen. Gloria Estefan und ihr Ehemann feiern jedes Jahr ihren Hochzeitstag bei uns. J.Lo schaut vorbei, wann immer sie in der Stadt ist. George Clooney und seine Eltern waren letztes Jahr bei uns zu Gast.«

»Wow, das ist toll. Ist das Lokal schon lange im Besitz deiner Familie?«

»Die italienischstämmigen Eltern meines Vaters haben das Restaurant eröffnet, als sie in den Fünfzigerjahren von der Bronx nach Südflorida umgezogen sind. Danach haben sich immer mehr Kubaner in der Gegend angesiedelt, die in den Sechzigerjahren dann auch Little Havana genannt wurde. Später haben sich meine Eltern kennengelernt und ineinander verliebt, und nachdem sie miteinander durchgebrannt waren, hat mein Vater meine Mutter mit ins Geschäft geholt und darauf bestanden, dass sie sich aktiv beteiligt. Seither gibt es auf der einen Seite kubanisches und auf der anderen italienisches Essen, wobei meine beiden Großmütter den Service für ihren jeweiligen Bereich leiten. Sie zanken sich die ganze Zeit, und die Leute kommen von überallher, um ihnen dabei zuzusehen.«

»Also vertragen sie sich nicht?«

»Im Grunde genommen sind sie die besten Freundinnen, doch auf die Idee käme niemand. Ihre Charaktere, die sie für die Öffentlichkeit spielen, sind total komisch. Sie behaupten, es sei gut fürs Geschäft, und da haben sie recht.«

»Das ist faszinierend. Ich kann es gar nicht erwarten, sie mal live zu erleben.«

Ich versuche, ihn mir inmitten des Chaos im Giordino's vorzustellen. »Ich kann dich da leider nur mit hinnehmen, wenn du vorhast, mich zu heiraten.«

Kapitel 6

Jason

Ich starre sie an, schockiert und absurderweise erregt von allem, was sie sagt und tut. »Dich heiraten?«

Sie lacht über meine Reaktion. »Dazu muss man meine Großmütter kennen. Etwa zwei Jahre nach Tonys Tod haben sie angefangen, jemand Neues für mich zu suchen. Wenn ich dich dorthin mitnehme, stürzen sie sich auf dich wie die Geier, und bevor noch das Essen serviert wird, haben sie schon den Pfarrer am Telefon.«

»Wow.«

»Ich weiß. Und das ist der Grund, warum ich dich nicht in ihre Nähe lassen kann, bevor du bereit bist, mit mir vor den Altar zu treten.«

Mir ist klar, dass sie übertreibt, was vermutlich der Grund ist, warum ich noch Öl in das Feuer gieße, das den ganzen Tag zwischen uns geschwelt hat. »Was, wenn ich keine Angst vor ihnen habe?«

Sie schnaubt nur. »So kann nur jemand reden, der sie bisher nicht getroffen und keine Ahnung hat, wozu sie fähig sind.«

»Ach was«, erwidere ich und wische ihren Einwand mit der Hand beiseite. »Nach allem, was ich hinter mir habe, sind zwei Großmütter ein Klacks.«

Carmen schaut mich mit ihren dunkelbraunen Augen an. Sie hat unglaublich dichte, lange Wimpern, für die andere Frauen vermutlich töten würden. Ihre makellose Haut hat einen wunderschönen goldbraunen Schimmer, und ihre Lippen sorgen dafür, dass ihr Gesicht nicht einfach nur hübsch ist, sondern wirklich atemberaubend. Ich habe in meinem gesamten Leben noch keinen Mund gesehen, der mehr fürs Küssen geschaffen wäre, nicht zu vergessen, dass sie eine tolle Figur hat und so gut riecht, dass ich mich beherrschen muss, um nicht mein Gesicht in ihrem Haar zu vergraben und ihren Duft einzuatmen. »Du hast keine Ahnung, wovon du redest.«

Mir ist nur zu bewusst, dass es mir absolut nicht zusteht, Carmen Giordinos viele attraktive Eigenschaften wahrzunehmen. Ich habe schon genug Schwierigkeiten, auch ohne erotische Gedanken an die junge Frau, die versucht, mir aus der Hölle herauszuhelfen, in der ich feststecke, seit ich herausgefunden habe, was Ginger wirklich von mir wollte.

»Du würdest mich doch beschützen, oder?«

Bevor sie das beantworten kann, kommt der Polizist, der uns in dieses Zimmer gebracht hat, zurück. »Sie können beide gehen. Der Fahrzeugschein vom Porsche wurde in der Verwahrstelle gefunden. Wäre vermutlich schlau, den in Zukunft immer dabeizuhaben. Wir mussten den Typen erst mal aus dem Bett holen, darum hat es so lange gedauert.« An Carmen gewandt fügt er hinzu: »Tut mir leid, dass Sie warten mussten. Wir haben ihn gebeten, dazubleiben, bis Sie kommen, damit Sie das Auto noch heute Nacht wiederkriegen. Trotzdem will er aber nicht auf die Gebühr verzichten, obwohl wir alles versucht haben.«

»Danke für Ihre Mühe«, erwidert Carmen.

Großartig. Wieder sechshundert Mäuse zum Fenster rausgeschmissen. Bloß gut, dass ich so viel arbeite und kaum Zeit habe, mein Geld auszugeben. Der Porsche ist meine einzige große Anschaffung gewesen. Meine Wohnung in New York ist ein Studio-Apartment, weil ich fast nie dort bin. Ich bedeute Carmen, vorauszugehen.

Der Beamte bringt uns zur Tür und nach draußen.

Wir machen uns auf den Weg zur Verwahrstelle.

»Ich habe ein Déjà-vu.«

Carmen lacht. »Ich auch. Das tut mir alles schrecklich leid. Ich hätte Betty ein Taxi rufen sollen.«

»Wo wäre denn da der Spaß geblieben?«

»Na ja, ich wäre dann immerhin nicht zweimal an einem Tag im Gefängnis gelandet.«

»Die Geschichte kannst du jetzt für den Rest deines Lebens erzählen.«

»Nein, auf keinen Fall! Ich will nicht, dass irgendjemand etwas davon erfährt. Mein Gott, meine Eltern und meine Großmütter würden sterben, wenn sie das wüssten.«

»Es war ja alles ein Missverständnis – beide Male. Wenn du ihnen das erklärst …«

»Ich war im Gefängnis, Jason. Das kann ich ihnen auf keinen Fall sagen.«

Irgendetwas an ihrem entsetzten Tonfall macht mich unglaublich an, obwohl ich mich streng zurechtweise, das sofort zu vergessen. Es gefällt mir, dass sie so ein braves Mädchen ist, das vor heute nie irgendwelchen Ärger hatte.

Wir kommen bei der Verwahrstelle an, wo der missmutige Betreiber uns schon erwartet. »Ich finde, Sie sollten auf die Gebühr verzichten, da Sie mir beim ersten Mal die Fahrzeugpapiere nicht ausgehändigt haben.«

»Ach, das finden Sie also?« Mit seinen gewaltigen Muskelbergen und der Gesichtstätowierung wirkt der Mann irgendwie bedrohlich.

Ich erwidere seinen Blick, ohne zu blinzeln. »Ja, das finde ich.«

»Sie hätten nach Ihren Papieren fragen sollen, als Sie den Wagen vorhin abgeholt haben.«

»Ich hatte keinerlei Veranlassung, davon auszugehen, dass Sie sie aus dem Auto genommen haben, als Sie es hergebracht haben.«

»Hören Sie zu, es ist ein Uhr nachts. Ich möchte nach Hause. Ich kann Ihnen das Auto jetzt entweder rausgeben oder es hierbehalten. Ganz, wie Sie wollen.«

Ich will nicht riskieren, dass das hier hässlich wird oder gar in eine Schlägerei ausartet. Für diese Summe würde ich niemals meine Hände in Gefahr bringen, und ich möchte auch nicht, dass Carmen in so etwas hineingezogen wird. Ich reiche ihm also meine American-Express-Karte. Schon wieder.

Er nimmt sie, zieht sie durchs Lesegerät und gibt mir die Quittung zum Unterschreiben.

»Bin sofort zurück.«

»Das ist totaler Quatsch«, sagt Carmen, als wir allein sind.

»Da widerspreche ich nicht.«

»Jetzt schulde ich dir tausendzweihundert Dollar.«

»Nein, natürlich nicht.«

»Doch, klar.«

Wir streiten uns weiter über das Geld, bis der Porsche angebraust kommt und vor dem Büro hält.

Der Typ grinst von einem Ohr zum anderen. »Die Kiste ist wirklich der Hammer.«

Ich ignoriere ihn und steige auf der Fahrerseite ein, während Carmen auf dem Beifahrersitz Platz nimmt. Ich trete aufs

Gas, und Kiesel spritzen auf, während wir vom Hof fahren. Ich hoffe, einige davon treffen den Kerl.

»Ernsthaft, ich werde dir das zurückzahlen.«

»Du hilfst mir, meinen Ruf wiederherzustellen. Das reicht.«

Kurz nach halb zwei halte ich vor ihrem Apartmenthaus.

»Ich werde morgen früh todmüde sein«, erklärt Carmen und gähnt.

»Ich bring dich noch nach oben.«

»Das musst du nicht. Es ist schon spät. Geh schlafen.«

Sie sucht den Türgriff, also greife ich über sie hinweg, um ihr zu helfen. Mein Arm drückt sich gegen ihren Körper, und das sorgt für ein weiteres dieser Feuerwerke, die sie in mir auslöst, seit ich sie das erste Mal gesehen habe. Ist das tatsächlich erst etwa zwanzig Stunden her?

»Geht schon.«

Ich ziehe mich zurück, wünsche mir aber, dass ich das nicht müsste. Das ist kein Gedanke, den jemand in meiner Lage haben sollte. »Meldest du dich morgen?« Ein Teil von mir hat Angst, dass ich nach diesem katastrophalen Tag nie wieder von ihr hören werde. Gerade als ich dachte, es könnte nicht noch schlimmer werden, sorge ich dafür, dass eine unschuldige junge Frau zweimal an einem Tag im Gefängnis landet.

»Klar. Ich hab da ein paar Ideen, was wir machen können.«

»Ich stehe Gewehr bei Fuß. Allerdings habe ich morgen einen Termin mit einer Immobilienmaklerin, zur Wohnungsbesichtigung. Den sollte ich vermutlich wahrnehmen, falls ich doch hierbleibe.«

»Dabei kann ich dir auch helfen.«

»Perfekt.«

»Das ist ja das Mindeste, was ich tun kann, nachdem ich dich heute über tausend Dollar gekostet habe.«

»Das war nicht deine Schuld. Schlaf gut, und träum von etwas anderem als dem Gefängnis.«

»Du auch, Jason. Wir sehen uns gleich morgen, viel zu früh.«

Ich muss lachen, während sie aus dem Auto steigt und zum Eingang läuft. Ich warte, bis sie sicher im Haus ist, bevor ich zu dem Hotel fahre, in dem das Krankenhaus ein Zimmer für mich gebucht hat.

Bevor ich ins Bett gehe, bin ich so unvorsichtig, meine E-Mails zu checken, und finde eine Nachricht von Mr Augustino, der mir nahelegt, mich auf dem Krankenhausgelände besser nicht blicken zu lassen, bis der Vorstand Gelegenheit hatte, über meinen Fall zu beraten.

Großartig.

Am liebsten würde ich das Handy an die Wand werfen. Ich würde es auch tun, würde es nicht so viel Umstände machen, es zu ersetzen. Ich hab im Moment genug Nervkram in meinem Leben.

Ich hoffe wirklich, dass Carmen mir helfen kann, denn so, wie es im Moment aussieht, wäre ich sonst ziemlich aufgeschmissen.

Carmen

Ich träume von der Arrestzelle. Daran ist ganz bestimmt Jason schuld, weil er mir diese Idee in den Kopf gesetzt hat. Trotz der viel zu kurzen Nacht bin ich entschlossen, meinen zweiten Tag im Job weniger ereignisreich zu gestalten als den ersten. Mit diesem Gedanken sitze ich um halb neun an meinem Schreibtisch, mit einem *cortadito*, der kubanischen Version eines Cappuccino, aus der *ventanita* meiner Bekannten Juanita.

79

Ich verlasse mich darauf, dass der die Spinnweben aus meinem immer noch müden Gehirn vertreiben wird.

Ich bin kein Morgenmensch, selbst wenn ich viele Stunden ungestörten Schlafs hinter mir habe.

Jason hat mir eine Nachricht geschickt, um mich über Mr Augustinos E-Mail mit der Bitte zu informieren, sich vom Krankenhaus fernzuhalten, bis der Vorstand eine Entscheidung getroffen hat. Ich spüre, dass er sich schlechter fühlt als letzte Nacht. Das verstärkt nur meine Entschlossenheit, ihm zu helfen, auch wenn ich weiter meine, er sollte jemanden mit Erfahrung in Krisen-PR hinzuziehen.

Mona trifft kurz nach mir ein und bleibt in meiner Tür stehen. »Waren Sie gestern Abend mit Dr. Northrup aus?« Die Frage stellt sie mit einem Kichern, das mich an das Geräusch von Fingernägeln auf einer Tafel erinnert.

»Wir hatten ein Geschäftsessen.«

»Ach wirklich?«

»Ich hab's nicht so mit Klatsch, Mona, ganz besonders bei der Arbeit nicht.«

Als hätte ich nichts gesagt, kommt sie in mein Büro und setzt sich. »Haben Sie das über ihn gehört? Was in New York passiert ist?«

»Ja, er hat mir erzählt, dass eine Frau, die aus ihrer Ehe rauswollte, ihn benutzt hat und dass seine Karriere, die er sich über mehr als zehn Jahre aufgebaut hat, jetzt deswegen in Gefahr ist.«

Das nimmt ihr den Wind aus den Segeln. »Sie hat ihn benutzt?«

Ich bin mir nicht sicher, ob er möchte, dass ich sie ins Vertrauen ziehe, aber wir müssen dringend seine Seite der Geschichte unter die Leute bringen, wenn wir seine Karriere wieder auf die Spur setzen wollen. »Sie hat ihn schamlos ausgenutzt, um ihre eigenen Ziele zu verfolgen, und ihm dabei auch noch das Herz gebrochen.«

»Warum hat er das nicht richtiggestellt?«

»Weil sie Kinder hat und er unbedingt eine Schlamm-schlacht mit ihrer Mutter vermeiden will, unter der auch die beiden zu leiden hätten.«

»Aha.«

»Sie dürfen nicht alles glauben, was Sie lesen, Mona. Jede Geschichte hat zwei Seiten.« Warum habe ich das Gefühl, als wäre ich die Weisere von uns beiden, obwohl ich Jahrzehnte jünger bin als sie?

»Was will er tun?«

»Er versucht gerade, seinen Ruf zu retten, damit er hier arbeiten darf.«

»Und wie will er das bewerkstelligen?«, fragt Mr Augustino von der Tür aus und erschreckt uns beide.

Ach herrje.

Mona steht auf und ergreift feige die Flucht.

Mr Augustino kommt herein, schließt die Tür und nimmt auf meinem Besucherstuhl Platz. Ich schätze ihn auf Ende Fünfzig. Er hat grau meliertes Haar und einen passen-den Spitzbart, ist makellos gekleidet in dem marineblauen Nadelstreifenanzug mit dem hellblauen Einstecktuch, das farb-lich auf seine Krawatte abgestimmt ist.

Plötzlich bin ich fürchterlich nervös. Der Kranken-hausdirektor sitzt in meinem Büro. Ich habe keine Ahnung, wie ich damit umgehen soll. Will er, dass Jason ... äh, Dr. Northrup seinen guten Ruf zurückbekommt, oder eher nicht?

Ich beschließe, die Wahrheit zu sagen. »Sie sollten wissen, dass es eine andere Seite der Geschichte aus New York gibt.«

»Dr. Northrup hat mir mitgeteilt, dass er nicht bereit sei, seine Version in die Öffentlichkeit zu tragen, weil die Frau Kinder hat.«

»Das stimmt.«

»Diese Informationen habe ich an den Vorstand weitergeleitet.«

»Oh?«

Mr Augustino nickt. »Ich möchte der Karriere dieses Mannes keinen weiteren Schaden zufügen, Ms Giordino. Er ist ein Weltklassechirurg. Schon die ganze Zeit hatte ich das Gefühl, dass wir unglaubliches Glück haben, ihn – und seine sehr vielversprechende Forschung – für unser Krankenhaus zu bekommen. Trotzdem verstehe ich die Zweifel des Vorstands im Lichte des Skandals und von Dr. Northrups zunächst mangelnder Offenheit darüber.«

»Ich habe einige Ideen, wie wir seinen ramponierten Ruf aufpolieren können.«

»Zum Beispiel?«

»Meine Cousine arbeitet als Krankenschwester in der Sozialklinik der Barmherzigen Jungfrau in Little Havana. Der sonst dort helfende Arzt fällt nach einem Unfall eine Weile aus, und Dr. Northrup könnte vielleicht einspringen, solange er selbst freigestellt ist. Unentgeltlich natürlich.«

»Und wäre er willens, das zu tun?«

»Wenn seine Haftpflichtversicherung das zulässt, absolut. Das wird er heute klären.«

Mr Augustino hält seinen Kopf schief und mustert mich irgendwie merkwürdig. »Also haben Sie diese Möglichkeit schon mit Dr. Northrup diskutiert?«

Verdammt. Jetzt habe ich mich selbst in die Ecke manövriert. »Ja, Sir. Ich habe angeboten, ihm behilflich zu sein. Außerhalb der Arbeitszeit natürlich.«

»Warum haben Sie das getan?«

»Ich … äh … Er hat mir gestern bei etwas geholfen, und ich schulde ihm einen Gefallen.« *Bitte nicht fragen. Bitte fragen Sie nicht, was …*

»Wobei hat er Ihnen geholfen?«

Meine Gedanken rasen. »Er hatte mich gebeten, ihm einen Angestelltenparkplatz zu besorgen, was sich als komplizierter entpuppt hat, als ich geahnt hatte. Als er gekommen ist, um mir zu helfen, haben wir uns darüber unterhalten, was ihn nach Miami verschlagen hat. Eins hat zum anderen geführt, und ich habe ihm als Dank meine Unterstützung angeboten.« Gott, ich hoffe, er glaubt mir.

Mr Augustino denkt darüber eine Weile nach, die sich für mich wie volle fünf Minuten anfühlt, obwohl es vermutlich nur dreißig Sekunden sind. Es dauert auf jeden Fall lang genug, dass mir der Schweiß ausbricht. »Mir gefällt die Idee einer PR-Kampagne, um seinen Ruf wiederherzustellen. Das könnte ein wichtiger Beitrag dazu sein, den Vorstand zu überzeugen, dass man Dr. Northrup die Zulassung für unser Krankenhaus erteilen sollte, was letztendlich mein Ziel ist. Wenn seine Forschung sich so weiterentwickelt, wie wir es erwarten, wäre das ein Riesencoup für uns.«

Er schaut mich direkt an. »Ich möchte, dass Sie sich während der nächsten beiden Wochen in Vollzeit diesem Projekt widmen und mir am Ende jedes Arbeitstags Bericht erstatten. Je mehr Sie mit Fotos und Videos dokumentieren können, desto besser. Wir können für den Vorstand eine Präsentation zusammenstellen, die zeigt, wie engagiert Dr. Northrup sich hier zeigt. Mir gefällt die Idee. Gute Arbeit, Ms Giordino.«

»Oh, äh, vielen Dank.« Ich kann gerade noch ein hysterisches Kichern unterdrücken. Wenn er nur die ganze Geschichte kennen würde. Aber Gott sei Dank tut er das nicht und wird es hoffentlich auch nie erfahren. »Wer kümmert sich in meiner Abwesenheit um meine Aufgaben?«

»Darüber machen Sie sich mal keine Sorgen. Dr. Northrup hat absolute Priorität. Ich will diesen Mann – und seine Forschung – für unser Team. Ich will, dass unser Krankenhaus davon profitiert, wenn seine Arbeit sich auszahlt. Wenn Sie dazu beitragen können, dass das passiert, werde ich Sie für die Position der Abteilungsleiterin in Erwägung ziehen, die vor Kurzem frei geworden ist. Taryn hat beschlossen, die ersten paar Jahre mit ihrem Baby zu Hause zu bleiben.«

Mir bleibt vor Schreck der Mund offen stehen. Ich bin jetzt schon auf der Liste für so eine Beförderung? Der zweite Tag im Job entwickelt sich definitiv sehr viel verheißungsvoller als der erste. »Das wäre großartig. Ich werde mein Bestes für Sie und für Dr. Northrup tun.«

»Daran hege ich keinerlei Zweifel. Sie scheinen eine sehr verantwortungsbewusste junge Frau zu sein, und wir haben großes Glück, dass Sie für uns tätig sind.«

Wenn Sie wüssten, wo ich gestern um diese Zeit war ... »Vielen Dank. Ich werde Sie nicht enttäuschen, Sir.«

»Sehr gut. Bitte kommen und gehen Sie so, wie es nötig ist, um Ihre Aufgabe zu erfüllen. Ich werde Mona wissen lassen, dass Sie häufig außerhalb des Krankenhauses unterwegs sein werden. Sorgen Sie nur dafür, dass sie Ihre Handynummer hat, sodass sie Sie erreichen kann, sollte das erforderlich sein.«

»Natürlich.«

Er steht auf und ist schon an der Tür, als er sich noch mal umdreht, offensichtlich leicht verlegen. »Als ich meiner Frau erzählt habe, dass Sie zu unserem Team stoßen, hat sie erwähnt, wie schwierig es ist, im Giordino's eine Tischreservierung zu ergattern. Unser Hochzeitstag steht vor der Tür, und ich dachte, es wäre nett, sie damit zu überraschen.«

»Ich werde mich für Sie darum kümmern. Sagen Sie mir einfach, wann Sie den Tisch brauchen.«

»Oh, vielen Dank. Ich melde mich bei Ihnen.«

»Gerne.«

Er verlässt mein Büro, und ich bin für einen Moment geschockt von unserer Unterhaltung. Nicht nur hat er voll unterstützt, dass ich Jason helfe, sondern er hat das auch zu meiner einzigen Aufgabe für die nächsten beiden Wochen gemacht und mir zudem eine traumhafte Beförderung in Aussicht gestellt, wenn ich Erfolg habe.

»Uiuiui«, flüstere ich, bevor ich nach meinem Handy greife, um Jason eine Nachricht zu schreiben. Großartige Neuigkeiten. Mr Augustino hat dich für die kommenden zwei Wochen zu meiner einzigen Aufgabe erklärt. Er möchte, dass ich dir helfe, dem Vorstand beim nächsten Treffen deine Version darzulegen.

Er antwortet sofort.

Wow! Das sind großartige Neuigkeiten. Ich hatte eigentlich das Gefühl, dass er mich hier genauso wenig haben will wie der Vorstand.

Nein! Nachdem er deine Seite der Geschichte gehört hat, scheint er seine Meinung geändert zu haben. Er ist sehr interessiert an dir und deiner Forschung und will unbedingt einen Weltklassekinderneurochirurgen in seinem Krankenhaus haben.

Okay, also vielleicht schmeichele ich Jason ein wenig, aber nach dem Empfang, der ihm gestern bereitet wurde, muss er sich ziemlich schlecht fühlen. Ich erwähne nicht, dass es auch um eine mögliche Beförderung für mich geht, weil er das nicht wissen muss. Ich war bereit, ihm zu helfen, bevor das überhaupt auf dem Tisch war, also hat sich nichts geändert.

Wie lautet deine erste Anweisung, Boss?

Ich möchte mit der Sozialklinik sprechen. Kannst du das mit deiner Versicherung klären?

Schon dabei.

Ich melde mich dann.

Hört sich gut an.

Ich schnappe mir mein Portemonnaie, Schlüssel, Handy und Kaffee und verlasse mein Büro. »Ich bin für den Rest des Tages unterwegs«, teile ich Mona im Vorbeigehen mit.

»Mr Augustino hat mir gesagt, dass Sie an einem besonderen Projekt arbeiten.«

»Stimmt.«

»Ist das zufällig groß, blond und attraktiv?«

»Tschüss, Mona.«

»Ich werde es niemandem verraten. Keine Sorge.«

Ich verdrehe die Augen und nehme den Aufzug. Auf dem Weg zu meinem Auto rufe ich meine Cousine Maria an.

»Hallo, *prima*. Wie läuft's mit dem neuen Job?«

»Bis jetzt war es ziemlich interessant.«

»Auf gute Art, hoffe ich.«

»Das ist bisher nicht ganz klar. Ich habe eine Frage. Sucht ihr immer noch einen Arzt für die Klinik?«

»Gott, ja. Wir sind völlig überlaufen, und mit nur einer Allgemeinmedizinerin, die stundenweise aushilft, kommen wir kaum hinterher.«

»Ich hätte vielleicht jemanden, der euch unter die Arme greifen könnte.«

»Das wäre fantastisch.«

Ich berichte ihr von Jason.

»Was zur Hölle will ein Kinderneurochirurg in einer Sozialklinik in Little Havana? Er weiß, dass wir nicht viel bezahlen können, oder?«

»Pass auf, er macht das sogar umsonst.«

»Wo ist der Haken?«

»Er hatte in seinem Privatleben ein paar Probleme, was dafür sorgt, dass der Vorstand des Miami-Dade sich fragt, ob sie ihn wirklich anstellen wollen.«

»Welche Art von Problemen?«

Ich lehne mich gegen mein Auto, schließe die Augen und schicke ein stummes Gebet zu meinen verstorbenen Großvätern, hoffe, dass sie mir hier helfen können. Wenn das mit der Klinik aus welchen Gründen auch immer nicht klappt, habe ich nicht gerade einen Plan B bereit. »Er hatte eine Affäre mit der Frau des Vorstandsvorsitzenden seines Krankenhauses in New York.«

»Äh, Carmen …«

»Moment, lass mich ausreden.« Ich erzähle ihr den Rest, dass er benutzt wurde und nichts von ihrer Ehe wusste, insbesondere nicht, dass sie mit dem Vorstandsvorsitzenden seines Krankenhauses verheiratet war. »Er hat geglaubt, sie würde ihn so lieben wie er sie, sodass er völlig am Boden zerstört war.«

»Warum sagt er das dann nicht?«

»Weil sie Kinder hat, und er möchte nicht, dass sie unter der Sache noch mehr zu leiden haben.«

»Ich glaube, es stimmt, was immer behauptet wird«, antwortet Maria mit einem Seufzen.

Ich habe keine Ahnung, was sie meint. »Was genau?«

»Einen Neurochirurgen kriegt man nicht umsonst.«

»Er macht es nicht wegen des Geldes, Mari. Er ist entschlossen, sich hier ein neues Leben aufzubauen. Er möchte die Menschen kennenlernen und etwas bewirken.«

»Und wenn das Endresultat ist, dass das Miami-Dade ihm die Zulassung erteilt, umso besser, richtig?«

»Wirst du dich mit ihm treffen und ihm eine Chance geben?«

»Lass mich mit meiner Chefin reden und schauen, was sie davon hält. Sie hat das zu entscheiden. Die guten Neuigkeiten für deinen Typen sind, dass wir vermutlich verzweifelt genug sind, um über den Skandal hinwegzusehen.«

»Ruf mich an, wenn du mehr weißt, okay?«

»Geht klar.«

»Vielen Dank. Das hilft mir sehr.«

»Wie bist du denn in die ganze Sache hineingeraten?«

»Das erzähle ich dir ein andermal, denn dafür brauche ich irgendwas Hochprozentiges zur Stärkung.«

»Kann's gar nicht erwarten, die Geschichte zu hören. Ich melde mich dann.«

»Danke noch mal.«

»Jaja. Dafür schuldest du mir was.«

»Was immer du willst.«

Maria lacht noch, während sie auflegt. Gott, ich hoffe, dass wir das hinkriegen. Wenn nicht, muss ich mir nämlich etwas Neues einfallen lassen, was er hier tun könnte, das ähnlich viel Gutes bewirkt.

Kapitel 7

Carmen

Ich stecke den Schlüssel ins Zündschloss meines Autos, des alten Hondas, den Tony und ich gekauft haben, als wir gerade frisch verheiratet waren. Plötzlich und unerwartet überrollt mich eine Welle verschiedenster Gefühle. Warum sind mir Dr. Jason Northrup und seine Karriere so wichtig? Wann ist seine Sache zu meiner geworden? Es geht hier nicht nur um das Geld, das ich ihm schulde. Ich wünschte, es wäre so einfach.

Es liegt auch daran, dass er auf die Kinder seiner Ex-Geliebten Rücksicht nimmt und sie beschützen will. Das rührt mich wirklich, vor allem nachdem er mir anvertraut hat, was er durchlitten hat, als sein Vater seine Mutter betrogen hat.

Die heiße Sonne Südfloridas zwingt mich, den Motor anzulassen, damit die Klimaanlage anspringt, aber ich sitze noch eine lange Zeit hinterm Steuer, starre durch die Windschutzscheibe und versuche in dem, was in den letzten vierundzwanzig Stunden passiert ist, irgendeinen Sinn zu finden.

Gestern Morgen konnte ich noch nicht ahnen, dass Dr. Jason Northrup meine wohlgeordnete Existenz so komplett auf den Kopf stellen würde. Während die Fahrt mit dem Porsche und meine zwei Ausflüge ins Gefängnis zu jeder anderen Zeit in meinem Leben absolut Schlagzeilen wert gewesen wären, ist im Moment eher die Tatsache, dass ich zum ersten Mal seit fünf Jahren eine echte Verbindung zu einem Mann verspüre, die wirklich bemerkenswerte Entwicklung.

Ich habe mich oft gefragt, ob es noch einmal passieren würde, ob ich jemanden kennenlernen würde, der solche Gefühle in mir auslösen würde. Aber bis gestern früh ist nichts passiert, trotz der unermüdlichen Bemühungen meiner Familie, jemand Neues für mich zu finden, den ich lieben kann. Obwohl ich mich widerstrebend auf mehr Blind Dates eingelassen habe, als ein Mädchen in seinem Leben ertragen müssen sollte, habe ich mir doch jedes Mal wirklich Mühe gegeben, auch wenn es eine Enttäuschung nach der anderen gab.

Abuela hat mir vor einem Jahr oder so erzählt, dass all der Unsinn und die Dates nur dem Zweck dienen, dass ich vorbereitet bin, wenn der Richtige auftaucht. So hatte ich das bisher noch nicht betrachtet, und diese Worte kommen mir jetzt wieder in den Sinn, beweisen mir wieder einmal, wie klug Abuela in Wahrheit ist.

Sie ist ebenfalls jung Witwe geworden, auch wenn sie fast zwanzig Jahre älter war als ich, als es passiert ist. Mein Großvater ist mit zweiundvierzig an einem Herzinfarkt gestorben. Abuela war damals vierzig, hatte drei kleine Kinder und ein gebrochenes Herz, das niemals geheilt ist.

»Ich will nicht, dass du so endest wie ich, *mi amor*«, hat sie zu mir gesagt, als ich mich bei ihr beschwerte, dass ich genug von den ganzen Verabredungen hätte. »Ich habe mich geweigert, über einen neuen Mann auch nur nachzudenken, nachdem mein geliebter Jorge gestorben war. Jetzt werde ich alleine alt und wünschte, ich hätte der Liebe eine zweite Chance gegeben.«

»Du bist niemals allein, Abuela.«

»Ich bin so dankbar für dich und unsere Familie. Aber ich muss dir nicht erklären, dass die Liebe einer wunderbaren Familie und von Freunden nicht vergleichbar ist mit der Liebe, die du für Tony empfunden hast oder ich für Jorge. Es ist einfach nicht dasselbe.«

Nein, das ist es nicht. Nichts ist jemals wieder dasselbe, nachdem man die Person verloren hat, die man am meisten liebt. Nach Tonys Tod habe ich mich sehr lange gefragt, ob ich seinen Verlust je verwinden würde. Das erste Jahr ist in meiner Erinnerung ein Nebel aus Trauer und Depression.

Während dieser Zeit war mein einziges Ziel, einfach weiterzumachen, einen Fuß vor den anderen zu setzen, mit einem Kummer klarzukommen, der so tief und allumfassend war, dass ich befürchtete, er würde mich ersticken. Doch das ist nicht geschehen. Zu meiner großen Überraschung habe ich Tonys Verlust überlebt und musste dann entscheiden, was ich mit dem Rest meines Lebens anfangen wollte. Und so bin ich schließlich an der Hochschule gelandet, die ich mit einem Abschluss in Kommunikationswissenschaft verlassen habe.

Wenn ich an die Zeit denke, direkt nachdem Tony erschossen wurde, kommen mir immer noch die Tränen, selbst fünf Jahre später. Ich habe gelernt, man gewöhnt sich nicht wirklich daran, dass der Mensch, den man liebt, nicht mehr bei einem ist. Aber man lernt, ohne ihn zu leben, so unvorstellbar einem das am Anfang auch erscheinen mag. Meine Liebe zu Tony ist für mich noch genauso präsent, wie sie an dem Tag war, als er gestorben ist. Sie ist so sehr ein Teil von mir wie das Herz, das allein für ihn geschlagen hat, seit ich vierzehn war.

Ich umfasse das Lenkrad fester, wieder einmal gefangen in meinem Kummer, während ich mir eingestehe, dass ich gestern zum ersten Mal überhaupt etwas für einen Mann empfunden habe, der nicht Tony ist. Die Gefühle sind komplex – Verwirrung, Erleichterung, Verzweiflung, Trauer.

Ein Teil von mir wollte nicht weitergehen, selbst wenn ich wusste, dass das schließlich passieren würde. Natürlich sollte es vermutlich nicht mit einem Kollegen geschehen, doch es ist tröstlich, zu wissen, dass es mir immer noch möglich ist, mich zu einem Mann hingezogen zu fühlen.

Irgendwann tauche ich aus meiner Versunkenheit wieder auf und stelle fest, dass ich mich ans Lenkrad klammere und erneut die Trauer und die Verwirrung verarbeiten muss, die nach dem schrecklichen Tag für lange Zeit meine ständigen Begleiter waren. Mit vierundzwanzig ist er in einen Laden gegangen, vermutlich um sich während seiner Schicht Kaugummi oder eine Limonade zu kaufen, und ihm wurde in einem willkürlichen Akt der Gewalt der Rest seines Lebens entrissen.

Wir haben später herausgefunden, dass der Mann, der ihn erschossen hat, schon früher mit der Polizei aneinandergeraten war. Man glaubt, dass die Schüsse nichts mit Tony zu tun hatten, sondern bloß mit der Uniform, die er anhatte. Nach einer sich über zwei Jahre hinziehenden Gerichtsverhandlung, bei der die langsam heilende Wunde immer wieder aufgerissen wurde, ist der Mann des Mordes an einem Polizeibeamten für schuldig befunden und zu einer lebenslangen Haftstrafe unter Ausschluss von Bewährung verurteilt worden.

Das war ein weiterer surrealer Moment auf dieser endlosen Reise, und obwohl wir froh waren, dass der Gerechtigkeit Genüge getan war, führte es mir vor allem vor Augen, dass nichts Tony zurückbringen konnte.

Mein Handy klingelt, und ich sehe, dass es Jason ist. »Hallo.«

»Hallo. Ist alles in Ordnung?«

»Ja, warum?«

»Du hörst dich irgendwie merkwürdig an.«

»Ich hab doch nur ›Hallo‹ gesagt.«

»Du hörst dich trotzdem irgendwie merkwürdig an.«

Es erstaunt mich, dass ein Wort dafür gereicht hat, dass er merkt, dass es mir nicht gut geht. »Ich, äh …«

»Soll ich kommen und dich holen?«

»Nein, das musst du nicht.«

»Warum hörst du dich so merkwürdig an? Ist irgendwas passiert?«

»Ich erklär's dir, wenn wir uns sehen.«

»Okay«, erwidert er zögernd. »Ich ruf dich an, um dir zu sagen, dass ich mit der Versicherung gesprochen und die nötige Zusatzpolice für ehrenamtliche Einsätze abgeschlossen habe. Also kann's losgehen, falls die Klinik einverstanden ist.«

»Wunderbar. Ich hab es meiner Cousine vorgeschlagen und warte gerade darauf, dass sie sich wieder bei mir meldet.«

»Während wir auf den Anruf von deiner Cousine warten und da Mr Augustino dich mir zugeteilt hat, kannst du dir vielleicht ein paar Wohnungen mit mir ansehen, oder?«

Ich bin mir nicht sicher, ob es eine gute Idee ist, mehr Zeit mit ihm zu verbringen, als absolut notwendig ist, um den Job zu erledigen, aber mein Boss hat mir aufgetragen, Jason zu helfen. »Klar, können wir machen. Wo wollen wir uns treffen?«

»Kommst du zu meinem Hotel?« Er nennt mir eine Adresse in der Nähe des Krankenhauses. »Wir können dein Auto stehen lassen, und ich fahre.«

Ich zögere, mich auch nur in die Nähe des Autos zu begeben, das mich schon zwei Mal ins Gefängnis gebracht hat, doch das verrate ich ihm nicht. »Ich bin in zehn Minuten da.«

»Großartig, bis dann. Und Carmen?«

»Ja?«

»Danke für alles, was du für mich tust.«

»Ich arbeite lediglich meine Schulden ab.«

Er lacht. »Ich weiß das wirklich zu schätzen.«

»Kein Problem.« Bei seinem Lachen überläuft mich ein Schauer. Alles an diesem Mann ist ein Problem für mich, aber ich habe einen Job zu erledigen, und solange ich mich darauf konzentriere, kann ich die Situation unter Kontrolle halten.

Wenigstens hoffe ich das.

Jason

Ich warte im Auto vor dem Haupteingang des Hotels auf Carmen. Ich bin aufgeregt, weil ich sie gleich wiedersehen werde, und das ist merkwürdig. Vor drei Wochen ist mir das Herz von einer Frau gebrochen worden, die mich kaltblütig benutzt hat. Es ist absolut nicht der richtige Zeitpunkt dafür, sich zu irgendeiner Frau hingezogen zu fühlen oder sich darauf zu freuen, sie zu treffen, ganz zu schweigen von einer, mit der ich zusammenarbeite. Aber ich kenne diese Stadt nicht, und ich möchte sicher sein, dass ich mir nur da eine Wohnung nehme, wo es sinnvoll ist.

Während meine Kollegen im Krankenhaus fast wahllos miteinander ausgegangen sind, habe ich davon immer die Finger gelassen, selbst wenn es schwierig war, jemanden kennenzulernen, der nicht irgendwas mit dem Gesundheitswesen zu tun hatte, allein wegen unserer Arbeitszeiten.

In Krankenhäusern gibt es immer viel Beziehungsdrama – Ärzte und Schwestern, die was miteinander haben, bedienen zwar ein Klischee, aber es passiert ständig. Allerdings kenne ich niemanden, der wie im Fernsehen in der Abstellkammer oder im Ärztezimmer Sex hatte. Das soll nicht heißen, dass es nicht dazu kommt, doch ich hab davon nichts mitgekriegt.

Seit dem Medizinstudium waren mir Dating und Sex und all der Quatsch, der damit zusammenhängt, nicht so wichtig, und bis ich Ginger getroffen habe, hatte ich meist ohnehin nur einmalige Sachen. Wochen nach der Katastrophe kann ich immer noch nicht an sie denken, ohne mich unglaublich zu ärgern. Ich habe den Herzschmerz hinter mir gelassen und bin jetzt bei Wut angekommen.

Ich hatte in meinem Leben etliche Beispiele für die vielen Arten, auf die Menschen furchtbar sein können, aber bis Ginger mich in ihren Klauen hatte, war mir nicht klar, wie weh es tut, wenn man derart hintergangen wird. Über mehrere Monate hinweg haben wir uns mindestens dreimal die Woche getroffen, meist in meinem Apartment in der Stadt, was, wie mir jetzt klar ist, von ihr geschickt so eingefädelt wurde. Bis hin zu jener schicksalhaften Nacht auf Long Island, als ihr Ehemann uns erwischt hat, war alles genau von ihr geplant.

Warum denke ich immer noch an sie und daran, was sie mir angetan hat? Warum kann ich sie nicht einfach vergessen und mit meinem Leben weitermachen? Weil ich sie geliebt habe. Ich hasse es, aber es stimmt. Ich war ihr völlig verfallen. Das hatte ich so nicht beabsichtigt. Am Anfang ging es um Sex, der wirklich toll war, und später wurde es sehr viel mehr als das. Ich konnte mit ihr reden, und sie hat tatsächlich zugehört. Ein schwieriger Fall hatte mich auf der Arbeit monatelang beschäftigt, ein Kind mit einem Gehirntumor, der sich jeder konventionellen Behandlung widersetzte. Als das Kind nach einer letzten Notoperation trotz all meiner Bemühungen starb, war ich verzweifelt.

Ginger ist in jener Nacht zu mir gekommen, nachdem ich ihr erzählt hatte, dass ich nicht in der Verfassung sei, mich mit ihr zu treffen. Sie hat mich im Arm gehalten, während ich vor Frustration und Verzweiflung geweint habe, weil es mir nicht gelungen war, das Leben des kleinen Jungen zu retten. Sie hat nichts von mir verlangt und war für mich da.

Wie konnte sie das tun, obwohl sie wusste, dass unsere gesamte Beziehung eine Farce war? Habe ich ihr überhaupt jemals etwas bedeutet, oder hat sie bloß so getan? Ich hasse es, dass ich mich immer noch frage, ob ich ihr irgendwie wichtig war oder ob das Ganze für sie nur ein Spiel war.

Ich möchte aufhören, über sie nachzugrübeln. Ich möchte aufhören, jede einzelne Minute, die ich mit ihr verbracht habe, immer wieder zu durchleben und zu analysieren, auf der Suche nach irgendwas, das mich hätte warnen können. Aber da war einfach nichts. Oder falls doch, habe ich es nicht gesehen. Alles, was ich gesehen habe, war eine humorvolle, wunderschöne, kluge, sexy Frau, die mich kurz an wahre Liebe und ein glückliches Ende wie im Märchen glauben ließ.

Und genau deswegen sollte ich mich nicht darauf freuen, Carmen Giordino oder irgendeine andere Frau zu treffen. Im Moment muss ich mich ganz und gar darauf konzentrieren, die Karriere zu retten, die mein Leben ist. Nichts anderes, als beruflich alles wieder auf die Spur zu setzen, ist wichtig, und das darf ich keinesfalls aus den Augen verlieren.

Ein paar Minuten später fährt Carmen in einem marineblauen Honda vor. Ich winke ihr zu und deute auf den Parkplatz.

Nachdem sie den Wagen abgestellt hat, kommt sie zu mir herüber. Heute trägt sie ein schwarzes Kostüm zu einer Seidenbluse mit Blumenmuster. Ihr Haar ist lang und lockig, und ich bin verzaubert.

Hast du dir nicht gerade ins Gewissen geredet, dass du nicht von Carmen oder irgendjemand anders verzaubert sein kannst?

Ja, ich hatte gerade dieses Selbstgespräch, das scheint aber nichts genützt zu haben. Carmen ist wunderschön und lebhaft und intelligent. Ihre Geschichte über den tragischen Tod ihres jungen Ehemanns hat mich gestern Nacht tief bewegt. Ich habe lange darüber nachgedacht, nachdem wir uns verabschiedet hatten, und mich gefragt, wie es wohl für sie gewesen sein muss, mit vierundzwanzig Witwe zu werden.

Es ist furchtbar, sich das auch nur vorzustellen, viel schlimmer als alles, was Ginger mir angetan hat. Das ist nichts im Vergleich zu Carmens Schicksal.

Sie steigt auf der Beifahrerseite ein und bringt einen betörenden Duft mit, den ich mit dem ganzen Körper wahrnehme, trotz meines Entschlusses, mich von jeder Art von romantischer Verwicklung fernzuhalten.

Nicht vergessen, erinnert mich meine innere Stimme. *Sie hilft dir bloß, weil sie dir Geld schuldet und ihr Boss sie damit beauftragt hat.*

Und darum muss dies, was auch immer es ist, strikt unpersönlich bleiben.

Sie schnallt sich an. »Wo geht's hin?«

»Ich treffe mich in South Beach mit der Maklerin.«

Aus dem Augenwinkel sehe ich, dass sie die Stirn runzelt.

»Was?«

»Ich hätte nicht gedacht, dass du auf Klischees stehst.«

»Was soll das denn heißen?«

»Äh, South Beach? Wirklich?« Jedes Wort trieft vor Verachtung.

»Ich hab mich umgehört. Es heißt, da sei immer was los.«

»Wenn man fünfundzwanzig ist und Party machen will, sicher. Hast du irgendeine Vorstellung davon, wie die Rushhour zwischen South Beach und Kendall an einem normalen Arbeitstag aussieht?«

»Äh, nein.«

Sie zuckt die Achseln. »Wenn du in jeder Richtung eine Stunde im Stau verbringen willst, bitte, es ist dein Leben.«

»Normalerweise fahre ich sehr früh zur Arbeit und komme superspät nach Hause. Ich gerate fast nie in die Rushhour.«

»Ich sage dir, du willst dort nicht leben.«

»Und du kennst mich gut genug, um das zu wissen?«

»Ja, tu ich.«

Ich lache, entzückt von ihr, auch wenn ich es nicht sein will. »Wo findest du also, dass ich leben sollte?«

»Du solltest dir Brickell ansehen. Es ist ein toller Teil der Stadt, näher am Krankenhaus und nicht so ein Zirkus wie South Beach.«

»Ich werde der Maklerin sagen, dass sie sich dort umschauen soll, doch ich kann diesen Termin jetzt nicht mehr verschieben.«

»Dann lass uns nach South Beach fahren, aber beschwer dich nachher nicht, ich hätte dich nicht gewarnt.«

»Alles klar.«

Nach unserer Ankunft brauche ich etwa zwei Sekunden, um zu erkennen, dass sie mit South Beach absolut recht hat – genau wie mit dem Verkehr. Selbst an einem Dienstag geht's hier nur per Stop-and-go vorwärts. Ich will mir nicht vorstellen, was hier an den Wochenenden los ist. Die Bars sind knackevoll, und der Strand ist überlaufen, überall Unmengen Leute, Autos, Fahrräder und Jogger. »Zirkus« beschreibt es eigentlich ziemlich treffend.

Früher hätte ich liebend gern hier gelebt, aber jetzt nicht mehr. Wenn ich nicht arbeite, brauche ich Ruhe und eine Umgebung, in der ich mich entspannen und runterkommen kann. Das wird hier nicht passieren.

Das Apartment befindet sich in einem Hochhaus mit einem unglaublichen Blick aufs Meer und einer wirklich guten Ausstattung. Doch selbst in der neunten Etage kann ich den Lärm von der Straße hören, sogar wenn Türen und Fenster geschlossen sind.

Deb, die Maklerin, ist fröhlich, enthusiastisch und überschlägt im Geiste vermutlich schon ihre Provision für die neunhunderttausend Dollar teure Wohnung mit dem ganzen Glas, den harten Linien und dem modernen Design. Es tut mir ehrlich leid, dass ich ihre Hoffnungen platzen lassen muss. »Ich hab das Gefühl, dass das nicht zu mir passt.«

»Oh, Gott sei Dank«, seufzt Carmen und atmet tief aus.

»Sie hassen es.«

»Ich hasse es.«

Deb ist offensichtlich enttäuscht, sagt aber nichts weiter.

»Haben Sie vielleicht etwas in Brickell?«, frage ich sie.

»Oh, na ja, da muss ich mal schauen, was dort auf dem Markt ist.«

»Ich glaube, das liegt günstiger für mich. Es ist näher am Krankenhaus.«

»Lassen Sie mir einen Moment dafür, unsere Liste durchzugehen.«

Nachdem Deb in der Küche verschwunden ist, um auf ihrem Tablet nachzusehen, wirft Carmen mir ein selbstgefälliges Lächeln zu, das ich komplett anbetungswürdig finde – und lustig. Ich liebe es, dass sie keine Angst hat, mir zu zeigen, was sie fühlt. Das ist eine erfrischende Abwechslung gegenüber den Frauen, die ich früher gekannt habe, die mir gesagt haben, wovon sie glaubten, dass ich es hören wollte, und nicht ihre wahre Meinung. Auf dem College war ich mal mit einem Mädchen zusammen, das in unserer ganzen gemeinsamen Zeit keinen einzigen eigenen Gedanken zu haben schien. Ihr war es bloß wichtig, mir zu gefallen, und während das anfangs angenehm sein kann, wird es doch schnell langweilig.

Ich habe das Gefühl, dass ich mich mit Carmen nie langweilen werde, nicht dass ich vorhabe, mit ihr auszugehen. Ich will nur sagen … Sie ist einzigartig. Und außerdem hübsch auf eine ungekünstelte, irgendwie beiläufige Art und Weise, die mich total anspricht. Sie braucht nicht tonnenweise Make-up, um ihre natürliche Schönheit zu betonen.

Warum denke ich darüber nach, wie hübsch Carmen ist oder ob sie Make-up braucht? Ich sollte mich darauf konzentrieren, ein Apartment zu finden, in dem ich wohnen kann, falls ich hier tatsächlich einen Job bekomme, und meinen Ruf wiederherzustellen. Wieder einmal muss ich mich ermahnen, dass das jetzt nicht der richtige Zeitpunkt dafür ist, mir von Carmen den Kopf verdrehen zu lassen.

»Ich habe dort ein paar Objekte in Ihrem Preisrahmen gefunden, eines davon mit einem sehr schönen Ausblick auf den Rickenbacker und die Biscayne Bay«, informiert uns Deb aus der Küche, wo sie auf einem Tablet durch irgendwelche Listen scrollt.

Carmen macht ein Daumen-hoch-Zeichen.

Dann bin ich eben nicht direkt am Strand. Das ist okay. Ich habe sowieso kaum Zeit dafür, das auszunutzen. »Hört sich gut an.«

»Ich muss allerdings bei den Maklern anrufen und sehen, was sich arrangieren lässt.«

KAPITEL 8

Jason

Während die Maklerin im Nebenraum telefoniert, blicke ich Carmen an. »Vermutlich ist es viel zu früh dafür, sich Wohnungen anzuschauen. Es ist bisher überhaupt nicht sicher, dass der Vorstand mir eine Zulassung erteilt.«

»Natürlich wird er das. Das kriegen wir schon hin.«

»Du bist da viel zuversichtlicher als ich.«

»Wir müssen einfach dafür sorgen, dass sie gar nicht Nein sagen können.«

»Und was schlägst du vor, wie wir das anstellen sollen?«

Sie überlegt ungefähr eine Sekunde lang. »Wie weit sind wir denn mit den Dankschreiben von ehemaligen Patienten? Die könnten wir bei der Darstellung deiner Seite der Geschichte sehr gut gebrauchen. Wenn es auch noch Fotos von dir und den Patienten gibt, umso besser.«

Ich hatte völlig vergessen, meine frühere Kollegin in New York darum zu bitten. »Ich frage gleich bei Terri nach.« Den Worten lasse ich Taten folgen, schicke sofort eine Nachricht an die Stationsleiterin, die das Herz und die Seele der neurochirurgischen Abteilung ist, und erkläre ihr, was ich brauche. Ich füge auch gleich noch die Namen von ein paar Eltern hinzu, von denen ich glaube, dass sie dankbar genug sind, um mir meinen Wunsch zu erfüllen. Schließlich habe ich das Leben ihrer Kinder gerettet. Vielleicht können sie mir jetzt helfen, meine Karriere zu retten. »Erledigt.« Ich sehe Carmen an. »Das ist eine wirklich gute Idee, und eine, auf die ich allein nie gekommen wäre.«

»Das liegt daran, dass dein Job Gehirnchirurgie ist, meiner aber Öffentlichkeitsarbeit, Werbung und Marketing.«

Ich muss über die kecke Art und Weise lachen, wie sie das sagt. »Das stimmt wohl.«

»Bleib du bei deinen Leisten, Herr Doktor. Ich kümmere mich um den Rest.«

Ich bin so froh, sie auf meiner Seite zu haben. Sie macht mir Hoffnung, dass es mir tatsächlich gelingen kann, meinen Ruf wiederherzustellen.

»Wir müssen dich als Weltklassearzt hinstellen. Du bist so viel mehr als ein kleiner Skandal.«

»Der Skandal war nicht klein.«

»Vielleicht nicht, doch er ist Schnee von gestern. Ich habe gestern Nacht online gesucht, und die letzte Erwähnung liegt über eine Woche zurück. Während es in deinem Leben noch eine Riesenschlagzeile ist, sind alle anderen schon lange beim nächsten Skandal angekommen. Nun, außer dem Vorstand des Miami-Dade vielleicht. Aber wenn wir erst mal mit ihnen fertig sind, werden sie so überwältigt sein, dass sie sich nicht mehr an den kleinen Skandal von New York erinnern. So wenigstens ist der Plan.«

»Der gefällt mir.«

»Das hab ich mir schon gedacht.«

»Wann hattest du letzte Nacht eigentlich Zeit, eine Onlinerecherche durchzuführen? Nach dem Abendessen und dem zweiten Gefängnisaufenthalt des Tages?«

Bei meiner Erwähnung des Gefängnisses schneidet sie eine Grimasse. »Das hatte ich schon gemacht, bevor wir essen waren, habe es nur nicht erwähnt, weil ich noch damit beschäftigt war, mir was zu überlegen.«

»Nun, jedenfalls ist es schön, dass es in New York nicht mehr die Topmeldung des Tages ist.«

»Das hast du der Schnelllebigkeit der Nachrichtenwelt zu verdanken. Da muss immer sofort was Neues her.«

Ich bin unglaublich erleichtert, zu hören, dass der Skandal nicht länger die Schlagzeilen beherrscht, aber der Schaden ist natürlich trotzdem angerichtet. Die Vorstellung, dass für den Rest meines Lebens jedes Mal, wenn jemand meinen Namen in eine Suchmaschine eingibt, der Mist mit Ginger auftauchen wird, ist ziemlich unerträglich.

Deb kehrt zurück. »Wir haben Glück. Ich konnte eine Besichtigung in Brickell vereinbaren. Ich schicke Ihnen die Adresse. Treffen wir uns dort in einer Stunde?«

Ich blicke zu Carmen, die nickt. »In Ordnung«, antworte ich Deb.

»Ausgezeichnet.«

Gemeinsam verlassen wir die Wohnung, und als wir an meinem Auto ankommen, halte ich Carmen die Beifahrertür auf. Sobald sie sich setzt und ihr Po das aufgeheizte Leder ihres Sitzes berührt, zuckt sie zusammen. Als ich auf der anderen Seite einsteige, meldet mein Handy den Eingang einer Textnachricht. Sie stammt von Terri.

Hey, schön, von dir zu hören. Alle sind immer noch ganz empört darüber, wie man dich behandelt hat. Ich hoffe sehr, in Miami geht alles glatt. Wir vermissen dich hier auf jeden Fall. Und ich werde mich natürlich bei den Familien erkundigen, die du erwähnt hast, und sehen, was wir machen können. Die ganze Geschichte ist absoluter MIST, und die gesamte Abteilung ist sauer auf den Vorstand. Wie kann es sein, dass ausgerechnet DU Probleme hast, einen neuen Job zu finden?

Ich lese das und dann gleich ein zweites Mal, sauge ihre mitfühlenden Worte förmlich in mich auf, dann reiche ich das Handy an Carmen weiter. »Das ist von meiner ehemaligen Kollegin.«

Sie überfliegt Terris Worte. »Es muss dir guttun, das zu lesen.«

»Ja, wirklich. Ich hab immer hart gearbeitet, war anständig zu meinen Kollegen, bin eingesprungen, wenn das nötig war, und habe das Pflegepersonal so behandelt, wie sie es verdienen – das sind nämlich die wahren Helden.«

»Dann sollten wir uns auch Aussagen von Terri und den anderen aus deiner früheren Abteilung geben lassen.«

»Wofür?«

»Für die PowerPoint-Präsentation, die wir für das nächste Treffen mit dem Vorstand vorbereiten.«

»Ich bin mir nicht sicher, ob es mir gefällt, meine ehemaligen Kollegen um so etwas zu bitten.«

»Du möchtest doch, dass das mit der Stelle hier klappt, oder?«

»Absolut.«

»Dann wirst du ein paar Dinge tun müssen, die dir eigentlich gegen den Strich gehen, wie beispielsweise deine früheren Kollegen um schriftliche Empfehlungen zu bitten oder öffentlichkeitswirksam in einer Sozialklinik auszuhelfen.«

Bei dem Gedanken, mit ehrenamtlicher Hilfe Aufmerksamkeit zu erregen, verziehe ich das Gesicht. Unter gewöhnlichen Umständen würde ich das nicht tun. Aber die Umstände sind natürlich alles andere als gewöhnlich. »Okay. Ich frage sie.« Ich schreibe Terri zurück: Danke, das wäre toll und hilft mir sehr. Meine Kollegin hier meint, es könne auch nicht schaden, wenn wir zusätzlich positive Stimmen von den Leuten vorlegen könnten, mit denen ich in New York gearbeitet habe. Meinst du, irgendjemand wäre dazu bereit, so was abzugeben?

Es tut fast weh, diese Nachricht abzuschicken, die vor ein paar Wochen unvorstellbar gewesen wäre. Ich bin immer noch erschüttert, dass eine ganze Karriere an einem einzigen Tag so restlos zerstört werden kann.

Terri antwortet sofort und erlöst mich von meinem Elend. Natürlich! Das ist gar kein Problem. Mach dir keine Sorgen, wir helfen dir, Doc.

Ich atme erleichtert auf. Danke. Das bedeutet mir unglaublich viel.

Sie schickt mir ein Kuss-Emoji.

»Sie kümmert sich drum«, sage ich zu Carmen.

»Großartig. Ich weiß, es ist blöd, um so etwas bitten zu müssen, aber alles, was wir ranschaffen können, um ein vollständiges Bild zu zeichnen, wird hilfreich sein. Im Moment sehen sie nur den Skandal, und wir müssen ihnen jetzt all die anderen Aspekte auf dem Silbertablett präsentieren.«

»Du hast gestern gemeint, ich bräuchte ein erfahrenes Krisenkommunikationsteam. Ich finde, dass ich alles, was ich brauche, mit dir bereits habe.«

»Das freut mich, danke. Allerdings verfüge ich über keine nennenswerte Erfahrung. Trotzdem macht es Spaß, das in die Praxis umzusetzen, was ich jahrelang gelernt habe.«

Der Stau, der uns aufhält, als wir South Beach hinter uns lassen wollen, beweist, wie recht sie mit ihrer Warnung vor dem Verkehr hier hatte. Ich bin nur froh, dass ich jemanden mit Ortskenntnis an meiner Seite habe, der mich vor Fehlern bewahrt. »Du musst noch am College gewesen sein, als dein Ehemann erschossen wurde, oder?«

»Ich war an einem Community College, habe im Restaurant gejobbt und versucht, schwanger zu werden. Wir wollten jung Eltern werden. Ich hatte vor, bei den Kindern zu Hause zu bleiben, solange sie klein wären, und dann weiterzustudieren, wenn sie in die Schule kämen. Nach Tonys Tod habe ich von der Versicherung eine größere Summe erhalten, die ich für meine weitere Ausbildung verwendet habe. Es hat mir was zu tun gegeben, nachdem der erste Schock über seinen Verlust nachgelassen hatte.«

»Es tut mir so leid, dass dir das passiert ist.«

»Danke.«

»Hast du …« Ich schüttele den Kopf. Es geht mich verdammt noch mal nichts an, ob sie nach dem Tod ihres Ehemannes mit jemand anders zusammen war.

»Hab ich was?«

»Ich war drauf und dran, dir eine zutiefst persönliche Frage zu stellen.«

»Das ist okay. Ich bin das gewohnt. Alle, die ich treffe, wollen wissen, ob ich in der Zwischenzeit jemand Neues hatte, und die Antwort lautet, dass ich jede Menge erste Dates hatte, einige wenige zweite und praktisch nichts darüber hinaus. Schließlich ist es das Lieblingshobby meiner Großmütter, mir Verabredungen mit Typen, die sie kennen – Enkel ihrer Freundinnen, Kunden im Restaurant –, zu besorgen. Anfangs kam das für mich überhaupt nicht infrage, aber nach einer Weile war es einfacher, mitzuspielen, als dauernd zu erklären, warum ich das gar nicht wollte.«

»Es war vermutlich ihre Art und Weise, dir zu helfen, den nächsten notwendigen Schritt zu tun.«

»Ja«, gibt sie mir mit einem Seufzen recht, »und ich liebe sie dafür. Wir haben alle um Tony getrauert. Schließlich hat er zehn Jahre lang zur Familie gehört.«

»Ich kann mir gar nicht vorstellen, wie es ist, in einem so jungen Alter genau den Menschen zu treffen, der perfekt zu einem passt und den man liebt, wie es bei dir und Tony der Fall war. Ich habe überhaupt noch nie jemanden kennengelernt, mit dem ich den Rest meines Lebens hätte verbringen wollen. Ich hatte angefangen, mich zu fragen, ob Ginger vielleicht dieser Mensch sein könnte, als ich herausfinden musste, was sie in Wahrheit von mir wollte – und das hatte nichts mit ›für immer und ewig‹ zu tun, außer in Bezug auf den dunklen Fleck, den sie meinem guten Namen verpasst hat.«

»Es ist schon komisch, dass ich mich gar nicht mehr dran erinnern kann, wie ich Tony kennengelernt habe. Darüber haben wir viel geredet. Er wusste noch jede Einzelheit von dem Tag, aber ich nicht. Ich war mit meiner Clique in einem Laden mit Videospielautomaten, und Tony hat behauptet, es wäre der Song ›I Could Fall in Love‹ von Selena gelaufen, als er mich das erste Mal gesehen hat. Ich habe immer gesagt, das hätte er sich ausgedacht, doch er hat Stein und Bein geschworen, so sei es gewesen.«

»Das ist ja süß.«

»Wir haben nicht weit voneinander entfernt gewohnt, sind allerdings auf verschiedene Schulen gegangen, weswegen wir uns vorher nie begegnet sind. Er hatte aber Freunde an meiner Schule, und die haben mich dann gefragt, ob ich ihn nicht kennenlernen wolle, weil er beschlossen habe, dass er mich heiraten würde.«

»Niemals. Das können sie unmöglich getan haben.«

»Aber hallo.«

»Und was hast du erwidert?«

»Ich hab geantwortet: ›Ich bin vierzehn und werde euren Freund ganz bestimmt nicht heiraten.‹ Doch sie haben nicht lockergelassen und mich förmlich angefleht, wenigstens mit ihm zu reden, was ich dann schließlich versprochen habe. Das hab ich vor allem getan, damit sie mich endlich in Ruhe lassen. Ich hab gedacht, ich rede mal mit ihm und sag ihm, er soll den Quatsch sein lassen.«

»Aber das hat er nicht getan.«

»Nein, hat er nicht.«

Ich bin völlig fasziniert von ihrer Erzählung und außerdem traurig, weil ich ja weiß, wie es ausgegangen ist. »Okay, jetzt muss ich auch noch den Rest wissen. Das heißt, wenn dir danach ist.«

»Keine Sorge, das ist eine meiner Lieblingsgeschichten. Er hat mich also an dem Abend angerufen und dann an den nächsten Abenden, einen ganzen Monat lang. Meine Eltern wollten irgendwann natürlich wissen, mit wem ich dauernd telefoniere. Ich kann mich nicht mehr so genau erinnern, worüber wir eigentlich geredet haben, doch ich weiß noch, dass ich gelacht habe – ziemlich viel. Er war wirklich witzig. Ich denke, das war das Erste, was ich an ihm geliebt habe, dass er mich sogar dann zum Lachen bringen konnte, wenn ich eigentlich sauer auf ihn war.«

»Das ist auf jeden Fall eine wichtige Eigenschaft.«

»Wir waren zwei Jahre lang befreundet, bevor meine Eltern uns erlaubt haben, miteinander auszugehen.«

»Wow. Das müssen zwei sehr lange Jahre gewesen sein.«

»Allerdings, und glaub mir, ich war stinksauer deswegen. Ich fand meine Eltern unglaublich altmodisch. Aber im Rückblick erkenne ich, wie wichtig die lange Freundschaft für all das war, was dann später kam.«

»Das war das Fundament.«

»Ja, genau.«

»Heute wartet niemand mehr zwei Jahre darauf, mit jemandem auszugehen.«

»Ja, oder? Jegliches Bedürfnis muss immer sofort befriedigt werden.«

»Jedenfalls ist es eine total schöne Geschichte. Und es tut mir unglaublich leid, dass du ihn auf so schreckliche Weise verloren hast. Ich kann mir gar nicht vorstellen, wie das für dich gewesen sein muss.«

»Es war der schlimmste Tag meines Lebens.«

Ohne groß darüber nachzudenken, strecke ich die Hand aus, lege sie auf ihre und drücke sie leicht. In dem Augenblick, in dem ich sie berühre, wird mir schlagartig klar, dass das ein Fehler war.

Das leise Keuchen, das ihr entschlüpft, verrät mir, dass sie es ebenfalls gespürt hat.

Obwohl ich all die Gründe kenne, warum es eine schlechte Idee ist, meine Hand da zu lassen, ziehe ich sie nicht zurück.

»Du musst nicht darüber reden, wenn es zu schmerzlich für dich ist.«

»Es ist lange her.«

»Trotzdem … Manche Dinge werden auch mit der Zeit nicht leichter.«

»Stimmt.« Nach einer längeren Pause atmet sie langsam aus. »Ich hab im Restaurant gekellnert, als die Polizisten kamen. Anfangs dachte ich, er sei es. Das hat er ab und zu gemacht, hat nach der Arbeit kurz vorbeigeschaut, und manchmal sogar, wenn er noch im Dienst war. Er hat oft die zweite Schicht übernommen, von fünfzehn bis dreiundzwanzig Uhr, sodass wir ungefähr zur gleichen Zeit fertig waren. Es waren zwei Cops, und ich erinnere mich noch, dass ich den Hals gereckt habe, um rauszufinden, ob er vielleicht hinter ihnen stand. Sie sagten was zu meinem Vater, und er … Er ist irgendwie zusammengebrochen.« Nach einer weiteren, allerdings kürzeren Pause fährt sie fort: »Ich glaub, ich wusste, dass Tony tot war, als ich die Reaktion meines Vaters auf der anderen Seite des Raumes gesehen hab.«

»Himmel, Carmen …«

»Es war ziemlich schrecklich, aber wir hatten viel Unterstützung. Die Polizei war wunderbar. Sie haben sich um alles gekümmert. Die erste Woche ist in meiner Erinnerung ein verschwommenes Durcheinander von Menschen und Essen und Herzschmerz. Das Restaurant wurde der Versammlungsort für alle, und so ging es tagelang. Es schien fast so, als wäre die halbe Stadt da gewesen, noch vor der offiziellen Totenwache und der Beerdigung. Hunderte Polizeibeamte sind aus dem ganzen Land hierhergekommen. Es war einfach überwältigend.«

»Ach, Carmen, ich weiß gar nicht, was ich sagen soll.«

»Da kann man nicht viel sagen. Meine Großmütter, die beide Witwen sind, waren einfach unglaublich. Sie haben mir geholfen, mit der Trauer fertigzuwerden. Es hat eine ganze Weile gedauert, doch schließlich habe ich mich erholt. Ich hab mir vorgestellt, dass es ihm gefallen würde, wenn ich studiere, nachdem ich jetzt doch nicht Mutter werden würde. Außerdem wollte ich auch nicht für den Rest meines Lebens Kellnerin sein, obwohl ich dabei nicht schlecht verdient habe.«

»Er wäre so stolz auf dich. *Ich* bin stolz auf dich, und wir sind uns ja gerade erst begegnet.«

»Danke. Ich glaube, es würde ihn freuen, dass ich es überstanden habe. Er hat mich so sehr geliebt. Daran habe ich nie den geringsten Zweifel gehabt.«

»Er war ein Glückspilz, und das wusste er. Kluger Kerl.«

»Wir hatten beide Glück.«

»Wollte er immer schon Polizist werden?«

»Seit er mit zwölf bei einem Cop, dem Vater eines Freundes, im Streifenwagen mitgefahren ist. Danach war die Sache für ihn entschieden. Wir haben sogar mit unserer Hochzeit gewartet, bis er die Ausbildung beendet hatte. Und es ist irgendwie tröstlich, zu wissen, dass er, als er gestorben ist, genau den Job gemacht hat, den er so geliebt hat.«

»Ich bin froh, dass du es so sehen kannst.«

»Anders kann man es gar nicht sehen.«

Das Navi leitet uns zu der Adresse, die Deb mir gegeben hat, und ich lasse Carmens Hand schließlich los, um den Porsche auf einem freien Besucherparkplatz abzustellen. »Wir müssen das hier nicht jetzt tun, wenn dir nicht danach ist.«

Sie schenkt mir ein herzliches Lächeln, bei dem mir unwillkürlich der Atem stockt. Zuneigung in irgendeiner Form von ihr fühlt sich wie ein seltenes, ganz besonderes Geschenk an. »Du hast das gerade zum ersten Mal gehört. Für mich ist es eine alte Geschichte.«

»Ja, vermutlich schon.«

»Nicht, dass ich je den Punkt erreicht hätte, an dem es nicht mehr wehtut. Es tut nur nicht mehr so weh wie am Anfang, als es wie eine offene Wunde war und so schlimm, dass ich mich gefragt habe, ob mein Leben am Ende auch vorbei sei.«

Ist es merkwürdig, dass ich derart mit ihr mitfühle? Vermutlich. Während wir reingehen und den Fahrstuhl zum siebten Stock nehmen, wo Deb auf uns wartet, bin ich innerlich total aufgewühlt von Carmens Erzählung. Das hat mir auf jeden Fall geholfen, meine persönlichen Probleme in die richtige Perspektive zu rücken.

Was ist schon so schlimm daran, dass meine Karriere ins Trudeln geraten ist? Niemand ist tot. Es ist erschreckend, zu erkennen, was sie im zarten Alter von vierundzwanzig Jahren durchgemacht hat. Ich versuche, sie mir umgeben von Familie, Freunden und Bekannten und Polizeibeamten vorzustellen, das Mitgefühl und die Beileidsbekundungen. Obwohl ich sie ja erst zwei Tage kenne, habe ich wenig Zweifel daran, dass sie tapfer alles durchgestanden hat, entschlossen, dafür zu sorgen, dass ihr junger Ehemann stolz auf sie sein konnte.

Als wir die Wohnung betreten, merke ich sofort, dass sie was Besonderes ist. Alles ist modern und frisch renoviert, strahlt dabei aber Wärme aus und wirkt einladend. Die Aussicht auf die Bucht ist atemberaubend. Wir sind hoch genug, dass wir die Schiffe und das Treiben in den Straßen sehen können, allerdings ist es nicht so hoch, dass man das Gefühl hat, auf ein winziges Dorf zu schauen. In New York habe ich im achtundzwanzigsten Stock gewohnt, weit über der Betriebsamkeit unten. Dort war das gut. Hier jedoch scheint es mir besser, näher an dem Trubel und dem Leben zu sein.

»Die gefällt mir«, sage ich Deb.

»Mir auch«, meint Carmen. »Die Küche ist super. Du hast zwei Öfen und den besten Kühlschrank, den man mit Geld kaufen kann. Wir haben drei von denen im Restaurant.«

»Ich bin nicht sicher, wie ich zu Glastüren bei einem Kühlschrank stehe.«

»Abuela behauptet, das hält einen dazu an, auf Ordnung und Sauberkeit zu achten.«

»Abuela ist eine weise Frau.«

»Hier ist das Schlafzimmer«, erklärt Deb. »Ich glaube, das wird Ihnen ebenfalls zusagen.«

Die Wohnung hat nur ein Schlafzimmer, was mir völlig reicht. Ich rechne nicht mit viel Gesellschaft, daher brauche ich kein Gästezimmer. Meine Mutter wohnt ohnehin lieber im Hotel, wenn sie mich besucht. Sie macht immer Witze, dass ich bei mir zu Hause keinen Zimmerservice habe.

Das Schlafzimmer übertrifft mit der hohen Decke und den Panoramafenstern, die wieder die gleiche tolle Aussicht bieten, all meine Erwartungen. Außerdem gibt es eine Ecke mit Schreibtisch zum Arbeiten.

Carmen verschwindet im Bad. »Komm und sieh dir diese Dusche an!«, ruft sie.

Ich folge ihr und betrachte die Glasdusche mit der schönen Fliesenarbeit und den vielen Duschköpfen. »Wow.«

»Ich glaub, man braucht einen Doktor in Ingenieurwissenschaften, um das zu bedienen.«

»Mist. Ich hab nur einen Dr. med.«

Sie lacht. »›Nur‹ einen Dr. med.‹. Ich wette, das hast du so noch nie zuvor gesagt.«

Ich tue so, als müsste ich darüber nachdenken. »Nein, ich glaub nicht.«

»Hoffentlich gibt es für die Dusche eine Bedienungsanleitung.«

»Dann gefällt dir diese Wohnung?«

»Ja. Obwohl meine dagegen hoffnungslos abstinkt.«

»Deine ist doch toll.«

Sie verdreht die Augen. »Meine ist *okay*. Die hier ist toll.«

»Du kannst mich jederzeit hier besuchen kommen.« Ich überfliege das Exposé, das Deb mir gegeben hat. »Das Gebäude hat einen Fitnessraum, einen Außen- und einen Innenpool, einen Whirlpool und einen Wellnessbereich.«

»Bei mir gibt es bloß einen karg bestückten Fitnessraum für den ganzen Gebäudekomplex und eine Waschmaschine in meinem Apartment.«

Ich muss darüber lachen, wie sie das sagt. »Ich bin durchaus bereit, meine Ausstattung mit Freunden zu teilen.«

»Dieses Angebot wird dir vielleicht noch leidtun. Ich liebe Wellnessbereiche.«

Wir kehren in den Wohnraum mit der offenen Küche zurück, wo Deb auf uns wartet. »Und? Was meinen Sie?«

»Ich bin begeistert«, antworte ich.

»Ich auch«, fügt Carmen hinzu.

»Wenn Sie ein Angebot abgeben möchten, setze ich das gern für Sie auf.«

»Ich bin im Moment in einer etwas komplizierten Lage, die sich erst ergeben hat, nachdem ich mit Ihnen Kontakt aufgenommen hatte.«

»Oh?«

»Ich bin mir bisher nicht hundertprozentig sicher, dass ich die Stelle im Miami-Dade auch antreten werde.«

»Der Verwaltung ist ein formaler Patzer unterlaufen.« Carmen springt in die Bresche, als ich nicht weiß, was ich sagen soll. »Wir versuchen, das zu klären, aber es wird noch eine oder vielleicht sogar zwei Wochen dauern, bis Dr. Northrup erfährt, ob seine Zulassung durchgeht. Wäre es möglich, das Gebot unter dem Vorbehalt abzugeben, dass das mit der Stelle klappt?«

»Ich könnte mit dem Verkäufer reden und schauen, was er davon hält. Die Wohnung steht schon über zwei Monate zum Verkauf, daher ist es gut möglich, dass er sich darauf einlässt. Ich gebe Ihnen Bescheid.«

»Das ist sehr nett. Danke.«

»Kein Problem. Ich melde mich.«

Ich lasse Carmen auf dem Weg aus der Wohnung den Vortritt. Als wir im Aufzug stehen, blicke ich sie an. »Danke für die Hilfe eben. Ich wusste nicht, was ich sagen sollte. Ich hab den Termin mit der Maklerin gemacht, als ich noch dachte, das mit dem Job ginge glatt durch.«

»Ich bin mir sicher, sie hat die ganze Zeit mit ungewöhnlichen Umständen zu tun. Und die Wohnung befindet sich ja wohl schon eine Weile auf dem Markt, daher ist es gut möglich, dass es klappt. Ich würde mir jedenfalls nicht den Kopf deswegen zerbrechen. Wenn es mit der hier nichts wird, dann gibt es jede Menge andere, die genauso schön sind.«

»Stimmt, doch diese hier mag ich einfach.«

»Ich auch.«

Wie ist es möglich, dass ihre Meinung binnen zwei Tagen derart wichtig für mich geworden ist? Ich hab keine Ahnung, wie das passiert ist, aber so ist es nun mal, und ich muss das unter Kontrolle kriegen, bevor es völlig aus dem Ruder läuft.

Wenn es dafür nur nicht schon zu spät ist.

KAPITEL 9

Carmen

Ich bin gern mit ihm zusammen. Ich unterhalte mich gern mit ihm, höre gern, was er so denkt. Ich mag, dass er nicht übertrieben reagiert oder versucht hat, mich zu trösten, als ich ihm von dem Tag erzählt habe, an dem Tony getötet wurde. Manche von den Typen, mit denen ich Dates hatte, wussten nicht, wie sie damit umgehen sollten, wenn ich erwähnt habe, wie ich meinen Ehemann verloren hab, sodass sie entweder zu viel oder nicht genug gesagt haben.

Jason hat es genau richtig gemacht.

Mir gefällt außerdem, wie er in Freizeitkleidung aussieht – Flipflops, Shorts, ein marineblaues T-Shirt von einem Surfshop in Maui und seine sexy Ray-Ban-Wayfarer-Sonnenbrille.

»Was steht als Nächstes auf der Tagesordnung, Boss?«, fragt er, als wir von dem Apartmentkomplex wegfahren.

»Jetzt müssen wir warten, bis ich von Maria wegen der Sozialklinik höre. Wie wäre es, wenn ich dir in der Zwischenzeit die Standard-Touristentour gebe? Wir könnten ein paar Fotos für Instagram machen, die dich beim Erkunden deiner neuen Heimat zeigen.«

»Sicher, warum nicht?«

Es ist ein wunderschöner Südflorida-Tag, ideal, wenn man es heiß und schwül mag, was auf mich zutrifft. »Können wir kurz bei mir vorbeifahren, damit ich mich umziehen kann?«

»Natürlich.«

Ich kann gar nicht glauben, dass ich für das hier auch noch bezahlt werde. Bei dem Gedanken muss ich lachen.

»Was ist so komisch?«

»Ich musste nur gerade daran denken, wie merkwürdig es ist, dass ich dafür Geld bekomme, in meiner Heimatstadt Tourist zu spielen.«

»Das ist ja nicht alles, was du tust. Du hilfst mir, was genau das ist, was dir Mr Augustino aufgetragen hat.«

»Stimmt, aber es fühlt sich definitiv nicht nach Arbeit an.« Nachdem wir zu meiner Adresse gefahren sind, schlüpfe ich rasch in ein Kleid und Sandalen, dann sind wir auch schon zurück auf dem Highway. Kurz darauf deute ich auf eine Ausfahrt. »Nimm die. Ich möchte dir zeigen, wo ich herstamme.« Ich deute auf die Flugzeuge am Himmel, die zur Landung ansetzen. »Wir sind ganz in der Nähe vom internationalen Flughafen.«

Er fährt ab, und ich gebe ihm weitere Anweisungen. »Du musst dir unbedingt die 8th Street ansehen, auch unter dem Namen ›Calle Ocho‹ bekannt, die Hauptgeschäftsstraße in Little Havana.« Auf dem Weg dorthin kommen wir an Hinweisschildern zum Stadion der Miami Marlins vorbei. »Von den über fünf Millionen Einwohnern von Miami sind grob geschätzt die Hälfte Kubaner oder kubanischer Abstammung. Man kann hier sein ganzes Leben verbringen und nur Spanisch sprechen, ohne irgendwelche Probleme zu kriegen.«

»Dann werde ich mich wohl anstrengen müssen, denn mein Spanisch ist sehr eingerostet.«

»Dabei kann ich dir ebenfalls helfen.«

Während wir uns durch die verstopften Straßen vorwärtskämpfen, versuche ich die Gegend mit den Augen eines Fremden zu betrachten und bin stolz auf jeden Teil davon, die Waschsalons eingeschlossen, die riesigen Autohäuser direkt neben den Gebrauchtwagenmärkten, die Graffitis, die Autowaschanlagen und die Restaurants, in denen es kubanisches Essen und jede andere nur vorstellbare Küche gibt, eine Taco-Bell-Filiale eingeschlossen, wo die Warteschlange vor dem Drive-in-Schalter zu einem Stau auf der Straße führt.

Jason umkurvt geschickt alle Hindernisse. »Warum geht irgendjemand zu Taco Bell, wo es hier all dieses original kubanische Essen gibt?«

»Gute Frage. Manche Leute waren auch wirklich entsetzt, als die Filiale hier eröffnet hat, doch wie du siehst, mangelt es ihnen nicht an Kunden.«

»Erstaunlich. Ich würde jedenfalls immer das authentische Essen bevorzugen, wenn es so leicht verfügbar ist wie hier.«

»Im Giordino's gibt es genau das. Es ist das beste kubanische Restaurant der ganzen Stadt, wenigstens meiner bescheidenen Meinung nach.«

Jede Menge Geschäfte und Restaurants säumen die Straßen. Es gibt einfach alles, von einer brandneuen Apotheke über einen Goodwill-Secondhandladen und einen kubanischen Coffeeshop bis hin zu Nachtclubs. Kubaner lieben das Nachtleben.

Wir kommen an einem Park vorbei, in dem ein paar Männer um einen Tisch stehen und konzentriert auf etwas vor ihnen schauen.

»Was tun die da?«, fragt Jason, als wir an einer Ampel anhalten müssen.

»Domino spielen. Das ist überaus beliebt in Kuba – und darum auch hier.«

Little Havana ist ein Nebeneinander von Gegenwart und Vergangenheit, elegant und glatt genauso wie schäbig und charmant – beides existiert in einem Mischmasch der Kulturen, der vor Leben zu pulsieren scheint. Ich liebe jeden Zentimeter davon, all das, was mich geprägt hat. »Als meine Cousinen und ich noch jung waren, war unser großes Ziel, von hier wegzuziehen, aber die meisten von ihnen sind, genauso wie meine Freundinnen, längst wieder zurückgekommen.«

»Nichts lässt sich mit der Heimat vergleichen.«

»Das stimmt auf jeden Fall.«

Wir fahren an hoch aufragenden Häusern mit Balkonen entlang, ebenso wie durch Straßen mit stuckverzierten Fassaden in Pastellfarben und schmiedeeisernen Toren. Jason biegt nach links in die Calle Ocho ein. »Im März gibt es hier jedes Jahr ein riesiges Straßenfest, den Carnaval Miami. Das erstreckt sich von der 12th bis zur 27th Avenue und ist ein Riesenspaß.«

»Ja, das klingt auch so. Ich liebe die Musik.«

»Hier auf dieser Straße ist es immer laut. Man hört alles von traditioneller kubanischer Volksmusik bis hin zu Pitbull. Wusstest du, dass er von hier stammt?«

»Nein.«

»Ganz am Anfang seiner Karriere hat er auf den Bühnen hier in dem Viertel gespielt. Siehst du das dort drüben?« Ich zeige auf ein gelbes Gebäude mit einem zum Bürgersteig hin offenen Verkaufsbereich. »Das ist Los Pinareños Fruteria, einer der ältesten Obstläden des Landes. Die Frau, die dort arbeitet, presst seit über fünfzig Jahren Zuckerrohrsaft. Sie sind bekannt für einen Drink namens Guarapo. Das ist reiner Zucker, daher nennen manche Leute es auch ›Diabetes in der Tasse‹.«

Jason lacht. »Darauf verzichte ich lieber.«

»Es ist aber einfach köstlich. Dort drüben werden Zigarren gerollt. Die besten Zigarren, die man nur kriegen kann.«

»Darauf verzichte ich ebenfalls, schließlich weiß ich, welche Schäden Rauchen anrichtet.«

»Das behältst du hier vielleicht besser für dich. Wir nehmen das mit unseren Zigarren sehr ernst.«

»Okay«, antwortet er mit einem leisen Lachen.

Ich weise ihn ein paarmal an, abzubiegen, bis wir zu einem zweistöckigen, rosafarben verputzten Haus kommen. Nach vorne raus haben alle Fenster Kästen mit bunten Blumen, und am Eingang gibt es ein weißes Gittertor mit goldenen Verzierungen.

»Home, Sweet Home.« Ich bemerke, dass der Ford-Pick-up meines Vaters ebenso in der Einfahrt steht wie das Mercedes-Coupé meiner Mutter. Sie müssen jede Minute los zum Restaurant, wo sie den Rest des Tages und die Nacht verbringen werden. Ein Schauder läuft mir über den Rücken, als ich mir vorstelle, dass sie mich mit Jason in seinem Porsche erwischen.

»Hier bist du aufgewachsen?«

»Jap.« Ich bin erleichtert, als er zwar langsamer fährt, aber nicht stehen bleibt. »Wir sind hergezogen, als ich zwei war. Tonys Eltern wohnen drei Blocks weiter in der Richtung.«

»Was sind das für Bäume da im Garten?«

»Kokospalmen und Mangobäume. Die sieht man überall in Südflorida.«

Er beschleunigt.

»Warte. Stopp.« Ich deutete auf die Hühner und den Hahn, die in Todesverachtung die Straße überqueren wollen. »Auf die muss man aufpassen. Die laufen hier überall herum.«

»Gut zu wissen.«

»Man findet in Little Havana überall Kunst mit Hühnern und Hühnerstatuen.«

Ich zeige ihm die Shenandoah-Grundschule, die ich besucht habe, genau wie das Tanzstudio, das für mich während der Highschool wie ein zweites Zuhause war, und den

Presidente-Supermarkt. »Hier habe ich mal für eine kurze Weile Regale aufgefüllt, als ich von meinen Eltern so die Nase voll hatte, dass ich nicht mehr im Restaurant jobben wollte.«

»Was haben sie denn dazu gesagt?«

»Na ja, ich glaube, es hat sie mehr gekränkt, dass ich das Kellnern im Restaurant aufgegeben habe, als dass ich aufgehört hab, mit ihnen zu sprechen.«

»Was haben sie getan, um dein Schweigen zu verdienen?«

»Sie haben sich geweigert, mich mit Tony ausgehen zu lassen, bevor ich sechzehn war.«

»O ja, richtig. Die lange Wartezeit.«

»Das war pure Folter! Wir haben uns geliebt!« Ich muss über mich selbst grinsen. »In der Zeit sind die Wellen emotional besonders hochgeschlagen.«

»Das kann ich mir lebhaft vorstellen«, erwidert er mit einem leisen Lachen.

»Meine Eltern haben altmodische Werte, die so gar nicht zu meiner Teenagermentalität gepasst haben. Wir haben uns oft gestritten, aber ich habe letztendlich immer getan, was sie mir gesagt haben. Sosehr ich auch dagegen rebellieren wollte, ich konnte mich nicht dazu durchringen, es tatsächlich zu tun.«

»So ein braves Mädchen«, meint er lächelnd. »Bist du ein Einzelkind? Keine Geschwister?«

»Nein, ich bin allein. Meine Mutter hatte neun Fehlgeburten, bevor sie mich bekommen hat.«

»Oh, wie furchtbar!«

»Ich weiß. Allen Erzählungen nach war es sehr schlimm für sie. Allerdings reden sie nicht darüber. Das ist vermutlich der Grund, warum ich keine wilde Phase hatte und mich ihnen nie groß widersetzt habe, obwohl ich das wirklich, wirklich wollte. Ich war im Grunde genommen ihr Wunderbaby, das sich zu einem nicht mehr unbedingt so wunderbaren Teenager entwickelt hat. Wenn ich jetzt zurückblicke, ist es mir unangenehm, wie ich mich aufgeführt habe.«

»Als Teenager tun wir das doch alle.«

»Du auch?«

»O Gott, ja. Ich war schrecklich. Wenn meine Eltern geahnt hätten, was ich so alles getrieben habe …«

Ich bin sofort interessiert. »Wie was denn beispielsweise?«

»Ich habe Hasch geraucht, Unmengen Bier getrunken, war mit allen Mädchen im Bett. Und meinen Eltern gegenüber habe ich mich wie ein absoluter Vollidiot benommen.«

Zu hören, dass er mit allen Mädchen geschlafen hat, weckt in mir den Wunsch, ihnen die Augen auszukratzen. Das ist eine total normale Reaktion, oder? Ja, ich weiß. Absolut lachhaft.

»Du warst der typische Bad Boy.«

»In jeder Beziehung bis auf eine – ich hatte immer Einsen, ohne dass ich mich dafür anstrengen musste.«

»O nein, du warst einer von denen? Die hab ich immer gehasst! Ihr habt es für uns andere so schwer gemacht.«

»Ja, so einer war ich«, antwortet er lachend. »In allen anderen Bereichen habe ich nur Mist gebaut, aber weil meine Noten in der Schule so gut waren, hatten meine Eltern beim Rest keine richtige Handhabe.«

»Das ist jedenfalls eine gute Verhandlungsposition.«

»Ich hab es ziemlich genossen.«

»Wo hast du studiert?«

»Erst an der Cornell und dann für das weitere Medizinstudium an der medizinischen Hochschule der Duke-Universität.«

»Wow, das ist wirklich beeindruckend, aber ich vermute, man wird nicht Gehirnchirurg, ohne selbst ein gut funktionierendes Gehirn zu haben.«

Seine Lippen zucken amüsiert. »Es schadet jedenfalls nicht. Schule und Lernen waren nie ein Problem für mich, bis ich mit Medizin an der Universität angefangen habe und feststellen musste, dass ich in Bezug auf Lerntechnik nichts vorzuweisen hatte, was ein erhebliches Problem dargestellt hat. Es war, als würde ich mit zweihundert Sachen gegen eine Mauer knallen.«

»Es tröstet mich etwas, dass du doch noch deinen Teil abgekriegt hast.«

Er lacht wieder. »Ja, das hab ich dann wirklich. Im großen Stil sogar. Beinahe wäre ich nach dem ersten Semester rausgeflogen. Ich war katastrophal, bis eine meiner Kommilitoninnen mich unter ihre Fittiche genommen und mich zu einem richtigen Studenten gemacht hat.«

»War das alles, was sie mit dir gemacht hat?«

»Na ja, zwischen den Lernmarathons haben wir gevögelt wie die Karnickel.«

Ich muss so heftig lachen, dass mir die Tränen kommen. »Wie du Sachen auf den Punkt bringst …« Ich frage mich, wie es wohl wäre, mit ihm »wie die Karnickel zu vögeln«. Der Gedanke sorgt dafür, dass mein Gesicht vor Verlegenheit ganz heiß wird und die Hitze sich zu einem Knoten des Verlangens zwischen meinen Beinen verdichtet. Rasch schlage ich sie übereinander und hoffe, so das Gefühl im Keim zu ersticken, doch dadurch wird alles nur schlimmer.

Er schenkt mir ein sexy Grinsen, unter dem meine Haut zu prickeln beginnt. »Mir wurde schon gesagt, ich könne gut mit Worten umgehen. Aber ganz im Ernst, sie hat mir den Hintern gerettet. Wir waren während des gesamten Medizinstudiums zusammen, bis wir als Assistenzärzte an Krankenhäuser in verschiedenen Ecken des Landes kamen und unsere Wege sich getrennt haben. Eine Beziehung über weite Entfernungen hinweg aufrechtzuerhalten ist so schon schwierig genug, doch in Kombination mit der Assistenzzeit war es schlicht unmöglich. Trotzdem sind wir immer noch befreundet. Nach dem Desaster in New York hat sie sich übrigens bei mir gemeldet, weil ein gemeinsamer Bekannter ihr davon erzählt hat.«

»Das war nett von ihr.«

Er nickt und wechselt den Radiosender, landet bei einem kubanischen. »Neuigkeiten verbreiten sich in Medizinerkreisen schnell.«

Ich singe das Lied auf Spanisch mit, mache ein paar Handbewegungen aus meinem Tanztraining.

»Sprichst du flüssig Spanisch?«

»*Sí.* Man kann hier nicht aufwachsen, ohne die Sprache zu lernen.«

»Ich hatte in der Schule ein paar Jahre Spanisch, trotzdem kann ich es nicht gut.«

»Schön, dass du irgendwas nicht kannst.«

»Ich kann eine Menge Dinge nicht.« Er wackelt anzüglich mit den Augenbrauen. »Und in anderen bin ich wirklich, wirklich gut.«

Gütiger Himmel, darüber will ich mehr erfahren. Ich möchte diese Dinge erleben. Ich möchte …

Hör auf. Reiß dich zusammen, und mach einfach deinen Job.

Plötzlich habe ich eine Idee. »Wende bitte, und fahr noch mal zurück.«

»Wohin?«

»Das zeige ich dir, wenn wir dort sind.«

»Okay, du bist der Boss.« Er findet eine Stelle, an der wir umdrehen können, und dann sind wir auf dem Weg zurück zum Park, wo die Männer Domino spielen.

»Stell den Porsche dort ab.« Ich zeige auf einen der seltenen freien Plätze am Straßenrand, den Jason auch nimmt. »Komm mit.« Er folgt mir zu dem Tisch mit den Männern. »Entschuldigung.« Ein paar von ihnen kenne ich aus dem Restaurant, vor allem Mr Perez, der jeden Samstagabend mit seiner Frau Eva ins Giordino's kommt.

124

Die Männer hier sind zwischen sechzig und neunzig, und sie wissen, wer ich bin. So ist das nun mal, nachdem ich meinen Eltern im Restaurant geholfen habe, seit ich alt genug war, um Besteck in Servietten zu rollen.

Auf Spanisch sage ich zu ihnen: »Mein Freund Jason ist neu in der Stadt und hat keine Ahnung, wie man Domino spielt. Würde es jemanden stören, wenn er ein wenig zuschaut?«

»Überhaupt nicht«, antwortet einer der Männer und macht an dem Picknicktisch Platz für Jason. »Bitte schön.«

Jason schaut mich fragend an.

Ich gebe ihm einen leichten Schubs. »Setz dich.«

Er geht um den Tisch herum und lässt sich an der freien Stelle nieder.

Auf Spanisch und Englisch beginnen die Männer, ihm das Spiel und die Regeln zu erklären, geben ihm Tipps und streiten sich über die besten Strategien, was natürlich absolut verwirrend für ihn ist. Freundlicherweise übersetzt Mr Perez für ihn.

Trotz seines anfänglichen Zögerns ist Jason bald fasziniert, stellt Fragen und macht mit, so wie ich mir das gedacht hatte. Das Spiel ist laut und angeregt, Dominosteine klicken leise auf der Tischplatte, und es ist so schnell, dass es Jason schwerfällt, allem zu folgen. Ich vermute, dass ihm das nicht oft passiert, und die Grimassen, die er schneidet, sind echt komisch.

Ich hole mein Handy raus und beginne zu fotografieren, gehe um den Tisch rum, immer auf der Suche nach dem besten Winkel und dem perfekten Licht.

Er wirft den Kopf in den Nacken und lacht über etwas, was ein Mann über die Dummheit eines anderen sagt, und das ist das perfekte Bild.

Viele Minuten später taucht er aus dem Spiel auf, schaut sich um, bis er mich mit dem Handy entdeckt. Ich erkenne den Moment, in dem er begreift, was ich tue und warum.

Er schenkt mir ein herzliches Lächeln, das mich von innen heraus wärmt. Jeder Teil von mir ist sich seiner bewusst und der Gefühle, die er in mir weckt, einfach indem er mich anlächelt. Trotz der Tatsache, dass wir von Leuten umgeben sind, scheint die Verbindung zwischen uns irgendwie intim.

»Wir würden sehr gern die Bilder, die ich gemacht habe, auf Dr. Northrups Instagram-Account verwenden. Hat irgendjemand hier, den ich fotografiert habe, dagegen Einwände?«

»Sie sind ein Doktor?«, erkundigt sich einer der Männer.

»Ja.«

»Was für einer?«

»Arzt. Kinderneurochirurg, um genau zu sein.«

Sie sind offensichtlich beeindruckt, ziehen ihn aber trotzdem mit Ärzten auf, die sie aus dem Fernsehen kennen, und beginnen dann, ihn zu ihren eigenen medizinischen Problemen um Rat zu fragen. Einer von ihnen zeigt ihm sogar einen Leberfleck auf dem Arm.

»Das sollten Sie mal von einem Dermatologen anschauen lassen«, erklärt Jason.

»Siehst du?«, wendet sich der Mann auf Spanisch an einen seiner Freunde. »Ich hab dir ja gesagt, dass es bösartig ist.«

»Also keine Einwände dagegen, wenn wir die Fotos posten?«, frage ich erneut, möchte ganz sichergehen.

»Nein«, antwortet Mr Perez, und die anderen schütteln den Kopf.

Jason steht auf. »Meine Herren, das hier ist in höchstem Maße erhellend gewesen. Würde es Ihnen etwas ausmachen, wenn ich mal wieder vorbeikommen würde?«

»Nein, jederzeit gern. Wir sind fast immer hier.«

Jason gibt jedem von ihnen die Hand, was sie beeindruckt. Aus irgendeinem Grund ist es mir wichtig, dass sie ihn mögen.

»Dann schaue ich auf jeden Fall wieder vorbei.«

»Wir sind wie gesagt hier«, erwidert Mr Perez. »Irgendjemand muss hier ja aufpassen.« Er blickt mich an und zwinkert mir zu. *Me agrada tu amigo, mija.*«

»Sí, gracias.« Ich achte darauf, dass meine Antwort leise ist, hoffe, dass es sich nicht in Windeseile im ganzen Viertel verbreitet, dass ich mit einem Mann unterwegs bin.

»Das hat Spaß gemacht.«

»Freut mich, dass es dir gefallen hat.«

»Was hat er auf Spanisch zu dir gesagt?«

»Dass er dich mag.«

»Wird er allen erzählen, dass du mich hergebracht hast?«

»Ich hoffe wirklich, dass er das nicht tut.«

»Wäre das denn so schlimm?«

»Dadurch würde vieles komplizierter werden, und ich bin mir nicht sicher, ob irgendeiner von uns ›kompliziert‹ im Moment gebrauchen kann.«

»Stimmt.« Er klingt enttäuscht, und ich bin nicht sicher, was für einen Reim ich mir darauf machen soll. Ich bin dankbar, dass er nicht weiter nachfragt.

Als wir wieder im Wagen sitzen, öffne ich die Instagram-App und logge mich bei mir aus. »Wir müssen deinen Account an den Start bringen. Was möchtest du für einen Usernamen haben?«

»Was immer du vorschlägst.«

»Wie wäre es mit ›MiamiDoc‹?«

Er verzieht das Gesicht. »Lieber nicht.«

»Das hat sich auch schon ein anderer Arzt geschnappt. Was hältst du von ›JNorthMiamiDoc‹? Wir wollen ja schließlich die Verbindung zwischen dir und deinem Beruf herstellen.«

»Wenn es sein muss.«

»Es muss.« Ich eröffne das Konto und benutze Priscilla@0624, mit dem Datum unseres Kennenlernens, als Passwort. Als Profilfoto nehme ich eines der Bilder, die ich von ihm aufgenommen habe, während die Männer ihm die Spielregeln erklärt haben, und auf denen er nachdenklich wirkt. Ich poste einige Fotos von Jason mit den Männern und versehe alles mit dem Kommentar »Lerne gerade meine neue Heimatstadt kennen. Danke an meine neuen Freunde in Little Havana, die mir gezeigt haben, wie man Domino spielt. Freu mich schon darauf, noch mal herzukommen. #newhome #littlehavana #doctor #kinderneurochirurg«.

Dann entwerfe ich rasch eine Story, die die Leute einlädt, ihm zu folgen, während er die Stadt kennenlernt. Das alles dauert bloß wenige Minuten. Ich liebe Instagram nicht nur selbst, ich hab auch einen Kurs an der Uni dazu belegt, wie man die Plattform am besten zu Marketingzwecken nutzt.

»Wann kriege ich eigentlich das Restaurant zu sehen, von dem ich jetzt schon so viel gehört habe?«, will Jason wissen.

»Oh, ja. Bieg an der Ampel links ab.«

Er folgt meinen Anweisungen, bis wir in der West Flagler Street ankommen.

»Da steht es in all seiner Pracht.« Das verputzte Gebäude ist in einem hellen Gelb gestrichen, hat grüne Fensterläden und Blumenkästen vor den Fenstern. Neben der Tür flattert auf der einen Seite die italienische Flagge, auf der anderen die kubanische. Über der Tür prangt in großen, goldverzierten Lettern »GIORDINO'S«. Meine Mutter frischt die Goldschicht jedes Jahr am ersten Januar auf. Sie achtet auch persönlich darauf, dass die Bepflanzung der Blumenkästen je nach Jahreszeit wechselt. Im Moment blühen dort lila Pelargonien und Stiefmütterchen.

»Das sieht wirklich sehr einladend aus«, stellt Jason fest.

»Sie sind auch ziemlich stolz drauf.«

»Das solltest du auch sein.«

»Oh, das bin ich, ganz bestimmt. Sie haben so hart gearbeitet, um es zu dem zu machen, was es jetzt ist.«

»Erwarten sie, dass du es eines Tages übernimmst?«

»Unbedingt, was der Grund ist, weswegen ich so entschlossen bin, eine Karriere abseits des Restaurants zu haben, solange es geht.«

»Möchtest du das Restaurant denn nicht?«

»Es ist nicht so sehr, dass ich die Idee nicht mag, sondern vielmehr, dass mir keine andere Wahl bleibt.«

»Niemand von deinen Cousins oder Cousinen ist interessiert?«

»Vielleicht, aber meine Eltern sind die Besitzer, daher wäre es merkwürdig, wenn sie mich zugunsten einer meiner Cousinen oder eines Cousins übergehen würden, wenigstens meint mein Vater das.«

»Okay, das verstehe ich. Du könntest ja vielleicht einen Manager einstellen, weißt du?«

»Das hatte ich mir auch schon überlegt. Ich hoffe, ich muss darüber noch viele Jahre lang nicht nachdenken. Meine Großmütter werden ganz bestimmt ewig leben, und meine Eltern sind erst Mitte fünfzig. Sie alle wollen nichts davon hören, sich zur Ruhe zu setzen. Nona sagt immer, sie würde gar nicht wissen, was sie dann mit sich anfangen soll.«

»Sie müssen die Arbeit dort wirklich lieben, wenn sie so gar nicht den Wunsch verspüren, damit aufzuhören.«

»Genau.«

»Gibt es dort auch Mittagessen?«

»Ja …«

»Ich bin hungrig.«

»Jason …« Mein gesamter Körper fängt an zu spinnen bei dem Gedanken, mit ihm die Höhle des Löwen zu betreten.

Normalerweise sind hier nie irgendwelche Parkplätze am Straßenrand frei, nur ausgerechnet jetzt finden wir direkt einen. Geschickt parkt er rückwärts ein und schaltet den Motor aus.

»Was immer sie auftischen, ich komm schon damit klar.«

Die Frage ist eher, ob *ich* damit klarkomme. Als er nach dem Türgriff fasst, bin ich wie erstarrt.

Er sieht mich an. »Alles wird gut. Mach dir keine Sorgen.«

Ich lache. »Woher willst du das wissen, wo du sie noch gar nicht kennst?«

»Ich kenne *dich*. Sie haben dich erzogen, oder?«

»Ja ...«

»Dann müssen sie einfach großartig sein, denn du bist wunderbar.«

Ich erwidere seinen Blick für einen langen, aufgeladenen Moment, bevor ich nach unten schaue, überwältigt von seinen Worten und der Art und Weise, wie ich mich bei ihm fühle – leicht schwindelig, aus der Bahn geworfen, erregt, fasziniert, ängstlich. Das letzte Mal, dass ich einem Mann mein Herz geschenkt habe, lag es am Ende in Scherben. Ich weiß einfach nicht, ob ich dazu imstande bin, mich noch einmal auf so was einzulassen. Ich möchte nicht für den Rest meines Lebens allein sein, doch manchmal denke ich, dass das einfacher wäre, als das Sicherheitsnetz hinter mir zu lassen, das ich unter mir aufgespannt habe, nachdem ich Tony verloren hatte.

»Erzähl mir, was ich über sie wissen muss.«

Kapitel 10

Carmen

Eigentlich bin ich nicht bereit, ihn mit ins Restaurant zu nehmen. Sie kennen mich zu gut. Sie werden auf den ersten Blick sehen, dass ich mich zu ihm hingezogen fühle.

Ich schlucke trocken, und wie bei einem Teenager macht sich ein nervöses Flattern in meinem Bauch bemerkbar. Genau so kommt es mir vor: als wäre plötzlich der Boden unter meinen Füßen weg, sodass ich ins Nichts falle.

»Wenn du es lieber nicht möchtest, ist das natürlich ebenfalls in Ordnung. Das liegt ganz bei dir.«

Ich will, dass sie ihn kennenlernen, also nehme ich all meinen Mut zusammen – den ich auch dringend brauchen werde, wenn ich mit ihm ins Restaurant gehe, weil ich genau weiß, was sie denken werden. »Bei meinen Großmüttern ist es wichtig, dass du ihnen in die Augen schaust. Darauf legen sie Wert. Drinnen ist es häufig sehr laut und turbulent. Du musst also nicht glauben, dass irgendetwas passiert ist. Das ist ganz normal so. Wenn jemand die Nase rümpft, will er, dass du weiter ausführst, was du gerade gesagt hast. Das heißt nicht, dass du unangenehm riechst oder sie auf dich herabsehen.«

Er lacht. »Gut zu wissen.«

»Abuela, meine kubanische Großmutter, wird keine Rücksicht auf deinen persönlichen Raum nehmen. Sie will dich damit nicht einschüchtern, sie ist einfach so. Außerdem küssen sie gerne alle, daher sei darauf gefasst, und es gibt ohnehin sehr viel Körperkontakt. Leute, die das nicht gewohnt sind, überrascht das oft. Meine Großmutter und meine Eltern lieben es, sich über alles zu beklagen, aber in Wahrheit sind sie mit ihrem Leben total zufrieden. Es ist auch alles nur Bellen und kein Beißen, wenn es um strittige Themen geht. Was sich vielleicht wie eine heftige Auseinandersetzung anhört, ist bloß ein ganz normales Gespräch. Im Restaurant ist die linke Hälfte kubanisch, die rechte italienisch. In der Mitte gibt es eine Bar, und da setzen wir uns hin, damit niemand meint, wir würden einer Seite den Vorzug geben.«

Seine Augen funkeln vergnügt. »Ich kann es gar nicht erwarten, deine Familie kennenzulernen.«

»Das sagst du jetzt.«

Er legt seine Hand über meine und sieht mich voller Zuneigung und mit einer guten Portion Humor an. »Ich habe verstanden, was du über den richtigen Zeitpunkt und darüber, dass es kompliziert sei und so, gesagt hast. Doch ich möchte, dass du weißt … Als ich gestern ins Krankenhaus gekommen bin und herausgefunden habe, dass sie nicht gerade den roten Teppich für mich ausrollen, bin ich fast durchgedreht. Ich habe harte Arbeit in meine Karriere gesteckt und sehr viel dafür geopfert, und die Möglichkeit, dass das alles wegen einer intriganten Frau den Bach runtergeht …«

Er schüttelt ungläubig den Kopf. »Aber dann erhielt ich die Nachricht, dass die wunderhübsche junge Frau, die mich begrüßt hatte, mit meinem Auto in Schwierigkeiten geraten war und ich dringend zur Polizeistation kommen sollte. Ich war so dankbar, eine Entschuldigung dafür zu haben, aus dem Krankenhaus zu verschwinden. Von dem Moment an, als ich dich in der Zelle hab sitzen sehen, habe ich mich besser gefühlt. Und als wir angefangen haben, zu besprechen, wie wir die Sache drehen können, hat sich meine Stimmung schlagartig gehoben. Das ist allein dein Verdienst. Nach der Sache mit Ginger hätte ich nicht gedacht, dass ich je wieder etwas für eine Frau empfinden könnte, vor allem so kurz nach dieser Katastrophe. Aber du …« Er zuckt die Achseln. »Ich empfinde etwas für dich, Carmen, und ich glaube, dir geht es mit mir umgekehrt genauso.«

Ich will es abstreiten. Ich möchte dorthin zurück, wo ich gestern Morgen war, als ich noch nicht wusste, dass es diesen Mann überhaupt gibt. Dort war es sicher. Es kann einem nichts Schlimmes passieren, wenn man sich aus allem raushält. Im Geiste höre ich Abuelas Stimme, die mich daran erinnert, dass einem dann auch nichts Gutes passieren kann. Das Leben ist Risiko, sagt sie. Liebe ist Risiko. Es ist alles Risiko, und die Leute, die den Mut haben, sich trotzdem hinauszuwagen, sind die, die reich belohnt werden.

Oder am Boden zerstört sind, wenn es endet. Das kann ich niemals vergessen.

Ich lecke mir über die Lippen, die trocken geworden sind, während ich ihm zugehört und versucht habe, zu verarbeiten, was er sagt.

»Das tue ich.« Ich atme tief ein. *Mut, Carmen.* »Ich empfinde etwas für dich.«

»Und du bist dir nicht sicher, ob du das willst, richtig?«

Ich nicke.

»Ich bin mir auch nicht sicher, ob ich es will. Ich muss mich zu hundert Prozent auf meine Karriere konzentrieren und den Skandal vergessen machen. Und trotzdem stelle ich fest, dass ich jede Minute genieße, in der ich mit dir zusammen sein kann.« Er drückt meine Hand. »Ich möchte einfach nur mehr Zeit mit dir verbringen.«

»Sie werden sofort merken …«, ich lecke mir wieder die Lippen, »dass da irgendetwas …«

»Okay.« Er sieht mich für einen langen Moment an, ehe sein Blick zu meinem Mund schweift.

Mir wird klar, dass er mich küssen möchte, und ich möchte das auch. Ich möchte es sogar sehr. Aber nicht hier und nicht jetzt. Ich räuspere mich und schaue von ihm weg, beunruhigt von der Intensität der Verbindung, die ich zwischen uns spüre. Es ist nicht wie mit Tony. Das begann als Freundschaft und ist über die Jahre zu etwas ganz Wundervollem und sehr Schönem herangereift. Das hier ist etwas komplett anderes. Und es hat das Potenzial, lebensverändernd zu werden, wenn ich das zulasse.

Sein Magen knurrt, und die Spannung löst sich auf, als wir lachen.

»Ich stehe kurz vor dem Verhungern.«

»Ich hab's gehört.« Ich sehe zum Giordino's und dann zu ihm. »Also sorgen wir mal dafür, dass du gemästet wirst.«

»Soll mir recht sein.«

Wir steigen aus dem Auto und warten auf eine Lücke im Verkehr, um die Straße zu überqueren. Dieser Ort ist so vertraut für mich, und als ich durch die Tür in die von aromatischen Düften geschwängerte Luft und das übliche Chaos trete, fühlt es sich an, als hätte sich etwas Großes verändert. Doch nicht im Restaurant, das ist genauso wie immer. Nein, die Veränderung hat in mir stattgefunden, und das hängt alles mit dem Mann zusammen, der mir nach drinnen folgt.

Wie grundsätzlich um die Mittagszeit ist auf beiden Seiten des Restaurants sehr viel los, aber ich stelle erleichtert fest, dass an der Bar in der Mitte noch Plätze frei sind.

»Carmen!«, ruft meine Mutter und eilt zu mir, um mich zu umarmen, als hätte sie mich monatelang nicht zu Gesicht bekommen, obwohl ich vor zwei Tagen zum Brunch hier war, bei dem mir alle zu meinem neuen Job gratuliert haben.

Sie weicht einen Schritt zurück und mustert mich prüfend. »Warum bist du hier? Ist irgendetwas los?«

»Haben sie dich entlassen?«, will mein Vater wissen, der sich ebenfalls zu uns gesellt.

»Nein, natürlich nicht.« Ich wäre vermutlich sofort gefeuert worden, wenn mein Boss wüsste, was gestern geschehen ist, doch glücklicherweise ist das ja nicht der Fall. Ich umarme sie beide und deute dann auf Jason. »Das ist Dr. Jason Northrup. Er ist neu am Miami-Dade, und man hat mich gebeten, ihm zu helfen, eine Wohnung zu finden, und ihm alles zu zeigen.«

Meine Eltern schauen ihn an, dann zurück zu mir und danach wieder zu ihm. Ich schwöre bei Gott, dass sie spüren können, was zwischen uns passiert ist, seit der Sekunde, in der wir uns begegnet sind, oder so kommt es mir wenigstens vor.

»Freut mich, Sie kennenzulernen, Dr. Northrup.« Meine Mutter schüttelt ihm die Hand mit einer Ehrerbietung, die sie normalerweise für Promis reserviert. »Willkommen in unserem bescheidenen Etablissement.«

Ich verdrehe beinahe die Augen, weil das so albern ist. Sie ist gerade mal gut eins fünfzig groß – und das »gut« ist ihr sehr wichtig – und damit ungefähr fünfzehn Zentimeter kleiner als ich. Ansonsten gleichen wir uns wie ein Ei dem anderen.

»Bitte nennen Sie mich Jason, Mrs Giordino.«

»Dann müssen Sie mich Vivian nennen, und mein Ehemann ist Vincent.« Sie hakt sich bei ihm unter und will mit ihm zur kubanischen Seite des Restaurants gehen.

»Wir essen an der Bar, *mami*.«

Mein Vater sieht mich an und schüttelt den Kopf über die schamlose Weise, wie seine Frau versucht, Jason auf ihre Seite des Restaurants zu entführen. Dad ist eins fünfundachtzig groß, mit breiten Schultern, dunklem Haar und einem attraktiven

Gesicht, was zur Folge hat, dass die weiblichen Gäste heftigst mit ihm flirten.

Meine Mutter unterstützt das, weil es, wie sie sagt, gut fürs Geschäft ist und weil sie weiß, dass er ihr absolut ergeben ist.

»Wo sind Abuela und Nona?« Eigentlich ist es undenkbar, dass sie während der Öffnungszeit nicht am Eingang stehen, um die Gäste zu ihren Tischen zu führen.

»Beim Friseur. Sie sind sicher bald zurück.«

»Sie sind *zusammen* gegangen?« Auch das ist praktisch undenkbar.

»Nona hat Abuela gesagt, dass ihr Haar blau ist und dass sie zu ihrer eigenen Friseurin mitkommen muss, um das beheben zu lassen. Sie haben sich so lange gestritten, bis Nona sie überredet hatte.«

»Nona hat sie überredet? Ist Abuela krank? Hast du sie zum Arzt gefahren, *mami*?«

»Nein, alles in Ordnung. Ich habe ihr gesagt, dass Nona recht hat. Ihr Haar *ist* blau, und ihre Friseurin ist zu alt, um ihr noch länger die Haare zu machen. Die Frau hat schlimmen grauen Star, gegen den sie nichts tut. Es ist kein Wunder, dass sie die Farbe nicht mehr richtig trifft.«

Jason bebt vor unterdrücktem Lachen.

»Das ist mein Leben«, teile ich ihm mit.

»Es ist großartig.«

»Kommen Sie, setzen Sie sich.« Dad zeigt zur Bar, wo wir auf zwei Hockern Platz nehmen. Er macht ein Glas Eiswasser mit einer Zitronenspalte für mich fertig. »Was kann ich Ihnen bringen, Jason?«

»Mineralwasser mit Limette wäre toll.«

»Schon unterwegs.« Er reicht Jason die große, in schwarzes Leder gebundene Karte und schenkt ihm das Gewünschte ein, während meine Mutter in der Nähe bleibt, um ja nichts zu verpassen.

»Wir hatten eigentlich erwartet, dass du dich gestern Abend nach deinem ersten Tag melden würdest«, sagt Dad.

»Tut mir leid. Ich wollte euch anrufen, aber ich war erst so spät zu Hause, und nachdem ich mir die Kleidung für heute zurechtgelegt hatte, war es schon nach elf.«

Er runzelt die Stirn. »Warum hast du so lange gearbeitet?«

»Es war auch Jasons erster Tag, und sie wollten, dass ich ihm alles zeige. Mr Augustino hat mich schon beim Einstellungsgespräch gewarnt, dass es immer mal wieder spät werden könnte.«

»Trotzdem – gleich an deinem ersten Tag?« *Mami* schnalzt mit der Zunge. Ihre Missbilligung überrascht mich nicht. Wenn es nach ihnen gegangen wäre, hätte ich nie das College besucht oder irgendetwas anderes getan, als im Familiengeschäft anzufangen. Ich weiß, dass sie stolz auf das sind, was ich erreicht habe, doch gleichzeitig auch enttäuscht, dass ich mich für einen anderen Weg entschieden habe als den, den sie für mich vorgesehen hatten.

»Was lacht Sie denn an, Jason?«, fragt mein Dad.

»Alles. Was empfehlen Sie?«

»Wie wäre es mit einem Probierteller mit einem bisschen von allem?«

»Auch mit kubanischen Gerichten?«, frage ich und hebe eine Augenbraue.

»Selbstverständlich.« Mein Vater tut so, als wäre er gekränkt von meiner Unterstellung. Ich verdrehe die Augen, damit er weiß, dass ich ihm das nicht abkaufe. Es ist ihm auf jeden Fall zuzutrauen, dass er nur italienisches Essen bringt, so wie meine Mutter nur kubanisches bringen würde. Wie ihre Mütter sind sie sich in der Beziehung auch für schmutzige Tricks nicht zu schade.

»Das hört sich großartig an«, sagt Jason. »Vielen Dank.«

Dad verschwindet in der Küche, um beiden Köchen Anweisungen zu geben – und ja, wir haben je einen Chefkoch für jede Restauranthälfte –, während Jason die mit Autogrammen versehenen Fotos meiner Eltern mit verschiedenen Berühmtheiten betrachtet, die an der Wand hängen. Jeder von Frank Sinatra bis hin zu Taylor Swift ist irgendwann mal durch unsere Türen gekommen. Das Restaurant wird auf den meisten Touristenseiten über Miami erwähnt, sodass wir hier neben unseren Stammgästen auch jede Menge Urlauber bewirten.

»Eva Perez hat erzählt, dass du heute Morgen im Park Domino gespielt hast«, bemerkt meine Mutter mit einer Beiläufigkeit, die von vorne bis hinten aufgesetzt ist. Sie ist hinter die Bar gegangen, um die glänzende Oberfläche zu polieren, obwohl die das gar nicht nötig hat.

Ehrlich. Das kann man sich nicht ausdenken. »Wir haben dort angehalten, weil Jason die Stadt kennenlernen möchte, und ich dachte, das fände er nett.«

»Sie meinte, du hättest Fotos gemacht.«

»Ja, für Jasons Instagram-Account.«

»Und Maria sagt, dass du angefragt hast, ob er in ihrer Klinik arbeiten kann.«

Ich unterdrücke ein Seufzen, denn Gott verhüte, dass *mami* mich wegen irgendwas seufzen hört, was von ihr kommt.

»Lassen Sie mich das erklären«, schaltet sich Jason ein.

Ich möchte das dringend verhindern, aber bevor ich ihn aufhalten kann, erzählt er ihr alles, was in New York passiert ist, und auch, dass ich ihm helfe, seinen Ruf wiederherzustellen und die Zulassung für das Miami-Dade zu erhalten.

Meine Mutter hängt an seinen Lippen, während er ihr berichtet, wie Ginger ihn hintergangen hat. Etwa nach der Hälfte der Geschichte kehrt mein Vater zurück und hört ebenfalls interessiert zu. Ich bin mir nicht sicher, ob ich Zeugin einer sich langsam anbahnenden Katastrophe bin oder eines wirklich klugen Schachzugs.

»Welche Art Frau tut denn so was?« *Mami* ist hellauf empört.

Das ist eine große Erleichterung. Ich möchte nicht, dass sie Jason nicht mag. Und außerdem ist es vermutlich am besten, dass er es ihnen selbst gesagt hat, weil sie ihn sowieso googeln werden, zwei Sekunden nachdem wir zur Tür raus sind. Die vier sind alle völlig ihren Handys verfallen.

»Das ist eine sehr wichtige Aufgabe, die man dir übertragen hat, *dulcita*.«

Jason sieht mich mit hochgezogenen Augenbrauen an. »*Dulcita?*«

»Süße«, erklärt meine Mutter. »So habe ich sie schon immer genannt.«

»Sie ist tatsächlich sehr süß.«

Das ist mir total peinlich, was er auch weiß, doch er lacht trotzdem. Und ich habe schon gedacht, ich mag ihn. Als ich hochschaue, betrachtet uns meine Mutter mit interessierter Miene. So ist meine Mutter. Ihr entgeht nichts.

»Wo kommen Sie ursprünglich her, Jason?«, will sie wissen.

»Aus dem Umland von Milwaukee.«

»Und wo stammt Ihre Familie her?«

Jason wirft mir einen verwirrten Blick zu.

»Aus welchem Land sie ursprünglich stammt.« Meine Familie ist immer sehr an der Familienherkunft interessiert.

»Oh, äh, unsere Wurzeln sind englisch, irisch und holländisch. Hat man mir zumindest gesagt.«

»Haben Sie noch Geschwister?«

»Ja, einen jüngeren Bruder.«

»Und was machen Ihre Eltern beruflich?«

»*Mami!* Das hier ist ein Mittagessen, nicht die Inquisition.« Ich habe das Gefühl, ich muss das hier beenden, obwohl sie genau die Fragen stellt, auf die ich auch gerne eine Antwort hätte.

»Schon in Ordnung, *dulcita*.« Jason zwinkert mir zu, während ich ihn mit einem wütenden Blick bedenke. Er darf mich nicht so nennen, aber das scheint ihm egal zu sein. »Meine Mutter ist Hausärztin und mein Vater Anwalt.«

»Meine Güte.« Meine Mutter war schon immer beeindruckt von Leuten mit höherer Bildung, selbst wenn, wie mein Vater immer wieder betont, höhere Bildung die Leute nicht unbedingt klüger macht. Er zählt dann gerne Beispiele von Bekannten auf, die wahnsinnig gebildet sind, allerdings nicht klug genug, um im Regen nicht draußen zu stehen, wie er es immer beschreibt. »Sie sind bestimmt sehr stolz auf Sie.«

»Das waren sie zumindest bis zu der Sache in New York.«

»Das war ja nicht Ihre Schuld.«

Er zuckt die Achseln und wirkt bedrückt. »Die Leute glauben nicht, dass ich nicht wusste, wer sie ist. Aber sie hat ihren Namen behalten, als sie geheiratet hat, also wie hätte ich sie mit dem Vorstandsvorsitzenden in Verbindung bringen sollen? Und es ist mir nie in den Sinn gekommen, dass ich diese tolle neue Frau, die ich kennengelernt hatte, vielleicht googeln sollte. Das war mein Fehler.«

»Das ist kein Fehler gewesen.« *Mami* greift über die Bar und legt ihre Hand auf seine. »Es ist *ihre* Schuld. Sie hat Sie benutzt, ohne einen Gedanken daran zu verschwenden, welche Folgen das für Sie haben kann. Vermutlich hat sie geglaubt, dass Sie der typische selbstverliebte, arrogante Chirurg sind, dem es egal ist, wenn sie ihn benutzt. Es tut mir sehr leid, dass Sie das durchmachen mussten.«

»Vielen Dank.«

Er genießt es, von ihr bemuttert zu werden. Sie behandelt jeden wie einen eigenen Sohn oder eine Tochter – sie ist eben eine Frau, die von Rechts wegen zehn Kinder haben sollte, nicht nur eins. Und wie so viele vor ihm ist Jason machtlos dagegen. Tony hat meine Mutter angebetet und ihr all seine Probleme anvertraut, was so weit ging, dass ich ihn anflehen musste, nicht alles, was zwischen uns geschah, ausgerechnet mit meiner Mutter zu besprechen.

Jedenfalls war es nicht einfach, ein rebellischer Teenager zu sein, während all meine Freunde mir ständig erzählt haben, wie großartig meine Mutter ist, und mich aufgefordert haben, netter zu ihr zu sein. Das war wirklich frustrierend.

Der Pager am Gürtel meines Vaters vibriert, das Zeichen, dass das Essen fertig ist. Er geht in die Küche, um es zu holen, und kommt mit zwei Tellern zurück, die er vor uns abstellt. »Kubanisch auf der linken Seite, italienisch auf der rechten.«

»Das ist hier nie anders«, erkläre ich Jason. »Niemals.«

»Gut zu wissen. Ich möchte das nicht durcheinanderbringen.«

»Keine Sorge«, beruhigt ihn *mami*. »Das werden wir nicht zulassen.«

»Sag mir, was ich hier alles vor mir habe.«

Ich zeige auf den Korb mit Leckereien, den Dad mit unserem Essen gebracht hat. »*Croquetas*, *pastelitos* und *bocaditos*. Auf dem Teller ist *arroz con pollo*, was Reis mit Huhn ist, und *arroz con frijoles negros*, also Reis mit schwarzen Bohnen. Das ist *ropa vieja* oder Pulled Beef in Tomatensoße. *Ropa vieja* heißt eigentlich ›alte Kleidung‹, aber lass dich davon nicht abhalten, es zu probieren. Das ist eins meiner Lieblingsgerichte. Wir haben auch *tostones*, was Kochbananen sind, und *yuca hervida con mojo* beziehungsweise Maniokwurzel mit Knoblauch und Zwiebeln. Auf der italienischen Seite gibt es Manicotti, übrigens die Spezialität unseres Hauses, und außerdem Auberginen mit Parmesan, *fritto misto* und eine Frittata mit Wurst und Brokkoli.«

»Ich hoffe, Sie können mir die Reste einpacken, denn das hier ist genug für drei Mahlzeiten.«

»Was Sie nicht schaffen, *mijo*, nehmen Sie einfach mit«, erwidert *mami*. »Machen Sie sich keine Sorgen.«

Dass sie ihn so anspricht, trifft mich tief. So hat sie Tony genannt, eine Zusammenziehung von *mi hijo*, »mein Kind«.

Ihr wird sofort bewusst, was sie getan hat, und sie blickt mich entschuldigend an, als bäte sie mich um Verzeihung. Das ist keine Frage, doch den Ausdruck zum ersten Mal seit fünf Jahren zu hören trifft mich wie ein Pfeil ins Herz.

Jason bemerkt nichts, was nur gut ist. Er ist zu sehr damit beschäftigt, das Essen zu probieren. Bei seinem genüsslichen Stöhnen durchzuckt es mich wie ein Stromschlag, während ich selbst versuche, ein paar Bissen zu essen.

Weil ich irgendetwas tun muss, hole ich mein Handy raus, gehe um die Bar herum und halte auf Fotos fest, wie Jason traditionelles kubanisches und italienisches Essen probiert – und offensichtlich genießt.

»Das ist das Beste, was ich je gegessen habe«, erklärt er, nachdem er die Portionen auf beiden Tellern schon ziemlich dezimiert hat.

Meine Eltern strahlen ihn glücklich an. Er hätte ihnen kein größeres Kompliment machen können. Sie lieben nichts mehr, als die Leute bis zum Platzen abzufüttern.

»Was ist mit Dessert?«, fragt mein Dad.

Bevor wir antworten können, wird die Vordertür aufgestoßen, und meine Großmütter kommen herein, zanken sich wie üblich lautstark.

Abuela betastet ihr Haar, das wie immer perfekt aussieht. »Es ist zu kurz. Ich habe ihr gesagt, dass sie nicht zu viel abschneiden soll, aber sie hat nicht zugehört. Es ist deine Schuld, *coño*, mich zu einer Friseurin zu bringen, die weder Englisch noch *español* spricht.«

»Sie spricht ausgezeichnet Englisch *und* Spanisch, und anders als deine Friseurin kann sie tatsächlich erkennen, was sie tut!«

»Wenn ich es nicht besser wüsste, würde ich denken, dass du sie angestiftet hast ...«

Alles kommt zum Stillstand, als Abuela bemerkt, dass ich an der Bar sitze.

Mit einem Mann.

Nona schaut in unsere Richtung, um zu sehen, was Abuela so fasziniert, und sofort ist ihr Streit vergessen.

Sie haben Besseres zu tun, als sich über Friseurinnen zu streiten, wenn ich an der Bar sitze. *Mit einem Mann.*

»Einschlag in drei ... zwei ... eins ...«, murmele ich Jason zu.

KAPITEL 11

Carmen

Sie stürzen sich auf uns, umarmen und küssen mich, als hätten wir uns seit Wochen nicht gesehen, hüllen mich in eine Wolke aus Chanel- und Dior-Parfum. So riecht Zuhause für mich. Abuela ist klein und zierlich, und ihr schneeweißes Haar ist tipptopp frisiert nach ihrem Besuch im Salon, wo sie ihr die blaue Tönung glücklicherweise ausgespült haben. Auch wenn sie beinahe fünfundsiebzig ist, ist ihr Gesicht fast faltenlos und ihr Make-up perfekt. Ich kenne sie nicht anders als atemberaubend, selbst früh am Morgen.

Nona überragt sie und ist doppelt so breit, und sehr zu Abuelas Erbitterung ist Nonas Haar dunkel geblieben, mit nur einigen wenigen grauen Strähnen, die beweisen, dass sie bald sechsundsiebzig wird. Nona ist Make-up völlig egal, genau wie das, was sie trägt, oder irgendetwas von den anderen Dingen, die Abuela so wichtig sind. Sie könnten nicht verschiedener sein und geben sich zudem unglaublich viel Mühe dabei, so unterschiedlich zu sein, wie es nur möglich ist.

Doch eine entscheidende Sache haben sie gemeinsam … Mich.

Ich rede los, bevor sie anfangen können, Fragen zu stellen. »Nona, Abuela, das ist Dr. Jason Northrup, einer meiner neuen Kollegen am Miami-Dade. Jason, diese bezaubernden Damen sind meine Großmütter, Marlene und Livia, aber alle nennen sie Abuela und Nona.«

Er steht auf und schüttelt ihnen die Hand, schaut ihnen in die Augen, während er ihnen versichert, dass er sich freut, sie endlich kennenzulernen.

Ich bin sehr stolz auf ihn.

»Ein Arzt«, sagt Nona. »Wie wundervoll. Welche Art Arzt sind Sie?«

»Kinderneurochirurg.«

Abuela keucht auf. »Ein Neurochirurg! Wie Patrick ...«

»Dempsey.« Nona beendet Abuelas Satz, wie immer. Abuela kann sich nie an Namen erinnern. Gesichter, ja, doch mit Namen ist sie furchtbar. Darum nennt sie unsere Kunden auch durchweg *mami* und *papi*. Das ist einfacher, als sich zu merken, wie sie alle heißen.

»Ja, genau«, erwidere ich. »Nur dass Jason tatsächlich ein Gehirnchirurg ist.«

Abuela wirft mir einen vielsagenden Blick zu. »Jason?«

Ich habe meinen Fehler in der Sekunde bemerkt, in der er mir unterlaufen ist, aber jetzt ist es zu spät.

»Ich freue mich, dass du schon so nette *amiguitos* auf der Arbeit hast, Carmen.« Was ihr an Erinnerungsvermögen fehlt, gleicht sie nicht mit Takt aus. *Amiguitos* heißt »gute Freunde«, wobei durchaus ein Flirt mit im Spiel sein kann, und sie spricht es so aus, dass kein Zweifel daran besteht, wie sie es meint. Als würde ich es sonst nicht verstehen.

Abuela ist hin und weg von Jasons attraktiven Zügen, genau wie von seinem Beruf, ganz zu schweigen davon, dass er mit mir hier ist. Damit wird sie wochenlang angeben. Ihre Enkelin hat einen Neurochirurgen ins Restaurant mitgebracht, einen wirklichen, echten Neurochirurgen.

»Mein Boss hat mich gebeten, Dr. Northrup die Stadt zu zeigen, weil er hier neu ist und Hilfe braucht, um sich zurechtzufinden.«

»Sie sind am richtigen Ort, Dr. Northrup«, erklärt Nona. »Wir können Ihnen alles beibringen, was Sie über den Großraum Miami wissen müssen.«

»Das ist sehr nett von Ihnen, Ma'am. Carmen ist eine ganz wunderbare Fremdenführerin.«

»Ach tatsächlich?« Abuelas lasergleicher Blick richtet sich auf mich.

Ich ignoriere sie und verrate nichts. »Wir sollten los.« Ich hoffe, ich werde ihn überhaupt aus ihren Klauen befreien können.

Bevor ich die Chance dazu habe, kommt meine Cousine Maria herein. Sie trägt einen pinkfarbenen Kittel mit Cartoon-Babys darauf. Sie ist so groß wie ich, hat eine ähnliche Figur und das gleiche dunkle Haar, wobei ihres länger und lockiger ist als meins. Wir werden oft genug für Schwestern gehalten. Maria schlängelt sich um die Großmütter herum und begrüßt mich mit einem Kuss auf die Wange. »Hab gehört, dass du hier bist.«

»Wie ist das möglich?«, erkundigt sich Jason leise bei mir.

»Das sollte man besser nicht fragen. Dr. Jason Northrup, meine Cousine Maria Giordino. Maria, Dr. Northrup.«

»Jason«, korrigiert er mich.

Meine Großmütter treten widerstrebend einen Schritt zur Seite, damit Jason und Maria einander die Hand schütteln können.

»Freut mich, Sie kennenzulernen.« Maria wirft mir einen Blick von der Seite zu, der eine gesamte Konversation enthält, die, wären wir allein, ungefähr so aussehen würde: Sie: *Ernsthaft?*

146

Der Typ ist total heiß. Ich: *Oh, wirklich? Das ist mir gar nicht aufgefallen.* Sie: *Ja klar. Du hast überhaupt nichts bemerkt.* »Ich habe gehört, dass Sie gerne ehrenamtlich in unserer Klinik aushelfen wollen.«

»Gleichfalls. Und ja, das stimmt.«

»Dann habe ich gute Neuigkeiten. Falls es sich einrichten lässt, wäre es toll, wenn Sie schon morgen anfangen könnten.«

Sie schaut zu mir.

»Das geht – allerdings unter einer Bedingung.«

»Und die wäre?«

»Dass ich ihn bei der Arbeit fotografieren darf.«

»Keine Veröffentlichung der Gesichter von Patienten ohne unterschriebene Zustimmung.«

»Natürlich.«

Maria lächelt Jason an. »Sie haben den Job.«

»Großartig. Danke.«

»Wir sind froh, dass Sie Ihre Zeit und Ihr Können zur Verfügung stellen.«

»Ich dachte, Sie hätten gesagt, Sie seien Neurochirurg«, schaltet sich Abuela ein. »Warum arbeiten Sie dann in Marias Sozialklinik?«

»Dienst an der Gemeinschaft«, antworte ich schnell für ihn. »Das sieht das Krankenhaus gerne.«

»Das ist eine wundervolle Geste«, erklärt Nona.

Jetzt hat er bei ihnen für alle Zeiten einen Stein im Brett, weil er sich für Bedürftige engagiert. Mein Vater beschwert sich zwar gern darüber, wie viel Essen sie für ihre wohltätigen Aktivitäten spenden, doch selbst er bewundert insgeheim, wie großzügig sie und Abuela geben.

»Willst du etwas zu Mittag essen, Süße?«, fragt Dad Maria.

»Ein Haussalat mit Hühnchen zum Mitnehmen wäre großartig.«

»Kommt sofort.«

»Um wie viel Uhr und wo genau morgen?«, fragt Jason Maria.

»Ist neun okay?«

»Ja, klar.«

»Ich fahr dich hin, damit ich Fotos machen kann«, sage ich.

»Hört sich gut an. Vielen Dank, euch beiden.«

»*Ich* danke *Ihnen*. Meine Chefin konnte gar nicht schnell genug zustimmen, als ich ihr von Ihrem Angebot erzählt habe. Ich hätte gern früher eine Antwort für Sie gehabt, doch sie war den ganzen Morgen bei einem Treffen mit der Finanzabteilung. Danach hat sie normalerweise schlechte Laune.«

»Braucht die Klinik wieder Geld, Süße?«, erkundigt sich Nona.

»Ich bin mir nicht sicher, was gerade los ist, aber ich lass es dich wissen.«

»Wir können ein weiteres Spaghetti-Dinner veranstalten«, bietet Nona an. »Sag einfach Bescheid.«

»Danke.« Maria gibt Nona und dann Abuela einen Kuss auf die Wange. Sie ist wie eine dritte Großmutter für Maria. Das ist eine Sache, die man an der speziellen Beziehung meiner Großmütter bewundern muss: Sie lieben die Enkel der jeweils anderen, als wären es ihre eigenen.

Mein Vater hat alle Reste für Jason eingepackt, und nach der Größe der Tüte, die er ihm hinhält, vermute ich, dass er genug hinzugefügt hat, dass Jason für mehrere Tage versorgt ist.

»Danke, Daddy.«

»Für dich doch immer, Süße.«

Jason greift nach seinem Portemonnaie.

»Bitte beleidigen Sie uns nicht, indem Sie versuchen, zu bezahlen.« Mein Vater benutzt einen komisch ernsthaften Ton. »Es ist uns ein Vergnügen, den Kollegen unserer Tochter in Miami und bei uns willkommen zu heißen.«

Jason lehnt sich über die Bar, um meinem Vater die Hand zu schütteln. »Vielen Dank für Ihre Gastfreundschaft, Vincent. Ich hab mich wirklich gefreut, Sie alle kennenzulernen.«

»Danke, gleichfalls«, sagt Abuela. »Ich hoffe, Sie besuchen uns bald mal wieder. Tatsächlich sollten Sie Sonntag zum Brunch kommen.« Ihr Blick gibt mir zu verstehen, dass sie versucht, mir zu helfen, ob ich das nun will oder nicht.

»Das würde ich sehr gerne.«

»Wundervoll. Carmen wird Ihnen alles erklären, und dann sehen wir uns Sonntag.« Sie winkt ihn mit einem Finger zu sich, damit er sich runterbeugt, sodass sie ihm einen Kuss auf die Wange geben kann.

Dann umarmt und küsst ihn Nona, während meine Mutter darauf wartet, dass sie an der Reihe ist.

Ich versetze ihm einen leichten Stoß in Richtung Tür, damit wir hier weg sind, bevor ihnen etwas Neues einfällt, was sie ihm sagen müssen oder ihn fragen möchten.

»Wir telefonieren nachher, Carmen«, ruft mir meine Mutter noch hinterher, während sich die Tür hinter uns schließt.

»Also. Das ist meine Familie.«

»Ich habe so viele Fragen.«

Während wir zu seinem Auto gehen, lache ich so laut, wie ich es seit Jahren nicht mehr getan habe.

Jason

Sie hat keine Ahnung, wie unglaublich hübsch sie ist, und das erhöht ihren Reiz nur noch. Sie mit ihrer Familie zu erleben hat eine weitere interessante Facette zu meinem Eindruck von ihr hinzugefügt, und ich finde die Familiendynamik wunderbar.

»Abuela ist die Mutter deiner Mutter, richtig?«, frage ich sie, als wir am Auto stehen bleiben.

»Ja, sie hat Kuba verlassen, als sie etwa zehn war. Nonas Familie ist aus Italien nach New York ausgewandert, als sie zwei war, also zu jung, um sich an viel aus ihrer alten Heimat zu erinnern. Abuela andererseits erinnert sich sehr genau daran, unter welchen Umständen sie Kuba verlassen musste. Es war sehr dramatisch für sie und die ganze Familie, vor allem nachdem sie den Vater verloren hatten.«

»Was ist mit ihm geschehen?«

»Mein Urgroßvater hat im Zuge der Revolution Batistas korruptes Regime unterwandert. Batista war der Präsident in der chaotischen Zeit, bevor Castro die Macht übernommen hat. Nachdem mein Urgroßvater enttarnt worden war, wurde er standrechtlich erschossen.«

»O mein Gott.«

»Tragischerweise ist das in dem Monat passiert, bevor Batista das Land verlassen musste. Einer der Freunde meines Urgroßvaters ist zum Haus der Familie geeilt und hat Abuelas Mutter gewarnt, dass sie sofort fliehen müsse. Er hat sie gleich am selben Nachmittag in ein Flugzeug nach Miami gesetzt, sodass meine Urgroßmutter mit fünf Kindern und nichts als der Kleidung, die sie am Leib hatten, entkommen ist. Sie ist von einer reichen, prominenten Einwohnerin von Havanna zu einem mittellosen Neuankömmling in einem Land geworden, dessen Sprache sie nicht einmal beherrschte.«

»Das muss ein riesiger Schock gewesen sein.«

»Nach allem, was ich gehört habe, hat sich meine Urgroßmutter nie wirklich davon erholt, ihren Ehemann, ihr Zuhause und ihr Land am selben Tag verloren zu haben. Abuela und ihre ältere Schwester haben geholfen, ihre jüngeren Geschwister großzuziehen, während ihre Mutter bei einem Reinigungsservice gearbeitet hat, um Essen auf den Tisch zu bringen und das winzige Apartment zu bezahlen, in dem sie alle gelebt haben. Letztlich war die Gemeinschaft der Exilkubaner, die hier hängen geblieben sind, ihre Rettung.«

»Es muss tröstlich gewesen sein, andere Kubaner in der Nähe zu haben.«

»Teils, teils. Es gab zu viele widersprüchliche Interessen zu der Zeit. Einige Leute haben sie für das, was ihr Ehemann und Vater getan hatte, bewundert, andere eher nicht. Ich heiße übrigens nach meiner Urgroßmutter Carmen.«

»Was für eine faszinierende Geschichte.«

»Als die Reisebeschränkungen vor einigen Jahren gelockert wurden, sind meine Eltern mit Abuela und ihrer älteren Schwester nach Havanna geflogen. Meine Eltern haben erzählt, Havanna sei wie eine Stadt, in der die Zeit stehen geblieben ist. Die Leute fahren immer noch in Autos aus den Fünfzigern herum und haben kaum welche von den modernen Annehmlichkeiten, die wir hier für völlig selbstverständlich halten. Sie wollten eigentlich eine Woche bleiben, sind aber schon nach zwei Tagen zurückgekommen. Abuela und ihre Schwester konnten es nicht ertragen, dort zu sein. Die Erinnerungen waren zu schmerzhaft.«

»Das ist so traurig.«

»Abuela hat erklärt, dass die Reise ihr geholfen habe, dieses Kapitel ihres Lebens abzuschließen. Das ist alles, was sie je darüber gesagt hat. Seit damals möchte sie, dass wir statt Spanisch mehr Englisch mit ihr reden, damit sie das besser lernt. Es ist so, als hätte sie endlich akzeptiert, dass sie niemals nach Hause zurückkehren wird.«

»Man würde nie vermuten, dass sie so etwas Tragisches erlebt hat.«

»Sie verbirgt es gut. Trotz allem ist sie eine der optimistischsten, fröhlichsten Personen, die ich kenne.«

»Ich muss zugeben, dass ich nicht viel über Kuba und seine Geschichte weiß, außer aus den Nachrichten, wenn darüber berichtet wird, dass Leute versuchen, von dort mit Booten in die USA zu gelangen.«

»Davon hört man nur, wenn die Dinge schlecht laufen und Menschen sterben. Die Geschichte der Revolution ist faszinierend, das wurde hier in der Schule gründlich behandelt.«

»In der Highschool haben wir zwar die Kuba-Krise durchgenommen, sonst kann ich mich allerdings nicht an viel dazu aus dem Geschichtsunterricht erinnern. Du hast gesagt, deine Nona ist aus New York?«

»Richtig. Ihre Familie ist aus Brooklyn nach Miami umgezogen, als sie ein Teenager war, also ist sie im Herzen New Yorkerin. Sie fliegt, sooft sie kann, dorthin zurück, vor allem jetzt, da zwei meiner Cousinen dort leben. Wir scherzen immer, sie warne sie, wenn sie in die Stadt kommt, vierundzwanzig Stunden vorher, die sie dann verzweifelt damit verbringen, ihre Wohnung auf Vordermann zu bringen und alles für sie vorzubereiten.«

Ich lache über das Bild von zwei jungen New Yorkerinnen, die sich panisch bemühen, Ordnung für ihre geliebte, aber penible Großmutter zu schaffen. »Danke, dass du mich mitgenommen hast, sodass ich sie kennenlernen konnte. Und das war das schönste und beste Essen, das ich seit Langem hatte.« Ich drehe mich kurz zum Restaurant um. »Reden sie jetzt über uns?«

»Oh, natürlich«, antwortet sie lachend. »Mir ist der Fehler unterlaufen, dich zu duzen und vor ihnen Jason zu nennen.«

»Wieso?«

»Du musst den wissenden Blick übersehen haben, den Abuela mir zugeworfen hat. Ich schwöre, diese Frau kann bis auf den Grund meiner Seele schauen. Damit habe ich eine gewisse Vertrautheit zwischen uns verraten, und das hat sie sofort gemerkt.«

»In unserer Generation geht man deutlich ungezwungener miteinander um als in ihrer.«

»Das stimmt, doch sie bekommt sehr viel mehr mit, als mir recht ist. Das war schon immer so. Meine Mutter ist genauso.«

Ich wende mich ihr zu, mit jeder Minute, die ich mit ihr verbringe, bin ich mehr von ihr fasziniert. »Was denkst du, was sie heute gesehen haben?«

Carmen beißt sich auf die Lippe, während sie mich eindringlich mustert.

Ich fange an, mir Sorgen zu machen, dass ich Soße im Gesicht oder Spinat zwischen den Zähnen habe, aber ich kann mich nicht abwenden, um das zu überprüfen.

»Sie haben erkannt, dass ich zum ersten Mal seit Tonys Tod an einem Mann interessiert bin.«

Ihr Geständnis berührt mich tief, und ich beuge mich zu ihr, will ihre süßen Lippen küssen.

Sie wirft hastig einen Blick zum Restaurant hinüber. »Nicht hier.«

Ich verbeiße mir ein Stöhnen. »Wo denn?«

»Lass uns an den Strand fahren.«

Wir steigen in den Wagen, und ich fädele mich in den Verkehr ein und lasse mich von ihr auf die Autobahn Richtung Süden nach Miami Beach lotsen. Während ich mich auf die Straße konzentriere, stellt sie am Radio herum, bis sie bei einem Sender landet, der klassische Rockmusik spielt.

Sie dreht bei »Hot Blooded« die Lautstärke hoch, und als sie merkt, dass ich sie beobachte, lächelt sie. »Ich bin mit Classic Rock aufgewachsen. Das war alles, was mein Dad hören wollte – zu Hause und im Auto.«

»Ich steh auch auf Classic Rock. Was sind deine Lieblingsbands?« Wenn wir uns über Musik unterhalten, muss ich nicht darüber nachdenken, dass ich sie fast geküsst hätte, richtig? Wird sie sich von mir küssen lassen, wenn wir am Strand sind? Gott, ich hoffe es. Es bringt mich fast um, so sehr wünsche ich es mir.

»Ich würde sagen, Fleetwood Mac und die Eagles.«

»Zwei meiner Top drei.«

»Welche ist die dritte?«, will sie wissen.

»Die Stones. Ich war letztes Jahr in New York auf einem Konzert von ihnen. Da ist ein Traum für mich wahr geworden.«

»Ich kann nicht glauben, wie Mick mit über siebzig noch immer über die Bühne fetzt.«

»Ich weiß, und selbst nach seiner Herz-OP macht er weiter. Hast du sie je live erlebt?«

»Bisher nicht, aber das würde ich wirklich gerne.«

Das merke ich mir für die Zukunft. »Auf welchen Konzerten warst du?«

»Die Eagles sind letztes Jahr in Miami aufgetreten. Die waren wirklich gut. Glenn Freys Sohn Deacon tourt jetzt mit ihnen, und er war großartig.«

»Davon habe ich gehört. Wen würdest du noch gerne sehen?«

Wir sprechen über Musik und Bands und Konzerte, während wir uns durch den dichten Verkehr Richtung Strand vorarbeiten. Es ist eine willkommene Ablenkung nach allem, was sie mir gerade gestanden hat. Ich möchte sie küssen und sie halten und mehr Zeit mit ihr verbringen. Wenn man mir gesagt hätte, dass ich derart kurz nach der Katastrophe mit Ginger so was denken würde, hätte ich bloß gelacht. Doch das war, bevor ich wusste, dass es Carmen Giordino gibt.

Während ich fahre, benutzt sie ihr Smartphone und postet die Fotos, die sie im Restaurant von mir gemacht hat, davon, wie ich im Giordino's kubanisches und italienisches Essen genieße. Es geht nur im Schneckentempo voran, weshalb ich bemerke, dass sie die Stirn runzelt, während ihre Finger über das Display huschen. »Was ist los?«

»Nichts.«

Ihre angespannte Haltung und ihr Gesichtsausdruck sprechen eine andere Sprache. »Verrat es mir.«

»Irgend so ein Vollidiot hat die Fotos von vorhin kommentiert.«

Mir sinkt das Herz. »Was schreibt er denn?«

»Etwas über das in New York, aber keine Sorge, ich hab die Kommentare gelöscht und den Account blockiert.«

Es entmutigt mich, dass mir dieser Mist hierher gefolgt ist, doch was habe ich erwartet? »Im Digitalzeitalter kannst du weglaufen, aber du kannst dich nicht verstecken.«

»Zerbrich dir deswegen nicht den Kopf. Wir werden weiter unsere Seite der Geschichte erzählen, und mit der Zeit werden alle vergessen haben, dass da was war.«

Ich wünschte, ich wäre genauso zuversichtlich wie sie, dass die Leute so einen saftigen Skandal einfach vergessen.

Carmen nimmt einen Anruf von ihrer Cousine Maria entgegen und legt sie auf die Freisprechanlage. »Hey, was ist los?«

»Ich hatte eine Idee wegen deines Projekts«, antwortet Maria.

Ich vermute, damit meint sie mich.

»Was denn?«

»Erinnerst du dich an meine Freundin Desiree aus der Highschool?«

»Die, die jetzt für NBC 6 arbeitet, richtig?«

»Genau die. Ich könnte sie anrufen und mich mal erkundigen, was sie von einem Bericht über den Kinderneurochirurgen hält, der angeboten hat, umsonst in der Klinik zu helfen.«

Carmen wirft mir einen Blick zu, und auch wenn es mir widerstrebt, so viel Aufmerksamkeit auf mich zu ziehen, ist mir sehr wohl bewusst, dass das nötig sein wird, wenn ich irgendeine

Chance haben möchte, die Zulassung zu bekommen. Ich nicke und willige zögernd ein.

»Das wäre super, Mari. Sag ihr, sie soll mich anrufen, wenn sie Interesse hat.«

»Mach ich.«

»Vielen Dank.«

»Danke, dass du uns mit deinem Arzt verkuppelt hast.«

Wir lachen beide über ihre Wortwahl.

»Ist mir ein Vergnügen«, erwidert Carmen. »Lass mich wissen, was Desiree meint.«

»Na klar. Bis später.«

»Wenn wir es schaffen, dich ins Fernsehen zu bringen«, erklärt Carmen, »wäre das großartig.«

»Ja.« Ich umfasse das Lenkrad fester, den Blick weiter auf die Straße gerichtet.

»Findest du nicht?«

»Doch, doch. Natürlich. Es ist nur … Normalerweise wäre es undenkbar für mich, wegen eines ehrenamtlichen Einsatzes so ein Theater zu veranstalten.«

»Ich bin mir sicher, das wird bei dem Interview zu merken sein, sonst hätte ich niemals zugestimmt. Die Leute werden es lieben, dass du schon vor deinem richtigen Umzug hierher den Bedürftigen in der Stadt hilfst. Es ist eine tolle Story.«

»Es wäre eine noch bessere Story, wenn jemand anders vor der Kamera stünde.«

»Du wirst der absolute Star sein.«

»Großartig«, sagt er und schneidet eine Grimasse. »Werden sie den ganzen Mist aus New York ausgraben?«

»Ich werde ihnen erzählen, was wirklich passiert ist, und dafür sorgen, dass sie sich auf das konzentrieren, was du hier tust.«

»Wird mich das mein Leben lang verfolgen? Wird es der erste Satz in meinem Nachruf sein?«

»Du hast noch viele Jahre vor dir, in denen du großartige Dinge tun kannst, durch die das weiter nach unten rutschen wird.«

Ihr Optimismus ist ansteckend und tut mir gut.

»Beim Interview solltest du über deine Tumorforschung sprechen und darüber, wie dicht du vor einem wichtigen Durchbruch stehst. Das ist es, was den normalen Leuten wichtig ist. Jeder kennt jemanden, der mit einer schlimmen Krankheit kämpft. Daran erinnert zu werden, dass es da draußen Ärzte gibt, die sich dieser Herausforderung stellen, ist tröstlich.«

Ich höre ihr genau zu, sauge ihre klugen Erkenntnisse auf. »Du erfüllst mich mit Zuversicht, dass wir das hier schaffen können.«

»Halt dich einfach an mich, Kleiner.«

Kapitel 12

Jason

Ich liebe das niedlich-kecke Grinsen, das sie mir zeigt. Ich liebe es, dass sie meine Lage einfach akzeptiert hat und mich voll unterstützt. Sie vermittelt mir das Gefühl, mit meinen Problemen nicht mehr ganz allein dazustehen.

»Park dort drüben.« Sie zeigt auf einen öffentlichen Parkplatz, während sie sich schon wieder ihrem Handy zuwendet.

Nachdem ich eine Lücke für das Auto gefunden habe, studiere ich das Schild, auf dem die App erklärt wird, mit der man hier ein Ticket kaufen kann.

»Wie funktioniert das mit dem Bezahlen?«

»Das läuft alles über eine App. Aber ich hab mich schon drum gekümmert. Ich installiere sie dir auf deinem Handy, denn die brauchst du dauernd, wenn du hier in der Gegend parken möchtest.«

»Dich dabeizuhaben ist wirklich praktisch.«

»Oh, danke. Dann lass uns losgehen.«

Wir verstauen ihre Tasche im Kofferraum, bevor wir den Weg zur Promenade nehmen, die den gesamten Strand entlang verläuft.

»Meine Eltern haben hier Anfang der Achtziger ihre Flitterwochen verbracht«, verrate ich ihr.

»In welchem Hotel waren sie? Weißt du das?«

»Ich glaube, im Fontainebleau.«

»Dann lass uns das doch mal anschauen. Es hat sich durch die Renovierung allerdings sehr verändert. Mir persönlich gefällt es nicht mehr so gut. Ich mochte es, wie es vorher war, im Art-déco-Stil von Miami und Miami Beach. Jetzt sieht es einfach aus wie jedes andere moderne Hotel. Aber es ist immer noch ein cooles Lokal, um was zu trinken und Leute zu beobachten.«

Links von uns sind Dünen und üppige Grünstreifen, die uns die Sicht auf den Strand auf der anderen Seite versperren. Trotzdem erhasche ich immer wieder einen Blick auf das Blau des Meeres, während wir zum Poolbereich des Fontainebleau schlendern, in dem sich vor allem junge Leute drängen. Überall, wohin ich auch schaue, sind knappe Bikinis, doch ich will gar keine andere Frau ansehen als die, mit der ich hier bin.

Sie hat mich komplett in ihren Bann geschlagen, vor allem seit sie zugegeben hat, dass sie sich zu mir so sehr hingezogen fühlt wie ich mich zu ihr. Das Desaster mit Ginger ist völlig in den Hintergrund gedrängt, jetzt, da ich Carmen kennengelernt habe und es mir gelungen ist, ihr Interesse zu wecken.

Mir ist klar, dass es für sie eine große Sache ist, mir zu sagen, dass sie mich mag. Ich fühle mich geehrt, dass ich diese Zeit hier mit ihr verbringen darf. Wir setzen uns auf Hocker an einer Bar namens Glow, mitten zwischen den Pools und anderen Bars. Tanzmusik dröhnt – für meinen Geschmack zu laut – aus den Lautsprechern, die so platziert sind, dass sie jede Ecke maximal beschallen können.

Einer von sechs Barkeepern legt uns Karten für Getränke und Essen hin. Ich überfliege das Angebot, bemerke, dass die Preise ungefähr dem entsprechen, was ich in Manhattan erwarten würde. »Meine Eltern kann ich mir hier nicht vorstellen.«

»Damals war es hier nicht so wie jetzt. Als ich noch jünger war, haben meine Eltern sich einen Sonntag im Monat freigenommen, und wir haben in unserer Heimatstadt Tourist gespielt. Jeder war mal an der Reihe damit, ein Ziel auszusuchen, und meine Mutter wollte immer an den Strand. Dann haben wir hier gegessen, und ich konnte im Swimmingpool planschen. Da gab es eine dieser gewundenen Rutschen, die ich einfach geliebt habe. Nach einer Weile sind wir dann an den Strand gegangen und haben in den Wellen gespielt. Das waren wirklich tolle Tage.«

Sie gibt sich einen Ruck und schenkt mir das schüchterne Lächeln, nach dem ich allmählich süchtig werde. »Sorry. Ich wollte dich nicht mit alten Geschichten langweilen.«

»Du langweilst mich nicht. Ich höre dir gerne zu.«

Sie bestellt sich einen Miami Heat, der aus Bacardí Limón, Passionsfruchtpüree, Tropical Red Bull und Jalapeño besteht, während ich mich für einen Preacher Man aus Four Roses Bourbon, Limettensaft, Sirup und Ingwerbier entscheide.

»Lass mich ein paar Bilder machen.« Sie hält ihr Handy hoch und schießt mehrere Fotos von mir und dem coolen Cocktail, ehe sie einen Text dazu tippt und alles postet.

»Was hast du dazugeschrieben?«

»Genieße im Fontainebleau die Spezialitäten der Gegend.«

»Gibt's noch irgendwelche unfreundlichen Kommentare?«

Sie betrachtet einen Moment das Display, und zwischen ihren Brauen bildet sich eine steile Falte, dann tippt sie wieder. »Nichts, weswegen man sich sorgen müsste.«

Das heißt Ja, daher beschließe ich, das Thema zu wechseln. »Würde ich Tropical Red Bull trinken, bekäme ich zwei Tage lang kein Auge zu.«

Sie lacht. »Mich kann nichts vom Schlafen abhalten. Wenn ich müde bin, bin ich müde. Dann kippe ich einfach vornüber und schlafe ein. Meine Cousinen machen sich immer über mich lustig, weil ich nicht nächtelang mit ihnen abhängen kann. An guten Abenden schaffe ich es ungefähr bis elf. So bin ich schon immer gewesen, und daher nennen Sie mich ›Oma‹.«

»Das ist doch süß.«

»Nein, ist es nicht. In meinem Alter wird von mir erwartet, dass ich die ganze Nacht lang durchfeiere und nicht wie eine alte Dame auf dem Fernsehsessel bei einer Wiederholung von ›Golden Girls‹ einnicke.«

Ich muss lachen, so entrüstet sagt sie das. Sie ist einfach unfassbar süß. Alles, was ich neu über sie erfahre, sorgt nur dafür, dass sie sich fester in meinem Herzen einnistet. Und je mehr ich lerne, desto mehr möchte ich wissen. Ich rühre meinen Drink mit dem Strohhalm um und nehme einen Schluck. »Ich kann gar nicht aufhören, an die Geschichte zu denken, die du mir von deiner Urgroßmutter erzählt hast, wie sie mit fünf Kindern aus Kuba geflohen ist, mit nichts als ihren Kleidern am Leib.«

»Ich kenne die Geschichte schon mein ganzes Leben lang und kriege immer noch Gänsehaut.«

»Kann ich verstehen. Hat sie noch mal geheiratet?«

»Ja, ungefähr zehn Jahre später, einen fünfzehn Jahre älteren Mann, für den es die erste Ehe war. Er war Besitzer einer Kette von Autosalons in Südflorida und hat sie und ihre Kinder angebetet. Er hat sie behandelt, als wären es seine eigenen.«

»Das ist wirklich toll.« Ihre Geschichte berührt mich aus Gründen, die ich nicht ganz begreife.

»Allen Berichten nach war es eine gute Ehe, aber Abuela wird dir versichern, dass ihre Mutter den Verlust ihres ersten Ehemannes nie verwunden hat.«

»Wie soll man das auch verwinden?«

»Genau. Das kann man nicht. Man lernt, damit zu leben, doch man verwindet es nicht.«

Ich lege den Kopf schief, um sie eindringlich zu mustern. »Reden wir immer noch über deine Urgroßmutter?«

Ihr kleines Lächeln enthält einen Anflug von Wehmut. »Trauer ist eine sehr merkwürdige Reise, und keine zwei Leute folgen dem gleichen Pfad. Ich habe so häufig gehört, was meinem Urgroßvater zugestoßen ist, aber bis ich Tony verloren habe, habe ich es nie wirklich begriffen, weißt du?«

»Nein, das weiß ich nicht, trotzdem verstehe ich, was du meinst. Es hat dir die Augen geöffnet.«

»Ja, genau. Man muss sich die Trauer über den Tod eines geliebten Menschen vorstellen, verstärkt durch die Notwendigkeit, die Heimat zu verlassen und fünf traumatisierte Kinder in einem Land zu trösten, dessen Sprache man nicht spricht und in dem man keine Möglichkeit hat, Geld zu verdienen, wo es einem an einer Wohnung fehlt. Da fragt man sich schon, wie sie es geschafft hat. Dagegen verblasst mein eigener Schicksalsschlag.«

»Trotzdem war es nicht leicht für dich.«

»Nein. Und das ist es auch immer noch nicht. Es ist wie ein Schmerz, der einfach nicht verschwindet. Sogar an wirklich guten Tagen, wie heute zum Beispiel, ist der Schmerz immer da. Er ist ein Teil von der, die ich jetzt bin.«

Ich nehme ihre Hand, verschränke unsere Finger und blicke ihr tief in die wunderschönen braunen Augen. »Ich denke, wer du jetzt bist, ist ganz genauso bewundernswert, wie deine Urgroßmutter war.«

»Es ist nett von dir, dass du das sagst, aber ich würde nie so weit gehen, meinen Verlust mit ihrem zu vergleichen.«

»Ich glaube, sie wäre stolz darauf, wie du dein Leben gemeistert hast, einen neuen Weg für dich gefunden hast, so wie sie das auch getan hat.«

»Ich stelle mir gerne vor, dass es so wäre.«

»Wie könnte sie das nicht sein? Du bist eine sehr beeindruckende junge Frau, Carmen.«

»Das ist ein hohes Lob, insbesondere von einem Gehirnchirurgen.«

»Tu das nicht. Benutz nicht das, was *ich* erreicht habe, um das, was *du* erreicht hast, zu schmälern. Ich habe nie irgendetwas durchmachen müssen, das auch nur entfernt dem ähnelt, was dir zugestoßen ist, ganz zu schweigen davon, dass du so jung warst. Ich darf denken, dass du beeindruckend bist, weil du dein Schicksal so bravourös gemeistert hast.«

»Danke«, sagt sie leise, und Belustigung vertreibt den Ernst aus ihrer Miene. »Es bedeutet mir viel, wenn das von einem Gehirnchirurgen kommt.«

Ich verdrehe die Augen und lächele sie an. »Diese Musik geht mir auf die Nerven. Lass uns was suchen, wo's leiser ist.« Ich reiche dem Barkeeper meine Kreditkarte, der sie durch das Lesegerät zieht und mir zurückgibt. Nachdem ich unterschrieben habe, nehmen wir den Weg zum Hotel. Sie zeigt mir Fotos davon, wie es ausgesehen hat, als meine Eltern hier waren.

»Das scheint mehr nach ihrem Geschmack zu sein als der aufgesetzte Jetset-Stil, den es jetzt hat. Da war irgendwo ein Schild für Luxus-Mietwagen. Möchtest du einen Lamborghini mieten?«

»Nein, mein Freund hat einen Porsche. Wozu brauche ich da noch einen Lamborghini?«

Lachend lege ich meinen Arm um sie, während wir durch das schicke Hotel dem Ausgang zum Strand zustreben. Wir streifen uns die Schuhe ab und laufen am Wassersaum entlang. Es ist ein warmer, sonniger Spätnachmittag, und ich verspüre einen Frieden, der mich an die Zeit erinnert, bevor der Skandal mein Leben hat explodieren lassen. Nicht, dass ich viel Frieden oder Ruhe in der Hektik jener Tage hatte, aber damals war ich zufrieden.

Carmens Hand streift meine, und ich ergreife sie, möchte sie berühren, nachdem sie mir zu verstehen gegeben hat, dass ich das darf. Nach einem längeren Spaziergang am Strand finden wir eine Stelle, wo wir uns hinsetzen, um den Sonnenuntergang zu beobachten.

»Lass mich ein Foto von dir am Strand machen«, erklärt sie. »Guck mal ernst und nachdenklich.«

Ich schneide Grimassen, worüber sie lachen muss, dann gebe ich mir Mühe, und sie ist zufrieden.

Als sie wieder neben mir im Sand sitzt, kann ich nicht mehr länger damit warten, anzusprechen, was sie mir vor dem Restaurant ihrer Familie anvertraut hat. »Was du vorhin gesagt hast … Ich möchte, dass du weißt, das bedeutet mir unendlich viel.«

»Seit Tonys Tod habe ich mich immer gefragt, ob es das für mich war. Ob er der eine Richtige für mich war, und nach ein paar Jahren habe ich entschieden, dass ich wirklich Glück hatte. Manche Leute dürfen nie erleben, was ich mit ihm hatte.«

»Wie beispielsweise ich.«

»Ich dachte, es sei gierig von mir, darauf zu hoffen, dass es ein weiteres Mal passiert. Aber der Nachteil, wenn man die große Liebe erfahren hat, ist, dass es schwierig wird, sich mit weniger zu begnügen.« Sie lacht und blickt hinaus über das weite Meer. »Ich habe nicht vor, das hier, einen Tag nach-dem wir uns kennengelernt haben, zu einer großen Sache zu machen. Es ist nur so, dass es bisher niemanden gegeben hat, der mich interessiert hätte, daher bin ich einfach glücklich, dass ich noch so empfinden kann. Ich möchte nicht, dass du denkst, ich würde das hier in irgendwas …«

Ich beuge mich vor und küsse sie auf den Mund, weil ich es einfach nicht aushalte, auch nur eine Sekunde länger zu warten. Das wollte ich schon tun, seit ich sie das erste Mal gesehen habe. Ich gehe es langsam und leicht an, halte mich zurück, um sie nicht zu erschrecken, in dem vollen Bewusstsein, dass das hier vielleicht der wichtigste erste Kuss meines Lebens ist. Ich hebe meine Hand an ihr Gesicht, warte darauf, dass sie ihn erwidert, und als sie das tut …

Wow.

Als sie ihre Hand in meinen Nacken legt und ihre Zunge an meiner bewegt, wandelt sich der Kuss binnen Sekundenbruchteilen von »zärtlich« zu »höllisch heiß«. Gütiger Gott, sie ist bewundernswert und sexy und klug und … Ich kann nicht die Worte finden, die ich brauche, um zu beschreiben, wie es ist, sie zu küssen, sie zu berühren, den Duft ihres Haares einzuatmen, während eine warme Brise um uns streicht.

Wir küssen uns eine lange Weile, und ich löse mich erst von ihr, als ich Angst habe, wir könnten am Ende verhaftet werden – was ja nicht das erste Mal wäre, dass das passiert. Sie zu küssen ist das Risiko beinahe wert, wobei ich nicht glaube, dass sie mir da zustimmen würde.

»Ich fühle es auch«, flüstere ich an ihren Lippen. »Nur falls du dich das fragst.«

Ihr nervöses Lachen ist das Beste, was ich je gehört habe. »Normalerweise mache ich so ein Zeug nicht.«

»Was für Zeug?« Ich widme mich ihrem Hals, der mindestens so verführerisch ist wie ihre Lippen.

Sie erschauert und vergräbt ihre Finger in meinem Haar. »Am Strand von Miami rumzumachen wie ein Teenager.«

Ich bin unerträglich erregt von ihr, so sehr, dass ich sogar die unschuldigste Liebkosung in jeder Faser meines Körpers spüre. »Du solltest das definitiv häufiger tun.«

»Versuchst du etwa, mich vom rechten Weg abzubringen?«

Lächelnd lehne ich meine Stirn gegen ihre, zähle langsam von hundert rückwärts, während ich mich ermahne, sie nicht zu drängen, Rücksicht auf das zu nehmen, was sie hinter sich hat, und zu verstehen, dass es eine viel größere Sache für sie ist, mit dem zu beginnen, was zwischen uns ist, als es für mich je sein wird.

Sie blinzelt und scheint zu begreifen, dass wir schon eine ganze Weile hier im Sand sitzen. »Wir sollten jetzt gehen. Es ist nicht unbedingt die beste Idee, nach Einbruch der Dunkelheit noch hier zu sein.«

Ich stehe auf, klopfe mir die Shorts ab und reiche ihr eine Hand, um ihr aufzuhelfen, lasse sie nur lang genug los, dass sie sich um den Sand in ihrer Kleidung kümmern kann.

Wir greifen im gleichen Moment nacheinander und lächeln, zwei Erwachsene, die sich wie Teenager im Gefühlsüberschwang der ersten Liebe aufführen. Aber so fühlt es sich nun mal an, für mich wenigstens. Darin liegt Unschuld, eine Rückbesinnung auf eine einfachere Zeit, vielleicht weil ich so behutsam vorgehen muss.

Bei jeder anderen Frau würde ich vermutlich vorschlagen, dass wir nach dieser epischen Knutscherei die nächstbeste horizontale Unterlage finden, doch sie ist etwas Besonderes. Ihr Herz ist schon einmal gebrochen, aber sie hat sich davon erholt. Trotzdem hat sie das letzte Wort hierbei, und zwischen uns wird es nicht zu mehr kommen, bevor sie es nicht sagt.

Wir fahren in vertrautem Schweigen zurück zu meinem Hotel. Ich bin noch nicht bereit dafür, dass unser gemeinsamer Tag endet, trotzdem erlege ich mir Vorsicht und Zurückhaltung auf, damit ich sie nicht mit der Heftigkeit meiner Gefühle verschrecke. Es wundert mich nicht, dass Ginger zur Bedeutungslosigkeit verblasst ist, seit ich Carmen getroffen habe, denn sie verfügt über mehr Integrität in ihrem kleinen Finger als Ginger in ihrem ganzen Körper.

Im Nachhinein bin ich beschämt, weil ich mich von Ginger so habe übertölpeln lassen, mich von ihrem Aussehen habe blenden lassen und von ihren begehrlichen Blicken. Ich frage mich, ob das nicht sogar Teil ihres Plans war, so zu tun, als fände sie mich unwiderstehlich, damit ich völlig den Verstand verliere, was ja genau passiert ist. Ich stand so sehr unter ihrem Bann, dass ich nicht mal gemerkt habe, dass außer uns noch jemand im Zimmer war, bis es viel zu spät war.

Mir schaudert bei der Erinnerung an das Entsetzen dieses Moments und den folgenden Skandal. Dass der Mann, der uns in flagranti ertappt hat, der Ehemann war, von dessen Existenz ich nichts wusste und der zu allem Überfluss auch noch der Vorstandsvorsitzende der Betreibergesellschaft des Krankenhauses ist, in dem ich angestellt war, hat alles noch viel schrecklicher gemacht. Getoppt wurde es dann von dem Moment, als ich ins Büro des Direktors gerufen wurde und man mich über meine Versetzung in eine andere Stadt unterrichtet hat.

»Woran denkst du gerade?«

Carmens Frage unterbricht die Gedankenkette in meinem Kopf. »Nichts, wirklich.«

»Wenn es nichts ist, warum bist du dann plötzlich so verspannt?«

»Ich hab nur an was gedacht, was ich besser vergessen sollte.«

»Ah, verstehe. Hättest du nicht manchmal auch gerne einen Schalter, den man einfach umlegen kann, sodass man automatisch nicht mehr immer daran denkt?«

»Mehr als alles andere.«

»Du bist der Gehirnchirurg. Du solltest wissen, wo der Schalter liegt.«

Als ich darüber lachen muss, wird mir bewusst, wie rasch sie meine Anspannung beseitigt und mich auf andere Gedanken gebracht hat, wie beispielsweise den, wann ich sie wieder küssen darf. »Vielleicht bist du der Schalter.«

»Wie meinst du das?«

»Du schaffst es ganz leicht, mich etwas vergessen zu lassen, von dem ich schon befürchtet hatte, ich könne nie aufhören, darüber zu grübeln.«

»Ehrlich, ich fühle mich nicht besonders erfolgreich, nachdem du gerade eben daran gedacht hast.«

»Nein, du schaffst das wirklich toll. Mir ist bloß wieder eingefallen, dass ich dich ohne den ganzen Mist gar nicht getroffen hätte. Und das wäre wirklich schlimm gewesen.«

»Was du erlebt hast, tut mir so leid, aber ich bin wirklich froh, dass du in meiner Stadt gelandet bist und wir uns kennenlernen konnten.«

Ich greife nach ihrer Hand und halte sie auf dem ganzen Weg zu meinem Hotel fest.

Als wir neben meinem Auto stehen, fällt mir auf, dass sie keine Lust zu haben scheint, zu gehen. »Ich komme morgen gegen acht vorbei, okay?«

»In Ordnung. Nimm ein paar von den Essensresten hier.«

Sie fischt ein paar von den Behältern aus der Tasche, die ihre Eltern für uns gepackt haben. Netterweise haben sie auch einen von diesen Kühlakkus dazugetan, sodass es kein Problem war, das Essen im Auto zu lassen.

»Trink morgens noch keinen Kaffee. Ich bringe dich zu meiner *ventanita* für einen *cortadito*, das ist so was wie kubanischer Espresso mit Milch.«

»Okay …«

»Vertrau mir, du wirst es lieben.«

Ich lege meine Hände um ihre Taille, ziehe sie zu mir. »Daran habe ich keinerlei Zweifel. Heute war es einfach wunderbar. Danke, dass du deine Familie mit mir geteilt hast, euer Restaurant, deine Heimatstadt und dich selbst.« Ich küsse sie zärtlich, oder wenigstens habe ich das vor, bis sie mir die Arme um den Hals schlingt und mich mit all dem Verlangen und der Leidenschaft zurückküsst, die ich auch für sie empfinde.

Mich von ihr zu lösen ist eines der schwersten Dinge, die ich je getan habe. Ich möchte sie an der Hand fassen und sie mit mir nehmen, wenn ich reingehe. Aber mehr als das möchte ich mir bei ihr keinen Fehler erlauben. Daher bringe ich sie zu ihrem Auto und halte ihr die Tür, während sie einsteigt. Als sie auf dem Fahrersitz Platz genommen hat, beuge ich mich in den Wagen und gebe ihr einen letzten Kuss.

»Schick mir eine Nachricht, damit ich weiß, dass du gut zu Hause angekommen bist.«

»Mir passiert nichts.«

»Bitte schreib mir.«

»Wenn du darauf bestehst.«

»Das tue ich.« Noch ein Kuss und dann ein letzter. Ich kann einfach nicht genug von ihr kriegen. Schließlich zwinge ich mich, einen Schritt zurückzutreten und ihr zuzuwinken, als sie wegfährt. Ich atme tief die warme, feuchte Luft ein, bevor ich mich in die eiskalte Lobby begebe und den Lift hoch zu meinem Zimmer nehme, wo ich sofort die Klimaanlage runterregle. In Südflorida scheint es kein Mittelmaß bei den Temperaturen zu geben. Entweder schwitze ich, was das Zeug hält, oder ich friere gottserbärmlich.

Natürlich hilft es nicht, dass Carmen mit ihren Küssen mein Blut zum Kochen bringt.

Als ich das Essen in meinem Minikühlschrank verstaue, klingelt mein Handy. Mein Herz setzt einen Schlag aus, weil ich unwillkürlich hoffe, dass es Carmen ist, eine Hoffnung, die sich zerschlägt, als ich »Mom« auf dem Display sehe. Ich nehme den Anruf an, scheue vor dem zurück, was ich ihr erzählen muss. »Hi.«

»Selber hi. Was ist los?«

Alles. Alles ist los. »Nicht viel. Ich gewöhne mich in Miami ein, während ich abwarte, ob der Vorstand vom Miami-Dade meine Zulassung beschließt.« Ich verziehe das Gesicht, während ich die Worte ausspreche, denn ich kann ihre Reaktion schon ahnen.

»Was meinst du damit, ›ob‹ sie deine Zulassung beschließen?« Meine Mutter ist Hausärztin in der Gegend von Milwaukee. Sie behauptet immer, der stolzeste Tag in ihrem Leben war der, an dem ich erfolgreich mein Medizinstudium abgeschlossen habe.

»Genau, was ich gesagt habe. Sie sind sich nicht sicher, ob sie mich wollen, nach dem, was in New York passiert ist.«

»Das soll wohl ein Scherz sein.«

»Ich wünschte, das wäre der Fall.« Zu den schwierigsten Momenten in diesem albtraumhaften Monat zählt ohne Zweifel der, in dem ich meine Mutter anrufen und ihr beichten musste, was passiert war, damit sie es nicht aus anderer Quelle erfuhr. Meine Mutter, mein jüngerer Bruder Ben und ich sind ein Team, seit mein Vater uns verlassen hat. Sie so zu enttäuschen war beinahe unerträglich. »Der Vorstand möchte zwei Wochen Bedenkzeit, um sich darüber klar zu werden, ob sie mir eine Stelle an ihrem Krankenhaus anbieten wollen. Bis dahin arbeite ich mit einer Frau aus der PR-Abteilung daran, meinen Ruf aufzupolieren. Sie hat mir schon geholfen und mir einen Einsatz in einer Sozialklinik hier organisiert. Außerdem ist sie mit verschiedenen anderen Publicity-Ansätzen befasst, sodass wir hoffen, es gelingt uns, den Vorstand zu überzeugen.«

»Gütiger Himmel, Jason. Wie kann das sein? Du bist ein anerkannter Kinderneurochirurg. Von Rechts wegen müsste man dir den roten Teppich ausrollen.«

»Mag sein, aber das tun sie nicht. Ich vermute, sie haben Angst, dass ich ihre Frauen verführen könnte ... oder am Ende gar ihre Ehemänner.«

»Wie kannst du darüber Witze machen? Deine gesamte Karriere steht auf dem Spiel.«

»Wenn ich keine Witze mache, verliere ich den Verstand. Ich weiß, was auf dem Spiel steht, Mom, glaub mir. Ich arbeite hart daran, sie von mir zu überzeugen. Ich habe nur keine Ahnung, was ich sonst noch tun kann, außer auf das Beste zu hoffen.«

»Du könntest dich woanders bewerben.«

»Und das Forschungsprojekt verlassen? Das ist unmöglich. Es geht ja nicht bloß um mich, sondern auch um alle anderen, die da mit drinhängen.«

»Diese PR-Mitarbeiterin, die dir hilft – weiß sie, was sie tut?«

»Sie ist einfach unglaublich.« Und klug und mutig und so wunderschön, dass es mir wehtut. Natürlich kann ich nichts davon zu meiner Mutter sagen, die mich für verrückt erklären würde, weil ich mich auf eine andere Frau einlasse, so kurz nach der Verheerung, die die letzte in meinem Leben angerichtet hat. Teufel, ich glaube ja selbst, dass ich ein bisschen verrückt bin, aber ich will verdammt sein, wenn ich das aufhalten kann, was mit Carmen passiert. Was ich auch gar nicht möchte. Nichts hat sich je so gut angefühlt, wie mit ihr zusammen zu sein.

»Übrigens hab ich jetzt einen Instagram-Account. Da kannst du alles verfolgen, was ich hier so treibe.« Ich nenne meiner Mutter den Namen. »Carmen postet Fotos von mir, wie ich Miami erkunde. Wir haben die Erlaubnis von der Sozialklinik, Posts über meinen Einsatz dort zu veröffentlichen, vorausgesetzt,

171

die Patienten sind damit einverstanden, und außerdem steht noch ein Interview mit einem lokalen Fernsehsender im Raum.«

»Die Bilder sind sehr schön. Du wirkst so glücklich.«

»Heute war ein guter Tag. Es war auf jeden Fall klasse, mal an etwas anderes zu denken als an die Katastrophe von New York.«

»Das kann ich mir lebhaft vorstellen.«

»Wir tun jedenfalls alles, was in unserer Macht steht. Und ich muss fest daran glauben, dass sich irgendwas anderes auftut, wenn es hier nicht klappt.«

»Ich hoffe, diese schreckliche Frau in New York ist stolz auf das, was sie erreicht hat. All deine Jahre harter Arbeit ...«

»Meine Qualifikationen haben sich ja nicht geändert, Mom. Die kann sie mir nicht nehmen. Irgendjemand wird mich haben wollen, Skandal hin oder her.«

»Ich hoffe, du behältst damit recht.«

»Versuch, dir keine Sorgen zu machen. Auch das wird vorübergehen.«

»Jedenfalls freut es mich, zu hören, dass du schon viel besser und vor allem optimistischer klingst.«

Das habe ich Carmen zu verdanken. Sie liefert mir einen Grund, mich optimistisch zu fühlen. »Ich tue, was ich kann, um den Zug wieder in die Spur zurückzulenken.«

»Hältst du mich auf dem Laufenden?«

»Natürlich. Folge mir auf Instagram, dann verpasst du kein Foto und bist immer auf dem neuesten Stand.«

»Das werde ich tun. Und ruf mich an, wenn du jemanden zum Reden brauchst.«

»Mach ich. Ich liebe dich.«

»Ich liebe dich auch.«

Ich hole mir ein Bier von dem kleinen Vorrat, den ich gestern in meinem Kühlschrank eingelagert habe, öffne die Flasche und setze mich, um etwas zu tun, worum ich mich schon eine Weile gedrückt habe – meine E-Mails abrufen. Ich habe Nachrichten von einer ganzen Reihe von Leuten, mit denen ich in New York zusammengearbeitet habe, von denen viele über die schlechte Behandlung durch den Vorstand schimpfen und wissen wollen, was ich jetzt tun werde.

Gute Frage.

Ich antworte jedem Einzelnen, danke für die moralische Unterstützung und sage die Wahrheit: Ich warte ab, ob mich der Vorstand vom Miami-Dade zulässt, sodass ich meine Forschungsarbeit fortsetzen kann. Wenn nicht, muss ich mich nach einem anderen Job umschauen.

Eine der Fachärztinnen, die an meinem Tumorprojekt beteiligt waren, informiert mich, dass sie jedem einzelnen der Vorstandsmitglieder geschrieben hat, sie seien verrückt, mich ziehen zu lassen, vor allem so kurz vor einem enormen Forschungserfolg, der dem Krankenhaus internationales Renommee bringen wird.

Ich antworte ihr sofort:

> Ich kann dir gar nicht genug für deine Unterstützung danken, Daniela. Bitte riskier aber nichts für mich. Die Lage ist nun mal so, wie sie ist, wenigstens sage ich mir das. Ich muss glauben, dass am Ende alles gut wird und wir in nicht allzu ferner Zukunft die Forschungsarbeit fortsetzen können. In der Zwischenzeit kümmere dich bitte weiter um unsere Patienten, und füttere das System mit den Daten.

Ich scrolle weiter durch die Mails von Freunden und Kollegen, bevor ich erstarre. Da ist eine Nachricht von Ginger.

Jason,

ich weiß nicht, was ich anderes sagen soll, als dass es mir unendlich leidtut. Es ist mir bewusst, dass du mir nicht glauben wirst, wenn ich dir schreibe, dass ich wirklich etwas für dich empfinde oder dass ich jede Minute genossen habe, die wir gemeinsam verbracht haben, aber beides entspricht der Wahrheit. Ich habe Howard angefleht, dich nicht für meine Sünden zu bestrafen. Ich habe ihm versichert, dass du keine Ahnung hattest, dass ich verheiratet bin, geschweige denn seine Frau. Alles, was passiert ist, war meine Schuld, und ich hoffe, du kannst mir eines Tages all das Schlimme verzeihen, in das ich etwas so Schönes verwandelt habe. Ich wünsche mir nichts mehr als eine weitere Chance, mit dir da weiterzumachen, wo wir aufgehört haben. Du hast meine Telefonnummer. Ruf mich jederzeit an.

Alles Liebe

Ginger

Ich lese die E-Mail zweimal, das erste Mal in völligem Unglauben und das zweite Mal mit wachsender Wut. Sie hat mein gesamtes Leben ruiniert und will jetzt, dass ich ihr das verzeihe? Und wir sollen da weitermachen, wo wir aufgehört haben? Wir haben da aufgehört, wo ihr Ehemann uns dabei erwischt hat, wie sie mich oral befriedigt hat. Ist das ihr Ernst? Ich blockiere ihre Adresse, lösche die E-Mail und leere den digitalen Mülleimer, damit ich diesen Mist nie wieder sehen muss.

Angewidert stehe ich auf und gehe weg, bevor mich noch der Drang überwältigt, meinen Laptop an die Wand zu schleudern. Ich nehme das Bier mit auf den kleinen Balkon, der zu meinem Zimmer gehört, und schaue nach unten zu den Swimmingpools des Hotels, wo immer noch reger Betrieb herrscht, obwohl es fast neun Uhr abends ist.

Verdammte Ginger. Sie musste es sogar noch schlimmer machen, als es war. Nachdem sie mich so zum Narren gehalten und mich den Job gekostet hat, von meinem bis dato makellosen Ruf gar nicht zu reden, denkt sie allen Ernstes, ich hätte Lust, die Beziehung mit ihr wieder aufzunehmen? Ist sie völlig übergeschnappt?

Wenn da auch nur ein Körnchen einer guten Nachricht drin ist, dann dass sie versucht hat, bei ihrem Ehemann ein gutes Wort für mich einzulegen, zumindest behauptet sie das. Selbst wenn ich nicht glaube, dass es was nützen wird. Eigentlich fast komisch, dass sie uns beide an der Nase herumgeführt hat. Ihr Ehemann und ich sollten uns mal treffen, gemeinsam ein Bierchen trinken und darüber reden. Danach könnten wir fast Freunde werden, ein Gedanke, der mir ein Lachen entlockt.

Als ob das passieren könnte.

Ich würde nie behaupten, dass ich im Umgang mit Frauen ein Heiliger gewesen bin, aber verheiratete Frauen sind für mich immer tabu gewesen. Nicht dass der gute alte Howard das je glauben wird in Anbetracht dessen, was ich mit seiner Frau gemacht habe. Ich muss daran denken, was er an dem Abend in seinem Schlafzimmer in den Hamptons gesehen hat, und winde mich innerlich. Sex mit Ginger war immer energiegeladen, und jener Abend bildete da keine Ausnahme.

Ich fluche, trinke die Bierflasche aus und hole mir eine neue, wünschte, ich wüsste, wo der Schalter ist, den Carmen erwähnt hat, der, mit dem ich Gedanken abschalten kann, die ich nicht länger haben möchte. Vielleicht sollte ich mich in meinem Forschungsprojekt mal mit der Frage befassen. Es würde Milliarden Leuten helfen, die alles dafür geben würden, Unangenehmes oder Aufwühlendes vergessen zu können.

Ich wünschte, ich hätte niemals meine E-Mails abgerufen, selbst wenn mir die meisten gutgetan haben und voller Zuspruch waren. Den Quatsch von Ginger hätte ich wirklich nicht gebraucht, vor allen Dingen jetzt nicht, wo ich endlich Fortschritte dabei mache, den Mist hinter mir zu lassen.

Ich schnappe mir mein Handy, setze mich aufs Bett und öffne eine Textnachricht von Carmen. Mit ihr zu sprechen sorgt immer dafür, dass es mir besser geht. Warum? Wer weiß das schon? Es ist einfach so.

Ich starre eine lange Weile auf ihre Nachricht, in der sie mir mitteilt, dass sie sicher zu Hause angekommen ist, bevor ich eine Antwort tippe.

Ich wünschte, du wärst nicht heimgefahren.

Und ich schicke das ab.

Kapitel 13

Carmen

Als ich aus der Dusche trete, meldet mein Handy den Eingang einer Textnachricht. Ich wickele mir ein Handtuch um die nassen Haare und schnappe mir das Handy von der Ablage im Bad.

Jason.

Mein Herz vollführt einen komischen kleinen Salto, der mich atemlos macht.

Ich wünschte, du wärst nicht heimgefahren.

Was soll das heißen? Will er damit sagen, er wünscht sich, ich wäre bei ihm geblieben und hätte die Nacht in seinem Bett verbracht? Und wenn ja, warum reicht allein der Gedanke dafür aus, dass mein Körper ausflippt? Meine Brust fühlt sich viel zu eng für mein Herz und meine Lungen an, in meinem Bauch flattert es, und die Hitze des Verlangens, das meinem Leben jetzt schon fünf lange, einsame Jahre fehlt, ist mit Macht zurück, um mich daran zu erinnern, dass zwar Tony diese Welt für immer verlassen hat, ich jedoch weiter sehr lebendig bin.

Und ich begehre diesen Mann.

Mein Telefon summt, als eine weitere Nachricht von ihm eintrifft.

Tut mir leid, wenn das zu direkt war. Es folgen ein Smiley und verlegene Emojis mit roten Wangen. Aber es stimmt. Ich wünschte, du wärst noch hier.

Bevor ich zu lange darüber nachdenken kann, antworte ich ihm. Ich wünschte auch, ich wäre noch bei dir.

Wirklich? Das tust du? <Stirbt gerade>

Über diese alberne Antwort muss ich laut lachen und schicke ihm folgerichtig ein Lach-Emoji und eins mit einer Krone, gefolgt von dem Text: Drama-Queen.

Nein, ernsthaft. Heute war einfach nur ... perfekt. Es war ein absolut perfekter Tag, und das liegt allein an dir.

Und an dir. Ich hab ihn auch genossen. So sehr.

Mein Handy klingelt, und es ist eine Anfrage für einen Video-Anruf von ihm. Ich fahre mir rasch mit den Fingern durch das nasse Haar und gehe ran. »Wenn ich fürchterlich aussehe, dann liegt es daran, dass ich keine Zeit hatte, mir die Haare zu bürsten.«

»Du könntest nicht mal fürchterlich aussehen, wenn du es bewusst darauf anlegen würdest.«

Ich muss bei seinem Anblick schlucken, wie er in seinem Bett sitzt, mit bloßem Oberkörper, die Decke um die Hüften gelegt. Ist er darunter nackt? Ich konzentriere mich auf die feinen goldfarbenen Härchen, die seine Brust und seinen Bauch bedecken und sich dann zu einer schmalen Linie verjüngen und unter der Bettdecke verschwinden. »Du solltest mich mal morgens direkt nach dem Aufwachen sehen.« Die Worte sind mir entschlüpft, bevor ich darüber nachdenken kann, was genau ich da sage.

Er antwortet mit einem raubtierhaften Lächeln, unter dem mein Slip dahinschmilzt. Oh, Moment. Ich hab ja gar keinen an. Mist. »Ich würde dich liebend gern morgens gleich nach dem Aufwachen sehen. Wann würde es dir denn passen?«

Ich kichere wie ein albernes Schulmädchen, und er sorgt dafür, dass ich mich auch genau so fühle. Als ob ich wieder jung wäre, mein Herz noch intakt, wie es war, bevor dieser furchtbare Schicksalsschlag mein Leben zerbrochen hat und mich gleich mit. Ich hab vergessen, wie es sich anfühlt, ein leichtes Herz zu haben, der Zukunft glücklich, aufgeregt und hoffnungsvoll entgegenzuschauen. Das alles hat allein die Begegnung mit Jason zurück in mein Leben gebracht.

»Ich entschuldige mich für diese unangemessene Bemerkung«, erklärt er und holt mich zurück in die Realität.

»Du hast einen Witz gemacht. Das weiß ich doch.«

»Also, eigentlich nicht. Ich kann nicht aufhören, daran zu denken, mit dir zusammen zu sein, dich zu küssen und wie wunderbar das alles war.«

»Stimmt, das war es.«

»Ich bin froh, dass du genauso empfindest.«

»Ist ja auch so.«

»Also nein, es ist kein Witz, dass ich mir wünsche, dich gleich als Erstes morgens nach dem Aufwachen zu sehen – und den Rest der Zeit gleich mit.«

Er ist so niedlich und so sexy und so … Es fällt mir unendlich schwer, mich nicht kopfüber in das zu stürzen, was auch immer das mit ihm ist. Ich muss mich daran erinnern, dass ich jahrelang an der Uni gebüffelt habe, um mich auf meinen Job vorzubereiten. Er ist im Moment mein Job, und sosehr ich mir wünsche, mich hineinzustürzen, sollte ich das definitiv nicht tun. Wobei es nach den leidenschaftlichen Küssen vorhin vermutlich ein bisschen spät dafür ist, mich zu warnen, die Hände von ihm zu lassen.

»Ich weiß, was du sagen willst.«

Ich mustere ihn skeptisch. »Ach, jetzt bist du Neurochirurg *und* Gedankenleser?«

Er lacht, wodurch er nur noch sexyer wird, wenn das überhaupt möglich ist. »Ja, da gab es diese Vorlesung an der Uni – Einführung ins Gedankenlesen. Eine Pflichtveranstaltung in den ersten beiden Semestern. Und was du sagen wolltest, war, dass wir zusammenarbeiten und es daher im Moment kein günstiger Zeitpunkt dafür ist, die Beziehung persönlicher werden zu lassen.«

»Du hast gut aufgepasst an der Uni.«

»Danke. Ich bin gut in dem, was ich tue. Wenn man mir denn erlaubt, es zu tun.«

Die Traurigkeit, die ich in seinem Gesicht sehe und in seiner Stimme höre, bewirkt, dass ihm mein Herz entgegenfliegt. »Macht es dich verrückt, dass du nicht arbeiten kannst?«

»Ein bisschen schon. Es ist Jahre her, dass ich so lange niemandem den Schädel aufgebohrt habe.«

Ich muss lachen. »Das ist krank.«

»Ich weiß, so muss es jemandem vorkommen, der nicht meinen Beruf hat, aber Schädelaufbohren ist mein täglich Brot.«

»Es ist jedenfalls ein außergewöhnliches Talent.«

»Das fand ich auch immer, doch jetzt ist es mir genommen worden, und ich vermisse es schmerzlich.« Er trinkt aus seiner Bierflasche. »Ginger hat mir eine E-Mail geschickt.«

Als ich das höre, setze ich mich aufrechter hin. »Echt? Was hat sie geschrieben?«

»Wie leid ihr alles tut und dass sie nie wollte, dass meine Karriere darunter leidet. Dass sie eine zweite Chance mit mir haben möchte. Blablabla ...«

»Das ist so ein gequirlter Mist. Was hat sie gedacht, was passieren würde, wenn sie alles so arrangiert, dass ihr beide in flagranti von ihrem Ehemann ertappt werdet, der zugleich dein oberster Boss ist?«

»Ruhig, Tiger.« Er wirft mir das sexy Lächeln zu, das mir das Gefühl verleiht, zur gleichen Zeit mächtig und absolut machtlos zu sein, und ja, ich weiß, dass das so verrückt ist, wie es klingt. Aber so ist es nun mal.

»Es tut mir leid, doch ich hoffe, du verspürst keine Neigung, ihr gegenüber Milde zu zeigen.«

»Überhaupt nicht. Ich hab die E-Mail gelöscht und ihre Adresse geblockt, damit ich nie wieder von ihr hören muss.«

»Gut.«

»So hat es sich jedenfalls angefühlt.«

»Sie hatte nie vor, deine Karriere zu sabotieren? Wenn sie meint. Ganz ehrlich, die wusste ganz genau, was sie tat, und hat einfach keinen einzigen Gedanken an deine Karriere verschwendet, als sie ihren irren Plan umgesetzt hat.«

»Du bist total sexy, wenn du sauer bist. Erinnere mich daran, dich häufiger auf die Palme zu bringen.«

»Jason! Hör auf. Das ist mein bitterer Ernst.«

»Das weiß ich doch, und deine Unterstützung und deine Freundschaft bedeuten mir unheimlich viel, genau wie deine berufliche Expertise. Du hast keine Ahnung, wie viel.«

»Meine berufliche Expertise, soweit vorhanden.«

»Du machst das einfach großartig, Carmen. Deine Ideen sind genau richtig für mich, und selbst wenn es nicht gelingt, den Vorstand gnädig zu stimmen, ist es das trotzdem alles wert, weil ich dabei dich kennengelernt und diese Zeit mit dir verbracht habe.«

Das haut mich derart um, dass ich auf Humor zurückgreife, auch wenn Gefühle mich durchrasen wie ein außer Kontrolle geratener Güterzug, der nicht wieder zurück in den Bahnhof geschoben werden kann, egal wie sehr ich mich bemühe. Wobei – so viel Mühe gebe ich mir gar nicht. »Vor allem die Zeit, als wir im Gefängnis saßen.«

Er lächelt. »Die ganz besonders. Das Gefängnis kann uns keiner nehmen. Aber es gibt auch gute Nachrichten: Einige meiner Mitarbeiter in New York haben sich an den Vorstand des dortigen Krankenhauses gewandt und ihm mitgeteilt, wie hirnrissig es ist, jemanden wie mich zu entlassen, zumal so kurz vor dem erfolgreichen Abschluss des Forschungsprojekts.«

»Das ist wirklich wunderbar. Eines Tages in der nicht allzu fernen Zukunft wird dir all das hier wie ein schlechter Traum vorkommen, aus dem du schließlich doch noch aufgewacht bist.«

»Nicht alles davon ist schlecht gewesen«, erwidert er in bedeutungsvollem Tonfall, der keinen Zweifel daran lässt, dass er auf mich anspielt.

Ich fahre mir mit den Fingern durchs Haar, versuche es etwas in Ordnung zu bringen. »Wir haben etwas gemein, du und ich.«

»Und was ist das?«

»Wir beide dachten, wir hätten unser Leben gut im Griff, aber dann ist es uns entrissen worden und komplett den Bach runtergegangen.«

»Stimmt. Obwohl das bei dir tausendmal schlimmer war als bei mir.«

»Den Menschen zu verlieren, den man liebt, tut immer weh, egal auf welche Weise es passiert.«

»Da muss ich widersprechen. Deinen jungen Ehemann unter diesen Umständen zu verlieren war viel schlimmer als das, was ich erlebt hab.«

»Ich hasse es trotzdem, dass sie dir das angetan hat.«

»Ich muss einfach daran glauben, dass am Ende alles gut wird. Selbst wenn ich nicht im Miami-Dade praktizieren kann, bin ich trotzdem ein gut ausgebildeter Arzt. Es ist schließlich nicht so, als wäre ich plötzlich nicht mehr in der Lage, mir irgendwo meinen Lebensunterhalt zu verdienen.«

»Es ist schön, dass du das inzwischen so sehen kannst.«

»Ich gebe mir wenigstens Mühe. Und du hast mir viel dabei geholfen, Carmen. Wirklich.«

»Ich mach das gerne. Und meine erste Woche bei der Arbeit ist dadurch wesentlich interessanter als erwartet.«

»Vor allem die Stippvisite im Gefängnis.«

»Das am Strand zum Beispiel war wirklich schön.«

»Viel besser als der Knast.«

»Jetzt hör endlich auf, über das Gefängnis zu reden!«

»Niemals«, antwortet er und lacht.

Ich bin müde, aber ich möchte nicht, dass diese Unterhaltung endet. Ich könnte die ganze Nacht mit ihm reden und nie genug bekommen vom Klang seiner Stimme oder von den lustigen Dingen, die er sagt.

»Hey, Carmen?«

»Ja?«

»Ich möchte ein echtes Date mit dir. Können wir das möglichst bald machen?«

Ich sollte Nein sagen. Ich sollte mir mehr Mühe geben, den Job und mein Privatleben zu trennen, doch angesichts dessen, was zwischen uns bereits passiert ist, ist es ohnehin zu spät dafür, sich deswegen den Kopf zu zerbrechen. »Sicher, das würde mir gefallen.«

»Darüber musstest du aber lange nachdenken.«

»Das liegt nicht daran, dass ich nicht mit dir ausgehen möchte. Ich bin nur unsicher, ob es wirklich klug ist, meinen Beruf und mein Privatleben derart zu vermischen.«

»Das verstehe ich, und das müsste mir auch Kopfzerbrechen bereiten. Insbesondere nach Ginger, doch das hier ist überhaupt nicht damit zu vergleichen, sogar bevor es mit dem Knall geendet hat.«

»Inwiefern ist es denn anders?«

»Weil du du bist, und das macht alles daran zu etwas Besonderem und Einzigartigem.«

»Du weißt schon, wie du ein Mädchen im Sturm eroberst, was?«

»Ach wirklich?«

»O ja.«

»Bist du müde?«, fragt er.

»Ein bisschen. Und du?«

»Ich könnte schlafen, aber mit dir zu reden macht mehr Spaß.«

Mein Handy meldet eine neue Textnachricht von Abuela, die ich rasch lese. Ich fand es schön, heute deinen Freund Jason kennenzulernen. Er scheint mir ein ganz besonderer junger Mann zu sein. Du magst es nicht, wenn ich mich einmische, daher werde ich nur sagen, dass du in seiner Nähe von innen zu strahlen beginnst. Süße Träume, *mi amor.* XOXO

»Worüber lächelst du?«

»Eine Nachricht von Abuela. Sie fand es schön, dich kennenzulernen.«

»Und ich hab mich auch gefreut, ihre Bekanntschaft zu machen, und die von all den anderen. Du hast eine wunderbare Familie.«

»Warte, bis du den Rest von ihnen triffst. Dann änderst du deine Meinung vielleicht.«

»Das kann ich mir nicht vorstellen.«

»Stammst du selber aus einer großen Familie?«

»Ich hab ein paar Cousins, aber die meisten sind deutlich älter als ich. Ich kenne sie daher nicht wirklich gut. Im Grunde genommen besteht meine Familie, seit mein Vater gegangen ist, aus mir, meinem Bruder und meiner Mutter.«

»Siehst du deinen Vater noch manchmal?«

»Vielleicht ein- oder zweimal im Jahr, wenn er nach New York kommt. Eigentlich würde ich ihn lieber nicht treffen, doch meine Mutter ermutigt mich immer dazu. Sie möchte nicht, dass ich irgendwann mal etwas zu bereuen habe.«

»Sie klingt nach einem wunderbaren Menschen, wenn sie diese Einstellung hat, nachdem er ihr untreu gewesen ist.«

»Ja, Vergebung spielt für sie eine große Rolle, selbst wenn wir es nicht notwendigerweise vergessen können. Allerdings hat sie lange gebraucht, um diesen Punkt zu erreichen. Es war nicht leicht.«

»Das kann ich mir gut vorstellen. Ich habe mich entschieden, dem Mann, der Tony erschossen hat, zu verzeihen, weil es mir mehr wehgetan hat, ihn zu hassen, als ihm zu vergeben.«

»Das ist wirklich bewundernswert. Ich bin nicht sicher, ob ich dazu imstande wäre. Schließlich fällt es mir schon schwer, auch nur daran zu denken, meinem Vater nicht mehr böse zu sein.«

»Ich hab später herausgefunden, dass die Wohnung der Familie des Mannes zwangsgeräumt wurde. Er hat den Laden überfallen, weil sie keine Babynahrung mehr für ihren Säugling hatten und er verzweifelt war. Er hatte vorher schon Zusammenstöße mit der Polizei, und als er Tony in Uniform gesehen hat, muss er Panik bekommen haben. Ich glaube wirklich nicht, dass er ihn mit voller Absicht kaltblütig erschossen hat.«

»Wow.«

»Im Laufe weniger Sekunden wurden so zwei Leben ruiniert. Als ich die ganze Geschichte erfahren hatte, habe ich den Staatsanwalt gebeten, ›lebenslänglich‹ zu fordern statt der Todesstrafe. Und ich glaub nicht, dass Tony es gebilligt hätte, wenn ich zur Vergeltung ein weiteres Leben verlangt hätte.«

»Das muss man dir hoch anrechnen, dass du mit nur vierundzwanzig Jahren so denken und handeln konntest.«

»Es hat mir geholfen, mich auf die Details des Falles zu konzentrieren, statt in Trauer zu versinken. Nicht dass ich das nicht auch getan hätte.«

»Es tut mir so furchtbar leid, dass du das durchmachen musstest.«

Bei seinen lieben Worten bildet sich ein Kloß in meiner Kehle. »Danke. Er fehlt mir, aber ich habe schon vor langer Zeit akzeptiert, dass ich ihn immer lieben und daher immer vermissen werde. Das wird sich nie ändern.«

»Natürlich nicht. Darf ich dich fragen …«

»Was denn?«

»Es geht mich nichts an.«

»Ist schon in Ordnung. Du kannst fragen. Haben wir den Punkt nicht hinter uns gelassen, an dem mein Leben dich nichts angeht und deines mich nichts?«

Bei seinem leisen Lachen wird mir ganz warm, meine Haut prickelt, und mir wird beinahe schmerzlich bewusst, wie sehr ich diesen Mann will.

»Carmen, Süße …« Er klingt gequält, und ich kann mir nicht vorstellen, warum. »Du bedeutest mir so unglaublich viel. Das weißt du.«

»Warum höre ich da ein Aber kommen?«

»Kein Aber. Ich mag dich wirklich gern. Ich mag dich so verdammt gern, dass es schon nicht mehr komisch ist. Ich mag alles an dir.«

»Das ist ganz schön viel ›mögen‹.« Er ist einfach nur süß und unglaublich und so sexy. »Ich mag dich auch.«

»Es ist nur … Mein Leben ist im Moment so furchtbar durcheinander, und du … Du bist mit niemandem zusammen gewesen, seit Tony gestorben ist, und …«

»Was ist damit, Jason? Sprich es einfach aus.«

»Ich möchte dir nicht wehtun.«

Ich befeuchte mir die Lippen und bemerke die Art und Weise, wie sein Blick meiner Zungenspitze folgt. Er versucht die Tatsache nicht zu verbergen, dass er mich begehrt, und dieses Wissen beflügelt mich. »Ich bin ein großes Mädchen. Ich kann gut auf mich selbst aufpassen.«

»Das weiß ich. Du bist der stärkste und mutigste Mensch, der mir seit Langem begegnet ist. Das Letzte auf der Welt, was ich will, ist, durch dein Leben zu brausen wie ein Waldbrand oder ein Hurrikan und eine Spur der Verwüstung zu hinterlassen. Ich hab keine Ahnung, wo ich in zwei Wochen sein werde oder in einem Monat. Es würde mich umbringen, weißt du …«

Meine Zuneigung zu ihm verstärkt sich bei diesem Beweis seiner Sorge um mich um ein Vielfaches. Damit landet er Lichtjahre vor den anderen Männern, mit denen ich nach dem Tod meines Mannes ausgegangen bin. »Ich habe jeden Grund der Welt, mich von dir fernzuhalten. Ich habe jahrelang geschuftet und gebüffelt, um diesen Job zu bekommen, und ich bin entschlossen, so lange wie möglich Karriere zu machen, bevor ich das Restaurant übernehmen muss.«

»Ich möchte ganz bestimmt nichts tun, was dir diesen Plan verhagelt, Süße.«

»Danke. Deine Fürsorge bedeutet mir viel. Aber wenn ich aus dem, was ich erlebt habe, eine Sache gelernt habe, dann dass das Leben kurz und das Jetzt alles ist, was uns sicher ist. Ich mag dich sehr gern. Ich mag es, wie ich mich fühle, wenn ich mit dir zusammen bin – und sogar wenn ich nicht in deiner Nähe bin. Zum ersten Mal, seit ich Tony verloren hab, möchte ich wissen, wie sich das hier wohl entwickeln wird. Wenn dein Weg dich von hier wieder fortführt, werde ich mich damit befassen, wenn es so weit ist.«

»Und dein Job?«

»Ich werde niemandem erzählen, dass das hier mehr als ein Job geworden ist. Du?«

»Nein, natürlich nicht.«

»Dann sollte ja alles okay sein.«

»Das heißt noch lange nicht, dass alles so läuft, wie wir es gerne hätten.«

»Vertrau mir, das weiß ich.« Ich versuche, meine Gedanken zu ordnen. »Du hast gesagt, heute sei ein schöner Tag für dich gewesen.«

»Der beste überhaupt. Vielleicht sogar der beste Tag meines ganzen Lebens.«

»Für mich war es auf jeden Fall der beste Tag der letzten fünf Jahre, Jason. Ich bin mir sehr wohl all der Gründe bewusst, weshalb ich vorsichtig sein muss, doch ich bin es so leid, vorsichtig zu sein, mich an der Seitenlinie zu halten, während das Leben ohne mich weitergeht. Ich möchte wieder leben, nicht nur existieren.«

»Süße, du bringst mich um. Ich möchte so dringend bei dir sein, dass es mich alle Kraft kostet, nicht einfach in mein Auto zu springen und zu dir zu fahren.«

»Ich wünschte auch, du wärst hier, aber ich glaube, dass wir beide eine Pause einlegen sollten, über alles in Ruhe nachdenken und eine überlegte Entscheidung treffen, was wir uns als nächsten Schritt vorstellen.«

»Ich weiß bereits genau, was ich möchte.«

Ich kann mich nicht länger beherrschen und muss kichern. Ich liebe es, dass er mich zum Lachen bringen kann, wie ich früher gelacht habe, bevor das Leben mir eine Ohrfeige verpasst hat. »Ich meine das ernst, Jason.«

»Ich auch. Ich meine das so ernst wie nur was.«

»Du hast gerade erst eine Riesenenttäuschung hinter dir ...«

»Die habe ich so weit hinter mir gelassen, dass es mir fast so vorkommt, als sei das überhaupt nie passiert. Rauszufinden, dass sie mich von Anfang an benutzt hat, hat alle Gefühle, die ich für sie hatte, im Keim erstickt. Ich schwöre dir, Carmen, das hier hat nichts mit dem Hinwegtrösten über eine Enttäuschung zu tun. Nicht mal ansatzweise.«

»Mir dreht sich der Kopf.«

»Mir auch, aber es fühlt sich toll an. Oder?«

»Ja.«

»Dann schau, dass du etwas Schlaf findest. Morgen ist ein neuer Tag. Wir kriegen das irgendwie hin.«

»Ich freue mich schon, dich bei der Arbeit in der Klinik zu sehen.«

»Ich freue mich auf meinen Einsatz dort. Wir treffen uns gleich früh?«

»Ja. Und jetzt ins Bett.«

»Du auch.«

»Ich möchte nicht aufhören.«

Ich schalte das Licht aus und krieche unter die Decke, und der Bildschirm meines Smartphones leuchtet hell in der Dunkelheit meines Schlafzimmers.

Er macht das Gleiche bei sich, sodass es um uns beide dunkel ist. »Ich wünschte, ich wäre im Bett bei dir, könnte dich halten und küssen und andere Sachen mit dir tun.«

»Was denn zum Beispiel?«, frage ich atemlos.

»*Gute* Sachen.«

»Es ist für mich so lange her, dass ich mich kaum noch an die guten Sachen erinnern kann.«

Er stöhnt laut. »Stopp.«

»Ich möchte nicht.«

»Carmen …«

Als ich die Augen schließe, ist alles, was ich sehen kann, er, wie er im Bett sitzt und die Decke sich um seine Mitte bauscht, seine sexy Männerbrust entblößt. Ich war auf jeden Fall besser dran, bevor ich wusste, dass sein Oberkörper so traumhaft ist.

Nach einer Weile schlafe ich mit einem Lächeln auf den Lippen ein. Als ich ein paar Stunden später aufwache, merke ich sofort, dass keiner von uns die Verbindung unterbrochen hat. Ich beobachte ihn eine ganze Weile lang beim Schlafen, wünsche mir, er läge neben mir.

Es sollte mir vermutlich Sorgen machen, dass ich jegliche Perspektive verloren habe, wenn es um Jason geht. Es könnte mir nicht weniger bedeuten, warum es beruflich oder privat eine schlechte Idee ist, sich mit ihm einzulassen.

Mich interessiert nichts anderes, als mit ihm zusammen zu sein, und das passt so wenig zu mir, dass es schon lachhaft ist. Ich halte mich immer an die Regeln und bleibe in der Spur. Ich tue nie irgendetwas, das man als riskant bezeichnen könnte, vor allen Dingen seit Tonys Tod nicht.

Zwei Tage nachdem ich Jason begegnet bin, fühle ich mich wie eine neue Version meiner selbst, und diese Version gefällt mir. Wenn ich irgendetwas aus dem gelernt habe, was ich durchgemacht habe, dann dass das Leben keine Generalprobe hat. Es kann uns jederzeit entrissen werden, und wir sollten jede Minute, die uns vergönnt ist, zu schätzen wissen. Ich habe das nicht so beherzigt, wie ich es hätte tun sollen, seit meine Welt auf den Kopf gestellt wurde.

Ich will verdammt sein, wenn ich mir die Chance entgehen lasse, in vollen Zügen zu leben.

Dr. Jason Northrup sollte besser auf der Hut sein. Er hat keine Ahnung, dass ihm in ein paar wenigen Stunden eine neue Carmen gegenübertritt, und diese neue Carmen will ihn haben.

Ganz dringend.

KAPITEL 14

Carmen

Ich ziehe mich mit ihm im Kopf an, entscheide mich für ein sexy Wickelkleid, das mehr von meinem Dekolleté enthüllt, als ich normalerweise zeige. Aber es ist perfekt für das, was wir heute geplant haben, und wenn es mir hilft, mich sexy zu fühlen, dann umso besser. Ich lasse mein Haar lockig und gebe mir extra viel Mühe mit meinem Make-up. Unter der Dusche habe ich mich auch noch rasiert, nur für alle Fälle.

Ich lache über mich selbst und darüber, was für alberne Sachen ich denke.

Vor wenigen Tagen hätte mich die Vorstellung, mich »nur für alle Fälle« zu rasieren, geradewegs zu der Frage »Für alle Fälle von was?« geführt.

Ich bin mir meines Herzschlags überdeutlich bewusst, und meine Haut fühlt sich merkwürdig empfindsam an. Meine Brustspitzen haben sich zusammengezogen, und zwischen meinen Oberschenkeln ...

Ich strecke meinem Spiegelbild die Zunge raus und sage zu mir: »Das hier wird ein verdammt langer Tag.«

Ich kriege eine Textnachricht von Maria. Hoffe, dein Typ weiß, worauf er sich einlässt. Vor der Tür hat sich schon eine Schlange gebildet.

Er ist zu allem bereit. Bis gleich.

Ich suche zusammen, was ich brauche, und schaffe es gerade noch pünktlich zur Tür raus, um nicht zu spät zu ihm zu kommen. Der Verkehr ist wie immer furchtbar. Vermutlich erscheint er mir heute sogar übler, weil er mich auf dem Weg zu ihm aufhält – dabei sterbe ich fast vor Sehnsucht, ihn zu sehen.

»Das ist schlimm.« Wenn ich es laut ausspreche, hilft es mir vielleicht, das unter Kontrolle zu kriegen, bevor es endgültig zu spät ist. Wenn ich angeben müsste, zu welchem Zeitpunkt es begonnen hat, mir zu entgleiten, dann würde ich mich für gestern Abend am Strand von Miami entscheiden, als ich mit dem Mann geknutscht habe, dessen Betreuung mir mein Boss übertragen hat.

Mein Boss. *Mist!* Ich hab gestern ganz vergessen, Mr Augustino Bericht zu erstatten. Ich wähle über Sprachbefehl die Nummer des Krankenhauses, und als ich bei der Vermittlung lande, verlange ich nach seinem Vorzimmer.

»Vorzimmer des Krankenhausdirektors, Mona am Apparat.«

»Hallo, Mona, hier ist Carmen.«

»Hallo! Wie geht es Ihnen?«

»Prima.«

»Ich liebe Dr. Northrups Instagram-Account. Haben Sie schon gesehen, wie viele Follower er bereits hat? Die Fotos von ihm, wie er Domino spielt, waren einfach toll. Er ist …«

»Mona!«

»Oh, tut mir leid. Was kann ich für Sie tun?«

»Könnte ich bitte Mr Augustino sprechen?«

»Natürlich. Einen kleinen Moment bitte.«

Während ich warte und den Softrock-Songs lausche, die im Hintergrund laufen, kämpfe ich mich durch den Verkehr, der zwischen mir und dem Objekt meiner Besessenheit steht. Und ja, so muss man es wohl bezeichnen. Mit welchem Wort sollte ich den Mann sonst beschreiben, der achtundneunzig Prozent meiner Gedanken beansprucht, nachdem ich ihn gerade mal zwei Tage kenne?

Ich stehe schon kurz davor, aufzulegen, als sich Mr Augustino meldet. »Carmen, schön, von Ihnen zu hören. Eigentlich hatte ich heute früh eine E-Mail von Ihnen erwartet.«

»Ich weiß, das ist der Grund meines Anrufs. Ich war so mit den Plänen für heute beschäftigt, dass ich nicht dazu gekommen bin, die E-Mail abzuschicken. Es tut mir sehr leid.« Ich verziehe das Gesicht, weil mir die Lüge so aalglatt über die Lippen kommt. Ich lande bestimmt geradewegs in der Hölle. »Daher habe ich mir gedacht, ich ruf Sie an und erstatte Ihnen mündlich Bericht, wenn es Ihnen recht ist.«

»Sicher, gern. Was haben Sie denn?«

Ich erzähle ihm von dem Instagram-Account, wie Jason mit den Männern in Little Havana Domino gespielt hat, von dem Essen im Giordino's und der Tour durch Miami Beach. »Heute hat er einen Termin in der Sozialklinik der Barmherzigen Jungfrau in Little Havana, und laut meinen Kontakten stehen die Leute bereits Schlange. Wir haben es uns von der Klinik genehmigen lassen, von den Patienten, die damit einverstanden sind, Fotos zu veröffentlichen. Ich werde dafür sorgen, dass wir von jedem dann auch eine schriftliche Erlaubnis erhalten.«

»Das ist großartig, Carmen. Sehr gut gemacht.«

Ich atme erleichtert auf.

»Ich hatte ein paar vielversprechende Gespräche mit verschiedenen Vorstandsmitgliedern, und ich werde mich darum kümmern, dass sie von dem Instagram-Account erfahren, ebenso wie von Dr. Northrups ehrenamtlichem Engagement in der Klinik.«

»Das wäre ganz ausgezeichnet.«

»Bitte weiter so.«

»Ja, Sir, und ich sorge auch dafür, dass Sie den schriftlichen Bericht heute am Abend vorliegen haben.«

»Ich bin jedenfalls schon neugierig, wie es läuft. Einen schönen Tag noch.«

»Ihnen ebenfalls.«

Ich beende das Telefonat und verspüre vorsichtigen Optimismus, nachdem ich gehört habe, dass Mr Augustino positive Gespräche mit Vorstandsmitgliedern geführt hat. Die Stimmung scheint zugunsten von Jason umzuschlagen, und ich kann nur hoffen, dass ihm der Tag in der Klinik heute helfen wird, alles unter Dach und Fach zu bringen.

Es sieht so aus, als hätte ich echtes Interesse daran, dass er in Miami bleibt.

Als ich auf den Parkplatz abbiege, lehnt er an Priscilla und scrollt auf seinem Handy. Er trägt wieder die Wayfarer-Sonnenbrille, ein lässiges Hemd, das seine sündhaft sexy Brust bedeckt, auf die ich gestern einen Blick hab werfen können, und eine Stoffhose. Es ist gut möglich, dass ich ein bisschen sabbere, während ich ihn betrachte.

Hinter mir ertönt eine Hupe, was mich aus meiner Versunkenheit reißt und auch seine Aufmerksamkeit erregt.

Er lächelt mich an, und ich sterbe. Um mich ist es geschehen. Ich kann weder denken noch sonst irgendwas tun.

Und der verdammte Typ in dem Auto hinter mir hupt wieder.

Jason beginnt zu lachen, während ich langsam in die Parklücke fahre. *Nun, das war peinlich.* Verlegen sammle ich meine Sachen ein, und dann öffnet sich meine Tür, und er ist da, geht in die Hocke und lächelt weiter.

»Es wäre schrecklich, wenn ich dich wieder aus dem Knast holen müsste.«

»Aber das würdest du tun, oder?«

Er nickt und beugt sich vor, hat offenbar vor, mich zu küssen. »Jedes einzelne Mal.«

Ich komme ihm auf halbem Weg entgegen, und unsere Lippen berühren sich mit einer Dringlichkeit, die uns sofort wieder dahin versetzt, wo wir gestern aufgehört haben.

Seine Hand liegt in meinem Nacken, ich packe ihn am Hemd, und seine Zunge streicht über meine, sodass ich unter dem heftigen Verlangen, das jeden Teil von mir in Flammen setzt, stöhne. Er riecht so gut. So, so gut. Wie Seife und ein sportliches Aftershave und einfach himmlisch.

»Meine Güte«, murmelt er, als wir uns irgendwann atemlos voneinander lösen. »Ich möchte dich am liebsten mitnehmen und den ganzen Tag mit dir im Bett verbringen.«

Ich versuche, etwas zu sagen, doch alles, was rauskommt, ist etwas, das wie »Urgw« klingt.

»Ja, genau so geht es mir auch.«

»Du hast mein Hirn kaputt gemacht.«

»Und du meins, Babe.«

Ich benutze meinen Daumen, um ihm meinen Lippenstift vom Mund zu wischen. »Maria sagt, vor der Klinik hat sich schon eine Schlange gebildet.«

Er berührt mit der Zungenspitze meine Daumenkuppe, und ich keuche auf, so heftig ist das Verlangen, das mich durchzuckt und alles vergessen lässt, was mit der Klinik, meinem Job, seinem Job oder dem Krankenhausvorstand zu tun hat. Ich möchte ihm am liebsten zu seinem Zimmer im Hotel folgen und einen völlig neuen Skandal anzetteln.

»Ich habe gute und schlechte Nachrichten«, teile ich ihm mit.

Er schiebt mir das Haar über die Schulter und küsst mich auf den Hals. »Hm?«

Ich schmelze dahin, sodass ich beinahe alles vergesse, was nicht mit seinen Lippen auf meiner Haut zu tun hat. »Die gute Nachricht ist, dass ich mir Sorgen gemacht habe, es könnte heute komisch oder unbehaglich zwischen uns werden.«

»Noch nicht mal ansatzweise komisch oder unbehaglich. Und was sind die schlechten Nachrichten?«

»Wir müssen wohin.«

»Das sind in der Tat schlechte Neuigkeiten. Vielleicht sogar die schlechtesten, die ich je erhalten habe.«

»Das wusstest du aber doch schon.«

»Stimmt, nur hatte ich dich heute noch nicht geküsst, und jetzt, da ich das getan habe …«

»Was?« Bin ich schon je so atemlos gewesen, wie es in seiner Nähe der Dauerzustand zu sein scheint? Nein, nie.

»Ich werde etwas Zeit brauchen und mich ablenken müssen, bevor wir irgendwohin können.«

Ich versuche, mich zu beherrschen und nicht hinzuschauen. Allerdings höre ich wohl nicht auf mich, wenn es um ihn geht. Ich schaue hin, starre. Will ihn.

»Lass das. Das ist kontraproduktiv.«

Mein Handy klingelt, und ich nehme den Anruf von der Nummer mit der örtlichen Vorwahl entgegen, auch wenn ich sie nicht kenne. »Carmen Giordino.«

»Hallo, hier ist Desiree Rivera von NBC 6.«

Ich reiße die Augen auf und drehe mich zu Jason, der immer noch neben meinem Auto hockt. Dann stelle ich auf Lautsprecher, damit er mithören kann. »Hi, Desiree. Danke, dass Sie sich melden.«

»Maria hat mir was von einem Kinderneurochirurgen erzählt, der in der Sozialklinik in Little Havana Patienten gratis behandelt. Meinen Chefs gefällt die Idee eines Sonderberichts, falls er dazu bereit wäre.«

Jason nickt, doch ich kann das Zögern in seiner Miene deutlich erkennen.

»Ja, gerne. Es gibt da nur noch etwas zu bedenken.«

»Was denn?«

»Der Grund, warum er die Öffentlichkeit sucht, ist, dass er an einem Krankenhaus in New York in einen Skandal verwickelt war. Er hatte eine Frau getroffen und eine Beziehung mit ihr begonnen, aber sie hat ihm die ganze Zeit verschwiegen, dass sie ihn nur benutzt hat, um einer unerwünschten Ehe zu entkommen – und sie war die Frau des Vorstandsvorsitzenden des Krankenhauses.«

»Autsch.«

»Er hatte keine Ahnung, dass sie verheiratet war, ganz zu schweigen davon, mit wem. Jedenfalls hat man ihn ans Miami-Dade versetzt, ohne den Skandal zu erwähnen. Offenbar hat der Vorstand hier trotzdem davon erfahren und ist sich nicht sicher, ob sie ihm die Zulassung erteilen wollen. Unser Ziel ist also, allen zu zeigen, dass er jemand ist, den wir hier bei uns brauchen und wollen.«

»Und darum hat er sich entschlossen, in der Sozialklinik auszuhelfen?«

»Ja, das war der Auslöser, aber er freut sich wirklich darauf. Er wird Ihnen sagen, dass er als Spezialist nicht mehr viel mit medizinischen Routinefällen zu tun hat. Insofern begrüßt er die Gelegenheit und freut sich auf den Einsatz, mit dem er zusätzlich Gutes zu tun hofft.«

Er lächelt und gibt mir ein Daumen-hoch-Zeichen, was eine Erleichterung ist, weil ich hier munter drauflosimprovisiere.

»Wenn wir das Interview führen, werde ich ihn fragen müssen, was in New York passiert ist.«

Er schneidet eine Grimasse.

Ich fange seinen Blick auf und halte ihn. »In Ordnung.«

»Lassen Sie mich erst einmal beim Sender vorfühlen. Ich melde mich dann in einer Stunde wieder bei Ihnen. Maria hat gesagt, er ist heute den ganzen Tag dort, richtig?«

»Das stimmt.«

»Okay, dann mach ich mich dran. Bis nachher.«

Sie hat aufgelegt, bevor ich antworten kann. »Das ist eine einmalige Gelegenheit«, erkläre ich Jason.

»Ich weiß.« Er richtet sich auf und reckt sich, alle Anzeichen von Erregung im Keim erstickt von der Erinnerung daran, was wir heute tun und warum. »Du hast mir kubanischen Kaffee versprochen.«

»Jap.«

Er hält mir seine Hand hin und hilft mir aus dem Wagen.

»Jason.«

»Ja?«

»Alles okay?«

»Ja, schon.«

»Stört dich das mit dem Interview?«

»Es stört mich, dass ich das Interview brauche.«

»Es wird helfen, wenn die Leute die Geschichte aus deiner Perspektive hören. Ich denke, du kannst ganz allgemein über das reden, was los war, ohne Namen zu nennen.«

Er nickt, aber der angespannte Zug um sein Kinn zeigt, was er wirklich denkt. Das Letzte, worüber er reden möchte, ist der Skandal, doch der Bericht über seine Arbeit in der Sozialklinik wird ein entscheidender Punkt bei unserer Kampagne sein.

Unsere Fahrt mit Priscilla zu meiner Lieblings-*ventanita* verläuft in unbehaglichem Schweigen. Ich hasse das alles genauso sehr, wie ich es hassen würde, wenn es mir selbst passiert wäre. Ich habe mich kopfüber in das gestürzt, was zwischen uns ist, und die möglichen Folgen sind mir egal, dabei passt so ein Verhalten eigentlich gar nicht zu mir.

Die neue Carmen will das hier mit jeder Faser ihres Herzens, und der langweiligen alten Carmen kommt es gar nicht in den Sinn, sich ihr in den Weg zu stellen. Ich dirigiere Jason zu der Citgo-Tankstelle, die zwar nicht auf der Strecke zum Krankenhaus liegt, aber unverzichtbares Ziel für einen Abstecher ist.

»Ich brauche keinen Sprit.«

»Ich weiß. Allerdings brauchst du auf jeden Fall einen *cortadito*. Vertrau mir. Juanita macht den besten in der ganzen Stadt.« Ich steige aus dem Auto und lächle ihn an, hoffe, ihn aufzuheitern, bevor wir bei der Klinik ankommen. Ungefähr fünf Leute stehen vor uns in der kleinen Schlange, die sich vor dem unauffälligen Verkaufsschalter gebildet hat.

»Und hier gibt es wirklich Kaffee?«, erkundigt sich Jason skeptisch.

»Es als ›Kaffee‹ zu bezeichnen wird ihm nicht gerecht. Wenn du den hier gekostet hast, wirst du nie wieder etwas anderes wollen.«

»Okay, du bist hier der Boss.«

Ich erkläre ihm die vier Sorten kubanischen Kaffee: *cafecito*, *colada*, *café con leche* und meinen Lieblingskaffee, *cortadito*. »Wenn du hier von jemandem nach Hause eingeladen wirst, wird das Erste, was man dir anbietet, ein Kaffee sein. Das ist ein fester Bestandteil unserer Kultur.«

»Ich bin ein großer Kaffeefan. Ich kann es gar nicht erwarten, ihn zu probieren.«

»*Hola, mi vida. ¿Quién es el guapo?*« Juanita ist Anfang vierzig und hat dunkles Haar und dunkle Augen sowie eine fröhliche Persönlichkeit, die dafür sorgt, dass den ganzen Tag lang immer wieder Leute vor ihrem Verkaufsschalter anstehen. Sie flirtet schamlos mit ihren männlichen Kunden, obwohl sie ihren Ehemann abgöttisch liebt. Ihm gehört der Mietwagen-Service, der mich und meine Freundin zum Abschlussball kutschiert hat. Natürlich will sie wissen, was es mit dem gut aussehenden Mann auf sich hat, den ich heute bei mir habe.

»Das hier ist Jason.« Ich halte zwei Finger hoch, und sie beginnt zwei Becher von meinem Lieblingsgetränk zuzubereiten.

»Ist er Single und auf der Suche nach Gesellschaft?«

»Nein, ist er nicht.« Jason wirft mir diesen heißen Blick zu, den er sich eigentlich patentieren lassen sollte, weil er so unglaublich wirkungsvoll ist.

»So ist das also, ja?« Juanita lächelt mich über ihre Schulter an, während sie mit verschiedenen Gerätschaften hantiert. Wie alle anderen aus der Gegend kennt sie meine Geschichte und hat reges Interesse an allem, was ich tue.

In unserer kleinen Gemeinde hier ist es eine wichtige Neuigkeit, wenn eine junge Witwe wieder auszugehen beginnt. Teufel, *alles* ist in unserer Gemeinde eine Riesennachricht. Meine Mutter macht immer Witze darüber, dass wir großartig darin sind, uns um den Kram anderer Leute zu kümmern.

Juanita bringt zwei dampfende Becher zum Tresen und holt dann zwei der himmlisch buttrigen Gebäckstücke, die mit für meine weiblichen Rundungen verantwortlich sind. Ich gebe ihr einen Zehner und zwei Eindollarscheine.

Auf Spanisch sagt sie: »Bring ihn bald mal wieder her. Es tut jedenfalls nicht weh, ihn anzuschauen.«

»Ach ja? Ist mir gar nicht aufgefallen.«

Sie schnaubt vor Lachen. »Sicher, ganz bestimmt nicht. Freut mich für dich, es wird Zeit.«

Ich lächle sie an und nicke, und dann gehe ich zurück zu Jason, der wieder am Wagen ist. Wir steigen ein, um den Kaffee zu trinken.

Er beißt von dem *pastelito* ab. »O mein Gott. Was ist das für ein Teilchen?«

»Zuallererst, das nennt man nicht Teilchen. Es ist ein *pastelito.*«

»Das ist das Beste, was ich in meinem ganzen Leben je probiert habe.«

»Und jetzt koste von dem *cortadito.*«

Er nimmt einen Schluck und stöhnt unwillkürlich auf.

Ich lächle selbstgefällig. »Hab ich dir doch gesagt.«

Wir essen und trinken in einvernehmlichem Schweigen.

»Ich kann einfach nicht glauben, dass du das hier an einer Tankstelle gekauft hast. Starbucks kann einpacken.«

»Ich weiß.«

»Du musst mir unbedingt beibringen, wie ich diesen Kaffee zubereiten muss, damit ich das von jetzt an jeden Tag in meinem Leben genießen kann.«

»Ich kann's dir zeigen, aber meiner ist nicht annähernd so gut wie Juanitas. Ich weiß nicht, was zur Hölle sie damit anstellt, doch es schmeckt einfach wunderbar.«

»Du hast mich bekehrt.«

»Ihre Großeltern sind 1959 ebenfalls aus Kuba geflohen, und meine Großmutter kannte ihre Großmutter aus Havanna. Sie waren zusammen in der Schule.«

»Kennt hier eigentlich jeder jeden?«

»Die alteingesessenen Familien in Little Havana sind in der Regel miteinander bekannt, wenigstens die Großeltern, die erste Generation der Kuba-Flüchtlinge, aber der Rest von uns kennt nicht automatisch jeden. Meine Familie ist da die Ausnahme – wegen des Restaurants.« Ich blicke auf die Uhr und sehe, dass es langsam auf halb neun zugeht. »Wir sollten jetzt zur Klinik fahren. Dein Dienst dort beginnt in einer halben Stunde.«

Er dreht den Schlüssel, und Priscilla erwacht röhrend zum Leben. Ehe er den Rückwärtsgang einlegt, schaut er mich an. »Bloß für den Fall, dass ich später vergesse, es dir zu sagen: Ich bin dir unglaublich dankbar. Selbst wenn es nicht klappt …«

»Es wird klappen. Sie müssten schon verrückt sein, um dich nicht in ihrer Belegschaft haben zu wollen. Versuch, dir keine Sorgen zu machen. Wir schaffen das.«

»Das würde ich zu gerne glauben.«

»Das kannst du auch. Wir tun alles, was wir nur können, und mehr.«

Er fährt los und folgt meinen Richtungsanweisungen. »Ich würde völlig durchdrehen, wenn du mir nicht helfen würdest. Danke. Und das ist ganz aufrichtig gemeint.«

»Mir macht das Spaß. Alles.«

»Rede nicht über ›alles‹, bevor wir Gelegenheit hatten, etwas in der Hinsicht zu unternehmen.«

»In welcher Hinsicht denn?«, frage ich mit gespielter Nonchalance.

Der Blick, den er mir zuwirft, ist pures Feuer. Er versengt jeden Zentimeter von mir und lässt in mir keinen Raum für Zweifel daran, was das nächste Mal passieren wird, wenn wir zusammen allein sind.

Leise Sorge regt sich in mir. Was, wenn ich vergessen habe, wie es geht? Was, wenn ich in letzter Sekunde Panik bekomme oder …

Er legt seine Hand auf meine, wärmt sie. »Hör damit auf. Zwischen uns wird nichts passieren, ohne dass oder bis du es wirklich willst. Du bist in jeder Beziehung der Boss.«

Ich schmelze dahin, bin zu Tränen gerührt von seiner einsichtsvollen Bemerkung. Er versteht es. Er versteht es wirklich. Andere Männer, mit denen ich mich verabredet habe, hatten nicht die geringste Ahnung, wie es sein muss, so einen Verlust, wie ich ihn erlitten habe, zu verkraften. Sicher, sie haben versucht, einfühlsam zu sein, doch die meisten waren so taktvoll wie ein Klotz.

In der Witwen-Selbsthilfegruppe im Netz, in der ich Mitglied bin, posten viele Geschichten über ihre Dating-Desaster und darüber, wie komisch das manchmal sein kann. Und ab und zu teilt jemand auch die Geschichte der ersten bedeutsamen Beziehung nach dem großen Verlust.

Wird Jason das für mich sein? Oder wird es eine vorübergehende Affäre, etwas, mit dem wir beide uns die Zeit vertreiben, bevor wir uns etwas Dauerhafterem zuwenden? Ich hab ehrlich keine Ahnung, aber das macht nichts. Was es auch wird, es ist das, was ich im Moment will. *Er* ist, was ich will, und ihn zu wollen fühlt sich echt gut an. Genau genommen ist es sicher, zu sagen, dass ich mich besser fühle als seit Jahren.

Wir fahren in die Straße, in der die Klinik liegt, und das Erste, was mir auffällt, ist die Menschenmenge, die sich davor versammelt hat. »O verdammt.« Ich blicke zu Jason, der von der Länge der Menschenschlange jedoch nicht im Geringsten beeindruckt zu sein scheint. »Wenn es zu viel ist …«

»Nein, alles in Ordnung. Ich bin gern beschäftigt.«

Wir parken hinter der Klinik und gehen durch die Hintertür rein. Drinnen empfängt uns Maria.

»Das ist fast so, wie als One Direction in der Stadt war«, bemerkt sie mit einem neckenden Lächeln für Jason.

»Na ja, nicht wirklich«, antwortet er und wirkt leicht verlegen.

»Also für uns sind Sie One Direction, Justin Bieber und Taylor Swift, alle zusammen in einem höchst willkommenen Paket. Wir hatten in den letzten beiden Wochen keinen Arzt hier.«

»Es freut mich, wenn ich in irgendeiner Weise helfen kann.«

»Wir haben hier alles vorbereitet.« Sie führt uns in einen vollgestopften Untersuchungsraum, in dem ein makellos weißer, ordentlich zusammengefalteter Arztkittel auf dem Behandlungstisch bereitliegt. Maria zeigt Jason, wo alles ist, und reicht ihm einen Rezeptblock. »Fällt Ihnen noch irgendetwas ein, was Sie brauchen?«

»Im Moment nicht, aber ich melde mich, wenn was ist.«

»Okay, dann öffnen wir jetzt die Türen.«

»Ich habe hier Einverständniserklärungen für jeden, den es nicht stören würde, sich mit Dr. Northrup fotografieren zu lassen.« Ich reiche ihr den Stapel, den ich zu Hause ausgedruckt habe. »Falls irgendjemand Lust hat, mir von seiner Erfahrung zu erzählen, würde mich das sehr freuen.«

»Ich werde es erwähnen, während sie reinströmen. Los geht's!«

KAPITEL 15

Carmen

Von dem Moment an wird der Tag hektisch. Jason behandelt in zwei Stunden fünfzehn Patienten. Die meisten von ihnen lassen sich mit ihm fotografieren, und drei erzählen mir ihre Geschichte. Jason diagnostiziert bei einem Kind einer Familie eine eitrige Mandelentzündung, beim nächsten Scharlach und beim dritten eine Bindehautentzündung.

Die gestresste Mutter der drei erklärt, wie viel es ihr bedeutet, ohne weitere Kosten einen so hoch qualifizierten Arzt aufsuchen zu dürfen und die dringend benötigten Medikamente zu erhalten. Ein anderer Patient, ein fünfundsiebzig Jahre alter Mann mit Diabetes, wird wegen eines Geschwürs am Fuß, das einfach nicht heilen will, ins Krankenhaus überwiesen.

Maria und zwei der anderen Frauen, die hier arbeiten, dolmetschen für die Patienten, die kein Englisch sprechen.

Mittags um eins treffen meine Eltern ein, beladen mit Tabletts voller Sandwiches und Flaschen mit kaltem Wasser für die Angestellten und die Patienten, die immer noch draußen in der Mittagshitze warten.

Mein Vater gibt mir einen Kuss auf die Stirn.

Ich lehne mich an ihn. »Du bist der Beste, Daddy.«

»Für dich doch gerne, Süße. Das ganze Viertel redet über deinen Arzt und darüber, was er hier tut.«

»Es war ein echt verrückter Vormittag. Und es kommen immer mehr Leute.«

»Sie sind so dankbar, dass sie hier Hilfe finden. Mrs Lopez hat einen schlimmen Gichtanfall, und der früheste Termin, den sie bei ihrem Arzt kriegen konnte, ist in drei Monaten. Weißt du, wie schmerzhaft akute Gicht ist?«

»Ich hab davon gehört.«

»Sie war vorhin im Restaurant und hat Dr. Northrup in den höchsten Tönen gelobt – genau wie dich. Wir brauchen mehr Ärzte wie deinen Jason, die bereit sind, ihre Zeit denen zu widmen, die keinen leichten Zugang zu medizinischer Versorgung haben. Er bewirkt hier wirklich Gutes.«

Ich verzichte darauf, ihn zu korrigieren. Er ist nicht »mein Jason«. Aber ich stimme meinem Vater zu, dass das, was er hier tut, gut ist. Jeder, der das Behandlungszimmer verlässt, tut das mit einem Lächeln, und viele von ihnen halten ein Rezept in der Hand.

Nachdem meine Eltern wieder weggefahren sind, gönne ich mir ein paar Bissen von einem Sandwich, während ich weiter Fotos mache, Patienten interviewe und Storys auf Instagram poste. Die Reaktionen sind alle positiv, doch ich nehme mir die Zeit, darauf zu achten, dass es nicht irgendwelche Trolle gibt, die bei den Posts dumme Kommentare hinterlassen.

Bisher ist alles gut.

Um zwei klingelt mein Telefon. Es ist Desiree. »Wir haben Platz für ein Feature in den Elf-Uhr-Nachrichten. Ich bin mit einer Crew auf dem Weg.«

»Tausend Dank, Desiree. Das ist wirklich toll.«

»Es ist eine großartige Story. Ich bin froh, die Gelegenheit zu haben, sie zu erzählen. Bis gleich.«

Ich winke Maria zu mir. »Desiree ist mit einer Filmcrew unterwegs hierher. Wie kriegen wir das mit der Warteschlange und den Einverständnisformularen hin?«

»Wir gehen raus, erläutern, was los ist, und lassen die Leute die Formulare ausfüllen und unterschreiben, bevor Desiree hier ist.«

Wir verbringen eine halbe Stunde in der sengenden Sonne, erklären auf Englisch und Spanisch, was los ist, und bitten die Wartenden um ihr Einverständnis dazu, dass die Fernsehcrew sie filmt. Die meisten finden es spannend, ins Fernsehen zu kommen. Einige sind sogar bereit, sich interviewen zu lassen, und ich notiere mir ihre Namen.

Ich bin ganz aufgeregt, weil Jason diese Gelegenheit erhält, und kann nur hoffen, dass alles so klappt, wie wir uns das vorstellen. Wenn sie sich mehr auf den Skandal in New York konzentrieren als auf das, was Jason hier in Miami tut ... Das darf nicht passieren. Bei all den Leuten hier in der Klinik, die gerne erzählen wollen, wie dankbar sie ihm sind, sollte das im Mittelpunkt der Geschichte stehen.

Ich zerfließe schon fast in der Hitze, als der NBC-6-Truck schließlich eintrifft. Ich erkenne Desiree aus dem Fernsehen und weil ich sie vor einigen Jahren auf einer Party getroffen habe, zu der ich Maria begleitet hatte. Sie scheint sich auch an mich zu erinnern. Mit perfektem Make-up, jedes einzelne ihrer glänzenden schwarzen Haare an Ort und Stelle, streckt sie mir eine manikürte Hand entgegen. »Freut mich, Sie wiederzusehen, Carmen.«

»Danke, gleichfalls. Vielen Dank, dass Sie gekommen sind.«

»Also arbeiten Sie jetzt fürs Miami-Dade General?«

»Ja, in der PR-Abteilung. Meine erste Aufgabe ist es, Dr. Northrup zu helfen, erste Kontakte zu knüpfen.«

»Ich habe mich erkundigt und erfahren, dass der Vorstand sich noch nicht entschließen konnte, ihm die Zulassung zu erteilen.«

Ich zögere und versuche die Worte zu finden, mit denen ich diese Situation am besten handhaben kann. »Hören Sie, Desiree. Ich verstehe, dass Sie Ihren Job machen müssen, und der Skandal in New York ist saftig und aufsehenerregend und so, aber in Wahrheit wurde Dr. Northrup von einer Frau benutzt, von der er dachte, er bedeute ihr etwas.«

»Ich habe mir alles durchgelesen, und ich habe eine Frage: Wenn er nicht gewusst hat, dass sie verheiratet ist und Kinder hat, warum hat er das nicht gesagt, als die ganze Sache publik wurde?«

»Eben weil sie Kinder hat und er sich deshalb weigert, sich mit ihr eine Schlammschlacht zu liefern. Offensichtlich ist ihm etwas Ähnliches passiert, als er ein Kind war, und er ist entschlossen, das nicht zu wiederholen.«

»Wow. Nun, das wirft natürlich ein ganz neues Licht auf die Angelegenheit.«

»Ich will Ihnen nicht vorschreiben, wie Sie Ihren Job zu erledigen haben. Ich kann Sie nur bitten, das gesamte Bild zu betrachten und sich nicht von den schmutzigen Details ablenken zu lassen.«

»Vielen Dank für den Hinweis. Können wir mit dem Interview beginnen?«

»Ich lass ihn wissen, dass Sie hier sind. Sie können zwischen zwei Untersuchungen mit ihm reden.«

»Hört sich gut an. Gibt es einen Raum, den wir benutzen können?«

»Ich werde Maria darum bitten, was vorzubereiten.« Ich gehe nach drinnen, wo selbst die lauwarme Luft, die die Klimaanlage ausspuckt, Erleichterung bringt. Ich entdecke

Maria, die hinter der Rezeption an einem Computer arbeitet, und gebe ihr Desirees Bitte weiter.

»Sie kann unseren Pausenraum haben. Das ist das größte Zimmer hier.« Sie steht auf, um ihre Freundin zu begrüßen und sich darum zu kümmern, dass die Kameracrew alles aufbauen kann, während ich darauf warte, dass Jason mit seinem aktuellen Patienten fertig wird. Ich kann das leise Murmeln seiner Stimme hören, allerdings nicht verstehen, was er sagt, was nur gut ist. Das geht mich nichts an. Es ist ohnehin nicht einfach, die gute Publicity zu bekommen, die wir brauchen, und dennoch die Privatsphäre der Patienten zu wahren.

Fünf Minuten später öffnet sich die Tür, und eine ältere Frau tritt mit einem Zettel in der Hand heraus. Sie lächelt breit, und in ihren braunen Augen schimmern unvergossene Tränen. »Gott segne Sie«, flüstert sie mir zu. »Gott segne Sie alle für das, was Sie hier tun.« Im Vorbeigehen drückt sie mir den Arm.

Ich schlüpfe in das Untersuchungszimmer, um mit Jason zu reden, der gerade etwas in einer Akte notiert. Er ist die ganze Zeit wirklich attraktiv, doch im Arztmodus ist er einfach unwiderstehlich. »Tut mir leid, dich zu stören.«

Er schenkt mir ein sexy Lächeln, bei dem Schmetterlinge in meinem Bauch aufstieben. »Du störst mich nicht. Nachdem du in den letzten paar Tagen ständig an meiner Seite warst, habe ich dich schon vermisst.«

»Ich dich auch. Aber du machst die Leute hier sehr glücklich.«

»Ich helfe gern, und sie sind so freundlich und dankbar. Es ist furchtbar, dass sie seit Wochen keine Möglichkeit zu einem Arztbesuch hatten. So viele von ihnen haben Angst, in die Notaufnahme zu gehen, weil sie wissen, dass sie sich das nicht leisten können. Andere haben keine Aufenthaltsgenehmigung und fürchten daher, sie könnten des Landes verwiesen werden. Unser gesamtes System ist so kaputt.«

»Aber echt.«

»Die meisten meiner Patienten befinden sich in einer gesundheitlichen Notlage, in der eine Operation unumgänglich ist, wenn sie mich aufsuchen. Da bleibt nicht viel Zeit, sie kennenzulernen. Das hier gefällt mir. Ich habe Maria schon gesagt, dass ich morgen wiederkomme.«

Er ist so lieb und ernst, dass ich spüre, wie mir das hier entgleitet und ich unaufhaltsam tiefer in das zwischen uns gerate. »Darüber freuen sie sich bestimmt.« Ich versuche, mich daran zu erinnern, warum ich überhaupt mit ihm sprechen wollte, während er mich mit einem Finger heranwinkt.

»Komm her.«

Ich werfe einen Blick über meine Schulter zur Tür, die nur angelehnt ist. Mein Herz schlägt wie wild, und Aufregung durchzuckt mich, als mir klar wird, dass er mich küssen will.

Auch wenn es nicht ausgeschlossen ist, dass uns jemand erwischt, ist mir das egal. Ich gehe durch das kleine Zimmer zu ihm. »Ja, bitte, Dr. Northrup?«

Er steht auf, legt mir einen Arm um die Taille und mustert für einen langen, atemlosen Moment mein Gesicht, bevor er mir einen zärtlichen Kuss gibt. »Ich kann es gar nicht erwarten, heute Abend mit dir allein zu sein.«

»Empfinde ich genauso.« Und dann fallen mir Desiree und die Filmcrew ein sowie der Grund, warum wir hier sind. »Das Team von NBC 6 ist da, und sie würden gerne ein paar Minuten mit dir reden.«

Seine Miene wird sofort hart.

»Ich habe Desiree deine Sicht des Skandals geschildert und sie gebeten, das außen vor zu lassen.«

»Was hat sie erwidert?«

»Sie wollte wissen, warum du dich nicht mit deiner Version der Ereignisse verteidigt hast. Ich habe das mit den Kindern erklärt.«

Während wir darüber sprechen, verändert sich sein ganzes Verhalten. Ich streichle sein Gesicht und nötige ihn, mich anzusehen. »Was du hier heute tust, ist wirklich wichtig für die Leute. Das wird auch in den Interviews deutlich werden, die Desiree mit den Patienten führt. Ich hab ein gutes Gefühl dabei.«

Er wirkt total angespannt. »Freut mich, dass wenigstens du das hast.«

Ich schließe die Tür ab, bevor ich zu Jason zurückkehre und ihm die Hände auf die Schultern lege. »Atmen.« Ich massiere die harten Muskeln in seinem Nacken und seinen Schultern. »Einfach immer weiteratmen.«

»Es steht so viel auf dem Spiel«, sagt er leise.

Mein Herz schmerzt für ihn. »Ich weiß, aber ich glaube fest daran, dass es funktionieren wird.«

»Ich wünschte, ich wäre mir da so sicher wie du.«

»Halt dich an mich. Ich bin mir sicher genug für uns beide.«

Ich massiere ihn weiter, bis er sich etwas entspannt. »Du schaffst das, Jason. Sei einfach du selbst. Das ist alles, was du tun musst, um den Vorstand davon zu überzeugen, dass du ins Miami-Dade gehörst.«

Seine Lippen verziehen sich zu einem warmen Lächeln, und seine wunderschönen Augen strahlen. »Du machst dich gerade unentbehrlich für mich.«

»Ach tatsächlich?«

Sein Blick bleibt an meinen Lippen hängen, und er nickt.

Wenn ich ihn jetzt küsse, höre ich vielleicht nie wieder auf, und da sind Leute, die etwas von ihm wollen, also können wir uns jetzt nicht einfach die Zeit dafür nehmen. Aber später … Ich kann es kaum erwarten. »Lass uns schnell das Interview hinter uns bringen, damit du zurück zu deinen Patienten kannst. Es ist heiß da draußen.«

»Nach dir.«

Ich führe ihn in den Pausenraum, in dem die Crew die Scheinwerfer und die Kamera aufgebaut hat.

»Desiree Rivera, das ist Dr. Jason Northrup.«

Desiree schüttelt ihm die Hand. »Freut mich, Sie kennenzulernen.«

»Gleichfalls. Danke, dass Sie das hier tun.«

»Kein Problem. Dann wollen wir Ihnen mal ein Mikro verpassen.«

Einer der Techniker befestigt das Mikro an Jasons weißem Kittel und reicht ihm den dazugehörigen Transponder. »Klemmen Sie sich den an den Gürtel.« Als alles fertig ist, bedeutet ihm Desiree, sich ihr gegenüber hinzusetzen. »Auf geht's.«

Der Kameramann gibt ihr ein Signal.

»Ich bin Desiree Rivera von NBC 6, mit Dr. Jason Northrup, einem Kinderneurochirurgen, der kürzlich von New York nach Miami gezogen ist. Heute arbeitet er ehrenamtlich in der Sozialklinik der Barmherzigen Jungfrau in Little Havana. Wir haben ihn in einer Pause erwischt. Willkommen in Miami, Dr. Northrup.«

»Vielen Dank.«

»Können Sie uns etwas über die Umstände erzählen, die Sie hergeführt haben?«

Das einzige Anzeichen für seine Gefühle bei dieser Frage ist die Spannung in seinem Kiefer. »Ich habe mein voriges Krankenhaus in New York verlassen, nachdem die Beziehung zu einer Frau, von der ich dachte, dass ich sie liebe, auf ziemlich dramatische Art geendet hat. Alles, was ich darüber sagen werde, ist, dass ich niemals wissentlich mit jemandem etwas anfangen würde, der verheiratet ist. Vor dieser Beziehung habe ich jahrelang als Single gelebt.«

»So wie ich das verstehe, hat sich der Vorstand des Miami-Dade Bedenkzeit ausgebeten, um sich darüber klar zu werden, ob sie Ihnen die Zulassung erteilen.«

»Das stimmt.«

»Und Sie nutzen die Zeit, um sich mit der Stadt vertraut zu machen und unentgeltlich hier in Little Havana zu arbeiten.«

»Ja. Die Patienten hier zu behandeln ist unglaublich erfüllend, sodass ich morgen wiederkommen werde, um all die, die ich heute nicht drannehmen konnte, zu sehen. Ich werde so lange wiederkommen, bis alle, die Hilfe brauchen, versorgt sind.«

Ich bin so stolz auf ihn, während ich ihm zuhöre. Er steht zu dem, was in New York passiert ist, und beweist seine Hingabe an seinen Beruf und den Eid, den er geschworen hat, indem er sich um die Patienten hier kümmert. Ich mag ihn sogar noch mehr als heute Morgen, obwohl ich das nicht für möglich gehalten hätte.

»Ich sollte wieder zurück an die Arbeit. Die Leute stehen Schlange, und draußen ist es sehr heiß.«

»Danke, dass Sie sich die Zeit genommen haben, Dr. Northrup, und viel Glück in Miami.«

»Danke.« Er steht auf, pflückt sich das Mikro ab und reicht es dem Kameramann. »Vielen Dank für diese Chance«, sagt er und schüttelt Desiree die Hand.

»Viel Glück mit dem Vorstand.«

»Danke.«

»Wir senden das heute Abend um elf und morgen vielleicht ein weiteres Mal.«

»Hört sich gut an.« Er drückt meinen Arm, ehe er den Raum verlässt, um zur Arbeit zurückzukehren.

»Lecker«, bemerkt Desiree in einem leisen, zweideutigen Tonfall. »Was für ein netter Mann.«

Ich verkneife mir eine bissige – und extrem unprofessionelle – Antwort. »Ja, ist er. Danke, dass Sie das getan haben.«

»War mir ein Vergnügen. Ich hoffe, der leckere Arzt bleibt in Miami.« Sie reicht mir ihre Karte. »Geben Sie ihm das bitte.«

Ich nehme die Karte, weil ich nicht weiß, wie ich mich weigern soll, ohne extrem unhöflich zu wirken. »Äh … sicher.«

Desiree und ihre Crew fahren wenige Minuten später ab.

»Wie ist es gelaufen?«, fragt Maria, die gerade aus einer großen Kanne Wasser in Pappbecher füllt.

»Gut, denke ich.«

»Ich möchte den Leuten, die draußen warten, etwas zu trinken bringen. Einige von ihnen vertragen die Hitze nicht so gut.«

»Ich helfe dir.«

Wir klemmen uns weitere Einverständniserklärungen unter den Arm und tragen Tabletts mit Wasserbechern nach draußen in die schwüle, heiße Luft. Am Ende der Schlange entdecke ich eine junge Frau, die einen Jungen von vielleicht vier oder fünf Jahren auf dem Arm hat. Er liegt über ihre Schulter drapiert und schläft fest. Schweiß rollt der Frau über das Gesicht, während sie versucht, den Jungen weiter festzuhalten.

»Maria.« Ich lenke ihre Aufmerksamkeit auf die Frau.

Maria spricht auf Spanisch mit ihr und führt sie dann in die Klinik, wo die Klimaanlage das Wartezimmer zumindest etwas runterkühlt. Die Frau weint vor Erleichterung, als sie sich hinsetzen kann, und nimmt ihren Sohn fester in den Arm. Ich höre, wie sie Maria erzählt, dass er seit Tagen schlimme Kopfschmerzen hat und plötzlich aufgehört hat zu sprechen. Als er heute Morgen aufgewacht ist, konnte er nicht mehr laufen. Sie hatte Angst, einen Krankenwagen zu rufen, weil sie keine Krankenversicherung hat.

Maria reicht ihr auf einem Clipboard die notwendigen Papiere.

Die junge Frau legt sich das Kind anders in den Arm, damit sie die Formulare ausfüllen kann.

Ich spüre, dass Maria beunruhigt ist, als sie mit großen Schritten zu dem Raum geht, in dem Jason arbeitet, an die Tür klopft und ihm sagt, dass er den Jungen als Nächstes drannehmen soll. Ich höre sie das Wort »dringend« verwenden.

Jason beendet die Behandlung seines aktuellen Patienten und kommt ins Wartezimmer, wo ich ihn in Aktion erlebe, während er den Jungen schnell untersucht. Er wendet sich an Maria. »Rufen Sie einen Krankenwagen.«

Maria entfernt sich eilig, und die junge Frau bricht zusammen. »Was ist mit ihm los?«, fragt sie in stockendem Englisch.

»Das kann ich nicht sicher sagen, bis wir alle Untersuchungsergebnisse haben, und ich möchte keine Mutmaßungen anstellen, aber er muss sofort in ein Krankenhaus.«

»Das kann ich mir nicht leisten!«

Jason legt der jungen Frau, die Sofia heißt, eine Hand auf die Schulter und sieht ihr in die Augen. »Ich werde Ihnen helfen, eine Lösung zu finden. Das Wichtigste ist, dass wir Ihren Sohn jetzt irgendwohin bringen, wo alle notwendigen Untersuchungen durchgeführt werden können. Das geht hier leider nicht.«

Die Mutter des Kindes schluchzt hilflos, nickt jedoch.

Ich kann Jasons Erleichterung darüber erkennen, dass sie einverstanden ist.

Ein paar Minuten später ist der Krankenwagen da. Jason gibt den Sanitätern Anweisungen, den Jungen zum Miami-Dade zu fahren. Bevor er ihnen in den Krankenwagen folgt, reicht er mir die Schlüssel zu Priscilla und grinst mich an. »Lass dich nicht verhaften.«

»Ich werde mir alle Mühe geben.«

»Ich rufe an, sobald ich kann. Sag allen, dass ich morgen weitermache.« Er läuft raus und steigt hinten in den Krankenwagen.

Ich habe so viele Fragen. Er hat den Sanitätern Anweisung gegeben, das Kind ins Miami-Dade zu fahren, und er geht mit ihnen, obwohl er dort nicht angestellt ist. Was hat er vor?

Maria informiert die Patienten, die auf Jason warten, dass es einen Notfall gab und sie morgen wiederkommen sollen.

Sie reicht ihnen Nummern auf gelben Post-it-Zetteln, damit sie ihren Warteplatz in der Schlange behalten. Obwohl sie in manchen Fällen stundenlang in der Hitze gestanden haben, sind die meisten nicht böse, dass der Arzt sie heute nicht untersuchen kann.

»Ich habe dreiundsechzig Zettel ausgegeben«, erklärt Maria, als sie wieder in der Klinik ist, und wischt sich den Schweiß vom Gesicht. »Er ist ein Geschenk des Himmels.«

»Es macht ihm Spaß. Er meinte, dass er normalerweise nicht viel mit alltäglichen medizinischen Problemen zu tun hat, sodass das eine angenehme Abwechslung ist.«

»Ich mag ihn, und nach allem, was ich sehe, geht es dir genauso.«

»Das stimmt. Ich mag ihn sogar sehr.«

Sie grinst mich an. »Ach tatsächlich?«

Ich nicke.

»Das ist großartig, *prima*.«

»Ich weiß. Ich versuche, nicht total durchzudrehen, denn wer weiß schon, wo er in einem Monat sein wird?«

»Aber die Tatsache, dass er dir gefällt, ist schon ein Riesending.«

»Ja.«

Sie nimmt mich an der Hand und zieht mich hinter sich her in den Pausenraum, der viel größer erscheint, jetzt, wo die Scheinwerfer und Kameras weg sind. Nachdem sie die Tür geschlossen hat, wendet sie sich zu mir um. »Du hast keine Ahnung, wie sehr wir uns das alle für dich gewünscht haben – dass du jemanden kennenlernst, der dich so zum Strahlen bringt, wie er das tut.«

»Ich strahle nicht.«

»Doch, tust du, und es ist wundervoll.«

»Ich will da nicht zu viel drüber nachdenken.«

»Ja, lass das. Hab einfach Spaß. Du verdienst es. Überleg mal, wie heiß es mit ihm im Bett sein wird. Ich wette, er weiß, was er da tut.«

»Maria! Stopp.« Bei dem Gedanken daran, mit Jason zu schlafen, beginnt das Blut in meinen Adern zu sieden.

»Du wirst ja allein von der Vorstellung ganz rot. Hast du ihn schon geküsst?«

»Vielleicht.«

»Wunderbar.«

»Mach bitte keine große Sache daraus, Mari, okay?« Ich lege mir eine Hand auf den Bauch, in dem es plötzlich rumort. »Ich weiß nicht so recht ...«

Sie umarmt mich. »Ich verstehe, warum das schwierig für dich ist. Ich verstehe das besser als jeder andere. Aber ich weiß auch, dass es an der Zeit ist, einen neuen Versuch zu unternehmen. Es ist fünf Jahre her, Carmen.«

»Glaub mir, das ist mir durchaus bewusst.«

»Du musst jemanden da unten reinlassen, sonst verkümmert es am Ende noch.«

Ich breche in schallendes Gelächter aus. »So ein Quatsch.«

»Das ist mein Ernst! Das kann passieren.«

»Gar nicht. Eine medizinische Fachkraft sollte bei solchen Dingen nicht lügen.«

»Es ist eine allgemein bekannte Tatsache, dass sich das Jungfernhäutchen regeneriert, genau wie die Leber.«

Ich schüttle den Kopf und verdrehe die Augen, während ich versuche, nicht laut loszuprusten, denn das würde sie nur weiter ermutigen. »Lügen.«

»Du musst dir auch Sorgen wegen Staub und Spinnweben machen. Daran ist nichts sexy.«

»Ich gehe jetzt.«

»Hey.«

Ich drehe mich noch mal zu ihr um.

»Scherz beiseite, ich freue mich für dich. Was auch immer passiert oder nicht passiert mit deinem sexy Doktor, es ist gut, zu wissen, dass du immer noch diese Gefühle für jemanden haben kannst, weißt du?«

»Ja, ich weiß. Es macht Spaß.«

»Es ist okay, es einfach geschehen zu lassen. Tony würde nicht wollen, dass du für immer allein bleibst. Er hat dich geliebt, und alles, was er wollte, war, dass du glücklich bist.«

Die Erinnerung an die Liebe und Zuneigung meines Ehemanns treibt mir Tränen in die Augen. »Ich weiß.«

»Ich bin hier, falls du jemanden zum Reden brauchst.«

»Das weiß ich auch.«

»Und vor allen Dingen auch, wenn du die schmutzigen Details erzählen willst.«

»Ich bin weg. Bis morgen.«

»Und ich wette, die Details sind mit ihm besonders schmutzig«, ruft sie mir hinterher.

Kapitel 16

Carmen

Immer noch über Maria lachend, gehe ich hinaus auf den Parkplatz. Die schwüle Hitze trifft mich wie ein Schlag, als ich zu Priscilla laufe. »Wehe, ich lande deinetwegen noch mal im Polizeigewahrsam«, sage ich zu dem Auto, während ich es starte. Ich fahre langsam zurück zu Jasons Hotel und atme erleichtert auf, als ich den Wagen abstelle. Ich frage mich, ob ich die Schlüssel an der Rezeption hinterlegen soll, aber ich traue dem Personal durchaus zu, einfach eine kleine Spritztour zu unternehmen, also beschließe ich, sie bei mir zu behalten.

Mein Handy summt von einer Textnachricht von Jason. **Auf dem Weg in den OP. Wird fünf bis sieben Stunden dauern. Ich melde mich danach. Vielleicht bist du ja noch wach.**

Ich möchte wissen, ob das Miami-Dade ihn zugelassen hat. Das müssen sie eigentlich getan haben, wenn er dort operiert. Hat das Auswirkungen auf die Sache mit dem Vorstand? Ich will das unbedingt wissen, doch er muss sich jetzt auf wichtigere Dinge konzentrieren. Ich sende ihm ein Daumen-hoch-Emoji.

Ich frage bei Maria nach, ob die Mutter des Kindes eigentlich eine Einverständniserklärung unterschrieben hat. Als Maria mir das bestätigt, schicke ich Desiree eine Textnachricht, in der ich sie über die neueste Entwicklung informiere. Ich bin mir nicht sicher, ob es für die Story wichtig ist, aber ich denke mir, es kann nicht schaden, wenn sie Bescheid weiß.

Ich fahre in meinem eigenen Auto nach Hause, den Kopf voller Fragen. Jetzt muss ich mich nur noch bei Mr Augustino melden und berichten, was heute passiert ist, und dann die nächsten fünf bis sieben Stunden hinter mich bringen.

* * *

Er schickt mir um Viertel vor zehn eine Textnachricht. Noch wach?

Ja.

Kann ich vorbeischauen?

Ja, bitte. Ich hab auch noch deine Autoschlüssel.

Genau deshalb wollte ich kommen. Wegen der Autoschlüssel. Er fügt ein lachendes Emoji zu.

Soll ich dich abholen?

Nein, ich bin in einem Uber. Bin gleich da. Kann's kaum erwarten.

Ich springe aus dem Bett und laufe ins Bad, um mir die Zähne zu putzen und das Haar zu bürsten. Ich trage einen Morgenmantel über einem langen T-Shirt und denke darüber nach, mir etwas Sexyeres anzuziehen.

Stopp. Hör einfach auf. Atmen. Entspann dich.

Leichter gesagt als getan. Ich habe keinen Zweifel, dass wir dort weitermachen werden, wo wir heute Morgen im Auto aufgehört haben, wenn er erst mal hier ist – und wir werden es vermutlich nicht bei Küssen belassen. Ich bin bereit für mehr. Ich *will* mehr.

Ich hoffe nur, ich kann das durchziehen. Ich fühle mich wohl, weil ich mir sicher bin, dass Jason mir die Führung überlassen wird, dass er nicht mehr verlangen wird, als ich geben kann. Ich bin bereit, weil er es ist. Weil ich ihm vertraue. Und weil ich ihn will. Letztlich ist es wirklich so einfach.

Als er an meine Tür klopft, schlägt mein Herz schon fast bedrohlich schnell, und mir ist schwindelig, weil ich nicht richtig atme. Glücklicherweise ist er ja ein erfahrener Arzt, denn wenn das mit meinem Herzen so weitergeht, brauche ich vermutlich bald einen.

Als ich ihm öffne, füllt er fast die gesamte Tür aus. Wieder einmal stützt er sich über seinem Kopf gegen den Türrahmen, die Hemdsärmel sind hochgerollt und enthüllen muskulöse Unterarme. Unter dem ungezügelten Begehren in seinen Augen werden mir die Knie weich. Für lange Zeit starren wir einander einfach nur an.

»Willst du mich nicht hereinbitten, Süße?«

Seine Frage holt mich aus der Trance, in die ich bei seinem Anblick versunken bin. »Oh … Äh, ja. Natürlich. Komm rein.« Die Tür fällt hinter ihm zu, und ich frage: »Wie ist es …«

Bevor ich ausgesprochen habe, schlingt er die Arme um mich, zieht mich eng an sich und küsst mich.

Stunden der Erwartung und des Verlangens kommen zusammen, in dem leidenschaftlichsten Kuss überhaupt. Wir sind ganz wild aufeinander. Seine Lippen und seine Zunge erobern mich mit einer Wildheit, bei der ich mich an ihn pressen muss, um überhaupt auf den Beinen zu bleiben. Er drückt mich mit dem Rücken gegen die Wand im Eingangsbereich, senkt den Kopf und legt eine Hand an meine Wange. Seine Finger gleiten sanft über meine empfindsame Haut, während seine Lippen und seine Zunge ihre sinnliche Folter fortsetzen.

Es ist unerträglich und gleichzeitig unausweichlich. Bis er mich mit solcher Zärtlichkeit liebkost hat, war mir gar nicht klar, wie sehr ich es vermisst hatte, auf diese Art berührt zu werden.

»Sag mir, dass ich aufhören soll, Carmen«, flüstert er mir mit rauer Stimme ins Ohr, und neues Chaos bricht in mir aus.

Tonys und meine körperliche Beziehung hat sich langsam entwickelt, da wir von Kindern zu Erwachsenen wurden und zusammen mehr über Liebe und Verlangen gelernt haben. Das hier ist etwas ganz anderes. Ich kann Jason gar nicht nahe genug sein. Ich bin wie betrunken davon, wie ich mich bei ihm fühle – lebendig, wie ich es seit Jahren nicht gekannt habe, auf eine Weise, von der ich gedacht habe, dass ich es vielleicht nie wieder sein würde.

Ich kann mich nicht einmal schuldig fühlen, weil ich so für jemand anderen als meinen verstorbenen Ehemann empfinde. Mein Verlangen nach Jason ist so allumfassend, dass es alles andere verdrängt, selbst Tony. Vor einer Woche hätte ich das nicht für möglich gehalten. Jetzt weiß ich es besser.

Er wendet sich meinem Hals zu, und ich versuche ihm noch näher zu kommen, presse mich an ihn.

Auch wenn mein Gehirn schon lange nicht mehr richtig funktioniert, will ich immer noch wissen, wie die OP gelaufen ist. »Zurück zu dem Jungen«, schaffe ich herauszubringen, während er meinen Hals küsst. »Geht es ihm gut?«

»Wenn du daran glaubst, dass Dinge aus einem bestimmten Grund passieren, habe ich eine Wahnsinnsstory für dich.«

Ich kralle meine Hände in sein Hemd, damit er ganz dicht bei mir bleibt, während er mir alles erzählt.

»Die Mutter hat die Einverständniserklärung unterschrieben, richtig?«

»Hat sie.«

»Dann darf ich dir sagen, dass der Junge einen Tumor hatte.«

Ich keuche auf und sehe ihn an. »O mein Gott.«

Er küsst weiter meinen Hals und treibt mich fast in den Wahnsinn. »Er hatte ein Medulloblastom, einen Tumor in der hinteren Schädelgrube, der bösartigste Gehirntumor, den ein Kind haben kann. Er kommt ausschließlich im Kleinhirn vor. Der bei Mateo war ein T2, mit einem Durchmesser von über drei Zentimetern, doch Gott sei Dank ohne Hinweis auf subarachnoidale oder hämatogene Metastasierung, was ein echter Lichtblick ist.«

Mir läuft ein Schauer über die Haut, genauso sehr von dem, was er an meinem Hals tut, wie davon, ihm zuzuhören und mir bewusst zu werden, wie unglaublich klug und talentiert er ist. Das wirkt genauso anziehend auf mich wie sein attraktives Gesicht, sein warmes Lächeln und sein sexy Körper. »Ich habe keine Ahnung, was du gerade gesagt hast, aber es hört sich ernst an.«

»Das ist genau der Tumor, den mein Team und ich in den letzten drei Jahren erforscht haben.«

Ich löse mich kurz von ihm, um ihm ins Gesicht zu sehen. »Ernsthaft?«

Er nickt. »Das klingt jetzt furchtbar, doch es gibt im ganzen Land niemanden, der besser dafür geeignet wäre, diesen bestimmten Tumor zu operieren, als ich. Wie stehen die Chancen, dass ich in der Klinik deiner Cousine in Little Havana auf ein Kind stoße, das ganz genau das braucht, was allein ich zu bieten habe?«

Ich bin erschüttert. »Das ist unglaublich. Wird er wieder gesund?«

»Ich hoffe es, allerdings hat er noch einen langen Weg vor sich. Wir haben fast den gesamten Tumor entfernen können. Mit Chemotherapie und Bestrahlung hat er eine sehr gute Chance, gesund zu werden, auch wenn er mit Einschränkungen wird leben müssen, wegen der Lage des Tumors genauso wie wegen der Behandlung.«

»Was ist mit dem Krankenhaus und deiner Zulassung?«

»Als ich den Chefarzt der Chirurgie darüber informiert habe, was genau los war, hat er Mr Augustino überzeugt, mich vorübergehend zuzulassen, damit ich die OP durchführen konnte. Er hat ihm gesagt, dass es niemanden in der Belegschaft gibt, der besser dafür qualifiziert wäre, diesen speziellen Fall zu behandeln. Weil ich schon mal für eine ähnliche OP zum Miami-Dade geflogen worden bin, hat Mr Augustino grünes Licht gegeben.«

»Ich bin so froh, dass er es erlaubt hat. Was ist mit den Kosten? Sofia macht sich riesige Sorgen deswegen.«

»Daran arbeiten wir noch. Sie wird nichts bezahlen müssen.«

Ich streiche ihm das Haar aus der Stirn und lasse dabei die seidigen Strähnen durch meine Finger gleiten. »Wenn du darüber nachdenkst … Vielleicht ist das in New York alles passiert, damit du heute hier sein konntest, um einem kleinen Jungen das Leben zu retten.«

»Oder«, sagt er, reibt seine Nase an meinem Hals und beißt mir zärtlich ins Ohrläppchen, »es musste passieren, damit ich dich finden konnte.«

»Da werden mir die Knie weich.«

»Das wollen wir auf keinen Fall.« Er schlingt seine Arme fester um meine Taille und hebt mich auf seine Arme.

Ich halte mich an ihm fest, während er mich zum Sofa trägt, auf dem er mich sanft absetzt und sich dann neben mir ausstreckt. Er legt einen Arm um mich, und ich lasse mein Bein zwischen seine gleiten. Wir kommen mühelos zusammen, als wäre dies ein Tanz, den wir schon viele Male getanzt haben. Es fühlt sich richtig an, hier mit ihm zusammen zu sein, ihn zu berühren und zu küssen, selbst wenn so vieles noch ungeklärt ist.

»Was denkst du gerade?«, frage ich ihn, weil ich seinen geistesabwesenden Ausdruck bemerke.

»Ganz viele Dinge, aber vor allem, dass ich möchte, dass es dir gut geht mit dem, was zwischen uns passiert.«

Ich presse mich fester an ihn. »Es geht mir *sehr* gut.«

Er stöhnt und birgt sein Gesicht in meinem Haar, scheint mich einatmen zu wollen. »Du weißt, was ich meine, Carmen.«

»Ja, und weil du dich wegen der Tatsache sorgst, dass das das erste Mal ist, dass ich irgendetwas in der Richtung tue, seit mein Ehemann gestorben ist, geht es mir besser, als es mir mit irgendeinem anderen gehen würde.«

»Ich möchte dich mir lieber nicht mit irgendjemand anderem vorstellen, wenn ich ehrlich sein soll.«

Es gefällt mir, dass er so besitzergreifend ist – mehr, als es das vermutlich sollte. »Ach wirklich?«

»Ja.«

»Desiree Rivera hat mir ihre Visitenkarte dagelassen und mich gebeten, sie dir auszuhändigen.«

»Ach wirklich?«

»Mhm. Ich habe sie zerrissen.«

Lachend streicht er mir mit der Hand über den Rücken, während er mich mit Augen betrachtet, die *mich* sehen, Carmen, nicht die traurige junge Frau, die viel zu früh Witwe geworden ist. Das ist es, was alle anderen in meinem Umfeld wahrnehmen, wenn sie mich anschauen.

Ich ziehe ihn für einen neuen Kuss an mich, benutze meine Lippen, meine Zunge und meine Hände, um ihn wissen zu lassen, was genau ich will. Ich möchte nicht, dass er irgendwelche Zweifel hat, dass ich genau da bin, wo ich sein will.

Aus einem Kuss wird ein weiterer und dann ein dritter. Wir zerren an unserer Kleidung, während das Verlangen in uns wächst. Mein Morgenmantel wird aufgebunden und abgestreift. Jason streift mir das T-Shirt über den Kopf, und ich nestle an seinem Hemd, versuche es zu öffnen, ohne die Knöpfe abzureißen. Das Gefühl meines nackten Busens an seiner Brust raubt mir den Atem.

Ich hatte vergessen, wie es ist, von Verlangen überwältigt zu werden. Ich hatte vergessen, wie es ist, von einem Mann berührt zu werden, der mich so will, wie Jason das tut. Dieser Teil von mir ist seit Jahren eingesperrt gewesen. Jason weckt meine Sinnlichkeit mit einem Kuss und einer Liebkosung. Er umfasst meine Brüste und streicht mit seinen Daumen über die aufgerichteten Spitzen.

»Du bist so wunderschön, süße Carmen. Das habe ich schon ganz am Anfang gedacht, als du so zugeknöpft und anständig in deinem Kostüm auf mich gewartet hast.«

Ich wölbe mich ihm entgegen, will mehr von dem, was er mit meinem Busen tut. »Ich war weder zugeknöpft noch anständig.«

»Du warst beides und noch so viel mehr. Ich war dir sofort verfallen und wollte alles über dich wissen.«

»Ich dachte, du wärst mit Betty zusammen.«

Er schüttelt den Kopf, bevor er ihn senkt, um eine Brustspitze zwischen die Lippen zu nehmen. »Ich war nie mit ihr zusammen.«

Ich kralle meine Hand in sein Haar, damit er dableibt, auch wenn er nichts anderes vorhat. Die Gefühle sind so intensiv, dass mein Herz schmerzt, weil er in der Vergangenheit so viel ertragen musste. Nicht dass ich darüber nachdenken möchte, während jede Faser meines Körpers auf das konzentriert ist, was er mit meinen Brustspitzen anstellt. Er küsst einen Pfad über meinen Bauch, kitzelt mit seiner Zunge meinen Bauchnabel, entlockt mir einen Schrei vor unerfülltem Verlangen.

»So sexy«, flüstert er, sein Atem ist warm auf meiner Haut, sodass mich ein Schauer überläuft.

Gar nicht mal so lange nach Tonys Tod habe ich versucht, mir auszumalen, wie es wohl wäre, auf diese Art mit jemandem zusammen zu sein, und ich konnte nie weit genug über den Schmerz hinaussehen, um zu glauben, dass es irgendwann wirklich passieren würde. Ich dachte, dass es merkwürdig sein würde, dass ich weinen würde, dass ich es hinterher bereuen würde. Aber es ist nichts Merkwürdiges dabei, mit Jason zusammen zu sein, und ich weiß jetzt schon, dass ich es nicht bereuen werde. Ob es Tränen geben wird oder nicht, wird man abwarten müssen.

Jasons goldfarbene Augen verdunkeln sich vor Verlangen, als er das weiße Unterhöschen sieht, das ich mit Absicht unter dem T-Shirt getragen habe. »So unglaublich sexy«, erklärt er mit einem leisen Knurren. Er berührt mich durch die Unterhose hindurch und streichelt mich, sodass ich mich winde. »Ich wusste, dass du in weißer Baumwolle unglaublich sexy sein würdest.«

Ich lache heiser, während sich mir der Höhepunkt weiter gerade so entzieht.

»Ganz ruhig, Süße. Mach dir keine Sorgen. Ich lass dich nicht hängen.«

Als das Höschen meine Beine hinuntergleitet, schließe ich die Augen und versuche mich innerlich für das zu wappnen, was gleich passieren wird. Doch nichts könnte mich auf das Streichen seiner Lippen über die Innenseite meines Oberschenkels oder den Druck seiner Finger auf meiner unglaublich empfindlichen Haut vorbereiten. Er hat mich kaum berührt, und ich stehe kurz davor, zu explodieren.

Seine Lippen setzen ihre Reise mein Bein hoch fort, und ich halte in gespannter Vorfreude den Atem an. Er drapiert mich so, dass meine Beine gespreizt sind, und ich bin dankbar, dass ich mir vorhin die Zeit genommen habe, sie mir zu rasieren. Als er mich mit seiner Zunge verwöhnt, bin ich überwältigt von den Empfindungen, die mich fast den Verstand kosten. Seine Finger sind tief in mir, während seine Zunge über meine empfindsamste Stelle streicht.

O Gott, ich kriege kaum Luft, und dann saugt er an mir. Ich schreie auf, als mich ein explosiver Orgasmus erfasst. Ich bin kaum wieder bei mir, als er erneut von vorn anfängt, mich so schnell zum nächsten Höhepunkt treibt, dass ich kaum weiß, wie mir geschieht. Mein Körper bebt, scheint nur noch aus Nervenenden zu bestehen, die alle auf ihn allein konzentriert sind.

Ich höre das Knistern der Kondomverpackung, eine Sekunde bevor er sich auf mich legt, mich mit Lippen küsst, die nach mir schmecken, und dabei ein kleines Stück in mich eindringt. Der Blick seiner sexy goldenen Augen hält mich gefangen.

»Gott, Carmen«, stöhnt er und atmet langsam aus. »Nichts war je so gut. Niemals.« Er reibt mit seinen Lippen über meinen Hals, während er sich weiter in mich schiebt. »Sprich mit mir. Sag mir, wie du dich fühlst.«

»Ich fühle mich … ausgefüllt.«

Er lacht leise, während er eine Spur von Küssen über mein Schlüsselbein zieht. »Tut es weh?«

»Nein.« Ich hebe die Beine und schlinge sie ihm um die Hüften, wodurch er noch tiefer in mich gleitet. »Es ist einfach wundervoll.«

Bei seinem leisen Stöhnen erschauere ich. Er umfasst meinen Hintern und hebt mein Becken leicht an, und ich klammere mich an ihn, muss mich an ihm festhalten, um diese unglaublich perfekten Empfindungen so lange wie möglich auszukosten.

Er schlingt die Arme fester um mich und beschleunigt das Tempo. »Carmen.« Das Gesicht, das mir so lieb geworden ist, ist vor Anspannung verzerrt. Hitze lodert in seinem Blick, während er mich betrachtet, und seine Lippen sind von unseren Küssen geschwollen.

Ich umschließe ihn mit meinen inneren Muskeln, und er stöhnt, bevor er sich tief in mich vergräbt und kommt.

»Ach du Scheiße«, keucht er. »Du hast mich fertiggemacht, bevor ich die Chance hatte, mich um dich zu kümmern.«

»Du hast dich vorher um mich gekümmert.«

»Trotzdem … Ich möchte nicht, dass du leer ausgehst.«

»Vertrau mir. Nichts könnte weiter von der Wahrheit entfernt sein.«

Er küsst mich auf die Wange und auf die Nasenspitze, bevor er meine Lippen mit einem weiteren zärtlichen, sexy Kuss erobert. »Wie fühlst du dich?«

»Erledigt. Überwältigt. Glücklich. Erleichtert.«

Seine linke Augenbraue hebt sich etwas. »Du bist erleichtert?«

»Ich habe nicht geweint.«

»Hattest du das erwartet?«

»Ich war mir nicht sicher, was ich erwarten sollte.«

Er streicht mir eine Strähne meines Haars aus dem Gesicht und steckt sie mir hinters Ohr. »Danke, dass du mich ausgesucht hast, um diesen großen Schritt zu wagen. Ich bin geehrt, dass ich der Erste bin.«

Tränen steigen mir in die Augen, aber es sind keine Tränen der Trauer. Es sind »Das Leben geht weiter«-Tränen, und ja, die gibt es. »Ich bin froh, dass ich auf dich gewartet habe.«

»Ich auch.«

Der Gedanke, dass er vielleicht wieder gehen könnte, wenn der Vorstand ihm nicht die Zulassung erteilt, zieht mich runter.

Er fährt den Umriss meiner Lippen mit der Fingerspitze nach. »Warum runzelst du die Stirn?«

»Hab ich das?«

Er nickt und küsst mich wieder, bis ich erneut lächle. »Was denkst du gerade?«

»Dass wir irgendetwas anfangen, ohne zu wissen, wo du nächsten Monat sein wirst.«

»Und das bereitet dir Sorgen.«

»Ja, schon. Ich habe normalerweise keinen Sex mit irgendwelchen dahergelaufenen Leuten.«

Er funkelt mich gespielt streng an. »Das will ich ja wohl hoffen.«

»Ich glaube, was ich zu sagen versuche, ist das: Was wir getan haben, die Zeit, die wir miteinander verbringen und in der wir uns besser kennenlernen ... Das alles ist mir wichtig.«

»Mir geht es genauso. Wie schon erwähnt: Ich war vom ersten Moment an, als ich dich vor dem Krankenhaus auf mich warten gesehen habe, hin und weg von dir. Und als ich dich dann aus dem Gefängnis holen musste ...«

Ich gebe ihm einen Klaps auf den Rücken. »Stopp! O mein Gott! Das kann doch nicht Teil unserer Geschichte sein.«

»Zu spät. Es ist bereits einer der besten Teile unserer Geschichte. Ich werde niemals vergessen, wie süß du in dieser Zelle ausgesehen hast, während du versucht hast, nicht komplett durchzudrehen.«

»Ich bin die ganze Zeit komplett durchgedreht! Von der Sekunde an, in der der Cop mich angehalten hat.«

Er lacht, und ich bin sofort von neuem Verlangen erfüllt. Ich will ihn schon wieder. »Die niedlichste Gefängnisinsassin, die mir je untergekommen ist.«

Ich halte mir die Ohren zu. »Lalalala. Ich kann dich nicht hören, und wenn du je meinen Großmüttern oder meinen Eltern erzählst, dass ich im Gefängnis war, werde ich nie wieder ein Wort mit dir reden.«

»Oh, ich liebe Klatsch und Erpressung. Ich vermute, du wirst mich weiter küssen müssen, und zwar häufig, um dir mein Schweigen zu erkaufen.«

»Das würdest du nicht wagen!«

Er zeigt auf seine Lippen. »Willst du das wirklich riskieren?«

Ich funkele ihn wütend an und verschließe ihm den Mund mit meinem.

Ich spüre, wie er vor Lachen bebt, während er einen Arm um mich legt, um mich fester an sich zu ziehen. »Ja«, sagt er, seine Worte gedämpft, »genau so, nur süßer.« Er macht weiter, bis ich mich dem Spiel seiner Lippen und seiner Zunge ergebe, verloren in dem Verlangen, das mich erneut überwältigt.

Ich kann nicht genug von ihm bekommen oder von der Art, wie ich mich fühle, wenn ich mit ihm zusammen bin. Ich habe die Euphorie vergessen, die man verspürt, wenn man jemandem so nahe ist. Er löst sich gerade lange genug von mir, um sich ein neues Kondom überzustreifen, bevor er wieder in mich gleitet. Während er mich erneut liebt, gebe ich mich der Erfahrung komplett hin, und dem welterschütternden Orgasmus, der uns beide zur selben Zeit erfasst.

»Du hast mein Schweigen für die nächste Stunde erkauft.« Über diese Worte, die er an meinem Hals flüstert, muss ich lachen, streiche ihm dabei mit den Fingern durchs Haar.

Ich schwebe langsam zurück in die Realität. Mein Herz und mein Verstand weigern sich, irgendetwas wahrzunehmen, was mich aus diesem perfekten Moment, dem ersten, den ich erlebe, seit ich Tony verloren habe, herausholen könnte. Ich werfe einen Blick auf die Uhr. Es ist fünf vor elf.

»Die Nachrichten. Wir müssen den Fernseher einschalten. Gleich kommt dein Interview.«

Er stöhnt. »Ich will das nicht sehen.«

Ich gebe ihm einen leichten Stoß gegen die Schulter. »Natürlich gucken wir uns das an.«

»Na ja, gut.« Er löst sich von mir und setzt sich auf mein Sofa, offensichtlich überhaupt nicht verlegen wegen seiner Nacktheit, während ich mich plötzlich schüchtern fühle und mein T-Shirt vom Boden aufhebe und es überstreife. Ich schalte auf NBC 6 und laufe ins Bad, um mich frisch zu machen.

Mein Haar ist ein wildes Lockengewirr, meine Wimperntusche ist unter meinen Augen verschmiert, und meine Lippen sind rot und geschwollen von unseren Küssen. Ich sehe aus, als wäre ich gründlich geliebt worden, und ich beschließe, dass es mir gut steht. Ich wische mir das Make-up ab, bändige mein Haar und stecke es hoch, bevor ich zurück ins Wohnzimmer gehe.

Und ich hoffe, dass dieses Interview alles nicht nur schlimmer macht.

KAPITEL 17

Carmen

Während ich fort war, hat er sich Boxershorts übergezogen. Er steht auf, um mich zu küssen, bevor er ebenfalls in Richtung Badezimmer verschwindet.

»Jason, beeil dich. Sie haben gerade gesagt, dass gleich nach der Werbepause der Bericht über Miamis neuesten Neurochirurgen kommt.«

Als er zurückkehrt, bemerke ich die erneute Anspannung in seinen Schultern und seinem Gesicht. Er setzt sich neben mich, achtet jedoch auf einen gewissen Abstand zwischen uns, als wappne er sich für das, was auch immer er gleich sehen und hören wird.

Ich lege ihm eine Hand auf den Rücken, wünschte, ich könnte mehr tun, um ihn zu beruhigen.

Er bedenkt mich mit einem kleinen Lächeln, schaut aber gleich wieder zum Fernseher.

»Unsere Reporterin Desiree Rivera hat heute Dr. Jason Northrup getroffen, Miamis neusten Kinderneurochirurgen, und dabei hat sie erfahren, dass er sich schon direkt nach seiner Ankunft in der Stadt nützlich macht. Desiree?«

»Danke, Jim. Und da hast du recht. Ich habe Dr. Northrup in der Sozialklinik der Barmherzigen Jungfrau in Little Havana besucht, wo er den ganzen Tag lang seine Zeit und sein Wissen zur Verfügung gestellt und kostenlos Patienten behandelt hat. Allerdings hat dieser Tag in der Klinik eine unerwartete Wendung genommen, als Sofia Diaz mit ihrem Sohn Mateo dorthin gekommen ist, damit der Arzt ihn sich ansieht.«

Auf dem Monitor erscheinen die Aufnahmen, die Desiree und ihr Team in der Klinik gemacht haben, die Jason mit Patienten zeigen und auch die Schlange vor der Tür. Dann geht es weiter zum Miami-Dade und zu einem Interview mit Sofia Diaz, die, immer wieder von Schluchzern unterbrochen, von der Operation berichtet, die Jason an ihrem Sohn vorgenommen hat.

»Er ist sehr krank gewesen.« Sofia betupft sich die Augen mit einem Taschentuch, während sie in stockendem Englisch weitererzählt. »Ich hatte gehofft, der Doktor würde mir sagen, dass mein Sohn ein Virus hat, aber Dr. Northrup hat nur einen Blick auf meinen Mateo geworfen und sofort einen Krankenwagen rufen lassen, damit er ins Miami-Dade gebracht wird. Dort haben sie ein MRT gemacht und festgestellt, dass er einen gefährlichen Hirntumor hat. Dr. Northrup hat ihn operiert und ...« Ihre Stimme bricht. »Er hat ihm das Leben gerettet«, fügt sie leise hinzu.

Das nächste Bild ist eins von Mateo in einem riesigen Krankenhausbett. Er wirkt so winzig und schutzlos.

Jetzt ist wieder Desiree an der Reihe. »Ms Diaz und ihr Sohn haben sich heute zur richtigen Zeit am richtigen Ort befunden, und der kleine Mateo verbringt die Nacht nach der erfolgreichen Operation im Krankenhaus. Dr. Northrup hat Ms Diaz erklärt, dass die Chancen ihres Sohnes auf eine vollständige Genesung bei entsprechender Nachbehandlung gut stehen. Zweifellos ist für diesen günstigen Ausblick verantwortlich, dass heute mit Dr. Northrup zufällig ein anerkannter Experte für ausgerechnet diese spezielle Art eines Hirntumors bei Kindern in der Klinik war. Die Bürger von Miami haben wirklich Glück, dass er jetzt hier lebt. Desiree Rivera aus dem Miami-Dade für die NBC-6-Nachrichten.«

»Was für eine unglaubliche Geschichte, Desiree. Danke für den Bericht.«

»Wow.« Ich schaue zu Jason, der so verblüfft wirkt, wie ich mich fühle. »Sie hat New York mit keinem Wort erwähnt! Besser hätte es gar nicht laufen können, Jason.« Ich zücke mein Handy. »Den Link zu diesem Bericht muss ich über deinen Instagram-Account teilen.« Ich brauche ein paar Minuten, um die kurze Reportage auf der Website des Senders zu finden, und verlinke sie dann über Jasons Konto. Ich versehe alles großzügig mit jeder Menge Hashtags, darunter #miami, #neuerarzt, #kinderneurochirurg und #lebensretter.

»Woher weiß Desiree, dass wir ihn ins Krankenhaus gebracht haben?«

Ich kann nicht sagen, ob er das gut findet oder ob er sauer ist. »Äh, es könnte sein, dass ich ihr geschrieben habe, dass du bei einem der Patienten einen Notfall erkannt hast und ihn zum Miami-Dade hast fahren lassen. Ich hoffe, das war okay.«

»Ja, natürlich. Die Mutter hat ja die Einverständniserklärung unterzeichnet, also alles in Ordnung. Und das war sehr geistesgegenwärtig. Diese Geschichte …«

»So schlimm das selbstverständlich ist, ganz nüchtern betrachtet war es genau das, was wir gebraucht haben.«

Er legt einen Arm um mich und zieht mich an sich. »Ich werde dir nie genug danken können. Du hast innerhalb weniger Tage ein Wunder bewirkt.«

»Du hast dein eigenes Wunder bewirkt mit dem, was du heute für dieses Kind getan hast.«

»Das bist alles du. Ohne dich würde ich in irgendeinem Hotelzimmer sitzen und Däumchen drehen, vielleicht über mein Unglück grübeln, während Leute, die ich nie getroffen habe, darüber beraten, ob meine Karriere weitergehen darf. Aber du ... Sieh dir nur an, was du geschafft hast, Carmen.«

Ich sonne mich in seinem Lob. Dass ein so ausgezeichneter Arzt so viel von mir und meiner Arbeit hält, ist einfach wunderbar. »Das haben wir gemeinsam geschafft.«

Er drückt meine Schulter. »Ja, haben wir, und wir werden es wieder tun.«

Ich werfe ihm meinen besten sinnlichen Blick zu. »Reden wir immer noch darüber, deinen Ruf zu retten?«

Er streichelt zärtlich meinen Arm, und ich spüre die Berührung in jeder Faser meines Körpers. »Unter anderem.«

Ich bin verrückt nach ihm. Ich habe jegliche Perspektive verloren, wenn es um ihn geht. Was mit Tony in Jahren entstanden ist, hat sich mit Jason binnen weniger Tage entwickelt. Zugegeben, ich bin fünfzehn Jahre älter als damals, als ich Tony kennengelernt habe. Damals war ich ja praktisch noch ein Kind. Unsere Beziehung hat als Freundschaft begonnen und wurde so viel mehr, als wir älter wurden und uns bewusster wurde, was alles sein könnte.

Das hier mit Jason ist viel unmittelbarer und intensiver. Je mehr Zeit ich mit ihm verbringe, desto mehr Zeit möchte ich mit ihm haben. Ich lehne meinen Kopf an seine Brust, während der Fernsehmeteorologe einen weiteren brütend heißen Tag ankündigt.

»Ich sollte gehen, damit du dich ausruhen kannst«, erklärt er nach längerem Schweigen.

Ich möchte ihn bei mir behalten, scheine aber die Worte nicht über die Lippen zu bringen. »Du ... Das musst du nicht. Gehen, meine ich. Wenn du nicht willst.« Ich winde mich innerlich, weil das so dumm klingt.

»Ich möchte nirgendwo anders sein als bei dir, allerdings nur, wenn du das auch willst.«

Ich hebe meinen Kopf von seiner Brust und schaue ihm in die Augen. »Unbedingt. Bitte bleib.«

Er lächelt und beugt sich vor, um mich zu küssen. »Leihst du mir deine Zahnbürste?«

»Viel besser: Ich habe eine neue für dich.«

»Siehst du? Das Schicksal will es so.«

Ich beginne langsam zu glauben, dass er da recht hat.

Jason

Mit Carmen im Bett zu sein fühlt sich irgendwie unwirklich an und aufregend, so aufregend, dass Schlafen das Letzte ist, was ich tun möchte, solange sie warm und anschmiegsam in meinen Armen liegt. Ich atme den frischen, sauberen Duft ihrer Haare ein und reibe mit den Lippen über ihre weiche Haut. Ihre Haut ist einfach unglaublich, wie Samt und Seide. Meine Hand schlüpft unter ihr T-Shirt und legt sich um eine Brust, die perfekt hineinpasst. Wir haben uns zweimal geliebt, und ich will mehr. Ich bin süchtig nach ihr. Carmen hat Ginger komplett ausgelöscht, sodass nichts mehr von ihr oder dem Chaos, das ich in New York hinter mir gelassen habe, übrig ist.

Als ich ihre Brustspitze zwischen Daumen und Zeigefinger nehme, windet sie sich unruhig und drückt ihren Po gegen meine Erektion. Ich sollte erschöpft sein nach dem Tag, den ich hinter mir habe. Normalerweise schlafe ich nach einer so anstrengenden Operation wie der heute sofort ein, wenn mein Kopf das Kissen berührt, doch im Moment bin ich hellwach, aufgewühlt und unglaublich erregt.

Die Geschichte in den Nachrichten, die sie eingefädelt hat, war einfach perfekt – nicht zuletzt, weil es einzig um meine Fähigkeiten ging und der Skandal mit keinem Wort erwähnt wurde. Ich werde meiner Mutter morgen den Link schicken. Sie wird begeistert sein und erleichtert, dass sich jetzt alles in die richtige Richtung bewegt. Das verdanke ich allein Carmen, und ich vermute, ich muss meiner Mutter von ihr erzählen.

»Jason!«

»¿Sí, bebé?«

Sie wird ganz still in meinen Armen.

»Ich habe Spanisch geübt.«

»Wann denn? Du hattest ja kaum Zeit zum Durchatmen.«

»Zwischendrin. Vor allem habe ich nach besonderen Namen für dich gesucht. Was hältst du von ›bebé‹?«

»Welche Alternativen stehen denn außerdem zur Wahl?«

Ich spiele weiter mit ihrer Brustspitze, während ich mir die Wortliste in Erinnerung rufe, die ich auswendig gelernt habe, während ich darauf gewartet habe, dass Mateos Zustand so stabil wurde, dass ich ihn ruhigen Gewissens in den fähigen Händen des Pflegepersonals lassen konnte. Sie wissen, dass sie mich jederzeit rufen können, falls sich irgendetwas ändert.

»Da wäre beispielsweise ›corazón‹.« Mein Herz. »Bonita.« Hübsche. »Hermosa.« Wunderschöne. »Cariño.« Liebste.

Sie atmet scharf ein. »Das nicht.«

Das muss Tonys Bezeichnung für sie gewesen sein. Im Geiste streiche ich das von meiner Liste. »Querida.« Liebling. »Und mein persönlicher Favorit: rizo.«

Sie lacht, wie ich gehofft hatte. Rizo ist das Wort für »Locke«.

Ich wickle mir eine ihrer ungebärdigen Locken um den Zeigefinger. »Ich denke, das ist unser Sieger.« Für den Moment jedenfalls, denn es ist vermutlich noch zu früh für »mi amor«. Meine Geliebte. Aber ich bin mir ziemlich sicher, dass ich diese außergewöhnliche, mutige, kluge, einfallsreiche und widerstandsfähige Frau lieben könnte.

Sie ist eine faszinierende Mischung aus Unschuld und Erfahrung. Ich habe nie zuvor jemanden wie sie getroffen. Ganz bestimmt habe ich nie jemanden getroffen, den ich so sehr bewundere wie sie. Was sie in einem so jungen Alter überlebt hat, hätte jemand Geringeren gebrochen. Doch nicht *mi tesoro*, meinen Schatz. Sie hat sich nach dem tragischen und sinnlosen Tod ihres Mannes aus der Asche erhoben, hat ihren College-Abschluss gemacht und dann studiert, hat mit ihrem Geschick und Können so viel für mich erreicht.

Ich möchte etwas tun, um ihr zu beweisen, wie dankbar ich ihr bin. Egal, was in Bezug aufs Miami-Dade am Ende herauskommt, ich werde sie bei der ersten sich bietenden Gelegenheit für ein verlängertes Wochenende auf die Bahamas oder sonst wohin entführen, um ihr zu zeigen, wie viel es mir bedeutet, dass sie sich so für mich einsetzt.

In der einen Minute streichle ich ihre Brust und denke an die Bahamas, und in der nächsten – oder wenigstens scheint es mir so – klingelt der Wecker von Carmens Handy. Ich kann mich nicht erinnern, wann ich das letzte Mal so tief und erholsam geschlafen habe wie mit ihr in meinen Armen, eingehüllt in den verlockenden Duft ihrer Haare. Ihre Hand ist mit meiner verschränkt, und die Intimität dieser Geste berührt mich tief.

»Carmen.« Ich küsse sie auf die Schulter und arbeite mich von da zu ihrem Hals vor. »Wach auf, Dornröschen.«

»Noch nicht.«

»Ist meine *rizo* am Ende ein Morgenmuffel?«

»Geh weg.«

Ich lache und küsse sie weiter, bis sie stöhnt. »Ist das jeden Tag so bei dir oder bloß an Arbeitstagen?«

»Jeden Tag.«

»Gut zu wissen, aber wir müssen los. Ich will kurz ins Hotel und mich umziehen, bevor wir wieder zur Klinik fahren. Und ich vermute, du brauchst was von Juanitas Spezialtrunk, um deine morgendliche Verstimmtheit zu überwinden.«

Statt einer Antwort knurrt sie nur und kuschelt sich tiefer unter die Decke.

»O nein, so haben wir nicht gewettet. Schaff deinen süßen, sexy Hintern aus dem Bett.« Ich gebe ihr einen Klaps auf den Po, damit sie sich in Bewegung setzt.

Mit einem finsteren Blick dreht sie sich zu mir um. »Hast du morgens immer so widerlich gute Laune?«

»Wenn ich jetzt Ja sage, ist das ein Dealbreaker?«

»Möglicherweise.«

»Dann nein, ich hab morgens *nie* gute Laune. Vor neun bin ich ein echter Miesepeter. Besser?«

»Viel.«

»Und jetzt raus aus dem Bett, damit ich nicht zu spät zur Arbeit komme.«

Stöhnend wühlt sie sich aus dem Bett und schleppt sich ins Badezimmer, nimmt ihr Handy mit, um den Alarm auszustellen.

Als die Tür hinter ihr ins Schloss fällt, muss ich lachen. Ich liebe es, neue Seiten an ihr zu entdecken, die vor mir nur ihr Ehemann kannte. Und ich kann es kaum erwarten, *alle* Seiten an ihr zu entdecken – gute, schlechte und mürrische.

Carmen

Ich bin noch gar nicht wirklich wach, als mein Handy wegen einer Nachricht von Mama D vibriert, Tonys Mutter Josie. Wie ist der neue Job? Hoffe, er gefällt dir. Melde dich bei mir, wenn du Zeit hast – und lass uns Lunch zusammen essen. Ich komm zu dir!

Ihren Namen auf dem Display zu lesen weckt Schuldgefühle in mir angesichts dessen, was ich letzte Nacht mit Jason getan hab. Natürlich weiß ich, dass Tonys Familie mich bei allem unterstützen wird, aber sind sie schon bereit, mich mit jemand anders zu sehen? Und bin *ich* bereit dafür, dass sie mich mit jemand anderem sehen?

Ja, verdammt noch mal. Ich bin bereit, und ich will das hier mit Jason, selbst wenn er morgens unerschütterlich gut gelaunt ist. Ich dusche und trockne mir das Haar, lasse es lockig, weil er es so mag.

Ich finde es total süß, dass er mich *rizo* nennt, dass er sich die Zeit genommen hat, Kosenamen auf Spanisch zu lernen. Den Sex mit ihm fand ich auch toll und kann es gar nicht erwarten, das zu wiederholen. Ich schlüpfe in ein Kleid, das ich ausgesucht habe, weil ich darin professionell wirke und gleichzeitig nicht Gefahr laufe, bei der Arbeit zu zerfließen.

Ich will gerade das Badezimmer verlassen, als mir die Textnachricht meiner Schwiegermutter wieder einfällt. Ich lehne mich einen Moment gegen den Badezimmerschrank, während ich auf den Bildschirm starre und überlege, was ich antworten möchte. Der Job ist klasse, ich habe einen Sonderauftrag bekommen und muss diese Woche einem neuen Arzt helfen. Ich ruf dich nachher an.

Jason ist angezogen und fast aufbruchsbereit, als ich zurück ins Schlafzimmer komme. Beim Anblick seines gut geschnittenen, lächelnden Gesichts und dazu noch mit der Aussicht auf einen weiteren Tag mit ihm beginnt ein ganzer Schwarm Schmetterlinge in meinem Bauch zu flattern. Nachdem auch Jason im Bad war, stellt er sich vor mich und legt mir seine Hände auf die Hüften. »Ist es nun sicher, die schlafende Drachin zu küssen?«

»Ja, jetzt ist sie wach.« Ich spitze die Lippen, um das zu unterstreichen.

Immer noch lächelnd kommt er langsam näher, lässt die Vorfreude in mir wachsen, bis er seine Lippen leicht auf meine drückt und sich dann wieder löst, bevor ich eine Chance hatte, den Kuss zu genießen.

»Mehr.«

»Nicht jetzt.«

»Doch, jetzt.«

»Mürrisch und fordernd am Morgen. Ich lerne eine Menge über dich, und dabei ist es gerade mal acht.« Er küsst mich auf die Stirn, die Nasenspitze und ein weiteres Mal auf die Lippen, ganz flüchtig und damit viel zu flüchtig für meinen Geschmack. »Wenn ich anfange, dich wieder zu küssen, werde ich nicht mehr aufhören wollen, und wir müssen schließlich wohin.« Er lässt mich los und macht einen Schritt zurück.

Zufrieden nehme ich die Beule in seiner Hose zur Kenntnis.

»Hör auf, da hinzuschauen.«

»Ich will aber.«

»Egal, du musst dich zusammenreißen. Weißt du zufällig die Nummer vom Miami-Dade auswendig? Ich will mich nach Mateo erkundigen.«

»Klar.« Ich rassle sie runter.

Er wählt, verlangt die Intensivstation und wird mit dem Schwesternzimmer verbunden. »Hier ist Dr. Northrup, ich möchte mich nach Mateo Diaz erkundigen.«

Ich versuche, nicht zu lauschen, während er mit den Schwestern redet, doch ihn im Arztmodus zu erleben eröffnet mir einen weiteren faszinierenden Blick auf ihn. Während er komplizierte Fragen stellt und sich aufmerksam die Antworten anhört, wirkt er kompetent und besorgt um das Wohl seines Patienten. Nach fünf Minuten bedankt er sich bei der Krankenschwester und beendet das Telefonat.

»Wie geht es ihm?«

»Er macht sich großartig. Er hatte eine gute Nacht. Nachher fahre ich mal vorbei und sehe persönlich nach ihm.«

Ich schnappe mir meine Handtasche und begebe mich zur Tür, merke, dass er mir folgt, bin mir seiner Nähe überdeutlich bewusst, auch wenn wir nichts Aufregenderes tun, als zur Treppe zu gehen. Auf dem Weg nach unten reiche ich ihm mein Handy, damit er es hält, während ich in meiner Handtasche nach den Schlüsseln wühle.

»Da ist eine Textnachricht von Mama D.«

»Oh. Okay.« Ich finde den Schlüsselbund, nehme ihm das Handy ab und lese die Nachricht: Ich kann es gar nicht erwarten, alles zu erfahren. Ich muss ihr von Jason erzählen. Abuela hat ihn für Sonntag zum Brunch eingeladen, und Tonys Eltern kommen immer. Ich muss es ihnen vorher beibringen. Es ist kaum fassbar, was seit letztem Sonntag alles passiert ist.

»Alles in Ordnung?«, erkundigt sich Jason, als wir den Parkplatz erreichen.

»Mhm.« Bei dem Gedanken, mit Tonys Familie über meine neue Beziehung zu sprechen, ist mir nicht ganz wohl. Und ist das hier denn tatsächlich eine neue Beziehung oder nur eine Affäre? Ich bin mir nicht wirklich sicher, weshalb ich mich frage, ob ich die ganze Sache ihm gegenüber überhaupt erwähnen soll. Argh.

Er hält mir die Fahrertür meines Wagens auf und wartet, bis ich sitze, bevor er sie schließt. Nachdem er auf dem Beifahrersitz Platz genommen hat, dreht er sich zu mir um. »Verrat mir, was los ist.«

»Mama D ist Tonys Mutter.«

»Oh.« Er denkt einen Moment darüber nach. »Und du fühlst dich … du weißt schon … irgendwie schuldig?«

»Nein!« Ich seufze. »Vielleicht ein bisschen. Ich weiß nicht, was ich fühlen soll.«

Er greift nach meiner Hand und nimmt sie zwischen seine. »Ich vermute, du stehst ihnen nahe?«

»Sehr.«

»Und man kann davon ausgehen, dass sie dich lieb haben und das Beste für dich wollen?«

»Ja«, antworte ich leise. »Sie unterstützen mich unglaublich.«

»Also wäre es auch sicher, davon auszugehen, dass sie froh sind, wenn du glücklich bist, selbst wenn es weiter schmerzhaft für euch alle ist und vermutlich immer sein wird?«

Es freut mich, dass er versteht, dass wir Tonys Tod noch nicht endgültig verwunden haben und das vielleicht nie tun werden. Ich nicke als Antwort auf seine Frage. »Es ist schwierig.«

»Ich weiß, Süße. Na ja, nicht wirklich. Ich kann schließlich nicht wissen, wie es für euch war, ihn auf diese Art und Weise zu verlieren. Ich weiß nur, dass ich dich echt gernhabe. Es ist gut möglich, dass es sogar mehr als Gernhaben ist. Daher möchte ich auch Rücksicht darauf nehmen, wie schwierig es für dich ist, diesen Schritt zu tun. Und wie schwierig es für die ist, die dich lieben, dich mit jemand Neuem zu sehen.«

Mein Herz stolpert bei den Worten »mehr als Gernhaben«. Mein Blick findet seinen. »Es bedeutet mir sehr viel, dass du es verstehst.«

»Ich gebe mir wenigstens Mühe. Sagst du's mir, wenn ich es zu vermasseln drohe?«

»Natürlich.«

Wir lächeln uns an, was zu einem weiteren Kuss führt.

»Und wirst du ihr von mir erzählen?«

»Das möchte ich gern.«

»Aber?«

»Ich mache mir Sorgen, dass es zu früh dafür ist, irgendetwas zu irgendjemandem zu sagen. Wir wissen ja noch nicht einmal, wo du nächste Woche sein wirst, und ich möchte einfach nicht zu weit vorausgreifen.«

»Das ist gut nachvollziehbar, aber du solltest wissen … Egal, was sich mit dem Miami-Dade ergibt, ich möchte da sein, wo du auch bist.«

Das verblüfft mich. »Oh. Wirklich?«

»Ja, wirklich.« Er presst seine Lippen erneut auf meine, diesmal legt er mir außerdem die Hand in den Nacken, um mich an sich zu ziehen. Als er sich wieder von mir löst, ist mir leicht schwindlig, wie jedes Mal, wenn er mich so küsst. »Ich wünschte, ich müsste heute nirgendwohin, damit wir wieder zurück in dein Bett könnten und ich dir mehr von den vielen Arten und Weisen zeigen könnte, auf die ich dort sein möchte, wo auch immer du bist.« Mehr Küsse, mehr Schwindelgefühl.

»Dieses Wochenende … Können wir das bitte zusammen verbringen?«

Ich nicke, bevor er die Frage ganz ausgesprochen hat.

»Jede Minute?«

»Ja, jede Minute.«

»Danke, jetzt habe ich etwas, worauf ich mich freuen kann.«

Er sinkt zurück auf den Beifahrersitz, und irgendwie gelingt es mir, den Wagen zu starten. Nach einem kurzen Abstecher zu seinem Hotel, wo er duscht und sich umzieht, machen wir uns in Priscilla auf den Weg zu Juanitas *ventanita*. Er hat darauf bestanden, mich zu fahren, mit dem Verweis darauf, dass ich noch kein Koffein intus habe und es so daher sicherer für uns beide sei. Er hält sich für komisch, nachdem er herausgefunden hat, dass ich ein Morgenmuffel bin.

Als Juanita mich am zweiten Morgen hintereinander mit Jason sieht, hebt sie eine Braue. Auf Spanisch fragt sie, ob ich ihr irgendetwas erzählen will.

»Nein«, antworte ich. »Ich hab nichts zu berichten.«

Sie lacht und bezichtigt mich des Schwindelns. »Ich hab schließlich Augen im Kopf, *amiga*, und mit denen sehe ich etwas. Und bevor du es abstreitest, solltest du wissen, dass ich mich für dich freue. Niemand verdient es mehr.«

Jason steht neben mir, während ich mich ohne Rücksicht auf ihn in einer Sprache über ihn unterhalte, die er nicht gut versteht. Er zahlt für die zwei *cortaditos* und zwei Dutzend *pastelitos* für uns und die Klinikbelegschaft.

»Ich hab Sie gestern in den Nachrichten gesehen, Doc«, wendet sich Juanita an Jason. »Gott sei Dank waren Sie da, um dem kleinen Jungen zu helfen.«

»Ich bin echt dankbar, dass ich zur rechten Zeit am rechten Ort war.«

»Dafür sind wir alle dankbar.«

Zwanzig Minuten später treffen wir in der Klinik ein und stellen fest, dass die Schlange sogar noch länger ist als gestern.

»Heilige Scheiße«, entfährt es Jason.

»Du bist wirklich begehrt, Doc.«

»Das kann ich sehen.«

»Wenn es zu viel wird, kannst du immer noch einen Rückzieher machen. Niemand kann von dir verlangen, dass du deine Zeit unendlich zur Verfügung stellst.«

»Ich werde hierbleiben, bis jeder Einzelne von diesen Leuten behandelt ist.«

Kapitel 18

Carmen

Jason braucht drei Tage, um all die Patienten zu untersuchen, die zur Klinik kommen. Er behandelt alles, von Gicht über Hämorrhoiden und Asthma bis hin zu Diabetesproblemen und Krätze. Laut Jason hat er von beinahe allen gehört, die er je gekannt hat, seit der Bericht gesendet wurde, was er auch meinen Posts bei Instagram zuschreibt und der Tatsache, dass seine Mutter den Link auf Facebook geteilt hat.

Wir verfallen in eine Routine, die aus langen Tagen in der Sozialklinik besteht, gefolgt von täglichen Besuchen im Miami-Dade, bei denen er nach Mateo sieht und ich Mr Augustino kurz persönlich über unsere Fortschritte informiere.

»Die Berichterstattung bei NBC 6 war großartig«, stellt Mr Augustino am Freitagabend fest. »Mehrere Mitglieder des Vorstands haben mit mir darüber gesprochen. Machen Sie genau so weiter, Carmen. Es scheint den gewünschten Effekt zu haben.«

Jason freut sich, als ich ihm das erzähle, aber er wirkt besorgt, nachdem er bei Mateo war. Er ist in mein Büro gekommen, wo ich die Zeit damit totgeschlagen habe, meine E-Mails

247

durchzugehen und mich um die anderen Projekte zu kümmern, die meine Aufmerksamkeit erfordern. Außerdem ist da noch ein Stapel mit Unterlagen, die mir meine Vorgängerin dagelassen hat und die ich lesen muss. Dabei fällt mir ein, dass ich immer noch nicht Tonys Mutter angerufen hab, und allmählich läuft mir die Zeit davon. Der Sonntagsbrunch rückt unaufhaltsam näher.

»Was ist los?«, frage ich Jason, als ich seine Miene bemerke.

»Mateo hat eine Infektion. Wir arbeiten daran, doch es gibt Anlass zur Sorge.«

»Musst du hierbleiben?«

»Nein, sie wissen Bescheid, dass sie mich anrufen sollen, falls sein Zustand sich verschlechtert. Wir können nur abwarten und hoffen, dass die Antibiotika wirken.«

»Gibt es diese Komplikation häufiger?«

»Es passiert.« Er gibt mir zu verstehen, dass ich meine Sachen zusammenpacken soll, und lässt mir auf dem Weg zum Aufzug den Vortritt. Auf dem Parkplatz nimmt er meine Hand, wie er das bei jeder sich bietenden Gelegenheit tut. »Können wir auf dem Weg zu deiner Wohnung bei meinem Hotel vorbeischauen? Ich möchte mir ein paar Klamotten holen und Laufschuhe. Ich muss irgendwann mal wieder laufen gehen.«

»Ich wusste gar nicht, dass du gerne läufst.«

»Wann immer es sich irgendwie einrichten lässt. Das ist leider nicht mehr so oft der Fall wie früher. Andererseits hilft mir Sport bei der Stressbewältigung.«

»Tony war dauernd im Fitnessstudio und hat die ganze Zeit versucht, mich dazu zu überreden, mitzukommen, auch wenn ich darin immer grottenschlecht war. Er hat sich zwar Mühe gegeben, mich nicht auszulachen, war dabei allerdings nicht sonderlich erfolgreich.«

Jason grinst, als er mir die Tür zu seinem Wagen aufhält. Ich hab ihm erklärt, dass er das nicht jedes Mal tun müsse, aber er beharrt darauf. »Jetzt möchte ich dringend mal mit dir ins Fitnessstudio, um die Lachnummer selbst zu sehen.«

»Vergiss es, das wird nicht geschehen.«

Als er ebenfalls im Auto sitzt, drehe ich mich zu ihm um, sodass ich ihn anschauen kann. »Ist es okay für dich, dass ich Tony und unsere Beziehung dir gegenüber erwähne?«

»Natürlich. Er ist schließlich ein Teil von dir und deinem Leben, und ich möchte alles von dir und deinem Leben.«

»Nachdem es passiert war, bin ich einer Onlinegruppe für Witwen beigetreten. Ich war mit Abstand die Jüngste dort, doch die anderen haben mir sehr geholfen. Sie haben mich gelehrt, dass Trauer eine Form von Liebe ist, die allerdings kein Ziel mehr hat. Sie haben mir geholfen, zu akzeptieren, dass ich nie aufhören werde, Tony zu lieben, selbst wenn ich jemand Neues kennen und lieben lerne, und es ist auch völlig in Ordnung, wenn das so ist.«

»Ich bin sehr froh, dass du diese Form von Unterstützung und Hilfe bekommen hast, als du sie gebraucht hast.«

»Sie haben auch gesagt, wenn mein zweites Kapitel beginnt – was ihre Bezeichnung für die erste wichtige Beziehung nach dem Verlust des Ehepartners ist –, würde ich wissen, ob es der Richtige für mich ist, wenn er versteht, dass ich Tony immer lieben werde, und sich dadurch nicht bedroht fühlt.«

»Zählt das hier, das mit mir, als dein zweites Kapitel?«

»Das ist gut möglich.« Nach mehreren Nächten mit ihm bin ich völlig süchtig nach ihm und danach, wie ich mich bei ihm fühle.

»Ich verspreche, dass ich mich von der Liebe, die du für Tony empfindest, nie bedroht fühlen oder mich darüber ärgern werde. Ich glaube, er ist ein ganz besonderer Mann gewesen, weil er einer derart fantastischen Frau wie dir immer noch so viel bedeutet.«

»Das war er«, flüstere ich, während ich Tränen zurückblin-
zele, die zu gleichen Teilen Trauer und Freude entspringen.
Ich hätte nie zu träumen gewagt, dass ich jemanden wie Jason
treffen würde. Ich dachte, ich hätte meine eine Chance auf die
große Liebe gehabt und dass es zu viel verlangt wäre, auf mehr
zu hoffen.

»Ich möchte, dass du weißt, mit mir kannst du immer über
ihn reden.«

Lächelnd beschließe ich, die Stimmung aufzulockern. »Du
kannst auch mit mir über Ginger reden.«

Er runzelt die Stirn. »Nein, danke, nicht nötig.«

Ich lache, weil mir ganz leicht ums Herz wird. Dieses Gefühl
war in der vergangenen Woche, die wir gemeinsam verbracht
haben, immer da. Ich möchte daran mit allem, was ich habe,
festhalten, selbst wenn so viel noch unsicher ist. Einer Sache bin
ich mir jedoch sicher: Ich verfalle meinem süßen, sexy Arzt mit
Leib und Seele – und nichts hat sich je so gut angefühlt.

* * *

Während Jason laufen geht, beschließe ich, Josie anzurufen.
Eines der Dinge, die sie und ich gemeinsam haben, ist unsere
Herkunft. Sie ist ebenfalls halb Kubanerin und halb Italienerin.
Ihre Eltern haben Kuba um die gleiche Zeit herum verlassen
wie meine Großmutter, und die beiden Familien kannten sich
in Havanna. Außerdem habe ich Textnachrichten von meinen
Eltern und Großmüttern erhalten, die sich fragen, wo ich wohl
die ganze Woche gesteckt habe.

Natürlich kann ich ihnen nicht sagen, wo ich war, nämlich
im Bett mit Jason, bei jeder sich bietenden Gelegenheit …

Josie nimmt beim ersten Klingeln ab. »Hallo, Süße. Wie
war deine erste Woche?«

»Sehr gut.«

»Sie haben dir gleich von Anfang an ein Spezialprojekt mit einem der Ärzte anvertraut? Wie kam das denn?«

Ich erzähle ihr von Jason und davon, was in New York passiert ist.

»Ich habe ihn in den Nachrichten gesehen. War das deine Idee?«

»Zusammen mit meiner Cousine Maria, die ihm vorgeschlagen hat, in der Sozialklinik zu arbeiten. Sie meinte, es wäre nicht verkehrt, Desiree Rivera zu kontaktieren. Insofern verdient vor allen Dingen Maria das Lob.«

»Es war eine wunderschöne Geschichte. Ich hatte schon von dem berühmten Arzt gehört, der in der Klinik aushilft. Agnes hat erzählt, die Leute hätten auf der Straße Schlange gestanden.«

Agnes ist ihre Nachbarin und die Quelle aller Informationen.

»Es hat sich auf jeden Fall gelohnt. Er hat mehr als zweihundert Patienten behandelt.«

»Das ist unglaublich. Ich bin mir sicher, den Leuten hat das sehr geholfen.«

»Ganz bestimmt. Er möchte da auch weiter freiwillig arbeiten, mindestens einen Tag in der Woche, wenn er hierbleiben kann.«

»Der Vorstand des Miami-Dade wäre ganz schön verrückt, wenn er ihn ziehen lässt.«

»Da bin ich ganz deiner Meinung, aber natürlich haben sie das zu entscheiden.« Plötzlich habe ich furchtbare Angst, während ich die richtigen Worte zu finden versuche, um ihr meine persönliche Beziehung zu Jason zu beichten. »Da ist noch was, was ich dir sagen muss.«

»Ist alles in Ordnung?«

Jetzt rechnet die Arme mit irgendeiner Katastrophe. »Ja, alles ist in bester Ordnung. Es ist nur …«

»Was denn, Süße? Was ist los?«

»Dr. Northrup … Jason … Er und ich haben … Also, ich gehe gewissermaßen mit ihm aus.« Mein Gesicht brennt vor Verlegenheit, weil ich über die Worte gestolpert bin, während mich eine so große Traurigkeit ausfüllt, dass sie den tiefsten Teil von mir berührt.

»Süße, das sind wundervolle Neuigkeiten. Ich hab mir so gewünscht, dass du jemanden kennenlernst.«

»Oh. Wirklich?« Ich habe nie mit ihr über die Möglichkeit gesprochen, dass ich mein Sozialleben wieder aufnehme und mich zu Dates wage. Während alle anderen es gar nicht erwarten konnten, dass ich mich verabrede, habe ich es als Witwe ihres Sohnes vermieden, diesen Aspekt meines Lebens ihr gegenüber zu erwähnen.

»Natürlich. Du hast noch einen so großen Teil deines Lebens vor dir und so viel Liebe zu geben. Tony würde sich wünschen, dass du jemanden findest, der dich glücklich macht. Er hat dich so sehr geliebt.«

Auch für mich völlig unerwartet muss ich schluchzen.

»Carmen, Süße … Es ist in Ordnung. Wirklich.«

»Tut mir leid. Ich will nicht so emotional sein. Es ist nur …«

»Es ist schwierig, über denjenigen zu reden, der nach Tony kommt.«

»Ja.« Ich schniefe und greife nach einem Taschentuch, um mir die Nase zu putzen und die Tränen zu trocknen. »Ich hoffe, du weißt, dass, egal wo ich hingehe oder mit wem ich zusammen sein werde, Tony immer ein Teil von mir sein wird.«

»Natürlich weiß ich das. Ohne jeden Zweifel. Und du hast das Recht darauf, glücklich zu sein, ganz besonders nach allem, was du durchgemacht hast. Du bist seinem Erbe und seiner Erinnerung so unglaublich treu gewesen.«

»Daran wird sich auch nichts ändern. Niemals.«

»Das weiß ich auch. Werden wir deinen Jason beim Brunch am Sonntag kennenlernen?«

»Ja, er wird dort sein.«

»Wir freuen uns schon darauf, ihn zu treffen.«

»Ich möchte dir nur noch mal danken, dass du mich immer so unterstützt.«

»Du bist eins meiner Kinder, Carmen. Ich werde dich immer unterstützen, bei allem, was du tust. Deine zukünftigen Kinder werden meine Enkelkinder sein.«

Ihre Freundlichkeit rührt mich erneut zu Tränen. »Danke. Ich hab dich lieb.«

»Ich dich auch. So sehr. Wir sehen uns Sonntag?«

»Ja, bis dann.«

Lange nachdem ich den Anruf beendet habe, strömen mir weiter Tränen über die Wangen. Josie von Jason zu erzählen hat so vielen Gefühlen die Tür geöffnet, die ich vor langer Zeit weggesperrt hatte, um über Tonys tragischen Tod hinwegzukommen. Als es noch ganz frisch war, war das Wissen am schwersten, wie lange ich ohne ihn würde leben müssen. Es schien mir seinerzeit unfassbar, dass ich vermutlich Jahrzehnte ohne ihn würde durchstehen müssen.

Als Jason von seinem Lauf zurückkehrt, versuche ich verzweifelt, die Spuren der Tränen zu beseitigen. Ich schaue zur Uhr und bin überrascht, dass es bereits nach neun ist. Er verschwindet gleich in die Küche, um Wasser zu trinken, und als er wieder rauskommt, bleibt er beim Anblick meines tränenverquollenen Gesichts jäh stehen.

»Was ist passiert?«

Er ist verschwitzt und einfach toll, und es geht mir gleich viel besser, nur weil er da ist. »Ich hab mit Tonys Mutter gesprochen.«

»Du hast ihr von mir erzählt?«

»Ja.«

»Hat sie dich aufgeregt?«

»Nicht so, wie du vielleicht denkst. Sie war einfach wunderbar. Sie hat mich absolut unterstützt, wie immer.« Ich wische die neuen Tränen weg, die einfach nicht versiegen wollen, egal wie sehr ich es mir wünsche. »Tut mir leid. Ich weiß nicht, warum ich einfach nicht mit dem Weinen aufhören kann.«

Er kniet sich vor mich und nimmt meine Hände in seine, küsst beide Handrücken. »Das muss ein schwieriges Gespräch gewesen sein. Es überrascht mich nicht, dass du aufgewühlt bist.«

»Bist du immer so unglaublich oder bloß bei weinenden Frauen?«

»Du bist die einzige weinende Frau, an der ich interessiert bin, und wenn ich nicht so verschwitzt wäre, würde ich dich in meine Arme ziehen und halten, bis dein Kummer verflogen ist.«

Ich nehme sein Gesicht zwischen meine Hände und küsse ihn. »Geh duschen, damit du mich dann die ganze Nacht lang in den Armen halten kannst.«

Er stöhnt und vertieft den Kuss. »Ich bin schon weg.« Noch ein Kuss. »Gleich, ganz bestimmt.« Fünf leidenschaftliche Minuten später richtet er sich auf. »Ich bin sofort zurück. Geh nicht weg.«

»Es gibt keinen Ort, an dem ich lieber wäre als genau hier bei dir.« Ich zwinge mich, die Betrübtheit abzuschütteln und mich auf die Gegenwart zu konzentrieren, statt in der Vergangenheit zu verweilen. Meine Gegenwart sieht im Moment reichlich vielversprechend aus, und der Gedanke sorgt schließlich dafür, dass ich aufstehe, mich ausziehe und zum Badezimmer gehe, um Jason unter der Dusche Gesellschaft zu leisten.

Er zuckt überrascht zusammen, als ich zu ihm trete und die Arme um ihn schlinge. »Hallo.«

»Hi.«

»Was ist los?«

»Nicht viel. Bei dir?«

Er lacht. »Eigentlich wenig, doch dann hast du dich mit deinem sexy Körper an mich geschmiegt, und jetzt ...« Er zieht meine Hand zu seiner Erektion.

»Das ist alles für mich?«

»Für dich ganz allein.«

Ich lehne meinen Kopf an seinen Rücken, während das warme Wasser auf uns prasselt. Er nimmt meine Hand und führt sie auf und nieder. Die Bewegungen sind gröber, als meine ohne seine Führung wären, aber ich lasse ihn entscheiden, während ich mit der anderen Hand über seinen muskulösen Bauch streiche. Ich bin völlig besessen von seinem Sixpack und den ausgeprägten Muskeln an seinen Seiten. Er ist auf eine schlankere Art und Weise muskulös, als Tony es war, doch ich will keine Vergleiche anstellen. Ich weigere mich, länger darüber nachzudenken, denn dann müsste ich mir irgendwann eingestehen, dass es einen gewaltigen Unterschied macht, mit einem Mann ins Bett zu gehen, der deutlich mehr Erfahrung hat, als mein Mann hatte.

Also das nicht. Ausgeschlossen.

Jasons Muskeln spannen sich, und sein Atem wird schneller. »Carmen.«

»Hmm?«

»Lass uns das zusammen machen.«

»Nächstes Mal. Das hier ist nur für dich.«

Sein tiefes Stöhnen entlockt mir ein Lächeln, und ich beschließe, ihm das hier zu versüßen. Ich nehme meine Hand von ihm, stelle mich vor ihn und lasse mich auf die Knie nieder. Ohne unseren Blickkontakt zu unterbrechen, schließe ich meine Lippen um ihn.

Ich liebe den Schock, den ich ihm an den Augen ablesen kann, das scharfe Einatmen und seine Hand in meinem Haar, wie sein ganzer Körper sich verspannt, während ich ihn so tief in den Mund nehme, wie es nur geht.

»Carmen«, sagt er und klingt verzweifelt. »Babe ... Verdammt.«

Trotz der Warnung in seiner Stimme lecke und sauge ich weiter, bin ganz auf ihn und seine Lust konzentriert.

In der Sekunde, bevor er kommt, wird er größer und noch härter, was mich fasziniert. Nach Jahren, in denen ich keinen Gedanken an Sex verschwendet habe, scheine ich, seit Jason in mein Leben getreten ist, an nichts anderes mehr denken zu können.

»Verdammt«, flüstert er, bevor er gegen die geflieste Wand sinkt.

Ich lecke mir die Lippen und stehe mit wackeligen Beinen auf.

Er schlingt die Arme um mich, seine Brust hebt und senkt sich in schnellem Rhythmus.

»War das okay?«

Er lacht, während er um Atem ringt. »O ja, das kann man so sagen. Du machst mich fertig.«

Während wir dort zusammen unter dem warmen Wasser stehen und uns aneinanderklammern, bin ich auf eine Art und Weise zufrieden, wie ich es seit Jahren nicht mehr war. Es ist ein Gefühl, das ich unbedingt behalten möchte, denn ich weiß, wie flüchtig solche Dinge sein können. Und als ich seine erneute Erektion an meinem Bauch spüre, muss ich lachen. »Das hat nicht lange gedauert.«

»Du hast ihn verhext.« Jason dreht das Wasser ab, verlässt die Dusche und wartet mit einem Handtuch auf mich, als ich ihm folge. Er wickelt mich hinein und küsst mich auf den Hals, beißt mich zärtlich, was mich unter Strom setzt.

»Sei bloß vorsichtig, dass du keine Spuren hinterlässt.« Ich kann mir vorstellen, was meine Großmütter sagen würden, wenn ich mit Knutschflecken am Hals auftauchen würde.

»Keine Sorge, das würde ich nie tun.« Mit seinen Händen auf meinen Hüften schiebt er mich zum Schlafzimmer. Auf dem Weg dorthin fällt das Handtuch zu Boden, und dann finde ich mich mit dem Gesicht nach unten auf dem Bett wieder. »Bleib so.« Seine Hand gleitet von meinem Rücken zu meinem Po, der, wie er mir schon ein paarmal versichert hat, der schönste Po ist, den er je gesehen hat. Jeglicher Vorbehalt, den ich vielleicht dagegen gehabt habe, mich ihm nackt zu zeigen, hat sich im Angesicht seines Verlangens nach mir rasch in Luft aufgelöst.

Ich bin mir immer dessen bewusst gewesen, was Tony mal als meine extravaganten Kurven bezeichnet hat. Ich bin nicht dick, habe aber durchaus »weibliche Rundungen«, wie Maria das bei uns beiden gern beschreibt. Ich könnte es zwar vertragen, etwas Gewicht zu verlieren, doch ich versuche mich vernünftig zu ernähren, mich zu bewegen, wenn mir danach ist, und ein gesundes Körperbild zu haben. Obwohl die Bewegung in dieser Woche vor allem im Bett mit Jason stattgefunden hat.

Nächste Woche, nehme ich mir fest vor, während ich darauf warte, herauszufinden, was er vorhat, werde ich mich mal wieder aufs Laufband wagen, das die eine Maschine im Fitnessstudio ist, mit der ich nicht auf Kriegsfuß stehe.

Dann spüre ich Jasons Lippen an meinem Rücken, er arbeitet sich von der Mitte nach unten vor. Er braucht nur Sekunden, und schon bebe ich vor Verlangen und Vorfreude. Er hebt mich auf die Knie und benutzt seine Zunge, um das Beben zu verstärken. Ich zittere hilflos, brenne für ihn, als er mich schließlich von hinten nimmt. Er fasst mich an den Hüften und dringt tief in mich ein, zieht sich beinahe komplett zurück und wiederholt das Ganze wieder und wieder, bis ich keinen klaren Gedanken mehr fassen kann, bloß noch Erlösung von dem immer stärker werdenden Druck in mir brauche.

Als er mit den Fingerspitzen über meinen Schritt streicht, erschauere ich und schreie meine Lust hinaus.

Er ist direkt bei mir, kommt mit einem unterdrückten Laut, bei dem die Lippen vibrieren, die er auf meinen Rücken presst.

Wir fallen auf die Matratze, immer noch vereint, während wir die Nachbeben dieses epischen Höhepunkts genießen.

Er murmelt all die spanischen Wörter, die er vorgestern mit mir geübt hat, gibt mir jeden Kosenamen, der ihm nur einfällt, während er meine Brüste und meinen Bauch streichelt.

Ich bekomme eine Gänsehaut, unter der ich erschauere, gleichermaßen von den Worten wie von seiner zärtlichen Berührung.

Jason löst sich von mir, streift sich das Kondom ab und wickelt es in ein Taschentuch, dann schnappt er sich die Tagesdecke vom Fußende und zieht sie über uns, schmiegt sich mit seinem warmen Körper an mich. »Wie geht's dir so?«

»Sehr, sehr gut. Und dir?«

»Genauso. Sehr, sehr, *sehr* gut.«

Ich greife nach seiner Hand, die flach auf meinem Bauch liegt, und halte mich an ihm fest, überwältigt von allem, was bereits passiert ist, während ich mich frage, was aus dieser Sache zwischen uns wohl werden wird.

KAPITEL 19

Carmen

Die Nachricht von den Krankenschwestern am Samstag ist ermutigend – Mateo spricht gut auf die Antibiotika an, und es geht ihm viel besser.

Jason ist sichtlich erleichtert, nachdem er dieses Update erhalten hat.

Wir verbringen den Großteil des Tages damit, an der PowerPoint-Präsentation für den Vorstand des Miami-Dade zu arbeiten und die Referenzen von ehemaligen Patienten und die von Jasons Kollegen in New York einzubauen. Terri hat uns jede Menge davon besorgt, daher haben wir gut zu tun.

Die NBC-6-Story gehört ebenfalls dazu, genau wie die Fotos, die ich von ihm mit Patienten in der Sozialklinik gemacht habe, die Fotos von dem Dominospiel im Park, von der Bar im Giordino's und dem Ausflug nach Miami Beach.

»Es ist wirklich großartig geworden, Carmen«, erklärt er, als wir es uns von Anfang an anschauen.

»Wir hatten auch tolles Material.« Ich blicke zu ihm, lehne mich über seine Schulter, um den Laptopbildschirm sehen zu können. »Das Ziel ist es, ihnen zu zeigen, dass der Skandal bloß ein winzig kleiner, unbedeutender Teil deiner Geschichte ist.«

»Richtig. Ich hoffe nur, der Vorstand erkennt das auch.«

»Das werden sie. Wie auch nicht?« Ich stehe auf und recke mich, und meine Muskeln protestieren, weil ich den ganzen Tag vor dem Computer gesessen habe, von den Stunden im Bett mit ihm gar nicht zu reden. »Wie stehst du zu Zigarren?«

»Das Medizinstudium hat mir den Spaß an vielen Dingen verdorben, und Zigarren gehören dazu. Wir haben so viel darüber gelernt, wie ungesund die besten Dinge in Wirklichkeit sind.«

»Das ist auf jeden Fall ein echter Nachteil.«

Er lächelt. »Ein riesiger. Ich kann Zigarren, Alkohol, frittiertes Essen oder rotes Fleisch nicht mehr mit den gleichen Augen betrachten wie vorher. Warum fragst du?«

»Ich möchte mit dir zur Little Havana Cigar Factory. Ich dachte, du würdest den Herstellungsprozess vielleicht interessant finden.«

»Ja, klingt spannend. Können wir hinterher im Restaurant essen gehen?«

»Wir sind da morgen zum Brunch.«

»Gibt es eine Beschränkung in Bezug auf die Häufigkeit, mit der wir dorthin dürfen? Ich möchte deine Familie wiedersehen. Ich mag sie sehr.«

»Das beruht auf Gegenseitigkeit. Genau genommen habe ich schon Nachrichten von ihnen bekommen, weil sie wissen wollen, wann du mal wieder vorbeischaust.«

Er legt seinen Arm um mich und küsst mich. »Schämst du dich meiner, *rizo*?«

»Natürlich nicht. Sei nicht albern.«

»Also was denkst du dann?«

»Ich werde langsam abhängig von dir.« Die Worte sind mir rausgerutscht, bevor ich darüber nachdenken kann, ob es klug ist, sie auszusprechen.

»Ich auch von dir.«

»Steuern wir damit geradewegs auf eine Katastrophe zu?«

»Vielleicht, aber eine Katastrophe hat sich noch nie so gut angefühlt.« Er küsst mich wieder, und wie immer verliere ich mich in der Sekunde, in der seine Lippen meine berühren, in unserem ganz besonderen Zauber.

Als wir uns schließlich atemlos voneinander lösen, habe ich völlig vergessen, worüber wir gesprochen haben. Oh. Richtig. Abhängig werden.

Jasons Handy klingelt, und widerstrebend lässt er mich los, um nachzusehen, wer etwas von ihm will. »Es ist Terri aus New York, die Pflegedienstleitung.«

Er nimmt den Anruf an. »Hi, Terri.« Während er sich anhört, was sie ihm zu sagen hat, geht er zum Fenster meines Wohnzimmers. »Und wann war das?«

Mein Magen zieht sich nervös zusammen, während ich mich frage, was jetzt schon wieder passiert sein kann. Während ich ihn beobachte, wird mir klar, dass es viel zu spät dafür ist, sich wegen Abhängigkeit zu sorgen. Ich verliebe mich in rasantem Tempo in ihn. Wenn ich nicht schon hoffnungslos in ihn verliebt bin. Mein Schicksal ist jetzt mit seinem verknüpft, und was auch immer er gerade von Terri erfährt, ich hoffe, dass es für ihn nichts schlimmer macht.

Nach einer angespannten zehnminütigen Unterhaltung, bei der er mehr zuhört, als er redet, bedankt er sich bei Terri für den Anruf und bittet sie, ihn auf dem Laufenden zu halten. Noch lange nachdem er das Handy wieder in die Tasche seiner Basketballshorts gesteckt hat, steht er am Fenster und starrt hinaus.

»Was ist los?«, frage ich, als ich es nicht mehr länger aushalte.

»Offenbar ist Howard als Vorstandsvorsitzender der Betreibergesellschaft in New York zurückgetreten, um – ich zitiere – ›mehr Zeit mit seiner Familie verbringen zu können‹. Nachdem sie Anfang der Woche von meinem Anwalt Post bekommen hat, hat Ginger einen Brief an die anderen Vorstandsmitglieder geschrieben und erklärt, dass ich keine Ahnung hatte, wer sie in Wirklichkeit ist oder dass sie verheiratet ist und Kinder hat. Die neue Vorstandsvorsitzende Dr. Linda Adams möchte am Montag mit mir sprechen. Terri denkt, sie wird mich bitten, wieder nach New York zurückzukehren.«

Diese Nachricht trifft mich wie ein Hieb in den Magen. »Oh. Wow. Das ist ganz schön heftig.«

»Ich weiß.« Offenbar spürt er meine Sorge über diese Wendung in seinem Fall, denn er kommt zu mir und legt mir die Hände auf die Schultern. »Atme erst mal tief durch. Noch ist nichts entschieden.«

Vor sechs Tagen hatte ich keine Ahnung, dass es ihn überhaupt gibt, und jetzt … Jetzt frage ich mich, ob ich ohne diesen Mann in meinem Leben je wieder wirklich glücklich sein kann. »Vielleicht sollten wir, du weißt schon …«

Zwischen seinen Brauen bildet sich eine steile Falte, die ich einfach unwiderstehlich finde, aber andererseits finde ich alles an ihm einfach unwiderstehlich. »Was?«

Ich befeuchte meine trockenen Lippen und zwinge mich, ihn anzuschauen, während ich mich um eine gelassene Miene bemühe. »Eine Pause einlegen, bis wir wissen, wie deine Entscheidung ausfällt.«

Er schüttelt den Kopf. »Ich will keine Pause von dir.«

»Ich will das genauso wenig, doch ich möchte auch nicht mit gebrochenem Herzen zurückgelassen werden, wenn du in dein Leben in New York zurückkehrst.«

»Glaubst du wirklich, ich würde einfach weggehen, als hätte es das mit uns nie gegeben?«

»Ich weiß nicht, was ich denken soll.«

»Lass dir versichern: Ohne dich wird nichts entschieden werden.«

»Jason, du musst tun, was das Beste für deine Karriere ist. Wenn sich dein ganzes Leben in New York abspielt ...«

»Das tut es nicht mehr.«

»Du kennst mich seit sechs Tagen! Du kannst nicht aufgrund von sechs Tagen weitreichende Entscheidungen treffen, die derartige Auswirkungen auf deine Karriere haben.«

»Doch.«

»Nein, kannst du nicht.«

Er nickt, unmittelbar bevor er mich küsst, und einmal mehr vertreibt er alle Gedanken aus meinem Kopf, die nichts mit mehr von ihm zu tun haben und mit der Art und Weise, wie ich mich fühle, wenn er mich so leidenschaftlich küsst. Ohne mich loszulassen, drängt er mich rückwärts in mein Schlafzimmer, wo wir zusammen auf dem Bett landen, ohne den Kuss ein einziges Mal zu unterbrechen.

Ich weiß, ich sollte aufhören, ihn zu küssen, und weiter darüber diskutieren, dass er keine wichtigen Entscheidungen nur wegen einer Frau treffen kann, die er noch keine Woche lang kennt. Aber da ich diese Frau und zudem verrückt nach ihm bin, beschließe ich, ihn weiter zu küssen, solange ich kann, auch wenn ich bereits den beginnenden Liebeskummer spüren kann, wenn ich bloß daran denke, dass er nach New York zurückgehen könnte.

Er wandert mit seinen Lippen zu meinem Hals, zieht eine Spur aus heißen Küssen, unter denen ich erschauere und von denen ich mehr will. »Wie kannst du denken, du würdest bei dem, was als Nächstes passiert, keine Rolle spielen? Natürlich tust du das.«

»Es sind erst sechs Tage, Jason.«

»Ich wusste schon nach sechs Minuten, dass du was Besonderes bist, dass ich dich besser kennenlernen und mit dir zusammen sein wollte. Jede Minute, die ich seither mit dir verbracht habe, hat dafür gesorgt, dass ich mehr von dir will. Daher ja, es sind erst sechs Tage, doch viel entscheidender ist, was *du* von dem hältst, was als Nächstes passiert.«

Er löst sich von mir, schnappt sich ein Kondom, und dann ist er wieder da und beginnt, mir T-Shirt und Hose auszuziehen. »Das hier«, erklärt er, während er langsam und bedächtig in mich eindringt, »ist alles.«

»Nein, ist es nicht.«

»Doch, *alles*.« Er ist intensiv und sexy und alles für mich. Selbst wenn ich mir sage, es sei besser, etwas zurückzuhalten, sodass noch was übrig ist, nur für den Fall, dass es nicht gut ausgeht, kann ich das nicht. Ich gebe ihm alles, was ich habe, während er mich liebt. Denn das ist es, was er tut.

Ich weiß, wie sich Liebe anfühlt, und es ist dieses alles verzehrende Ich-muss-mit-ihm-zusammen-sein-oder-ich-werde-sterben-Gefühl, das jegliche Vernunft vertreibt sowie sämtliche anderen rationalen Gedanken, während es einen mit der Wucht eines Tsunamis erfasst, das ganze Leben übernimmt und es neu formt, sodass es mit seinem ein Ganzes ergibt.

Er spürt es auch. Das weiß ich. Ich kann es daran erkennen, wie er mich anschaut, wie er mich küsst und mich mit fast so etwas wie Ehrfurcht berührt. Und daran, wie wichtig ihm meine Meinung ist, wie aufmerksam er mir zuhört, wenn ich mit ihm rede. Daran, dass er Tonys Gegenwart in meinem Leben akzeptiert und respektiert. Ich kann es daran erkennen, dass er es nicht erträgt, in meiner Nähe zu sein, ohne mich in irgendeiner Weise anzufassen.

Ja, es ist furchtbar schnell gegangen, aber im Endergebnis ist es ganz ähnlich wie das, was beim vorigen Mal mehrere Jahre gebraucht hat, um zu wachsen.

Liebe ist Liebe, und das hier … das ist Liebe.

Jason

Wir verbringen den Rest des Samstags in ihrem Bett. Wir reden darüber, dass wir aufstehen werden, um irgendwas zu tun oder zum Restaurant zu fahren, doch letzten Endes bestellen wir uns was, essen es im Bett, schauen Filme und lieben uns. Es ist der perfekte Tag, gefolgt von der perfekten Nacht, und ich habe nie mit irgendjemandem etwas Schöneres erlebt.

Carmen ist ruhiger als sonst, seit der Anruf von Terri die Möglichkeit ins Spiel gebracht hat, dass ich nach New York zurückkehre. Diese Nachricht hätte mich vor einer Woche überglücklich gemacht, aber jetzt ist es schlicht nicht denkbar, Carmen zu verlassen. Die sehr echte Möglichkeit besteht, dass New York mich bitten wird, zurückzukommen, und das Miami-Dade wird mir zugunsten der Schwesterklinik die Zulassung verweigern.

Wenn das passiert, wird mir wohl wenig anderes übrig bleiben, als in mein altes Leben zurückzukehren. Nachdem ich Carmens Familie kennengelernt und gesehen habe, wie nahe sie ihnen steht und wie verwurzelt sie hier in Miami ist, kann ich sie mir nirgendwo anders vorstellen. Wobei ich natürlich nicht irgendwelche Entscheidungen für sie treffen kann. Ich frage mich nur, ob sie so weit von ihrer Familie und ihrem Zuhause entfernt wirklich glücklich sein kann.

Das sind die Gedanken, die mir am Sonntagmittag durch den Kopf schießen, während ich uns zum Restaurant ihrer Familie fahre. Wie immer reicht der Duft von Carmens Haar und ihrer Haut aus, um in mir neues Verlangen nach ihr zu wecken, auch wenn wir gerade erst aus dem Bett kommen.

Ich schalte runter, halte vor einer roten Ampel an. Sobald sie auf Grün springt und wir weiterfahren, greife ich nach Carmens Hand.

Sie blickt mich an, und ein kleines Lächeln umspielt ihre sexy Lippen. Es ist nicht das gewöhnliche Lächeln, das ihr gesamtes Gesicht strahlen lässt, denn das habe ich seit Terris Anruf gestern nicht mehr gesehen, als Carmen angefangen hat, sich Gedanken zu machen, wie – und ob überhaupt – es mit unserer Beziehung weitergehen kann.

Ich möchte sie beruhigen, ihr versichern, dass sie keinen Grund zur Sorge hat, aber das werde ich nicht tun, bevor ich es nicht absolut sicher weiß. Wenn ich tatsächlich nach New York zurückkehre, dann werde ich sie natürlich bitten, mich zu begleiten, selbst wenn das viel verlangt ist. Schließlich hat sie gerade erst ihren Traumjob im Miami-Dade ergattert.

Mist. Ich wünschte, das alles wäre nicht so hoffnungslos kompliziert. Alles, was ich möchte, ist, die Tatsache zu feiern, dass ich sie gefunden und mich in sie verliebt habe. Ich möchte am liebsten einfach zu allem anderen »Zur Hölle damit« sagen, selbst wenn ich weiß, dass ich das angesichts all der Zeit und Energie nicht tun kann, die ich bislang in meine Karriere investiert habe. Es war für Carmen schon eine Riesensache, sich überhaupt auf was mit mir einzulassen, und das Allerletzte, was ich möchte, ist, dafür zu sorgen, dass es ihr leidtut, mir und uns eine Chance gegeben zu haben.

Das ist meine größte Sorge – dass ihr das mit mir leidtut und es sich für sie als Rückschritt entpuppt.

Das kann ich nicht zulassen, egal, was sonst zwischen uns passiert.

Ich stelle den Wagen auf dem Parkplatz vor dem Restaurant ab, das im Moment für die Öffentlichkeit geschlossen ist. Carmen hat mir erzählt, dass der Sonntagsbrunch allein für die Familie und Freunde ist. Es ist die einzige Zeit, die Vincent und

Vivian in der Hektik des Restaurantbetriebs für sich reservieren. Carmen hat mich schon vor der neugierigen Menge gewarnt, die mich nicht bloß mit völlig unangemessenen Fragen zu unserer Beziehung löchern, sondern auch mit ihren medizinischen Problemen behelligen wird.

Ich bin bereit für alles, was sie mir auftischen. Sie sind ihr wichtig, daher sind sie mir auch wichtig. Ich werde außerdem Len und Josie kennenlernen, Tonys Eltern, was diesen Brunch zu einer noch größeren Sache für uns alle macht. Es ist nur gut, dass ich keine Probleme mit dem Magen habe, denn wenn das der Fall wäre, würde er garantiert protestieren, während ich Carmen durch die Hintertür nach drinnen folge.

Sie trägt ein weiteres dieser Wickelkleider, heute eins, das mit roten Blumen bedruckt ist, die Carmens herrliche Rundungen betonen. Ihr langes Haar ist offen, und es fällt ihr in Locken über die Schultern, und ihre sexy schwarzen High Heels klackern auf dem mit Terrakotta gefliesten Boden. Sie ist einfach atemberaubend, und ich kann meinen Blick gar nicht von ihr losreißen. Ich trage ein gestreiftes Oberhemd und eine dunkelblaue Stoffhose, auch wenn sie mir gesagt hat, ich könne genauso gut Jeans anziehen, wenn ich das wollte. Irgendwie erscheinen mir Jeans aber nicht angemessen für diese Gelegenheit. Neben Carmen fühle ich mich ohnehin eher wie ein langweiliges Accessoire.

Abuela ist die Erste, die wir sehen. Sie kommt mit einem Tablett aus der Küche, auf dem sich Gerichte türmen, bei deren Anblick mir das Wasser im Mund zusammenläuft.

Ich eile zu ihr, um ihr zu helfen. »Darf ich Ihnen das abnehmen?«

Sie überlässt es mir und begrüßt erst Carmen mit einem Kuss auf die Wange und dann mich, wofür ich mich vorbeugen muss. »Vielen Dank. Bringen Sie es bitte in den Speisesaal.«

»Mir nach.« Carmen geht mir voraus in den riesigen Saal auf der kubanischen Seite des Hauses, den ich mir beim letzten Mal, als ich hier war, gar nicht gründlich anschauen konnte. Er ist viel größer, als ich erwartet hatte.

»Wie entscheidet ihr, auf welcher Seite der Brunch ist?«

»Das wechselt jede Woche. Abuela und Nona legen die Speisenauswahl fest und überwachen alles.«

»Das ist klasse.« Ihre Traditionen sind einfach nur bezaubernd und wecken in mir den Wunsch, Teil einer Familie wie der ihren zu sein.

Auf Carmens Anweisung hin stelle ich das Tablett auf einen Tisch in der Mitte des Saals. Sobald das Essen dasteht, kommen Leute zu uns. Ich erhalte Begrüßungsküsse von Vivian und Nona. Ich lerne Vivians Schwestern, Vincents Bruder und jede Menge Cousins und Cousinen von beiden Seiten der Familie kennen. Es sind so viele Leute, dass ich mir unmöglich alle Namen merken kann.

Vincent drückt mir eine Bloody Mary in die Hand, während die Frauen Carmen und mich umschwärmen wie Motten das Licht. Bei dem Gedanken muss ich lächeln.

Carmen blickt mich an und hebt fragend eine Augenbraue.

»So muss sich eine Straßenlaterne in einer Sommernacht fühlen.«

Darüber lacht sie, und ihre Hand auf meinem Rücken versichert mir, dass sie bei mir ist, während wir von ihren Familienmitgliedern bedrängt werden.

Ich merke, dass etwas Wichtiges passiert, als es plötzlich ruhiger wird und die Menge sich teilt, um Neuankömmlinge durchzulassen.

Carmen nimmt ihre Hand von meinem Rücken und geht dem Paar entgegen, umarmt sie und küsst sie auf die Wange. Die Frau sagt etwas zu Carmen, woraufhin sie nickt und nach der Hand der älteren Frau greift. Sie führt sie zu mir.

»Jason, das sind meine Schwiegereltern. Josie, Len, darf ich euch meinen Freund Jason Northrup vorstellen?«

Ich schüttle beiden die Hand. Carmen hat mir erzählt, dass sie jünger sind als ihre Eltern, aber so sehen sie nicht aus. Sie wirken mindestens zehn Jahre älter. Beide haben graue Haare, und in ihren Augen liegt die Last ihres tragischen Verlustes. »Es freut mich sehr, Ihre Bekanntschaft zu machen.«

Josie nimmt meine Hand zwischen ihre beiden. »Geht uns genauso.«

Anders als seine Frau scheint Len nicht davon begeistert zu sein, mich kennenzulernen, doch für seine Frau und Carmen gibt er sich Mühe, höflich zu sein. Ich versuche, mich in ihn hineinzuversetzen. Den neuen Mann im Leben der Witwe seines Sohnes zu treffen kann nicht leicht sein, und ich entscheide, dass er über mich denken darf, was er will. Er besitzt mein aufrichtiges Mitgefühl. Niemand sollte das erleben müssen, was ihm und seiner Familie zugestoßen ist. »Das, was Ihrem Sohn passiert ist, tut mir unendlich leid.«

»Sehr freundlich von Ihnen«, erwidert Josie leise. »Danke. Die Geschichte über Sie in den Nachrichten hat uns sehr gefallen. Sehr großzügig, dass Sie Ihre Zeit der Klinik gespendet haben.«

»Es war mir eine Freude, und ich habe es sehr genossen.« Was absolut der Wahrheit entspricht. Ich hatte fast vergessen, wie es ist, alltägliche medizinische Probleme zu behandeln. Ich hatte mich an die schwierigen Fälle gewöhnt, die, die sich nie leicht lösen lassen und die oft genug nicht wie gewünscht enden.

Nachdem Len und Josie weitergegangen sind, um mit anderen Leuten zu reden, tritt Maria zu mir, ebenfalls eine Bloody Mary in der Hand. Sie deutet mit dem Kinn zu Tonys Eltern. »Wie ist es gelaufen?«

»Okay, denke ich.«

»Sie sind wirklich nette Menschen. Wenn Carmen nur glücklich ist, sind sie es auch. Mach dir keine Sorgen.«

»Gut zu wissen.«

»All diese Leute … Wir sind ihre Familie. Wir lieben sie.«

»Ich weiß.«

»Du wirst sie nicht verletzen, oder?«

»Ich setze Himmel und Hölle in Bewegung, um das zu vermeiden.«

Sie nickt, scheint mit meiner Antwort zufrieden zu sein. »Es ist eine Riesensache, dass sie dich zum Brunch mitgebracht hat. Ich hoffe, das ist dir klar.«

»Ja.«

Carmen gesellt sich zu uns, und ich lege einen Arm um sie, bin mir dabei bewusst, dass aller Augen auf uns gerichtet sind, alle merken, dass wir zusammen sind. Ich will, dass sie alle wissen, wie viel sie mir bedeutet.

»Alles in Ordnung?«, fragt sie, und ihr Blick schließt mich und Maria ein.

Ich schenke ihr ein beruhigendes Lächeln. »Für mich schon.«

»Für mich auch«, antwortet Maria. »Der Vorstand des Sozialklinikvereins möchte, dass ich mich noch mal bei dir für die Arbeit bedanke, die du diese Woche geleistet hast. Und ich soll dir ausrichten, du bist jederzeit wieder willkommen.«

»Ich hab noch fast eine ganze Woche totzuschlagen, bevor ich mich am Freitag mit dem Vorstand vom Miami-Dade treffe. Ich gehöre ganz euch, wenn ihr wollt.«

»Ja, klar wollen wir«, erwidert sie lachend. »Ich geb das weiter, und wir sehen uns morgen.« Sie beginnt sich zu entfernen, dreht sich dann noch einmal um. »Ich finde es übrigens einfach wunderbar, dass du weiter ehrenamtlich in der Klinik arbeiten willst, obwohl du das, was du wolltest, schon am ersten Tag bekommen hast.«

»Ich tue es wirklich gern.«

»Das merkt man, und das macht dich zu einem ganz besonderen Arzt.« An Carmen gewandt fügt sie hinzu: »Den solltest du behalten.«

Carmen legt ihre Hände um meinen Arm. »Da hast du recht.«

Überwältigende Sehnsucht erfasst mich, so von ihr gehalten zu werden, jeden Sonntag zum Brunch ins Giordino's zu gehen, Teil dieser wunderbaren, lauten, lebhaften Familie zu sein. Ich kann mich mit Carmen sehen, wie wir in mehreren Jahren sein werden, immer noch zusammen und mit ein paar fröhlichen Kindern mit Lockenschopf, die ihrer Mutter wie aus dem Gesicht geschnitten sind, während wir uns fertig machen, um zu ihren Eltern zum Sonntagsbrunch zu fahren. Nur sieben Tage nachdem wir uns begegnet sind, sehe ich all das und viel mehr für uns voraus.

Wie auch immer, erst mal muss ich mein eigenes Leben auf die Reihe kriegen, bevor ich darüber nachdenken kann, ihres noch weiter durcheinanderzubringen, als ich es bereits getan habe. Daher bezwinge ich die Sehnsucht und konzentriere mich auf das Heute und die kommende Woche, in der sich einiges entscheiden wird.

Ich genieße das kubanische Festmahl, zu dem viele der Gerichte gehören, die ich beim ersten Mal hier gekostet habe, ebenso wie mehrere neue Sachen. Carmen erklärt mir, was es ist, und ich probiere alles. Es ist nichts dabei, was nicht absolut lecker schmeckt. Wir sitzen an in Hufeisenform aufgestellten Tischen, und unsere Plätze sind zwischen Carmens Eltern und Nona. Abuela geht in ihrer Rolle als Gastgeberin auf.

Zwischen den einzelnen Gängen fasst Carmen unter dem Tisch nach meiner Hand. Das Gefühl von Verbundenheit, das ich bei ihr verspüre, ist so machtvoll, dass ich, nur wenige Wochen nachdem eine andere Frau in meinem Leben auf die schlimmste mögliche Weise Chaos gestiftet hat, absolut bereit bin, mein Herz erneut zu riskieren.

Carmen darf mein Leben gerne auf jede Weise umkrempeln, die ihr gefällt.

Denn dieses Mal wird alles anders sein. Das weiß ich mit nie gekannter Gewissheit.

»Alles in Ordnung?«, erkundigt sich Carmen.

»Bei mir ist alles prima. Bei dir?«

»Es ist wirklich schön, dich hier bei mir zu haben.«

»Danke für die Einladung.«

»Ich weiß, wir können ein bisschen heftig sein …«

»Ich hab gerade darüber nachgedacht, wie viel Glück du hast, mit so einer wunderbaren Familie gesegnet zu sein. Sie müssen dich unglaublich gestützt und getröstet haben.« Ich muss nicht dazusagen, wann. Sie weiß, was ich meine.

»Stimmt. Sie haben sich um mich geschart und mir auf jede mögliche Weise geholfen. Mama hat im ersten Monat bei mir im Ehebett geschlafen. Maria hat den zweiten Monat übernommen. Meine Cousine Delores, die wir nur Dee nennen, dann den dritten. Sie ist eine der Cousinen, die jetzt in New York leben. Ich war nie allein, außer ich wollte das. Ich war immer schon dankbar für sie, aber nie mehr als damals.«

»Ich kann mir nicht vorstellen, wie es sein muss, solche Menschen zu haben, die sofort da sind und versuchen, alles besser zu machen.«

»Das hattest du in New York nicht?«

Ich schüttle den Kopf. »Ich habe Freunde, und die meisten von ihnen sind Kollegen, die denken, dass man mir übel mitgespielt hat, doch niemand ist sofort an meine Seite geeilt, wie es deine Familie getan hätte.«

»Du hast noch keine echte Unterstützung kennengelernt, wenn du sie nicht von dieser Familie erhalten hast.«

»Ich bin mir sicher, dass es absolut beeindruckend ist.«

»Sie haben mir das Leben gerettet. Ich bin nicht sicher, dass ich Tonys Tod überlebt hätte ohne sie um mich herum, die mich an all das erinnert haben, wofür ich dankbar sein konnte.«

»Ich bin jedenfalls sehr froh, dass dein Leben gerettet wurde, sodass ich dich kennenlernen und die letzte Woche mit dir gemeinsam verbringen konnte.«

»Stimmt, sehe ich genauso.« Sie lächelt, aber da schwingt eine gewisse Traurigkeit mit, die ich zu gerne vertreiben möchte. Doch solange ich nicht weiß, wo ich arbeiten werde und ob es uns gelingt, hieraus mehr zu machen, wird sie unsicher und vorsichtig bleiben, und das kann ich ihr nicht verdenken.

Nach dem Brunch gehen wir einkaufen. Während ich ihr dabei zuschaue, wie sie sorgfältig Lebensmittel aussucht, entdecke ich noch eine weitere neue Seite an dieser Frau, die mich völlig in ihren Bann gezogen hat.

»Warum starrst du mich so an?«

»Ich starre nicht, ich liebäugle mit dir, wie du mit den Avocados liebäugelst.«

»Avocados auszuwählen ist eine ernste Angelegenheit.«

»Das sehe ich.«

»Sie können zu fest sein, aber gleichzeitig möchte man keine zu weichen kaufen, sondern nur die, die genau richtig reif sind.« Sie reicht mir eine. »Kannst du das fühlen? Die ist perfekt.«

Während ich versuche, meine Gedanken im jugendfreien Bereich zu halten, nehme ich die Frucht von ihr entgegen und drücke sie vorsichtig. »Ich werde Avocados nie wieder mit den gleichen Augen betrachten.«

»Hast du je schon mal selbst eine gekauft?«

»Das kann ich nicht behaupten.«

»Banause.«

Darüber muss ich lachen. »Was hast du eigentlich mit diesen Avocados vor?«

»Vorwiegend kommen sie in Salate. Avocados haben jede Menge ungesättigte Fettsäuren.«

»Ach ja?«

»Ja. Und die helfen dabei, das störende Fett loszuwerden.« Sie schneidet eine Grimasse. »Ich stell mir das immer gerne wie einen inneren Pac-Man vor, der all das Fett frisst, das ich nicht brauche.« Sie legt vier Avocados in ihren Einkaufskorb.

»Du denkst doch nicht, dass du dick bist, oder?« Ich bin mir nicht ganz sicher, ob ich das fragen sollte, aber meine Neugier ist stärker.

»Ich finde, dass meine Rundungen üppiger sind, als sie sein sollten.«

»Da muss ich energisch widersprechen.«

Sie verdreht die Augen. »Hör auf.«

»Nein, das werde ich nicht. Ich finde, deine Rundungen sind einfach nur herrlich, köstlich und absolut sexy, und du wirst mich auch nie von etwas anderem überzeugen.«

»Du bist echt gut für mein Ego.«

»Dein Ego hat keinen Grund, sich zu verstecken.«

Ich liebe es, wie sie mich anlächelt und dann weiter durch den Supermarkt geht, ihren Einkaufszettel in der Hand, ganz auf ihre Aufgabe konzentriert.

Wir fahren zurück zu ihr, und als ich ihr sage, dass ich gerne in den Fitnessraum in ihrer Wohnanlage möchte, runzelt sie die Stirn. »Viel Spaß.«

»Komm doch mit.«

»Ausgeschlossen. Ich hab dir bereits erklärt, dass ich sportlich eine Niete bin. Das musst du wirklich nicht auch noch mit eigenen Augen sehen.«

»Dann lass uns einen Spaziergang machen oder so.«

»Dafür ist es zu heiß.« Sie blickt mich an. »Aber du kannst ruhig gehen. Ich muss hier ein paar Sachen erledigen, beispielsweise Wäsche waschen. Ich kann übrigens deine mit in die Maschine stecken, wenn du das möchtest.«

»Ich erwarte nicht, dass du das tust.«

»Das weiß ich. Ich hab's dir angeboten. Leg sie einfach ins Badezimmer, wenn du das möchtest, und dann kannst du laufen gehen.«

»Ich möchte aber lieber mit dir zusammen sein.«

»Du kannst ja beides machen. Ich werde schließlich noch hier sein, wenn du zurückkommst.«

»Versprochen?«

Sie küsst mich. »Versprochen.«

Ich hole meine Wäsche und lege sie ins Badezimmer, wie sie gesagt hat, bevor ich in Laufshorts und Tanktop schlüpfe. Ich beeile mich, denn ich möchte eigentlich nichts von meiner Zeit mit ihr mit so was Alltäglichem wie Laufen verschwenden.

Ich möchte jede Minute, die ich haben kann, mit ihr zusammen sein, solange es geht. Wer weiß schon, wo ich in einer Woche sein werde? Alles, was ich weiß, ist, dass die Vorstellung, irgendwo ohne sie zu sein, absolut unerträglich ist.

Kapitel 20

Carmen

Am Morgen nehmen Jason und ich beide unsere Autos, um *cortaditos* bei Juanita zu holen, bevor wir uns voneinander verabschieden, um zum ersten Mal seit einer Woche den Tag nicht gemeinsam zu verbringen. Er fährt zur Sozialklinik, und ich muss in mein Büro im Krankenhaus, um die Präsentation für den Termin mit dem Vorstand zu überarbeiten, der für Freitag um vier Uhr angesetzt ist.

Am Nachmittag zeige ich Mr Augustino, was ich habe, und er stimmt mir zu, dass es gut geworden ist.

»Fällt Ihnen noch etwas ein, das fehlt?«, frage ich ihn.

»Vielleicht mehr Details zu seiner Forschungsarbeit und was sie für das nationale und internationale Prestige unseres Krankenhauses bedeuten könnte.«

»Okay.« Ich notiere mir schnell, dass ich Jason zu seiner Forschung befragen muss.

»Das ist wirklich ganz ausgezeichnet, Carmen. Hervorragende Arbeit.«

»Vielen Dank. Dr. Northrup hat es mir leicht gemacht, indem er mir so viel Material geliefert hat, mit dem ich arbeiten kann.«

»Stimmt es, dass er diese Woche wieder in der Sozialklinik in Little Havana aushilft?«

»Ja, genau.«

»Nun, das ist sehr nett von ihm.«

»Er arbeitet da gern. Ich kann mir gut vorstellen, dass er weiter ehrenamtlich dort tätig sein wird, selbst wenn er hier seine Zulassung erhält.«

»Mich hat heute eine interessante E-Mail erreicht.«

Die Art und Weise, wie er das sagt, jagt mir Angst ein.

»Sie war von der Frau, mit der Dr. Northrup in New York eine Affäre hatte. Sie hat alles erklärt und bestätigt, dass er keine Ahnung hatte, wer sie war oder dass sie verheiratet ist und Kinder hat. Sie hat die gesamte Schuld auf sich genommen.«

»Oh. Nun, das sind gute Neuigkeiten.«

»Offenbar hat sie das so auch an den Vorstand des Krankenhauses in New York geschickt.«

Selbst wenn ich das schon weiß, bekommt es dadurch, dass ich es von Mr Augustino höre, einen irgendwie offiziellen Anstrich. Natürlich wird Jason nach New York zurückkehren. Ich bin eine Närrin gewesen, je zu denken, dass er sich unter diesen Umständen anders entscheiden könnte.

»Geht es Ihnen gut, Carmen? Ich hoffe, Sie wissen, dass es ausschließlich eine Geste der Höflichkeit gegenüber unserem Schwesterkrankenhaus ist und nicht die wunderbare Arbeit infrage stellen soll, die Sie geleistet haben.«

Ich sehe zu Mr Augustino, meinem Boss, dem Direktor des Krankenhauses, der nie erfahren darf, dass ich mich in Jason verliebt habe. Ich verbanne alle Gefühle aus meiner Stimme und bemühe mich um eine ausdruckslose Miene. »Ja, natürlich.

Alles in Ordnung. Ich bin froh, dass Sie mit meiner Arbeit zufrieden sind.«

Aber eine Sache wird mir angesichts dieser Entwicklung überdeutlich klar: Ich muss auf Abstand zu Jason gehen, und ich muss es tun, solange ich das noch kann.

* * *

Ich bin gerade auf dem Weg vom Krankenhaus nach Hause, als er mich anruft. Ich denke darüber nach, ihn wegzudrücken, doch nachdem ich letzte Woche fast jede Minute mit ihm verbracht habe, schulde ich ihm wenigstens eine Erklärung.

»Hallo.«

»Hey. Wie war dein Tag?«

»Gut. Und deiner?«

»Hektisch. Ich habe zweiundfünfzig Patienten behandelt.«

»Wow. Das ist eine Menge.«

»Ich bin am Verhungern. Was möchtest du zum Abendessen?«

»Ich ... äh ... Hast du mit der neuen Vorstandsvorsitzenden in New York gesprochen?«

»Hab ich. Ich wollte dir davon erzählen, wenn ich bei dir bin. Ist alles in Ordnung?«

Ich parke den Wagen in einer Lücke vor einem Coffeeshop und einem Secondhandladen, weil ich mir nicht zutraue, diese Unterhaltung zu führen, während ich fahre.

»Carmen? Bist du noch da?«

»Ja, bin ich.«

»Was ist los, *rizo*?«

Bei diesem Spitznamen steigen mir Tränen in die Augen, die ich erfolglos zurückzuhalten versuche. »Was hat die neue Vorstandsvorsitzende gesagt? Hast du deinen Job wieder?«

»Sie hat mir angeboten, dass ich in meinen alten Job zurückkann, wenn ich das möchte.«

Das versetzt mir einen Stich mitten ins Herz. Ich will ihn fragen, ob er sich immer noch mit dem Vorstand des Miami-Dade treffen will. Doch warum sollte er? Er hat gerade genau das bekommen, was er die ganze Zeit wollte. »Das sind großartige Neuigkeiten, Jason. Du musst überglücklich sein.«

»Vor einer Woche wäre ich das gewesen, aber jetzt …«

»Du hast die Chance, deine Karriere wieder auf die Spur zu setzen. Das ist doch, was du laut deiner eigenen Aussage willst.«

»Das war auch, was ich wollte. Vorher.«

»Vor was?«

»Vor dir.«

Mein Herz schlägt schneller, als ich das höre. Dann allerdings bricht die Realität wieder über mich herein. »Du kannst wichtige Lebensentscheidungen nicht von jemandem abhängig machen, den du gerade mal eine Woche lang kennst.«

»Warum nicht?«

»Darum! Das tut man nicht.«

»Einige Menschen schon.«

»Ich nicht. Ich kann das nicht. *Du* kannst es nicht.«

»Können wir uns bitte treffen, um das in Ruhe zu besprechen?«

»Das kann ich auch nicht.«

»Warum?«

»Wenn ich dich sehe, vergesse ich, dass ich mich in dieser Situation schützen muss, dass das für mich oberste Priorität haben muss. Es muss so sein, Jason.«

»Das ist es dann also? Das mit uns ist vorbei, einfach so?«

»Ich … Ich weiß es nicht.«

»Glaubst du wirklich, dass ich einfach nach New York zurückkehre und dich nicht mal frage, ob du mit mir kommen willst oder ob wir irgendeinen Weg finden können, damit das für uns funktioniert?«

»So wunderbar es auch ist, mit dir zusammen zu sein – und das ist es wirklich –, ich ziehe nicht nach New York. Ich habe gerade meinen Traumjob ergattert. Mein ganzes Leben findet hier statt. Das könnte ich weder meinen Eltern noch Tonys Eltern oder meinen Großmüttern antun. Ich kann nicht hier wegziehen, und daher werde ich das auch nicht tun.«

Tränen laufen mir über die Wangen, und der Schmerz in meiner Brust erinnert mich viel zu sehr daran, wie ich mich nach Tonys Tod gefühlt habe. Nicht dass das hier irgendwie vergleichbar wäre. Jason geht es gut, doch sein Leben wird fern von meinem stattfinden. Und das tut mir weh. Es tut mir *sehr* weh. So schlimm wie seit Langem nichts mehr. »Ich muss auflegen.«

»Bitte nicht. Lass uns darüber reden.«

»Es gibt nichts zu bereden. Mein Leben ist hier. Deins ist woanders. Ich hatte sehr viel Spaß mit dir, aber ich muss das sofort beenden, bevor es mich am Boden zerstört zurücklässt.« Das tut es vermutlich sowieso, doch das muss er nicht wissen.

»Ich hatte nie vor, dass es so endet.«

»Ich weiß.«

»Carmen ...«

»Ich muss jetzt Schluss machen. Ich wünsche dir nur das Allerbeste, Jason. Du verdienst es.« Ich lege auf, bevor er hört, wie ich in herzzerreißendes Schluchzen ausbreche. Mein Körper erbebt unter der Heftigkeit meiner Verzweiflung. Trotzdem bin ich mir absolut sicher, das Richtige getan zu haben, weil es in einer Woche nicht leichter sein wird.

Aber, meine Güte, es tut so weh. Auch jetzt.

Mein Telefon klingelt, und mein Herz klopft schneller, weil ich denke, dass es vielleicht Jason ist, der mich zurückruft. Ich ermahne mein Herz, sich zu benehmen, wische mir übers Gesicht und sehe, dass es meine Mutter ist. Ich gehe ran, denn sie wird keine Ruhe geben, bis ich mit ihr spreche. So ist das Leben für das einzige Kind einer Frau, die neun Fehlgeburten erlitten hat. »Hey.«

»Selber hey. Was ist los?« Sie hat vermutlich eine Nachricht von ihrem Mama-Radar bekommen, das sich meldet, wann immer was nicht in Ordnung ist.

»Nichts ist los. Ich habe gerade mal ein Wort gesagt.«

»Mehr brauch ich auch nicht, um zu wissen, dass etwas nicht stimmt.«

Ich hätte sie auf die Voicemail weiterleiten und ihr eine Textnachricht schicken sollen. »Es geht mir gut. Was ist los?«

»Wo bist du?«

Ich schau mich um, versuche zu erkennen, wo genau ich mich befinde. »Auf dem Heimweg.«

»Komm zum Essen her. Dann können wir uns unterhalten.«

Das Letzte, was ich möchte, ist, darüber zu reden oder meiner Familie zu erklären, warum mein Herz gebrochen ist. »*Mami*, ich …«

»Bis gleich.«

Sie hat aufgelegt.

Ich könnte ihr eine Nachricht schicken und ihr sagen, dass ich heute einfach nicht im Restaurant essen möchte, doch dann würde sie stattdessen zu mir kommen, und das will ich auch nicht. »Argh.« Ich starte den Motor, fahre aus der Parklücke und in Richtung Restaurant, fühle mich innerlich wie tot. Das Hochgefühl der letzten Woche ist Verzweiflung gewichen.

Die Zeit, die ich mit Jason verbracht hatte, möchte ich um keinen Preis missen. Bei ihm habe ich mich wieder lebendig gefühlt, und er hat mir gezeigt, dass ich immer noch lieben kann. Das sind alles gute Neuigkeiten. Aber der Gedanke, ihn nie wiederzusehen …

Erneut kommen mir die Tränen, und das macht es schwierig, etwas von der Straße zu erkennen. Ich taste blind in der

Ablage herum und finde eine Packung Taschentücher. An einer roten Ampel wische ich mir das Gesicht ab und ermahne mich streng, mich zusammenzureißen, damit ich meiner Familie nicht meine roten, verquollenen Augen erklären muss.

Ich hole tief und bebend Luft, halte sie einen Moment an und lasse sie dann langsam entweichen, wiederhole das, bis ich mich ruhiger fühle. Die Ampel schaltet auf Grün, und ich fahre über die Kreuzung, bemühe mich, auf den Verkehr zu achten und den Schmerz in meiner Brust zu ignorieren.

Der letzte Ort, an dem ich im Moment sein möchte, ist das Restaurant, wo ich im Mittelpunkt des Interesses stehen werde, doch wenn ich nicht zu ihnen fahre, kommen sie am Ende zu mir. Das geht allerdings nicht, denn im Restaurant herrscht gerade Hochbetrieb, also muss ich wohl oder übel zu ihnen.

Das erinnert mich daran, wie ich als Teenager jeden Abend zum Essen erscheinen musste, sodass wir vorgeben konnten, eine normale Familie zu sein, die die Mahlzeiten zusammen einnimmt. Ich habe es früher gehasst, dass ich jeden Tag um sechs dort antanzen musste oder es riskierte, dass einer oder beide mich suchen kamen.

Jetzt, da ich älter bin, ist mir bewusst, wie gut es war, dass sie dafür gesorgt haben, dass ich nicht jeden Abend allein zu Hause war, während sie im Restaurant gearbeitet haben. Während meiner Zeit auf der Highschool habe ich die meisten meiner Hausaufgaben an der Bar des Giordino's gemacht, das genauso sehr mein Zuhause war wie unser Haus. Die Gewohnheit, zum Essen vorbeizukommen, haben Tony und ich auch nach unserer Hochzeit beibehalten. Wir haben beide gerne Zeit mit meiner Familie verbracht – und haben es genossen, nicht kochen zu müssen, wenn wir mal abends freihatten.

Auch viele meiner College- und Uni-Hausaufgaben habe ich dort erledigt, hauptsächlich aus Gewohnheit. Ich fand heraus, dass ich zu Hause nicht so effizient arbeiten konnte, also bin ich weiter dorthin gefahren, selbst als ich das eigentlich nicht mehr musste. Außerdem haben meine Eltern immer dafür gesorgt, dass ich etwas zu essen und zu trinken hatte. Jedenfalls behaupten sie immer scherzhaft, dass sie mich durch das College und die Uni gefüttert haben, was zugegebenermaßen nicht weit von der Wahrheit entfernt ist.

Sie haben mir durch alle Schwierigkeiten hindurchgeholfen, und als ich auf den Parkplatz hinter dem Restaurant abbiege, tröstet es mich, dass sie mir auch in dieser neuen Krise beistehen werden.

Ich klappe die Sonnenblende herunter und betrachte mich im Spiegel. Meine Augen sind ein bisschen rot und feucht, aber insgesamt ist es nicht so schlimm, wie ich befürchtet habe. Obwohl das eigentlich ziemlich egal ist, weil sie nur einen Blick auf mich werfen und wissen werden, dass etwas passiert ist.

Schicksalsergeben greife ich nach meiner Handtasche und nehme die Hintertür. Auf dem Weg an der geschäftigen Küche vorbei dringen köstliche Düfte zu mir, die mir das Wasser im Mund zusammenlaufen lassen und mich daran erinnern, dass mein Appetit selbst in den dunkelsten Stunden immer gut war. Das wurde eine Art Scherz nach Tonys Tod, weil ich so gegessen habe, als wäre nichts passiert. Essen ist immer mein Freund gewesen.

Mein Magen knurrt in Vorfreude, während ich zur Bar gehe, wo mein Vater wie immer Hof hält. Er beugt sich über den Tresen, um mich auf die Wange zu küssen. »Was ist los?«

»Nichts.«

»Schwindel deinen alten Vater nicht an.«

»Du bist nicht alt.«

Er zieht eine Augenbraue hoch und gibt mir zu verstehen, dass ich so einfach nicht davonkomme.

Ich setze mich an die Bar. »Nur ein kleines Problem mit Jason. Nichts, worüber man sich Sorgen machen muss. Was sind heute die Spezialitäten des Tages?«

Er stellt mir ein Glas Chardonnay hin und reicht mir die Speisekarte.

Ich weiß zu schätzen, dass er mich nicht sofort mit Fragen überhäuft, wie es meine Mutter und meine Großmütter tun würden. »Wo sind denn alle?«

»Sie kümmern sich um eine geschlossene Gesellschaft oben, was dir ein bisschen Zeit erkauft.«

Ich lächle ihm zu, weiß zu schätzen, dass er versteht, dass ich eine kleine Pause brauche, bevor die Inquisition beginnt.

»Es ist nicht für immer vorbei, hoffe ich.« Er spricht leise, sodass die anderen Gäste an der Bar ihn nicht verstehen können. »Ich mag ihn.«

»Ich auch, aber ich weiß nicht genau, was es ist. Vielleicht geht er zurück nach New York.« Ich zucke die Achseln, als wäre das für mich nicht die schlimmstmögliche Entwicklung. »Das wäre das Beste für ihn, schließlich spielt sich dort sein Leben ab.«

»Es spricht ja nichts dagegen, dass dein Leben sich auch dort abspielen könnte.«

Ich blicke ihn an und entdecke einen Anflug von Traurigkeit in den Augen, die vom gleichen Braun sind wie meine eigenen. »Willst du mich loswerden, Pops?«

Er stützt sich mit den Ellbogen auf die Bar. »Auf keinen Fall, aber es war schön, dich wieder strahlen zu sehen.«

»Ich fand es auch schön, mich so zu fühlen, doch wer sagt, dass er der Einzige ist, der mich glücklich machen kann?« Die Worte sind noch nicht ganz aus meinem Mund, als mir schon klar ist, dass das Unsinn ist. Ich will niemanden außer ihn.

»Das stimmt.«

Ich merke, dass mein Dad eigentlich was erwidern will, sich aber zurückhält. Ich stoße seine Hand an. »Was?«

»Es ist nur, dass es fünf Jahre gedauert hat, bis du jemanden getroffen hast, mit dem du es noch einmal wagen wolltest.«

»Und schau bitte, was passiert ist, als ich das getan habe.«

»Ich hoffe, du verzeihst mir, wenn ich dir sage, dass du ziemlich schnell aufgibst, Süße.«

Ich richte mich auf. »Ich gebe nicht auf, sondern mache aus Selbstschutz einen Schritt zurück. Ich möchte nicht in New York leben, vor allem jetzt nicht, nachdem ich gerade diesen tollen Job ergattert habe.«

»Jobs sind ersetzbar. Menschen nicht. Das weißt du besser als jeder andere.«

»Meine Güte, Dad, leg dir bloß keine Zurückhaltung auf.«

Er zuckt die Achseln. »Es ist nur die Wahrheit. Wenn dir dieser Mann wichtig ist – und ich glaube, das ist er –, dann lass ihn nicht ohne Kampf ziehen. Sag ihm, was du willst. Vielleicht überrascht er dich, und du findest heraus, dass er das Gleiche will wie du.«

»Wie ich auch ihm schon erklärt habe, können wir keine großen Lebens- und Karriereentscheidungen wegen jemandem treffen, den wir gerade eine Woche lang kennen. Das ist Wahnsinn.«

»Ich wusste, zwei Tage nachdem ich deine Mutter getroffen hatte, dass ich nicht ohne sie glücklich werden konnte. War ich mir sicher, dass ich sie heiraten und mir mit ihr ein wundervolles Leben aufbauen würde? Nein, noch nicht. Aber mir war klar, dass ich ohne sie nicht glücklich sein konnte und würde.«

Natürlich wusste ich, dass sich meine Eltern auf den ersten Blick ineinander verliebt haben, doch ihre Geschichte erhält im Zusammenhang mit den Ereignissen der letzten Tage eine neue Bedeutung für mich.

Dad poliert die Gläser nach, die aus dem Geschirrspüler kommen. »Ich will nur sagen, wenn er der Richtige für dich ist, dann werdet ihr einen Weg finden. Gib nicht so leicht auf, Süße. Er ist ein guter Mann.«

»Das weiß ich, und das macht alles so viel schwieriger. Ich hätte gerne die Chance, ihn besser kennenzulernen und mehr Zeit mit ihm zu verbringen, aber ich bin nicht bereit, nach so kurzer Bekanntschaft seinetwegen nach New York zu ziehen.«

»Dann führt erst mal eine Fernbeziehung, und schaut, was passiert.«

»Und wie soll das funktionieren, wenn er achtzig Stunden die Woche arbeitet?«

»Ich hab so das Gefühl, dass er sich Zeit für dich nehmen wird, schließlich kann er kaum den Blick von dir losreißen.«

»Das stimmt doch gar nicht!«

»Aber so was von.« Er legt sich das Geschirrtuch über die Schulter. »Was möchtest du zum Abendessen? Das Hühnchen mit Marsala-Soße ist heute Abend wirklich gut. Ich habe selbst eine Portion davon gegessen.«

»Hört sich perfekt an.«

»Auch einen Haussalat?«

»Du kennst mich wirklich gut.« Ich liebe unseren Haussalat mit dem knackigen Römersalat, den schmackhaften Roma-Tomaten, Gurken, Karotten, schwarzen Oliven, selbst gemachten Croûtons und geriebenem Parmesan. Ich verzichte nur auf die rote Zwiebel.

»Ich kenne dich so gut wie mich selbst, und dich mit ihm zusammen zu sehen … Das hat mir gefallen. Dein Salat kommt sofort, Kleines.«

Bei seinen Worten werden mir die Augen feucht. Während er weg ist, checke ich mein Handy und finde eine Textnachricht von Jason, die ich sofort lese.

Tut mir so leid, dass es so kompliziert geworden ist, aber eine Sache ist nicht kompliziert: Ich hab dich wirklich gern. Sehr sogar. Ich denke die ganze Zeit an dich. Innerhalb einer Woche bist du auf so viele Arten lebensnotwendig für mich geworden, und das hat überhaupt nichts mit unserem Projekt zu tun. Ich muss über vieles nachdenken, und ich verstehe, dass du inmitten meines Chaos auf dich aufpassen musst. Ich verstehe das, selbst wenn ich dich schon jetzt wie verrückt vermisse.

»Ich vermisse dich auch«, flüsterte ich und lese seine Nachricht noch mindestens zehn Mal, bevor mein Vater zurückkehrt und mir meinen Salat mit dem italienischen Dressing in einem Extrakännchen bringt, genau wie ich es mag.

Dad hebt das Kinn, um zu fragen, was los ist.

Ich reiche ihm mein Handy, damit er die Nachricht lesen kann.

Er überfliegt sie rasch und gibt mir das Handy zurück. »Hab ich schon erwähnt, dass ich ihn mag?«

»Vielleicht hast du was in der Richtung durchblicken lassen.«

»Manchmal ist es schwierig, geduldig zu sein und abzuwarten, was passiert. Doch ich habe da so ein Gefühl, dass Geduld in dieser Situation wichtig ist.«

»Vielleicht.«

Er wendet sich ab, um sich um andere Gäste zu kümmern, während ich meinen Salat esse und über Jasons Nachricht nachdenke und darüber, was mein Vater gesagt hat. Es ging mir gut, bevor ich Jason getroffen habe, und ich muss daran glauben, dass das wieder so sein wird, wenn er nach New York zurückkehrt. Aber nichts wird so schön oder so interessant sein, wie es mit ihm war. Es wird schwierig sein, einfach weiterzumachen, wenn ich weiß, dass er irgendwo da draußen ist, zu weit weg, um Teil meines tagtäglichen Lebens zu sein.

Zum ersten Mal lässt mich mein Appetit im Stich, und ich stochere in dem Salat herum und versuche, Interesse an irgendetwas zu entwickeln.

Meine Mutter setzt sich auf den Hocker neben mir. »Was ist los?«

Da es witzlos ist, zu versuchen, ihr irgendwie auszuweichen, erzähle ich ihr alles. »Jason bekommt vielleicht seinen alten Job in New York zurück.«

»Oh, Mist. Na ja, gut für ihn, allerdings nicht so gut für dich, was?«

»Ja, irgendwie schon.«

Abuela und Nona sind direkt hinter ihr, und meine Mutter berichtet, was los ist, wodurch ich der Mühe enthoben werde, es ein weiteres Mal erklären zu müssen.

»*Ay, mija*, der Junge ist *loco* nach dir«, sagt Abuela. »Der geht nirgendwohin.«

»Es ist nicht so einfach, Abuela. Sein ganzes Leben, seine Forschung, all das ist in New York. Er ist nur hierhergekommen, weil er keine andere Wahl hatte. Oder zumindest dachte, er hätte keine.«

»Das ist Unsinn«, widerspricht Nona. »Seine Arbeit ist nicht sein ganzes Leben, und er ist klug genug, um das zu erkennen.«

Ich hätte wissen sollen, dass sie dafür sorgen würden, dass ich mich besser fühle. Das ist eigentlich immer so. Und Dad hatte recht mit dem Hühnchen mit Marsala-Soße. Es ist köstlich. Ich lasse mir den Rest einpacken, um es morgen als Lunch ins Krankenhaus mitzunehmen.

»Mein Chef möchte gerne mit seiner Frau zu ihrem Hochzeitstag herkommen. Er hat mich gefragt, ob ich meine Beziehungen spielen lassen könnte.«

»Ach wirklich?« Nona zwinkert mir zu. »Dann schauen wir doch mal, was wir da tun können.«

Ich lächle sie an, und als sie die Arme nach mir ausstreckt, schmiege ich mich an sie. »Nach dem Brunch habe ich prophezeit, dass unser kleines Mädchen sich in den attraktiven Arzt verliebt.«

Ich will protestieren, doch sie bedeutet mir, still zu sein.

»Ich hab gesagt, sie verliebt sich in ihn und er sich in sie. Ich hoffe nur, dass sie einen Weg finden, bei dem niemand verletzt wird.« Sie streicht mir mit der Hand übers Haar, wie sie es getan hat, als ich noch klein war. »Ich habe auch gesagt, wenn er dir wehtut, lass ich ihn umbringen, aber das habe ich nicht ernst gemeint. Na ja, nicht wirklich …«

Ich lache, während mir Tränen über die Wangen laufen.

»Falls es mit ihm passieren soll, meine Süße, dann wird es so kommen. Dennoch, egal, wie sich das mit deinem Jason entwickelt, du bist eine starke, fähige Frau, die schon viel Schwierigeres gemeistert hat. Dir, Süße, wird es gut gehen, egal, was die Zukunft bringt.«

»Sie hat recht.« Abuela zeigt mit dem Daumen auf Nona, und es ist einer der seltenen Momente, in denen sie sich mal einig sind.

Ich möchte nicht weg aus dem warmen Kokon der Fürsorge meiner Großmütter und Eltern, doch ich muss nach Hause, mich für die Arbeit fertig machen und darüber nachdenken, wie mein Leben weiter aussehen soll. »Danke, Nona. Ich musste das heute Abend dringend hören, und du hast recht: Es wird so kommen, wie es kommen soll.«

»Und du schaffst das«, erklärt Abuela mit Nachdruck. »Weil wir das sagen.«

Ich umarme sie und meine Mutter und meinen Vater, der sich zu uns gesellt, um ebenfalls gedrückt zu werden. »Ich liebe euch alle. Ich weiß nicht, was ich ohne euch tun würde, warum ich mir auch nicht vorstellen kann, überhaupt irgendwo anders zu leben.«

»Wir lieben dich genauso, aber triff keine Entscheidungen nur wegen uns.« Dad wirft *mami* einen warnenden Blick zu, sodass sie es sich noch mal überlegt, bevor sie etwas sagt. »Du würdest ohne uns zurechtkommen, und wir ohne dich – wenn es sein muss. Wir möchten, dass du glücklich bist, Carmen. Das ist alles, was für uns zählt.«

Ich weiß es zu schätzen, dass er mir die Freiheit gegeben hat, zu tun, was das Beste für mich ist, selbst wenn das nicht das Beste für sie wäre. Eins steht fest: Ich muss über viele Dinge nachdenken.

Kapitel 21

Jason

Ich esse in einem italienischen Restaurant zu Abend, das nicht mit dem Giordino's mithalten kann. Vermutlich bin ich für kubanisches und italienisches Essen für immer verdorben, nachdem ich dort gegessen habe. Wenn ich ohne Carmen leben muss, bin ich vielleicht für alles verdorben, was ein zutiefst deprimierender Gedanke ist, der mir die Lebenskraft raubt, während ich zu dem Hotel zurückfahre, in dem ich schon seit Tagen nicht mehr geschlafen habe.

Viele meiner Sachen sind bei Carmen, was bedeutet, dass wir uns irgendwann treffen müssen. Aber weil ich ihre Wünsche respektiere, kaufe ich eine Zahnbürste, Zahnpasta, Rasierer und Kamm im Shop im Hotel, zusammen mit einer Flasche Wasser. Ich bezahle alles, nehme die Tüte vom Verkäufer entgegen und drehe mich um, um zu den Aufzügen zu gehen, als ich sie entdecke.

Ginger.

Sie sitzt in der Hotellobby und wartet auf mich, sieht so aus, als käme sie geradewegs von einem Laufsteg in Mailand, wie immer. Sie hat mir einmal erzählt, ihre Farbpalette wäre

»Herbst«, weswegen sie ausschließlich Beige, Orange und Braun trägt. Ich hätte daran eins erkennen sollen – dass sie ziemlich oberflächlich ist und ihr all die falschen Dinge wichtig sind. Na ja, im Rückblick ist das einfach zu erkennen. Heute trägt sie Orange, doch ich sehe rot.

Für einen Moment bin ich so verblüfft über ihre Anwesenheit hier, dass ich sprachlos bin. Sie schaut mich mit den großen grünen Augen an, die mich früher so tief berührt haben, und ich muss mich zusammenreißen, um nicht auszuflippen. »Was willst du?«

»Können wir uns unterhalten? Bitte?«

»Auf keinen Fall.« Ich frage mich, wie sie mich gefunden hat, aber das ist egal, ich will sie einfach nur loswerden. »Fahr nach Hause. Hier gibt es nichts für dich.«

»Jason, ich möchte mich entschuldigen.«

»Gut, danke. Erledigt. Verschwinde.« Ich gehe zu den Aufzügen, hoffe, dass die Botschaft angekommen ist.

Ist sie nicht. Sie fasst mich am Arm, um mich zurückzuhalten, und da ich in der Öffentlichkeit keine hässliche Szene will, funkele ich sie bloß an, bis sie mich loslässt.

»Ich habe dir absolut nichts zu sagen.«

»Aber ich muss dir einiges sagen. Ich brauche fünf Minuten, okay?«

»Ich gebe dir keine dreißig Sekunden. Verschwinde wieder unter dem Stein, unter dem du hervorgekrochen bist, und lass mich in Ruhe. Dein Plan ist blendend aufgegangen. Ich habe gehört, dass Howard zurückgetreten ist. Herzlichen Glückwunsch, dass du das Leben von zwei Menschen ruiniert hast. Du kannst wirklich zufrieden mit dir sein.«

Zu meinem Schreck fängt sie an zu weinen. »Es tut mir so, so leid. Ich hatte nie vor …«

»Was hattest du nie vor? Dass die ganze peinliche Geschichte in New York in aller Öffentlichkeit breitgetreten wird oder dass ich meinen Job verliere oder dass deine Kinder herausfinden, was für ein Mensch ihre Mutter ist?«

»Alles davon. Ich hatte nie vor, dass es so weit kommt.«

Ich starre sie ungläubig an. »Was hast du denn geglaubt, was passiert, wenn dein Ehemann, der das Krankenhaus leitet, in dem ich arbeite, das Zimmer betritt, während du mir einen bläst?«

Ein Mann vom Hotel eilt mit finsterer Miene auf uns zu. »Es reicht. Gehen Sie bitte hoch auf ein Zimmer oder nach draußen, sonst muss ich die Polizei rufen.«

»Entschuldigung.« Ich bemerke, dass Kinder am Tresen stehen, zu weit weg, um verstanden zu haben, was ich gesagt habe, allerdings nah genug, dass ich es überhaupt nicht hätte aussprechen sollen. Warum rede ich überhaupt mit ihr? »Ich geh jetzt nach oben. Allein.«

»Jason …«

»Ich sollte mich wirklich bei dir bedanken, Ginger.« Ich rede sehr viel leiser, aber ich hoffe, der finstere Blick, mit dem ich sie bedenke, ist so kalt, wie ich es beabsichtige. »Wenn du mein Leben nicht ruiniert hättest, wäre ich nie hier gelandet und hätte nicht die außergewöhnlichste, wunderbarste Frau der Welt getroffen. Also danke, dass du mich zu ihr gebracht hast. Sie sorgt dafür, dass dieser ganze Albtraum alles wert ist, was ich deinetwegen ertragen musste.« Der Aufzug klingelt, als er ankommt. »Schönes Leben noch.«

Ihr tränenüberströmtes Gesicht ist das Letzte, was ich sehe, bevor sich die Türen schließen und der Aufzug mich von ihr wegbringt. Während die Kabine hochfährt, wird mir bewusst, dass meine Hände zittern und jeder Muskel in meinem Körper vor Wut angespannt ist. Wie kann sie es wagen, herzukommen? Was wollte sie damit erreichen? Sich mit mir versöhnen? Als wenn das überhaupt eine Möglichkeit wäre.

Mein Herz klopft beinahe schon gefährlich schnell. Natürlich beschließt die verdammte Schlüsselkarte in diesem Moment, nicht zu funktionieren, doch ich werde auf keinen Fall zurück in die Lobby fahren, wo Ginger immer noch sein könnte. Ich lasse mich an der Wand zu Boden gleiten und nehme mir ein Bier aus dem Sixpack Sam Adams, den ich auf dem Weg zurück ins Hotel gekauft habe, als mir klar wird, dass ich gar keinen Flaschenöffner habe.

»Verdammter Mist.«

Weißt du noch, wie es vor einem Monat war, als dein Leben noch nicht im Chaos versunken war? Ich hole mein Handy raus, um nachzusehen, was ich an diesem Tag vor einem Monat getan habe. Ich scrolle durch die Kalender-App und finde das Datum, zu dem ich drei Operationen hintereinander hatte, ein Zwei-Stunden-Meeting mit meinem Forschungsteam und ein spätes Dinner mit Ginger bei mir zu Hause. Ich erinnere mich an diese Nacht. Ich habe versucht, sie dazu zu bringen, mir etwas über sich zu erzählen, aber sie ist allen Fragen ausgewichen, wie sie es immer getan hat.

Ich war zu müde, um darauf zu beharren. Alles, was ich wollte, war, etwas zu essen, Sex zu haben und zu schlafen. Wenn ich zurückblicke und die Zeit, die ich mit ihr verbracht habe, analysiere, erkenne ich die Anzeichen. Damals habe ich sie nur ignoriert. Zum ersten Mal seit Jahren hatte ich eine Beziehung, hatte regelmäßig Sex mit einer Frau, die so gerne mit mir zusammen zu sein schien wie ich mit ihr. Warum sollte ich das gefährden, indem ich darauf beharrte, mehr über sie zu erfahren? War das nicht eigentlich sogar mal eine angenehme Abwechslung? Ich hatte eine heiße, sexy Frau gefunden, die lieber über mich sprach als über sich selbst. Was mehr konnte ich mir wünschen?

Sehr viel mehr, wie sich in den letzten Tagen herausgestellt hat. Sie hat mich vielleicht zum Narren gehalten, doch das war auch nicht schwer. Ich habe mich bisher nie von meiner Libido leiten lassen, aber genau das hab ich bei ihr getan und mich nicht groß dagegen gewehrt.

Das war meine Schuld. Nicht dass ich denken würde, dass ich verdient hatte, was sie mir angetan hat, aber für jemanden, dem immer gesagt wurde, dass er so außergewöhnlich intelligent sei, habe ich bei ihr nicht gerade mit Intelligenz geglänzt. Ich habe mich wie ein typischer Mann verhalten, dem die Details egal sind, Hauptsache, er bekommt regelmäßig Sex.

Tief in meinem Herzen habe ich gewusst, dass bei uns irgendetwas nicht stimmte. Es war mir allerdings nicht wichtig genug, herauszufinden, was genau das war.

Mein Handy summt von einer eingehenden Textnachricht. Ich zieh es aus der Tasche und bin überglücklich, als ich feststelle, dass sie von Carmen ist. Mr Augustino hat sich die PP-Präsentation angesehen und gesagt, wir brauchen mehr Informationen zu deiner Forschung. Ich bin mir nicht sicher, ob du dich immer noch mit dem MD-Vorstand treffen willst. Wenn ja, dann schick mir mehr.

Ich lese die Nachricht dreimal, versuche, etwas zu finden, das nicht dort ist. Sie ist ganz sachlich, und das kann ich ihr nicht mal vorwerfen. Da sie weiß, dass ich die Nachricht gelesen habe, antworte ich mit: Mach ich.

Habe ich weiter vor, mich mit dem Vorstand vom Miami-Dade zu treffen? Ich denke darüber nach. Es wäre sehr viel einfacher, zurück nach New York zu gehen, einfach so zu tun, als wäre überhaupt nichts geschehen. Bevor ich Carmen getroffen habe, hätte ich genau das getan. Ich hätte innerhalb weniger Stunden nach der Nachricht der neuen Vorstandsvorsitzenden im Flugzeug gesessen.

Aber jetzt sitze ich hier, bin immer noch in Miami, und warum eigentlich genau?

Ich denke an das erste Mal, als ich Carmen gesehen habe, wie sie in der heißen Sonne stand und vor dem Krankenhaus auf mich gewartet hat. Ich denke darüber nach, wie ich zum Gefängnis gefahren bin, um sie rauszuholen, und wie niedlich und verwirrt sie da in der Zelle saß. Ich lächle, erinnere mich daran, wie sich ihr streng geglättetes Haar in den zwei Stunden, in denen ich sie nicht gesehen hatte, dank meines Cabrios und der Luftfeuchtigkeit in wilde Locken verwandelt hatte. Bei unserer ersten Begegnung hatte ich sie atemberaubend gefunden. Noch mehr war es beim zweiten Mal so, als ihre anständige, perfekte Fassade durch ihre Zeit im Gefängnis Risse bekommen hatte.

Mir fällt wieder ein, wie sie mir erzählt hat, dass sie nicht einmal in der Schule nachsitzen musste, bevor sie mich getroffen hat, und eine Stunde später war sie im Gefängnis. Gott, sie war an dem Tag so anbetungswürdig, so durcheinander und voller Sorge, ihre Eltern könnten herausfinden, dass sie verhaftet worden war. Von Anfang an war sie voller Überraschungen und anders als jede vor ihr.

Ich denke daran, wie ich herausgefunden habe, dass sie Witwe ist, und dann nach und nach erfuhr, wie sie es mithilfe ihrer ganz eigenen Mischung aus Stärke, Mut und Entschlossenheit gelernt hat, weiterzuleben. In vielerlei Hinsicht erinnert sie mich an meine Mutter. Sie würde Carmen lieben. Fast so sehr, wie ich das tue.

Der Gedanke lässt mich innehalten.

Zur Hölle, ich liebe sie. Ist es zu früh? Absolut. Ist das wichtig? Absolut nicht. Ich liebe sie, und ich glaube, vielleicht liebt sie mich auch. Warum sonst hält sie es für so wichtig, sich vor dem Schmerz zu schützen, den ich ihr vielleicht zufügen könnte? Wenn ich ihr egal wäre, würde sie das nicht tun. Sie würde einfach bei mir bleiben, würde die Zeit genießen, die wir noch haben, und dann ohne Probleme weitermachen, nachdem ich gegangen bin.

Nach der unglaublichen Zeit, die wir zusammen verbracht haben, wird niemand von uns einfach so weitermachen. Der Gedanke, sie nie wieder zu sehen, ist unvorstellbar, und dass das passieren könnte, erfüllt mich mit Panik. Ich stehe auf, hoffe, dass Ginger unterdessen verschwunden ist, und fahre nach unten, um mir die Schlüsselkarte neu codieren zu lassen.

Ich habe jede Menge zu tun und nicht viel Zeit dafür, alles zu erledigen.

Carmen

Ich schlafe kaum, wälze mich von einer Seite auf die andere und denke an Jason und Tony, habe Angst, dass ich jetzt wieder von vorn anfangen muss. Ich hasse es, wieder hier zu stehen, mit gebrochenem Herzen. Nein, es ist nicht wie damals nach Tonys Tod, aber der Schmerz ist mir nur zu vertraut und alles andere als willkommen. Ich versuche ihn abzuschütteln, während ich meine Morgenroutine durchziehe, wozu auch der Stopp bei Juanita gehört.

Sie merkt sofort, dass irgendwas los ist. »O nein. Was ist passiert? Wo ist dein sexy Arzt?«

»Ich … äh …«

Sie überrascht mich, indem sie ihr Fenster schließt, das »Offen«-Schild auf »Geschlossen« dreht, rauskommt, meine Hand nimmt und mich in den Verkaufsstand zieht. In all den Jahren, in denen ich hier Kaffee gekauft habe, bin ich noch nie drinnen gewesen.

»Was machst du? Das ist die geschäftigste Tageszeit für dich.«

»Die werden warten. Was ist los?«

»Wahrscheinlich geht er zurück nach New York.«

»*Que lástima.*« Sie umarmt mich fest. »*Lo siento, mi vida.*«

Ich bin entschlossen, nicht zusammenzubrechen, das hier durchzustehen und es so schnell wie möglich hinter mir zu lassen. Vor zwei Wochen wusste ich noch nicht einmal, dass es ihn gibt. Ich weigere mich, zuzulassen, dass er mein Leben ruiniert, für das ich so hart gearbeitet habe. »Es wird alles gut. Ich verspreche es.«

Aufgebrachte Kunden klopfen ans Fenster, aber Juanita scheint das völlig egal zu sein, während sie mich lange und fest umarmt. »So viele Leute bewundern dich, *amiga*. Wie tapfer du weitergemacht hast, nachdem du deinen Ehemann verloren hattest. Jeder möchte, dass du glücklich bist und lächelst, so wie du das tust, wenn du mit dem heißen Arzt zusammen bist. Das war ein wirklich schöner Anblick.«

Ich blinzle hektisch, um die Tränen zurückzuhalten. »Danke, Juanita. Ich weiß deine lieben Worte wirklich zu schätzen.«

»Wenn es mit ihm nicht klappt, wirst du einen anderen finden. Das weiß ich. Ein Herz wie deins ist zu groß, um all die Liebe, die du in dir hast, zu halten. Du musst sie verschenken, *amiga*.«

Ich wusste gar nicht, dass sie mich so sieht. »Danke. Das bedeutet mir viel.« Ich drücke sie erneut. »Jetzt geh zurück an die Arbeit, bevor hier noch jemand zu randalieren beginnt.«

»Ach was.« Sie winkt mit einer Hand in Richtung des Fensters, während sie mir meinen *cortadito* reicht. »Sie werden warten. Sie sind süchtig.«

Ich lache, weil es nur die Wahrheit ist. Genau wie ich überstehen sie den Tag nicht ohne einen Becher von Juanitas magischem Gebräu. Als ich sie bezahlen will, funkelt sie mich warnend an. Mit einem dankbaren Lächeln für sie verlasse ich den Verkaufsstand und spüre auf dem Weg zu meinem Auto die Blicke von allen, die in der langen Schlange warten, auf mir.

»Lasst das«, schimpft Juanita. »Ich habe sie hereingeholt, und wenn ihr euren Fix wollt, dann seid ihr besser nett zu *mi amiga*. Also, wer ist an der Reihe?«

Ich lache über ihr bestimmtes Auftreten, während ich ins Auto steige, meinen Kaffee vorsichtig in den Becherhalter stelle, damit ich ihn ja nicht verschütte. Juanitas *cortadito* ist der Goldstandard für Köstlichkeit.

Ich will gerade aus der Lücke zurücksetzen, als Priscilla laut röhrend auf den Parkplatz braust und neben meinem Auto zum Stehen kommt. Ich bin wie erstarrt, kann mich nicht bewegen oder denken oder atmen oder überhaupt irgendetwas anderes tun, als Jasons unglaublich attraktives Gesicht zu betrachten. Ich müsste schon blind sein, um die Sehnsucht in seinen Augen zu übersehen, die mich immer so voller Zärtlichkeit und Verlangen betrachten. Das ist jetzt nicht anders. Er sagt so viel mit nur einem Blick.

Er steigt aus seinem Auto, joggt zu meinem und klopft ans Beifahrerfenster. Gestern habe ich jede Unze meiner Kraft gebraucht, um mich von ihm zu verabschieden. Wenn ich ihn jetzt in mein Auto lasse, war das alles umsonst.

Ich spähe zu ihm hinüber. Jason beugt sich vor, schaut mich flehentlich durch die Scheibe an. Jeder Teil von mir will ihn so sehr. Obwohl ich meinen Mangel an Willenskraft verfluche, entriegele ich die Tür.

Er steigt ein, schließt die Tür und dreht sich zu mir.

Ich schalte die Klimaanlage auf die höchste Stufe, damit wir hier nicht zu Tode schmoren.

Ein schneller Blick verrät mir, dass er müde ist – genauso müde wie ich. Er hat sich nicht rasiert, und sein Haar sieht aus, als wäre er sich ungeduldig mit der Hand hindurchgefahren.

»Geht es dir gut?«, fragt er.

»Sicher. Nie besser.« Ich nehme einen Schluck von meinem Kaffee, um meinen Händen etwas anderes zu tun zu geben, als nach ihm zu greifen und ihn anzuflehen, für immer bei mir zu bleiben.

»Wärst du eventuell bereit, deinen Suchtstoff zu teilen?« Mit einem kleinen Lächeln deutet er mit seinem Kinn auf den Becher.

Ich reiche ihn ihm und versuche, nicht auf das zufriedene Stöhnen zu achten, das aus Gründen, die absolut nichts mit *cortadito* zu tun haben, so vertraut für mich ist.

Er gibt mir den Becher zurück. »Ginger war letzte Nacht in meinem Hotel.«

Ich keuche auf, bekleckere mich fast mit Kaffee, und mir wird klar, dass all meine Bemühungen, Abstand zwischen uns zu bringen, zum Scheitern verurteilt sind. Ich kann mich genauso wenig von ihm fernhalten, wie ich aufhören könnte zu atmen. »Was hat sie gewollt?«

»Wer weiß das schon? Ich hab ihr gesagt, sie soll verschwinden.«

»Wie hat sie dich gefunden?«

»Das ist eine sehr gute Frage, aber es hat mich nicht genug interessiert, um mich mit ihr zu unterhalten. Ich wollte bloß, dass sie verschwindet.«

»Wow, sie ist nach Miami geflogen, um dich zu sehen. Das ist ziemlich verrückt.« Plötzlich ist mir eiskalt, und nicht nur wegen der Klimaanlage.

»Sie bedeutet mir nichts, Carmen. Das musst du mir glauben.«

Ich sage mir, dass es keinen Unterschied macht. Er wird gehen. Ich nicht. Ich weiß, dass er nichts für sie empfindet, also sollte es mir egal sein, dass sie hergekommen ist. Doch das ist es nicht. Es ist mir wichtiger als alles andere seit vielen Jahren, trotz meiner vergeblichen Bemühungen, mich von ihm und aus dieser verrückten Situation zu lösen. Solange er hier neben mir sitzt, sein vertrauter Geruch mich einhüllt und mich an die vielen intimen Momente mit ihm erinnert, ist es mir unmöglich, unbeteiligt zu bleiben. »Das tue ich. Ich glaube dir.«

»Ich vermisse dich.«

»Du hast mich doch gestern erst gesehen.«

»Ich habe es gestern Nacht vermisst, dich neben mir zu spüren. Ich hab nicht gut geschlafen.«

»Ich auch nicht.«

»Ich weiß, dass es viel verlangt ist, aber kann ich bitte ein, zwei Tage dafür haben, herauszufinden, was ich mit meinem Leben anfangen soll, bevor du mich für immer abschreibst?«

»Ich hab dich nicht für immer abgeschrieben. Ich versuche nur, zu vermeiden, dass mir …«

»Das Herz gebrochen wird?«

»Genau«, erwidere ich mit einem Seufzen. »Das ertrage ich nicht noch mal in meinem Leben.«

»Das Letzte, was ich will, ist, dir Schmerz zuzufügen. Ich hoffe, das glaubst du mir ebenfalls.«

»Ja, tu ich.«

»Das Angebot aus New York kam völlig unerwartet. Es hat alles durcheinandergebracht, und ich versuche, zu entscheiden, wie ich weitermachen will. Du bist ein wichtiger Faktor dabei.«

»Was ich absolut nicht sein sollte. Neun Tage, Jason. Du kennst mich seit gerade mal neun Tagen.«

Als könnte er es nicht lassen, mich zu berühren, nimmt er meine Hand und zieht sie an seine Lippen, gibt mir einen Kuss auf die Handfläche und einen auf die Innenseite meines Handgelenks, wo er ganz sicher meinen hämmernden Puls spürt. »Die besten neun Tage meines Lebens, Carmen. Ohne Zweifel.«

»Wirklich?« Meine Stimme hört sich hoch und piepsig an.

»Wirklich. Du musst einfach Vertrauen zu mir haben und zu uns. Wir werden das irgendwie hinkriegen, okay?«

Hoffnung regt sich in mir und Glück, so groß, dass ich sie nicht zurückhalten könnte, selbst wenn ich es wollte, was nicht der Fall ist. Ich nicke, denn was kann ich anderes tun, als ihm zu vertrauen?

Er beugt sich über die Mittelkonsole, schafft es aber nicht ganz bis zu mir.

Ich muss ihm auf halbem Weg entgegenkommen, es ist also meine Entscheidung. Als wenn ich überhaupt eine Wahl hätte. Ich beuge mich vor.

Seine Hand legt sich auf meinen Nacken, während seine Lippen meine bedecken, in einem Kuss, der ganz sanft beginnt, doch schnell in verzweifeltes Verlangen übergeht.

Viele Minuten später müssen wir Luft holen, starren einander mit brennenden Lippen und Hitze in anderen Körperregionen an.

»Wow.«

Das fasst es ziemlich gut zusammen.

»Ich muss zur Arbeit.« Ich werfe einen Blick auf die Uhr. Ich habe fünfzehn Minuten, um rechtzeitig da zu sein, und brauche zu dieser Stunde jede einzelne davon.

»Ich auch.« Er haucht einen Kuss auf meinen Handrücken und lässt mich offensichtlich widerstrebend los. »Ich ruf dich nachher an, okay?«

Ich denke darüber nach und schüttele den Kopf. »Ruf mich an, wenn du weißt, was du tun willst. Von da aus sehen wir dann weiter.«

Er stöhnt theatralisch und lässt den Kopf gegen die Lehne sinken. »Du bist eine harte Verhandlungspartnerin, Miss Giordino, aber okay, wir machen das so, wie du willst.« Er betrachtet mich mit seinen wunderschönen Augen. »Verlieb dich nicht in jemand anderen, bevor du von mir hörst, okay?«

Meine Lippen beben, weil ich ein Lachen unterdrücken muss. Ich bin mir sicher, dass er das jetzt nicht zu schätzen wüsste. »Ich werde mir Mühe geben.«

»Ja bitte.« Er streckt die Hand nach dem Türgriff aus und schaut mich ein letztes Mal an, bevor er aus dem Auto steigt und die Tür hinter sich schließt.

Ich beobachte, wie er zu der Schlange vor Juanitas Verkaufsstand läuft, bemerke seine hängenden Schultern. Auch wenn ich es hasse, ihn traurig zu sehen, hilft es mir, zu wissen, dass ich nicht allein leide. Ich bin dankbar dafür, während ich vom Parkplatz und in Richtung Arbeit fahre.

KAPITEL 22

Carmen

Der Verkehr ist noch schlimmer als sonst, und letzten Endes muss ich in Pumps vom Parkplatz zum Krankenhaus joggen und dabei meinen *cortadito*, meinen Laptoprucksack und meine Handtasche balancieren. Aber es lohnt sich, weil ich fünf Minuten nach neun in die Vorstandsetage schlüpfe.

Glücklicherweise merkt nur Mona, dass ich zu spät komme, und ich bezweifle, dass sie es weitererzählen wird.

»Guten Morgen«, begrüßt sie mich, trotz der frühen Stunde offensichtlich bester Laune, was für einen Morgenmuffel wie mich besonders schwer erträglich ist.

»Morgen.«

»Ist es Dr. Northrups Schwester gestern noch gelungen, ihn zu finden?«

Ich erstarre mitten im Schritt. »Seine Schwester?«

»Sie ist überaus hübsch. Und ich konnte sofort die Ähnlichkeit erkennen.«

»Das ist interessant, denn Dr. Northrup hat gar keine Schwester.«

Mona starrt mich mit großen Augen an. »Nicht?«

»Er hat bloß einen Bruder, daher hat es ganz den Anschein, als hätten Sie seine Adresse jemandem gegeben, der gar kein Familienmitglied ist, Mona. Das hätte sehr gefährlich werden können, wenn sie ihm hätte schaden wollen.«

Ich fühle mich schrecklich, als ihre Augen sich mit Tränen füllen, doch es stimmt ja. Sie kann nicht ungefragt die Privatadresse von jemandem rausgeben.

»Ist er … Ist alles in Ordnung?«

»Ja, aber er war nicht sehr erfreut, von der Frau überrascht zu werden, die den Skandal in New York verursacht hat.«

»Das war sie?«

»Jap.«

»Oje. Das tut mir so leid. Ich fühle mich furchtbar.« Sie schaut mich mit tränenfeuchtem Blick an. »Das werden Sie doch nicht Mr Augustino sagen, oder?«

Ich lächle und zwinkere ihr zu. »Sie verraten mich nicht, und ich im Gegenzug Sie nicht.«

»Oh, danke, Carmen. Sie sind die Beste. Ich bin so froh, dass Sie zu uns gestoßen sind.«

»Ich auch.« Ich begebe mich in mein Büro und bereite alles für den Arbeitstag vor. Ich schicke Jason noch schnell eine Textnachricht, um ihm mitzuteilen, dass Mona dafür verantwortlich war, dass »seine Schwester« die Anschrift des Hotels erfahren hat.

Nun, damit ist das Rätsel wenigstens gelöst. Bei Ginger kann man sich offenbar darauf verlassen, dass sie schamlos lügt.

Ich habe Mona erklärt, dass sie persönliche Informationen nicht ohne ausdrückliche Erlaubnis weitergeben darf. Es tut ihr furchtbar leid.

Sag ihr, halb so wild.

Ich lege mein Handy hin und beginne mit der Sichtung meiner E-Mails, unter denen sich auch eine von Terri befindet, der Stationsleiterin und Freundin von Jason aus New York.

Hi, Carmen,

hier sind mehr Referenzen, die von früheren Patienten und ehemaligen Kollegen von Dr. Northrup eingegangen sind. Ich habe gehört, dass unser Vorstand ihm angeboten hat, in seinen alten Job zurückzukehren. Richten Sie ihm bitte aus, dass wir alle überglücklich sind, das zu hören, und es gar nicht erwarten können, ihn wieder bei uns zu haben. Ich habe ihm schon eine Textnachricht geschickt, doch bisher keine Antwort erhalten. Ich hoffe, er kommt mit dem ganzen Chaos klar, das um ihn tobt. Wie auch immer, ich bin nicht sicher, ob Sie diese Aussagen noch brauchen, dachte mir aber, ich schicke sie trotzdem. Danke für all Ihre Hilfe.

Alles Gute

Terri

Als ich das lese, fühle ich mich innerlich wie tot, auch wenn es absolut verständlich ist, dass seine ehemaligen Kollegen sich über seine Rückkehr freuen würden. Ich lese die Referenzen von dankbaren Patienten, Angehörigen von Patienten, die trotz Jasons Bemühungen gestorben sind, und von seinen Kollegen, die sein Loblied als Chirurg und Mensch singen.

Ich füge jede einzelne in die PowerPoint-Präsentation ein, wo sie überlappend in einer Animation erscheinen. Es sind vermutlich zu viele, doch angesichts dessen, was wir zu erreichen versuchen, nehme ich alle.

Außerdem baue ich die Stichpunkte zu seiner Forschungsarbeit ein, die Jason mir geschickt hat, speichere die Datei auf unserem Krankenhausserver ab und sende sie an Mr Augustino.

Eine Stunde später steht er vor meinem Büro, klopft an meine offene Tür und tritt ein. »Guten Morgen.«

»Guten Morgen.«

»Ich habe mir die letzte Version der Präsentation angeschaut. Die ist wirklich großartig geworden. Ein Riesenlob, Ms Giordino.«

»Danke. Es freut mich, dass Sie zufrieden sind.«

Er nimmt auf meinem Besucherstuhl Platz, wirkt irgendwie betrübt. »Trotzdem ist es möglich, dass alles umsonst gewesen ist. Haben Sie gehört, dass New York ihm angeboten hat, zurückzukehren?«

»Ja, hab ich.«

»Ich habe vorhin mit der Vorsitzenden unseres Vorstands gesprochen, und sie findet, es wäre nicht richtig von uns, wenn wir trotz dieser Entwicklung mit ihm weitermachen.«

Mein Herz sinkt. »Das war's also? Es ist vorbei?«

»Ich glaube schon.«

»Oh.« Ich kann ja wohl kaum vor meinem Boss in Tränen ausbrechen. Ich weigere mich, bei der Arbeit zu weinen, egal, wie gern ich das tun würde. Und im Moment ist der Drang beinahe überwältigend.

»Nichtsdestotrotz haben Sie großartige Arbeit geleistet, und es freut mich, Ihnen die Leitung der Public-Relations-Abteilung anzubieten, falls Sie interessiert sind. Ihre erste Aufgabe wäre, Ihre eigene Assistentin einzustellen, als Ersatz für Sie.«

Am Boden zerstört und himmelhoch jauchzend zur gleichen Zeit. Ich verkrafte diese Achterbahnfahrt nur mit Mühe. »Ich … Ja, das wäre wunderbar. Danke für das Vertrauen, Mr Augustino.«

»Der Vorstand hat sein Interesse daran bekundet, dass Sie für das Krankenhaus die Vernetzung in die Stadt ausbauen, so, wie Sie das für Dr. Northrup getan haben. Das wäre Teil Ihrer neuen Pflichten.«

»Das kann ich selbstverständlich machen.«

»Ausgezeichnet.« Er beugt sich über meinen Schreibtisch, um mir die Hand zu schütteln. »Herzlichen Glückwunsch, Ms Giordino.«

»Bitte nennen Sie mich Carmen.«

»Liebend gern. Ich bin Roy.«

Ich sollte überglücklich sein. Schon in meiner zweiten Woche werde ich befördert, darf mir meine eigene Assistentin einstellen und den Krankenhausdirektor mit seinem Vornamen ansprechen. Aber ich bin nicht überglücklich. Ich bin zutiefst unglücklich, auch wenn ich mich für Jason wirklich freue. Das auseinanderklaffende Gefühlsspektrum ist beinahe zu viel.

Ein Unrecht ist korrigiert worden. Das ist es, was wichtig ist, wenigstens versuche ich, mir das einzureden.

Ich zwinge mich, meine Gefühle unter Kontrolle zu halten, bis ich mich ihnen später in aller Ruhe widmen kann. »Ich habe mit meinen Eltern gesprochen, und sie lassen ausrichten, Sie sollen ihnen einfach Bescheid geben, wenn Sie und Mrs Augustino im Restaurant essen wollen. Sie reservieren Ihnen gerne einen Tisch.«

»Danke, das ist wunderbar. Meine Frau freut sich sehr, denn sie liebt das kubanische Essen im Giordino's. Ich selbst habe ja eher eine Vorliebe für das italienische. Unser Hochzeitstag ist am zwölften Juli.«

»Soll ich die Reservierung für sieben Uhr abends machen?«

»Das wäre perfekt. Noch einmal danke.«

»Jederzeit gern.«

Mr Augustino – Roy – verlässt mein Büro, und ich versuche mich auf die Unterlagen über die laufenden Projekte zu konzentrieren, die meine Vorgängerin dagelassen hat, auf bevorstehende Veranstaltungen und andere Dinge, die von mir als neuer Leiterin der Abteilung Aufmerksamkeit verlangen.

Doch ich kann mich auf nichts konzentrieren, daher beschließe ich, mir Bewegung zu verschaffen, um einen klaren Kopf zu bekommen. Erst einmal unternehme ich einen Erkundungsgang durch das Krankenhaus und über das dazugehörige Gelände, um alles kennenzulernen. Im Fahrstuhl drücke ich auf den Knopf für den vierten Stock, wo sich der Kreißsaal befindet. Ich gehe durch die geschlossenen Türen zur neonatologischen Intensivstation, in der Frühchen um ihr Leben kämpfen. Vor mir wird auf der anderen Seite des Ganges ein überglückliches Paar zum Aufzug gebracht. Die Frau sitzt im Rollstuhl und hält ihr Baby im Arm, ihr Mann folgt hinter ihr und trägt die Babyschale.

Ich frage mich, wie es wohl wäre, diese Frau zu sein, auf dem Weg nach Hause, um die nächste Phase meines Lebens mit meinem neugeborenen Baby und dem Mann, der mich liebt, zu beginnen. Wenn Tony noch am Leben wäre, könnten wir beide dieses Elternpaar sein, inzwischen mindestens zum zweiten, vielleicht sogar zum dritten Mal. Wir haben uns oft darüber unterhalten, wie viele Kinder wir wollten. Mindestens zwei, da waren wir uns einig, und gern auch mehr – nur sind wir dazu nie gekommen.

Im sechsten Stock, wo die Onkologie untergebracht ist, begegne ich einem jungen Patienten, der seinen Infusionsständer vor sich herschiebt, begleitet von einer Krankenschwester, die ihn ermutigt, noch ein paar Schritte mehr zu machen, auch wenn er vor Schmerzen das Gesicht verzieht. In Gedanken bete ich für seine rasche Genesung.

Im siebten Stock lande ich in der Kinderintensivstation, wo ich mich im Schwesternzimmer nach Mateo Diaz erkundige. Sie schicken mich zum Zimmer 718. Ich klopfe kurz an, und Sofia springt auf, um mich mit einer Umarmung zu begrüßen. Sie redet auf Spanisch mit mir, dankt mir, dass ich vorbeischaue, und ist voll des Lobes für Dr. Northrup, der ihrem kleinen Jungen das Leben gerettet hat.

Mateo, der in dem großen Krankenhausbett winzig wirkt, ist wach und blickt mich mit großen Augen an.

»Wie geht es ihm?«, frage ich seine Mutter auf Spanisch.

»Viel besser. Gott sei Dank.«

»Das sind wunderbare Neuigkeiten. Und wie geht es Ihnen?«

Sie zögert, bevor sie antwortet. »Alles, worauf es ankommt, ist, dass mein Kleiner lebt.«

»Was brauchen Sie, Sofia? Wie kann ich helfen?«

Mit Tränen in den Augen führt sie mich zur Tür, damit Mateo uns nicht hört. »Mir ist gekündigt worden, wegen meiner Fehltage, meine Miete ist fällig, und ich habe keine Ahnung, was ich tun soll.«

Ich ziehe mein Handy hervor. »Geben Sie mir Ihre Nummer. Ich rede mit ein paar Leuten und sehe, wie wir Ihnen helfen können.«

»Sie haben doch schon so viel getan. Ich hab gehört, Sie waren es, die dafür gesorgt hat, dass Dr. Northrup in der Sozialklinik war. Ohne ihn …« Sie wirft einen Blick zu Mateo. »Ich weiß nicht, was wir dann getan hätten. Er hat seine Arbeitszeit gespendet und die Krankenhauskosten aus eigener Tasche übernommen. Wussten Sie das?«

»Nein, aber das überrascht mich nicht.« Wenn ich in Jason Northrup nicht schon so gut wie verliebt wäre, wäre ich es spätestens jetzt.

»Das ist genug, Carmen. Ich finde schon eine Lösung für den Rest.«

»Geben Sie mir trotzdem Ihre Nummer. Die Leute werden helfen wollen.«

Widerstrebend diktiert sie mir die Zahlenfolge, die ich bei meinen Kontakten eingebe. »Wir sehen einfach, was sich machen lässt.«

»Gott segne Sie.«

Ich umarme sie, und als ich mich von ihr löse, steht Jason da. Eine Sekunde bin ich verwirrt, weil ich dachte, er sei heute Vormittag in der Sozialklinik.

»Wie geht es meinem Freund Mateo?«, fragt er Sofia.

»So viel besser.«

»Das höre ich gern. Ich schaue gleich nach ihm. Carmen, kann ich dich kurz sprechen?«

»Sicher.« Ich drücke Sofias Arm und folge Jason auf den Flur.

Ich möchte ihn umarmen und küssen und ihm für das danken, was er für Mateo getan hat. Und ich möchte ihn auch fragen, ob er schon gehört hat, dass der Vorstand des Miami-Dade sich den Wünschen des New Yorker Krankenhauses fügt, das seinen berühmten Kinderneurochirurgen zurückhaben will. Doch ich tue nichts von alledem, sondern warte ab, was er zu sagen hat.

»Ich muss zurück nach New York.«

Mir sinkt das Herz. »Okay.«

»Da ist ein dreijähriges Mädchen mit dem gleichen Tumor, den Mateo hatte. Ich fliege hoch, um die Kleine zu operieren, komme aber so schnell wie möglich wieder zurück.«

Ich beiße mir auf die Lippe und nicke, ganz darauf konzentriert, das hier durchzustehen, ohne zu emotional zu werden. »Ich hoffe, alles geht gut.«

»Ich auch. Bei ihr ist die Lage ein bisschen komplizierter als bei Mateo.«

Seine goldbraunen Augen leuchten angesichts der Herausforderung dieses Falles. Er ist eindeutig ganz in seinem Element.

»Mr Augustino hat mir vorhin die Stelle der Leitung der PR-Abteilung angeboten.«

»Ehrlich? Carmen, das ist wunderbar. Herzlichen Glückwunsch.« Ich kann erkennen, dass er mich küssen möchte, sich aus Rücksicht auf unsere Umgebung jedoch beherrscht. »Eine Woche im Job, und schon wirst du befördert.«

»Ich glaube, das liegt vor allem daran, dass die bisherige Leiterin entschieden hat, nach der Geburt ihres Kindes erst mal nicht wieder zu arbeiten.«

»Das ist nicht der Grund. Es liegt daran, dass Augustino genau weiß, was für ein Gewinn du für sein Team bist. Er hätte dir das nie angeboten, wenn er mit deiner Arbeit nicht zufrieden wäre.«

»Ja, das kann schon stimmen.«

»Das kann es nicht nur, das tut es. Ich freu mich jedenfalls für dich und bin superstolz.«

»Danke.« Ich sonne mich ein paar Sekunden lang in seinem Lob, während ich mich frage, ob ich ihn je wiedersehen werde. Wenn er erst in New York ist, wo sein alter Job auf ihn wartet, was für einen Grund hätte er dann noch, hierher zurückzukehren? Ich kann ihm die Sachen, die er in meiner Wohnung gelassen hat, nachschicken, denke ich. »Viel Glück mit der Operation.«

»Danke. Ich werde Priscilla auf dem Parkplatz hier stehen lassen und mir ein Taxi zum Flughafen nehmen. Nur für den Fall, dass du sie hier zufällig bemerkst.«

»Okay.«

»Ich schreibe dir, sobald ich kann.«

Ich nicke und wende mich ab, entschlossen, hoch erhobenen Hauptes zu gehen, selbst wenn es mir das Herz bricht.

»Hey, Carmen?«

Ich drehe mich noch mal zu ihm um, versuche mir jedes Detail seiner Erscheinung einzuprägen. Als ob ich ihn je vergessen könnte.

»Ich *werde* zurückkommen.«

Ich nicke und setze mich in Bewegung, reiße mich zusammen. Ich schaffe das hier. Ich habe schon Schlimmeres überstanden und werde auch das hier überstehen. Als ich wieder in meinem Büro bin, schicke ich eine Nachricht an Abuela und Nona, erzähle ihnen von Sofias Problem und frage sie, was wir tun können, um ihr zu helfen.

Abuela antwortet als Erste. Wir kümmern uns darum, querida.

Gut, dass du an uns gedacht hast, fügt Nona hinzu.

Nächste Frage, schreibt Abuela, was ist mit dir?

Ist schon in Ordnung. Jason muss für eine Operation zurück nach New York, doch er hat gesagt, er kommt wieder. Warten wir's mal ab.

Ay, mija, schreibt Abuela, ich weiß, das ist nicht leicht, aber der Junge ist schwer in dich verliebt. Das haben wir alle gesehen. Er kommt zurück.

Ich hoffe, du hast recht.

Wann hatte ich das deines Wissens nicht?

Das musstest du ihr auch auf dem Silbertablett präsentieren, meint Nona gewohnt trocken.

Darüber muss ich lachen, wie immer entzückt von ihnen. Ich liebe euch. Danke, dass ihr immer für mich da seid – und alle anderen auch. Ich möchte wie ihr beide sein, wenn ich mal erwachsen bin.

Du vereinst in dir schon das Beste von uns, erwidert Nona. Wir lieben dich auch. Und für Sofia werden wir was auf die Beine stellen.

Ich antworte mit dem Küsschen-Emoji. Sofia wird nicht wissen, was sie getroffen hat, wenn die beiden erst mal begonnen haben, sich für sie einzusetzen.

Ich zwinge mich, mich auf meine Arbeit zu konzentrieren, schiebe alles andere beiseite und gebe alles für den Job, für den ich bezahlt werde. Ich möchte, dass Mr Augustino froh ist, mich befördert zu haben.

Ich nehme Kontakt mit der Personalabteilung auf, um die Stellenausschreibung für meine Assistentin anzustoßen. Ich schreibe eine Presseerklärung, weil einer unserer Kardiologen eine angesehene Auszeichnung erhalten hat, und eine für die Pflegebereichsleiterin, die nach vierzig Jahren im Krankenhaus in den Ruhestand verabschiedet wird. Ich spreche mit beiden und gebe mir beim Verfassen der Texte große Mühe.

Beide Meldungen werden von verschiedenen lokalen Medien aufgegriffen, wovon alle profitieren. Ich nehme auch mit Desiree Rivera Kontakt auf und bedanke mich für die wunderbare Geschichte über Jason und seine Arbeit in der Sozialklinik, rege eine Fortsetzung an, damit die Leute erfahren, dass es Mateo gut geht. Sie ist einverstanden, die Idee dem Sender vorzuschlagen.

Tage verstreichen, an denen ich wenig mehr tue, als zu funktionieren – aufstehen, mich für die Arbeit fertig machen, bei Juanita anhalten, ins Büro gehen, Schwätzchen mit Mona halten, all meine Aufmerksamkeit meiner Arbeit widmen, an Sitzungen teilnehmen, wie in einer Endlosschleife. Mehrere Tage nach Jasons Abreise bin ich zum Dinner im Restaurant. Ich kann aus nächster Nähe miterleben, was meine Großmütter in Bewegung gesetzt haben, um Sofia zu helfen, die von ihrer Großzügigkeit überwältigt ist. Die ganze Zeit versuche ich, nicht an Jason zu denken, was leichter gesagt als getan ist.

An dem Tag, an dem er abgereist ist, habe ich eine kurze Nachricht von ihm erhalten, in der er mich hat wissen lassen, dass er sicher in New York gelandet ist und gleich in den OP musste. Und seitdem? Nichts.

Ich sage mir, dass er alle Hände voll damit zu tun hat, das Leben des kleinen Mädchens zu retten, das zu tun, wofür er bestimmt ist. So sollte es sein, selbst wenn ich ihn mehr vermisse, als ich je für möglich gehalten hätte. Ich fühle mich ein bisschen schuldig, weil ich ihn so sehr zurück in Miami haben möchte, vor allem, weil ich ja weiß, dass es für seine Arbeit und seine Forschung vermutlich besser wäre, wenn er in New York bliebe. Alle Schuldgefühle beiseitegeschoben, fehlt er mir so unfassbar, dass es beinahe körperlich wehtut.

Für Freitag ist die Vorstandssitzung anberaumt. Nach allem, was Mona mir erzählt hat, die bei den Vorbereitungen des Treffens mitgewirkt hat, ist Dr. Jason Northrup kein Punkt auf ihrer Tagesordnung. Diese Information verarbeite ich mit demselben bedrückten Gefühl, das in dieser endlos erscheinenden Woche inzwischen nur zu vertraut geworden ist.

Der einzige Lichtblick ist, dass mein erster Gehaltsscheck eintrifft und ich mit einem Gefühl von Unglauben auf die Zahlen starre. Im Restaurant habe ich immer gut verdient, aber das hier ist sogar noch besser, was sehr befriedigend ist, besonders angesichts all der Mühen, die ich auf mich genommen habe, um die Hochschule erfolgreich abzuschließen. Ich begleiche meine Miete und zahle eine stattliche Summe auf mein Kreditkartenkonto ein – es ist ein schönes Gefühl, Schulden loszuwerden.

Das Wochenende verbringe ich allein in meinem Apartment, lecke meine Wunden und frage mich, ob Jason es wirklich ernst gemeint hat, als er gesagt hat, dass er zurückkommt. Ich durchlebe jede Minute, die wir gemeinsam verbracht haben, noch einmal, verweile bei Erinnerungen, die ich am liebsten für immer in mir einschließen möchte. Ich sehe Desirees Interview mit ihm mindestens hundert Mal und scrolle durch die Fotos, die ich von ihm aufgenommen habe – im Park beim Dominospiel mit den alten Männern, im Giordino's, an der Bar im Fontainebleau und am Strand von Miami Beach.

Als mir bewusst wird, dass es kein einziges Foto von uns beiden zusammen gibt, trifft mich das Gefühl des Verlusts so heftig, dass es mich in die dunkelsten Tage meines Lebens zurückwirft. Ich hasse es, dorthin zurückzukehren, selbst wenn ich mir weiter sage, dass das hier in nichts dem damals gleicht. Ich lerne, dass Herzschmerz Herzschmerz ist, egal, was ihn verursacht. Bei all den Fotos, die ich für die sozialen Medien von ihm gemacht habe, wie habe ich da ein Selfie von uns beiden vergessen können? Für den Sonntagsbrunch entschuldige ich mich unter dem Vorwand, mich nicht wohlzufühlen, weil ich es nicht aushalten könnte, von meinen besorgten Familienmitgliedern mit Fragen überschüttet zu werden.

Es überrascht mich nicht, als meine Eltern und Großmütter am Sonntagnachmittag vor meiner Tür auftauchen und mir die Reste vom Brunch vorbeibringen, genug Essen, um mich eine ganze Woche lang zu ernähren. Das ist schön, denn ich habe absolut keine Lust, einkaufen zu gehen.

Ich weiß es zu schätzen, dass sie nur eine halbe Stunde bleiben, in der wir über alles reden außer das, was uns wirklich beschäftigt. Dann brechen sie auf, um das Restaurant für den Abend zu öffnen. Einmal mehr liefern sie mir einen Grund, meinem Schicksal zu danken, dass ich in eine Familie hineingeboren wurde, die sich so um die Ihren kümmert, selbst wenn es Zeiten gibt, in denen ich wünschte, sie würden sich etwas weniger einmischen.

Am folgenden Mittwoch bin ich überzeugt, dass meine Beziehung mit Jason nicht mehr war als ein Hirngespinst meiner überbordenden Fantasie. Wenn nicht die Kleidungsstücke und die persönlichen Gegenstände wären, die er in meinem Apartment gelassen hat, würde ich glauben, ich hätte das alles bloß geträumt. Ich habe mir angewöhnt, in einem seiner Oberhemden zu schlafen, das immer noch schwach nach seinem Aftershave riecht. Kein Grund, sich über mich lustig zu machen. Ich versuche, stark zu sein, aber er fehlt mir, selbst wenn ich rein vernunftmäßig davon überzeugt bin, dass es absolut verrückt ist, so für jemanden zu empfinden, mit dem ich gerade mal eine Woche verbracht habe.

Es war allerdings eine wirklich, wirklich gute Woche.

Ich sitze am Donnerstag an meinem Schreibtisch, als Mona in mein Büro kommt und die Tür schließt. Ich kann nach einem Blick in ihr Gesicht erkennen, dass sie gleich eine Bombe platzen lassen wird.

»Was ist los?«

»Der Vorstand hat eine außerordentliche Sitzung.«

»Wozu?«

»Mr Augustino meint, das sei eine persönliche Angelegenheit und mehr könne er nicht sagen.«

»Okay …«

»Laut Debbie in der Cafeteria geht es um Dr. Northrup.«

Mir bleibt fast das Herz stehen. »Echt?«

Mona nickt. »Angeblich hat er um den Termin gebeten.«

Ich kann das nicht. Ich kann das einfach nicht. Ich darf mir auf keinen Fall gestatten, in diese Richtung zu denken … »Danke, dass du es mir gesagt hast.«

»Hast du irgendwas gehört?«

»Nein.« Mona will unbedingt wissen, was zwischen mir und Jason gewesen ist, aber ich werde ihr nichts darüber erzählen. Es ist unsere Sache, und es liegt in der Vergangenheit.

Ihr molliges Gesicht zeigt Enttäuschung. »Oh. Okay.« Sie räuspert sich. »Dann lass ich dich mal weiterarbeiten.«

»Danke, Mona. Machst du bitte die Tür hinter dir zu?«

»Natürlich.«

Als sich die Tür mit einem Klicken schließt, atme ich lang gezogen aus. Meine Haut fühlt sich heiß und gespannt an, mein Herz schlägt schnell, und mein Mund ist trocken. Ich möchte Jason eine Textnachricht schicken und ihn fragen, ob die Gerüchte stimmen, doch wenn er wollte, dass ich es weiß, hätte er es mir gesagt. Ich habe seit der Textnachricht vor mehr als einer Woche nichts mehr von ihm gehört.

Ich stehe auf, recke mich und gehe zum Fenster, von dem aus ich die halbrunde Auffahrt überblicken kann, an der wir uns das erste Mal getroffen haben. Ich denke an Priscilla und Betty und meinen Ausflug ins Gefängnis, daran, wie Jason dort aufgetaucht ist, um mich rauszupauken, und wie er mich gebeten hat, ihm dabei zu helfen, seinen ramponierten Ruf wiederherzustellen. Ich träume davon, ihn zu küssen und anzufassen, ihn zu lieben, in seinen Armen zu schlafen und am Morgen aufzuwachen und sein Gesicht auf dem Kissen neben mir zu sehen.

Ich blinzle Tränen zurück und rede mir erneut ins Gewissen, zum hundertsten Mal seit letzter Woche. Vorher ging es mir ohne ihn gut. Ich bin entschlossen, auch nach ihm klarzukommen. Es war schön, und ich bin froh, dass ich ihn getroffen habe. Ich bin erleichtert, zu wissen, dass ich Gefühle für einen Mann haben kann, der jemand anders als mein verstorbener Ehemann ist. Das sind alles gute Dinge, und vielleicht überlebe ich es ja wirklich, wenn ich mir das nur immer weiter einrede.

KAPITEL 23

Jason

Dies ist eine Woche geradewegs aus der Hölle. Die Entfernung des Tumors war wegen der unregelmäßigen Wucherungen schwierig, und es waren zwei Nachoperationen notwendig. Dennoch haben wir nicht alles erwischt, was die Heilungsaussichten des Kindes beeinträchtigt. Manchmal muss man sich zwischen einer kompletten Entfernung des Tumors und dem Verbleib von einem Rest Lebensqualität bei dem Patienten entscheiden. Ich hab mein Bestes für die Kleine getan, aber manchmal ist mein Bestes nicht gut genug. In solchen Fällen ist der Job nur schwer zu verkraften.

Ich habe mich mit der neuen Vorsitzenden des Vorstands getroffen, die sich offiziell bei mir entschuldigt und mir meine alte Stelle wieder angeboten hat. Zusätzlich hat sie mir zugesagt, dass ich zum Chefarzt der Neurochirurgie befördert werde, wenn der bisherige Stelleninhaber Ende nächsten Jahres in den Ruhestand wechselt.

Es ist ein gutes Angebot, und ich habe versprochen, es sorgfältig zu erwägen. Ich denke, sie erwartet von mir, dass ich mich auf die Gelegenheit stürze, zurückzukommen. Sie hat keine

Ahnung, dass mein Herz im Sonnenschein von Miami geblieben ist. Carmen fehlt mir so unendlich, mehr als irgendjemand sonst jemals. Am Tag denke ich die ganze Zeit an sie, und in der Nacht träume ich von ihr, und ich staune darüber, wie sie in mein Leben gestürmt ist und jeden anderen Gedanken aus meinem Kopf verbannt hat.

Am liebsten hätte ich mich bei ihr gemeldet, ihr eine Nachricht geschrieben, sie angerufen, hätte ihr gesagt, dass ich sie wie verrückt vermisse, dass es mich fast umbringt, doch das alles geht nicht, bevor ich ein paar Entscheidungen darüber getroffen habe, wo ich arbeiten und leben will. Ich möchte ihr gegenüber fair bleiben.

Als ich erfahren habe, dass der Vorstand des Miami-Dade meinen Antrag auf Zulassung von der Tagesordnung genommen hat, nachdem sie gehört hatten, dass New York mich zurückhaben wollte, hatte ich Angst, dass Miami nicht länger eine Option sei. Was hat Carmen wohl gedacht, als sie das gehört hat? Weiß sie es überhaupt? Natürlich weiß sie es. Mona wusste es, daher wird sie es Carmen erzählt haben, wenn es nicht sogar Mr Augustino selbst war.

Und dann wurde mir schlagartig klar, dass ich die Entscheidungen über mein Leben nicht anderen überlassen kann. Daher habe ich mich bei Mr Augustino gemeldet, ihm erklärt, was ich will, und gefragt, ob er mir helfen könne, das zu verwirklichen. Er hat geantwortet, er werde sein Möglichstes tun, deshalb bin ich jetzt zurück in Miami und auf dem Weg zum Krankenhaus, wo ein Treffen mit dem Vorstand ansteht.

Mein Fahrer, ein junger Mann namens Carlo, hat im Radio einen Rock-Pop-Sender eingestellt und singt laut in gebrochenem Englisch mit, während wir uns durch den dichten Verkehr langsam in Richtung Krankenhaus vorarbeiten. Alles, woran ich denken kann, ist, Carmen wiederzusehen, sie im Arm zu halten und zu hoffen, dass sie mich immer noch so sehr in ihrem Leben haben möchte wie ich sie in meinem. Und mehr als alles andere hoffe ich, dass die Präsentation, die sie für mich zusammengestellt hat, den Vorstand des Miami-Dade zu meinen Gunsten umstimmen wird. Dann kann ich hier in ihrer Stadt leben und arbeiten – an dem einzigen Ort auf der Welt, an dem sie wirklich glücklich sein kann.

Das ist es, was ich mir für sie wünsche – Glück. Sie verdient es mehr als irgendjemand sonst, den ich kenne, und ich möchte derjenige sein, der ihr das für den Rest unseres gemeinsamen Lebens gibt. Natürlich kann ich ihr das nicht sagen. Jedenfalls jetzt noch nicht. Aber das ist es, was ich möchte, und wenn es heute so läuft, wie ich mir das vorstelle, kann ich vielleicht die ersten Schritte zu meinem Happy End mit ihr in die Wege leiten.

Ich hoffe nur, sie will mich noch, nach der Achterbahnfahrt der Gefühle, auf die ich sie geschickt habe.

Im Radio läuft ein neuer Song, der mir vage vertraut vorkommt, wenn ich auch nicht genau weiß, woher. Vermutlich habe ich ihn im Minivan meiner Mutter gehört, als sie mich und meinen Bruder zur Schule oder zum Training oder sonst wohin kutschiert hat. Wir haben uns immer über ihren Musikgeschmack und die Lieder lustig gemacht, die mit anzuhören sie uns genötigt hat. »Mein Auto, meine Musik«, hat sie immer erwidert, und dass wir die Musik aussuchen könnten, wenn wir unsere eigenen Autos hätten.

In dem Lied geht es um die Geschichte eines Mannes, dessen Mädchen ihn verlassen hat, weil sie denkt, er sei ihr untreu gewesen, und es geht auch darum, dass er sie einfach nicht vergessen kann und alles tun würde, um wieder mit ihr zusammen zu sein. Ich bin wie gebannt, während Carlo den Refrain mitsingt. »That's how much I feel.« Aber es ist die letzte Strophe, die mich am stärksten bewegt, in der wir erfahren, dass der Typ inzwischen seit Jahren verheiratet ist, doch manchmal, wenn er mit seiner Frau im Bett ist, noch das Gesicht seiner großen Liebe sieht, die er verloren hat.

Dann trifft mich absolute Panik, denn ich weiß, so wird es mir gehen, wenn ich Carmen verliere. Ich werde sie nie vergessen können.

Egal, was heute mit dem Vorstand passiert, ich muss einen Weg finden, wie das mit uns funktionieren kann. Nachdem ich die letzte Woche ohne sie verbracht habe, habe ich keinen Zweifel, dass das, was ich für sie empfinde, wahre Liebe ist.

»Sir?«

Ich schrecke aus meinen Gedanken und merke, dass Carlo versucht, meine Aufmerksamkeit zu erregen.

»Wir sind da. Miami-Dade General Hospital.«

»Danke.«

»War mir ein Vergnügen.«

Ich schnappe mir meine Reisetasche und steige aus dem klimatisierten Wagen in die drückende Hitze, die ich für immer mit Carmen und meiner ersten Woche in Miami in Verbindung bringen werde. Ich trage ein hellblaues Hemd mit einem marineblauen Schlips und Anzughosen. Drinnen angekommen, gehe ich auf die Herrentoilette und nehme den weißen Kittel heraus, den ich aus New York mitgebracht habe. Vorne ist »Dr. med. Jason Northrup« aufgestickt. Ich schlüpfte hinein und prüfe meine Erscheinung im Spiegel. Wenn ich gleich den Vorstand treffe und mich um einen Job in der Neurochirurgie hier bewerbe, dann will ich auch rein äußerlich kompetent wirken.

Am allerliebsten würde ich natürlich direkt zu Carmen ins Büro laufen und ihr erklären, was hier vor sich geht, aber ich erinnere mich daran, dass ich erst dann mit ihr sprechen werde, wenn ich ihr etwas Handfestes zu bieten habe. Ich nehme also den Aufzug zur Vorstandsetage im fünften Stock und begebe mich in das Besprechungszimmer, obwohl alles in mir mich drängt, in die entgegengesetzte Richtung und in ihr Büro zu eilen.

Doch immer schön der Reihe nach.

Mit einer Hand auf der Türklinke zum Besprechungszimmer hole ich tief Luft und atme langsam aus, bevor ich eintrete und mich vor dem Termin mit den Vorstandsmitgliedern mit Mr Augustino treffe.

Er schüttelt mir die Hand. »Schön, Sie wiederzusehen, Dr. Northrup.«

»Gleichfalls. Danke, dass Sie mich empfangen und das Treffen anberaumt haben.«

»Ich muss gestehen, dass es mich überrascht hat, zu hören, dass Sie sich noch mit dem Vorstand hier treffen wollen. Ich hatte eigentlich den Eindruck, dass Sie an Ihre alte Wirkungsstätte in New York zurückkehren wollten.«

»Man hat mir meinen alten Job versprochen und Ende nächsten Jahres eine Beförderung zum Chefarzt, wenn der gegenwärtige Stelleninhaber in Rente geht.«

»Das ist ein ziemlich gutes Angebot. Unsere Chefärztin ist ungefähr in Ihrem Alter, daher fürchte ich, dass sie uns noch eine Weile erhalten bleiben wird.«

»Das verstehe ich.«

»Sie haben die Chance, nächstes Jahr in New York Chefarzt zu werden.«

»Ja.«

»Und Sie möchten sich trotzdem mit unserem Vorstand treffen?«

»Ja, Sir. Sehr gerne.« Ich vermute, er wird ohnehin über kurz oder lang herausfinden, warum ich so dringend hier arbeiten möchte.

Er wirft mir einen neugierigen Blick zu, bevor er nickt. »In Ordnung. Setzen Sie sich. Der Vorstand stößt in dreißig Minuten zu uns.«

»Und die Präsentation, die Ms Giordino zusammengestellt hat?«

Er deutet auf die Wand vorne, an der ein großer Bildschirm hängt, der über ein Kabel mit einem Laptop verbunden ist. »Es ist alles vorbereitet.«

»Danke noch mal.«

»Ist mir ein Vergnügen. Machen Sie es sich bequem. Ich bin gleich zurück.«

Während ich warte, laufe ich in dem lang gezogenen Raum auf und ab, denke darüber nach, was ich dem Vorstand mitzuteilen habe, und frage mich gleichzeitig, ob ich Carmen heute schon etwas sagen kann. Ich hoffe doch sehr. Ich halte es nicht einen Tag länger aus, sie nicht zu sehen.

Ich stehe am Fenster, schaue zur Auffahrt, wo sie mich begrüßt hat, denke an die Unterhaltung, die ich gestern Abend mit meiner Mutter hatte. Ich habe ihr von Carmen erzählt, habe sie über die Vorgänge in New York informiert und ihr von meinem Plan berichtet, den Miami-Dade-Vorstand zu bitten, meine Anstellung in Betracht zu ziehen.

»Du triffst da eine wirklich wichtige Entscheidung wegen einer Frau, die du erst sehr kurz kennst. Nach dem, was mit Ginger passiert ist, hoffe ich nur, dass du weißt, was du tust.«

Ich lächle, als ich mich an ihre Sorge erinnere und daran, wie ich sie beruhigt habe. »Carmen ist überhaupt nicht wie Ginger«, habe ich ihr erklärt. »Du wirst sie mögen. Das hier fühlt sich für mich so richtig an, Mom. Nichts hat sich je so richtig angefühlt, wie mit ihr zusammen zu sein. Das ist alles, was ich dir sagen kann.« Ich kann es gar nicht erwarten, die beiden wichtigsten Frauen in meinem Leben miteinander bekannt zu machen.

Die Minuten kriechen dahin, als ob die Uhrzeiger sich in die entgegengesetzte Richtung bewegen würden. Fünfundzwanzig Minuten nachdem Mr Augustino den Raum verlassen hat, öffnet sich die Tür, und Mona tritt ein, ein Tablett mit Keksen und anderen Snacks für die Sitzung in den Händen. Sie schnappt nach Luft, als sie mich erblickt.

»Also hatte Debbie aus der Cafeteria recht! Bei dieser Sitzung geht es um Sie!«

Ich bin mir nicht sicher, wie ich dazu stehe, Thema des Klatsches in der Cafeteria zu sein, aber im Vergleich zu den Schlagzeilen in der Boulevardpresse von New York ist das ein Klacks. »Schön, Sie zu sehen, Mona. Können Sie mir einen Gefallen tun?«

»Natürlich.«

»Verraten Sie bitte Carmen nicht, dass ich hier bin. Ich möchte sie überraschen.«

»Natürlich. Meine Lippen sind versiegelt.« Sie beugt sich vor und flüstert: »Viel Glück, Herr Doktor. Ich hoffe, Sie bekommen, was auch immer Sie wollen.«

»Danke.«

Kurz darauf kehrt Mr Augustino zurück, und hinter ihm treten die Vorstandsmitglieder ein. Sie sind eine bunt gemischte Truppe, die meiner Recherche zufolge ungefähr zur Hälfte aus Ärzten besteht, während die anderen prominente Mitglieder der Gesellschaft von Miami sind.

Nachdem alle Platz genommen haben, eröffnet die Vorstandsvorsitzende, eine Afroamerikanerin namens Dr. Felicia Rider, die Sitzung. »Dr. Northrup, willkommen in unserer Runde.«

»Danke, Dr. Rider. Ich freue mich sehr über die Gelegenheit, Sie alle kennenzulernen.«

»Sie haben um dieses Treffen gebeten, daher haben Sie das Wort.«

Okay, jetzt geht es um alles oder nichts ... »Vor etwas mehr als zwei Wochen bin ich hier ans Miami-Dade gekommen, nachdem ich in New York ein paar unschöne Wochen hinter mir hatte. Sie alle wissen, was dort passiert ist. Seither hat die andere beteiligte Partei Kontakt zu den Vorständen hier und in New York aufgenommen und neue Informationen über das geliefert, was tatsächlich passiert ist, daher werde ich darauf nicht näher eingehen. Bei meiner Ankunft am Miami-Dade hat man mir mitgeteilt, der Vorstand brauche Zeit, um meine Zulassung zu überdenken. Mr Augustino hat die überaus kompetente neue Leiterin der Public-Relations-Abteilung, Carmen Giordino, gebeten, mir dabei zu helfen, mich mit der Stadt vertraut zu machen und die Punkte zusammenzutragen, die für meine Anstellung an Ihrem Krankenhaus sprechen. Was nun folgt, ist die Präsentation, die Ms Giordino für die ursprüngliche Sitzung zusammengestellt hat.«

Mr Augustino gibt ein Zeichen, dass die Präsentation beginnen kann. Die Lichter werden gedimmt, und der Monitor schaltet sich ein. Die Präsentation ist mit dezenter Musik unterlegt, während Fotos, Referenzen, die NBC-Berichterstattung und Details zu meiner Forschungsarbeit über den Bildschirm laufen.

Dann kommt ein Teil, den ich noch nicht gesehen habe, in dem Carmens Stimme zu hören ist, die zu den nächsten Folien folgenden Text spricht: »Der Verband amerikanischer Neurochirurgen bezeichnet die Neurochirurgie als ›eine medizinische Disziplin und ein chirurgisches Spezialgebiet, das Versorgung für Erwachsene und Kinder bei der Behandlung von Schmerzen oder pathologischen Prozessen bietet, die die Funktion oder die Aktivität des Zentralnervensystems beeinflussen‹.

Für die Zulassung als Neurochirurg wird von dem Verband eine zusätzliche vierjährige Assistenzzeit in einer neurochirurgischen Abteilung gefordert, gefolgt von zwei Jahren als leitender Assistenzarzt sowie verschiedenen Fortbildungen in einem weiten Feld von Fachgebieten wie Neuropathologie,

Neuroradiologie, endovaskulärer oder Kinderneurochirurgie, um nur ein paar herauszugreifen. Neurochirurgen erhalten zusätzlich ein mehrmonatiges Training auf den Gebieten Traumachirurgie, orthopädische Chirurgie, ORL-Chirurgie und plastische Chirurgie. Um die Zulassung durch den Verband zu erhalten, muss jeder Kandidat schriftliche und mündliche Prüfungen ablegen, für letztere ist eine Dokumentation von einhundertfünfundzwanzig Fällen notwendig, und nach dem erfolgreichen Abschluss der Prüfung muss jeder Bewerber sich verpflichten, sich lebenslang fortzubilden und zusätzliche Zertifikate zu erwerben.

Dr. Jason Northrup wurde zwei Jahre nach Abschluss seiner Assistenzzeit vom Verband zugelassen und gilt als einer der führenden Experten des Landes auf dem Gebiet der Medulloblastome bei Kindern. Er leitet die neueste Forschung zu den Ursachen und der Behandlung dieser häufigsten Gehirntumore im Kindesalter.«

Die Präsentation endet mit einem Foto von mir, wie ich lächelnd bei den Männern am Tisch mit den Dominosteinen in Little Havana sitze, und das Bild versetzt mich geradewegs zurück an diesen wundervollen Tag mit Carmen. Als das Licht wieder angeht, halte ich den Atem an, warte, um zu hören, wie die Reaktion ausfallen wird.

»Danke für diese hervorragende Präsentation, Mr Augustino, und bitte richten Sie Ms Giordino unsere Anerkennung aus«, erklärt Dr. Rider. »Dr. Northrup, ich habe eine letzte Frage an Sie, von der ich denke, dass sie viele meiner Vorstandskollegen beschäftigt. Angesichts des Angebots aus New York, an Ihre alte Wirkungsstätte zurückzukehren, warum sind Sie noch daran interessiert, hier tätig zu werden?«

Mit dieser Frage habe ich gerechnet und habe während des knapp zweieinhalbstündigen Fluges nach Miami darüber nachgedacht, was ich darauf antworten kann. Ich wähle die

Antwort, die mir dabei eingefallen ist. »Meine Gründe dafür sind rein persönlicher Natur.«

»Gut. Wir freuen uns über diese Information ebenso wie über Ihr Interesse, Teil des Ärzteteams im Miami-Dade zu werden. Wir werden Ihre Bewerbung in der anschließenden Vorstandssitzung diskutieren. Mr Augustino wird Sie über unsere Entscheidung in Kenntnis setzen. Danke, Dr. Northrup.«

»Danke für Ihre Zeit heute.«

Mit Carmens großartiger Hilfe habe ich alles getan, was in meiner Macht steht. Jetzt liegt die Entscheidung nicht mehr in meinen Händen.

KAPITEL 24

Carmen

Wenn das ganze Leben und jegliche Chance auf Glück auf dem Spiel stehen, kann sich niemand konzentrieren. Ich vergehe fast vor Neugier auf das, was gerade im Besprechungszimmer geschieht, und während ich warte, kriege ich nichts erledigt. Schließlich finde ich mich damit ab, dass ich heute zu nichts zu gebrauchen bin, und drehe meinen Stuhl zum Fenster um, von dem aus ich einen Blick auf den Parkplatz und den Haupteingang habe.

Ich starre gefühlt eine Stunde aus diesem Fenster, während ich versuche, Ruhe zu bewahren und mich in Geduld zu fassen.

»Weißt du überhaupt, was ORL heißt?«

Beim Klang seiner Stimme fühle ich mich wie unter Strom gesetzt, und meine Laune schwingt sich binnen eines Sekundenbruchteils aus den tiefsten Tiefen empor zu den höchsten Höhen. Lächelnd antworte ich: »Das ist die Abkürzung für Oto-Rhino-Laryngologie, gemeinhin als Hals-Nasen-Ohren-Heilkunde bekannt, und in deinem Fall bedeutet das, dass du vor allem mit mikrochirurgischen Operationsverfahren an Kopf und Hals Erfahrung gesammelt hast.« Ich drehe mich auf meinem Stuhl um und entdecke ihn. Er lehnt lässig im Türrahmen und sieht unglaublich attraktiv aus, entspannt und – würde ich sagen – glücklich.

Sein Lächeln bringt meine Welt zum Strahlen. »Hi.«

»Selber ›Hi‹.«

»Wie geht's?«, fragt er.

»Ach, du weißt schon. Einfach nur ein weiterer Tag im Paradies. Und bei dir?«

»Och ja«, sagt er mit einem Achselzucken. »Nichts Besonderes außer jetzt im Moment.«

»Wirst du mir verraten, was bei deinem Treffen mit dem Vorstand rausgekommen ist, oder spannst du mich weiter auf die Folter?«

Er zieht eine Augenbraue hoch. »Woher weißt du überhaupt von dem Treffen? Ich hab Mona gebeten, kein Wort darüber zu verlieren.«

»Hat sie auch nicht. Wie sich herausgestellt hat, ist Debbie aus der Cafeteria eine ausgezeichnete Informationsquelle.«

»Das habe ich auch schon gehört.« Er stößt sich vom Türrahmen ab, schließt meine Bürotür und kommt zu mir, setzt sich auf meinen Schreibtisch, sodass er mich anschaut. »Beim Vorstand lief es dank deiner unglaublich guten Präsentation ausgezeichnet.«

»Du hast mir ja auch gutes Material geliefert.« Ich beiße mir auf die Lippe, während ich ihn mit den Augen verschlinge und überlege, ob ich ihm die Frage stellen kann, die mir auf der Seele brennt.

»Was?«, erkundigt er sich und blickt mich mit erneut hochgezogenen Brauen an.

»Ich hab mich nur gefragt ...« Ich räuspere mich und zwinge mich, ihm in die Augen zu schauen, was ungefähr gleichbedeutend damit ist, direkt in die Sonne zu sehen. Er lässt alles in meiner Welt heller erscheinen, einfach indem er den Raum betritt.

»Was fragst du dich, *rizo*?«

Wie immer wird mir bei dem Spitznamen ganz warm ums Herz. »Wenn dir doch deine alte Stelle in New York wieder angeboten wurde, warum hast du dich dann mit dem Vorstand hier getroffen?«

»Musst du das tatsächlich fragen?«

»Ja, ich denke schon.«

Er rutscht von meinem Schreibtisch und jagt mir einen Heidenschreck ein, als er sich plötzlich vor mich kniet, die Arme um mich legt und seine Stirn an meine Brust lehnt.

Eine Sekunde lang bin ich zu verblüfft, um mich zu rühren, aber dann werden meine Hände wie magisch von seinem Haar angezogen, und mein Herz beginnt so schnell zu klopfen, dass ich schon Angst kriege, ich könnte medizinische Versorgung benötigen. Wie gut, dass ich bereits in einem Krankenhaus bin.

Nach einem langen Augenblick, in dem wir einfach so verharren und es genießen, wieder zusammen zu sein, löst er sich von mir und schaut mich an. »Ich habe mich mit dem Vorstand des Miami-Dade getroffen, weil ich hier arbeiten will. Ich will hier leben.«

Ich kenne die Antwort, muss die Frage aber trotzdem stellen. Ich möchte es von ihm hören. »Warum?«

»Weil du hier bist.«

Mein Herz setzt vor Freude einen Schlag lang aus, und die Glücksgefühle, die mich fluten, machen mich atemlos. »Du kannst eine so wichtige Karriereentscheidung doch nicht auf Basis einer nicht mal einmonatigen Bekanntschaft treffen.«

»Zu spät. Habe ich bereits getan.«

»Jason ...«

»Carmen ...«

Ich kann einfach nicht glauben, dass das gerade passiert, dass er in meinem Büro vor mir kniet und mir sagt, dass er seine Karriere und sein ganzes Leben für mich umgekrempelt hat. »Das ist verrückt.«

Er schüttelt den Kopf. »Nein, ist es nicht. Das ist Liebe. Ich liebe dich. Ich möchte mit dir zusammen sein. Ich möchte Teil deiner großen, fabelhaften kubanisch-italienischen Familie sein. Ich möchte mir mit dir zusammen auf Priscillas Ledersitzen den Hintern verbrennen, wenn sie in der heißen Floridasonne stand. Ich möchte sein, wo auch immer du bist.«

Überwältigt von allem, was er da gesagt hat, nehme ich sein Gesicht zwischen meine Hände und schaue ihm in die goldbraunen Augen, die mich von Beginn an in ihren Bann gezogen haben.

»Weißt du, was diesen Augenblick absolut perfekt machen würde?«, will er mit einem neckenden Lächeln wissen.

»Was?«

»Wenn du mir sagen würdest, dass du mich auch liebst, damit ich weiß, dass ich mich gerade vor dem Vorstand des Miami-Dade nicht restlos zum Narren gemacht habe.«

Ich küsse ihn mit all der Liebe, die ich für ihn empfinde, mit tagelang aufgestautem Verlangen und dem Hochgefühl, das mich erfüllt, als sich eine vor Kurzem noch hoffnungslos scheinende Situation in eine verheißungsvolle Zukunft verwandelt, von der ich nie zu träumen gewagt hätte. »Ich liebe dich auch. Ich denke, das habe ich von der ersten Sekunde an getan.«

»Um mich war es geschehen, als ich dich in der Gefängniszelle gesehen habe.«

Ich boxe ihn im Spaß in die Schulter. »Ich bring dich um, wenn du den Leuten das erzählst.«

Sein Lachen ist alles. Es ist mein absoluter Lieblingslaut. »Nein, wirst du nicht. Dazu liebst du mich zu sehr.«

»Wenn du meinen Eltern verrätst, dass ich im Gefängnis gelandet bin, werde ich dich umbringen.«

»Dein Geheimnis ist sicher bei mir, *mi amor. Du* bist bei mir sicher. *Siempre.*« Immer.

Ich umarme ihn so fest, wie ich es von meinem Platz auf dem Schreibtischstuhl aus kann.

Offenbar ist das gut genug für ihn. Ohne mich loszulassen, steht er auf, drückt mich gegen den Schreibtisch und hält mich so eng an sich gepresst, dass ich das Gefühl habe, er atmet mich ein. »Ich war entschlossen, nicht zu dir zu gehen, bis ich mit Sicherheit weiß, dass ich hier arbeiten und leben kann, doch dann hatte ich nicht die Willenskraft dafür, mich noch länger von dir fernzuhalten. Du hast mir so unendlich gefehlt.«

»Ich bin froh, dass du dich nicht länger ferngehalten hast. Ich habe dich auch vermisst. So, so sehr.«

»Ich weiß nicht, was beim Vorstand rauskommen wird. Sie lehnen es vielleicht ab, um New York nicht vor den Kopf zu stoßen. Ich habe wirklich keine Ahnung, wie sie sich entscheiden werden. Alles, was ich weiß, ist, dass ich mit dir zusammen sein will, und wenn ich hier nicht arbeiten kann, finde ich eine andere Stelle.«

»Aber deine Forschung …«

»Ich fange von vorne an, wenn es sein muss.«

»Ich kann nicht glauben, dass du all das für mich tun willst.«

»Ehrlich? Kannst du nicht? Hast du gar keine Ahnung, wie wunderbar du bist? Wie klug und lustig und sexy und unfassbar toll? Wenn du dich mit meinen Augen sehen könntest, wüsstest du ohne jeden Zweifel, warum ich bereit bin, alles aufzugeben, nur damit ich mit dir zusammen sein kann.«

»Ich fühle mich vom Glück verwöhnt.«

»Wir hatten beide Riesenglück, als Mr Augustino dich geschickt hat, um auf mich aufzupassen.«

»Himmel, ich war so sauer auf ihn, weil er mir das aufs Auge gedrückt hat. Das Letzte, was ich nach all den Jahren Studium an meinem ersten Tag im neuen Job tun wollte, war, Babysitter für den neuen Neurochirurgen zu spielen. Und dann bist du in Priscilla vorgefahren, mit Betty auf dem Beifahrersitz, und hast mir einen Fünfzigdollarschein in die Hand gedrückt, damit ich sie dir vom Hals schaffe … Du hattest Riesenglück, dass ich dich nicht an Ort und Stelle erwürgt habe.«

Seine Schultern beben vor stummem Gelächter. »Ich hatte ja keine Ahnung, dass an dem Vormittag mein Leben so am seidenen Faden hing.«

»Du kannst wirklich froh sein, dass ich kein Messer bei mir hatte.«

»Kleine Wildkatze. Gerade habe ich noch gedacht, dass ich alle Facetten von dir erlebt habe, da zeigst du mir die nächste.«

»Leg dich besser nicht mit mir an.«

»Hab ich vermerkt. Außerdem möchte ich dich viel lieber küssen.«

Ich weiß, ich sollte das hier unterbinden, schließlich bin ich bei der Arbeit, aber das tue ich nicht. Stattdessen beteilige ich mich mit vollem Einsatz, schlinge ihm die Arme um den Hals und reibe mich an ihm. Es ist der beste Kuss überhaupt, weil er das Versprechen von »für immer und ewig« enthält.

»Wir müssen aufhören, bevor es völlig aus dem Ruder läuft«, flüstert er an meinem Mund.

»Das ist doch schon vor ungefähr zehn Minuten passiert.«

Sein leises Lachen vibriert an meinen wund geküssten Lippen. »Was hältst du von Blaumachen?«

»Ganz allgemein oder speziell heute?«

»Speziell heute.«

»Mir ist ein bisschen schwindlig, irgendwie fiebrig, und ich bin ganz außer Atem. Mein Herz klopft auch irgendwie komisch.«

Er setzt eine ernste Miene auf, während er mir mit der flachen Hand die Stirn fühlt, dann den Puls an meinem Hals. »Ich verschreibe einen Nachmittag Bettruhe, um diese besorgniserregenden Symptome zu vertreiben. Ärztliche Anordnung.«

»Wenn wir das tun, wird Mona uns das nie vergessen lassen.«

»Ich hab so das Gefühl, dass Mona eine Schwäche für ein gutes Happy End hat.«

»Möchtest du das herausfinden?«

»Mehr, als ich je irgendetwas habe herausfinden wollen.«

»Dann lass es uns tun.«

»Oh, das werden wir.«

»Jason! Hör auf. Lass mich hier mit einem Funken Würde raus, okay?«

»Du wirst vorausgehen müssen. Du hast mir total eingeheizt.«

»Wie bitte? Ich hab hier ganz unschuldig gesessen und mich um meine eigenen Angelegenheiten gekümmert, bis du aufgekreuzt bist.«

»Äh, du möchtest dich vielleicht kämmen, und deine Bluse ist ein bisschen …« Er wedelt mit der Hand und deutet auf mein Oberteil, das in der Tat verrutscht ist.

Ich gebe mir Mühe, alles zu richten, stecke meine schwarz gepunktete Bluse in meine Stoffhose und fahre mir mit den Fingern durchs Haar, um meine Frisur in Ordnung zu bringen. »Okay so?«

»Nun, eigentlich nicht. Du gefällst mir besser, wenn du ein bisschen unordentlich bist. Aber es wird reichen, um mit intakter Würde von hier wegzukommen.«

Ich schnappe mir meine Handtasche, die Schlüssel und das Handy. »Lass uns gehen.«

Er folgt mir aus meinem Büro. Wir haben Glück, denn Mona ist nicht an ihrem Schreibtisch, als wir den Empfangsbereich passieren.

»Wollen wir wetten, dass sie in der Cafeteria ist und Debbie brühwarm erzählt, dass du in meinem Büro warst?«, frage ich ihn.

»Da wettet niemand dagegen.«

Erst im Aufzug lasse ich den angehaltenen Atem entweichen. Auf dem Weg zum Parkplatz schicke ich Mona eine E-Mail, in der ich ihr mitteile, dass ich vorzeitig Schluss gemacht habe, weil ich mich nicht wohlfühle.

»Das ist das erste und einzige Mal, dass ich dich darum bitten werde, für mich zu schwindeln«, sagt Jason, der einmal mehr spürt, was ich empfinde.

»Das ist es nun mal, was man dafür kriegt, wenn man sich mit dem Teufel ins Bett legt. Ich lande im Gefängnis, lüge und schwänze die Arbeit.«

Er schaut mich an und wackelt mit den Augenbrauen.

Ich muss lachen und stoße ihm einen Ellbogen in die Rippen. »Hör auf.«

»Gib es ruhig zu. Das Leben ist interessanter, wenn ich dazugehöre.«

»Das werde ich ganz bestimmt nicht zugeben, denn ich will dich nicht dazu ermutigen, mich noch weiter vom rechten Weg abzubringen.«

»Oh, Baby, wenn du wüsstest, was ich dir alles zeigen möchte.« Er nimmt meine Hand und geht mit mir zu Priscilla. Bevor ich ihn fragen kann, was mit meinem Auto ist, sagt er: »Ich fahre dich morgen früh her.«

Da ich den ganzen Nachmittag und Abend mit ihm verbringen kann, ist das Letzte, was mich interessiert, die Arbeit morgen. Als wir im Auto sitzen, schreibe ich meiner Mutter, dass Jason zurück in Miami ist und sich um eine Stelle im

Miami-Dade bewirbt, weil er »dort sein will, wo auch immer ich bin«. Das schicke ich ihr und lächle bei dem Gedanken, wie sich die Nachricht wie ein Lauffeuer in meiner Familie verbreitet.

Sie werden so begeistert sein wie ich, was mein Glück noch steigert.

»Was tust du da?«, will er wissen, als wir an einer Ampel anhalten müssen.

»Ich sag meiner Familie, dass du zurück bist, damit sie mich in Ruhe lassen.«

»Das ist klug, weil wir ein paar Tage lang ganz bestimmt nicht gestört werden wollen.«

»Ein paar Tage? Ich muss morgen wieder arbeiten!«

»Du bist sehr krank. Du brauchst viel Ruhe und viel Flüssigkeit. Ganz viel Flüssigkeit.«

Ich lache schnaubend. »Das ist ja eklig.«

»Daran ist überhaupt nichts eklig, Süße.«

Er fährt uns so schnell, wie es nur geht, zu meiner Wohnung und parkt seinen Wagen auf meinem Stellplatz. Dann schaut er mich an. »Du hast doch wohl niemand anders hier parken lassen, während ich weg war, oder?«

Ich verdrehe die Augen. »Ich bitte dich. Es hat fünf Jahre gedauert, bis ich dich gefunden habe. Da werde ich wohl länger als eine Woche brauchen, um dich zu ersetzen.«

»Du wirst mich nie ersetzen.«

Während wir aus dem Wagen steigen und nach oben laufen, gelingt es uns noch, die Hände voneinander zu lassen. Aber sobald meine Wohnungstür hinter uns ins Schloss gefallen ist, ist jegliche Zurückhaltung vergessen. Wir zerren uns gegenseitig die Kleider vom Leib und fluchen wie die Seeleute, wenn sich Knöpfe oder Reißverschlüsse als störrisch erweisen.

Ich muss lachen, als mein Kopf und mein rechter Arm in meiner Bluse stecken bleiben.

»Das ist nicht komisch!«, erklärt er. »Tu doch was dagegen.«

»Du bist der Chirurg. Das ist dein Job.«

Er befreit mich aus dem Stoff und liebt mich gleich hier an Ort und Stelle in der Diele.

»O Gott, Carmen.« Er atmet lang gezogen aus. »Ich hatte solche Angst, dass ich es mir mit dir verdorben hab.«

»Ich bin immer noch hier, und ich liebe dich. Ich liebe dich, Jason.«

Jetzt kann ich es ihm sagen, und ich will es ihm immer wieder sagen, damit er es bloß nicht vergisst.

Beim zweiten Mal schaffen wir es bis in mein Bett. Nach dem dritten Mal schlafen wir ein, werden aber wach, als Jasons Handy im Wohnzimmer klingelt. Er löst sich von mir und rennt nackt aus dem Schlafzimmer, während ich über ihn lache.

Er kommt zurück zum Bett. »Die Vorwahl ist von hier.«

Mir bleibt schier das Herz stehen.

Er stellt auf Lautsprecher. »Dr. Northrup.«

»Ich bin so froh, dass ich Sie erwische. Hier ist Roy Augustino.«

Jason setzt sich aufs Bett und fasst nach meiner Hand. »Hallo, Mr Augustino.«

Ich umklammere seine Finger, schließe die Augen und hoffe das Beste.

»Der Vorstand hat mich gebeten, Ihnen eine Stelle anzubieten. Ich habe Ihnen das offizielle Angebot per E-Mail geschickt und hoffe, es entspricht Ihren Vorstellungen. Ich habe Rücksprache mit dem Vorstand in New York gehalten, und wir sind uns einig, dass wir Sie sozusagen in der Familie behalten müssen. Und Sie sollten auch selbst entscheiden dürfen, wo Sie arbeiten möchten.«

Ich öffne die Lider und blicke ihm in die Augen, die vor Glück strahlen.

»Danke. Ich schaue es mir an und gebe Ihnen Bescheid.«

»Hervorragend. Davon ausgehend, dass Sie mit dem Angebot zufrieden sind, würden wir den Beginn Ihrer Beschäftigung bei uns auf Montag in einer Woche festsetzen, damit Sie Zeit haben, sich eine Wohnung zu suchen.«

»Ausgezeichnet. Herzlichen Dank.«

»Gern geschehen. Ich hoffe, ich kann Sie bald in unserem Team begrüßen, Dr. Northrup.«

»Wie gesagt, ich melde mich, und hoffentlich sehen wir uns nächsten Montag.«

»Klingt gut.«

Er legt das Handy auf das Nachttischchen und kommt in meine ausgestreckten Arme.

»Glückwunsch.«

»Das hier wäre niemals passiert ohne dich und alles, was du getan hast.«

»Das glaube ich nicht.«

»Es stimmt aber hundertprozentig. Du bist es, die das alles möglich gemacht hat.«

Wir küssen uns wie wahnsinnig.

»Ich liebe dich, Carmen.«

»Ich liebe dich auch, Jason.«

»Das ist das Beste, was ich heute gehört habe.«

EPILOG

Jason

Zwei Tage vor dem Jahrestag unseres Kennenlernens wache ich mit Carmen neben mir im Bett auf, wie ich es jetzt jeden Tag tue, nachdem sie inoffiziell offiziell bei mir eingezogen ist. Da ihre Großmütter, wie sie behauptet, »eine Gehirnblutung kriegen würden, die du operieren müsstest«, wenn sie herausfänden, dass wir ohne Trauschein zusammenleben, haben wir es noch niemandem erzählt.

Carmen denkt, wir würden sie täuschen, was sie auch glauben muss, um weiter mit mir zusammenwohnen zu können. Ich gebe mich keinerlei derartigen Illusionen hin, was ihre Großmütter betrifft. Nach allem, was ich beobachtet habe, wissen sie genau, was passiert, schon bevor es passiert, aber ich werde mich hüten, irgendwas zu sagen oder zu tun, das dazu führt, dass Carmen sich in unserem neuen Zuhause nicht bedingungslos wohlfühlt.

Nachdem ich die Eigentumswohnung in Brickell gekauft hatte, die uns beiden so gut gefallen hat, habe ich Carmen sofort gebeten, bei mir einzuziehen. Sie hat das mehrfach ausgeschlagen, sogar noch, als wir längst jede Nacht zusammen verbracht haben, entweder bei ihr oder bei mir. Also hatten wir an beiden Orten Kleidung, Zahnbürsten und andere persönliche Gegenstände und haben, wie ich ihr gesagt habe, Geld verschwendet, indem wir die Kosten für zwei Wohnungen gezahlt haben, obwohl wir nur eine brauchen.

Am Halbjahrestag unseres Kennenlernens habe ich sie zu einem langen Wochenende auf den Bahamas eingeladen, wo ich ihr bei einem romantischen Dinner am Strand feierlich ihren eigenen Schlüssel für meine Wohnung überreicht habe. »Bitte zieh bei mir ein. Bitte.«

Ich konnte ihr an den Augen ablesen, dass sie ins Wanken geriet, daher habe ich nachgesetzt.

»Ich liebe dich mehr als Priscilla. Ich möchte, dass wir jede Minute miteinander verbringen, die wir haben können.«

»Du liebst mich wirklich mehr als Priscilla?«

»Das habe ich dir schon gesagt.«

»Nein, hast du nicht.«

»Also, es stimmt jedenfalls. Das musst du doch wissen.«

»Verbringen wir in Wahrheit nicht bereits jede Minute, die wir kriegen können, miteinander?«

»Es könnten mehr sein.« Ich schob meine Lippe vor. »Willst du nicht mit mir zusammenleben?«

»Natürlich will ich das, aber …«

Ich stöhnte übertrieben. »Das ist das schlimmste Wort, das je erfunden wurde. ›Aber‹.«

Sie lachte über meine Qualen. Das tut sie viel, doch es ist okay. Sie kann tun, was immer sie will, was mich betrifft. Ich griff über den Tisch nach ihrer Hand. »Sprich mit mir, *rizo*. Sag mir, was du denkst.«

»Für mich ist es wirklich wichtig, dass ich für meine Kosten aufkomme. Wenn ich bei dir einziehe, dann wirst du für alles zahlen wollen, und das möchte ich nicht.«

»Na gut. Lass uns verhandeln.« An diesem Punkt hätte ich ihr das Apartment überschrieben, wenn wir dafür unter der gleichen Adresse hätten wohnen können.

»Du hast die Wohnung bezahlt. Ich zahle alles andere.«

»Nein.«

»Einfach ›Nein‹?«

»Ich lasse dich nicht bezahlen, wenn wir zum Essen ausgehen oder wenn ich dich zu einem Urlaub auf die Bahamas einlade oder irgendwo anders hin.«

»Ich übernehme die laufenden Kosten, Fernsehgebühren, Internet, Lebensmittel. Das ist nicht verhandelbar.«

»Darf ich für die chemische Reinigung meiner Sachen zahlen?«

Sie schaute mich mit hochgezogenen Augenbrauen an, was mich jedes Mal einschüchtert. »Du machst dich doch nicht etwa über mich lustig, oder?«

»Niemals.«

»Sicher? Du kannst alle Rechnungen bei der Reinigung übernehmen, weil du eine gefunden hast, die die Lederfarbe aus meinem blauen Kostüm rausbekommen hat. Du hast es offenbar besser drauf als ich, eine gute Reinigung auszusuchen.«

»In Ordnung, aber ich darf so viele Überraschungsextras bezahlen, wie ich will. Das ist bei mir nicht verhandelbar.« Habe ich je in meinem Leben mehr Spaß gehabt als mit ihr? Nope. Niemals.

»Gut.«

»Gut.« Und dann schien der Boden unter meinen Füßen in Bewegung zu geraten. »Warte mal … Hast du gerade eingewilligt, bei mir einzuziehen?«

»Ich denke schon.«

Es ist möglich, dass ich einen Triumphschrei ausstieß, da sich alle Köpfe im Strandrestaurant zu uns umdrehten.

»Setz dich, Jason.«

Ich hatte gar nicht gemerkt, dass ich vom Stuhl aufgesprungen war. »Ja, Liebes.«

»Eine Sache noch.«

»Was denn?«

»Du darfst es nicht, und zwar unter keinen Umständen, meinen Großmüttern sagen.«

»Von mir werden sie es nicht erfahren.«

»Und du musst es meinem Vater beibringen.«

»Warte, *was*?«

Sie schüttete sich aus vor Lachen, und natürlich war ich es, der es Vincent erzählt hat.

»Warum hast du so lange dafür gebraucht, sie davon zu überzeugen?«, fragte er und versetzte mir den Schock meines Lebens. Ich war auf Missbilligung gefasst gewesen, doch ich vermute, wenn man zusehen musste, wie die eigene Tochter, die das einzige Kind ist, tiefste Verzweiflung erlebt, stimmt es einen milde, wenn sie danach wieder glücklich ist.

»Sie kann jedenfalls hart verhandeln.«

»Ja, das ist meine Tochter«, erwiderte Vincent und strahlte vor väterlichem Stolz.

Ich habe ihn und Vivian ebenso wie Nona und Abuela fest in mein Herz geschlossen, als wären sie meine eigene Familie. Vincent hat mich als Barkeeper angelernt, damit ich mich im Restaurant »nützlich machen kann«. Es ist schön, wieder einen Vater zu haben, nachdem ich meinem entfremdet bin.

Ich höre von Terri aus New York, dass Howard und Ginger »an ihrer Ehe arbeiten«, und eins muss man dem Typen lassen: Er ist deutlich vergebungsbereiter, als ich an seiner Stelle wäre. Aber es steht mir nicht zu, über ihn zu urteilen. Außerdem habe ich viel Wichtigeres, woran ich heute denken muss, als Leute, die mir nicht länger was bedeuten. Es gibt so viele neue Menschen in meinem Leben, dass es mir schwerfällt, sie alle auseinanderzuhalten. Doch ich gebe mir große Mühe, was Carmen zu schätzen weiß.

Ich hab heute die gesamte Familie zum Brunch gebeten, sogar die Cousinen, die in New York leben. Also, ich glaube ja, alle wissen, warum ich das getan habe, aber wer nicht den blassesten Schimmer hat, ist meine Liebste. Carmen denkt, sie sind einfach zu Besuch da. Sie hat sogar einen Ausflug mit ihren Cousins und Cousinen zu dem berühmten Ball-&-Chain-Club in der Calle Ocho letzte Nacht organisiert und hat es tatsächlich bis Mitternacht geschafft, bevor sie mir zugeflüstert hat, dass ich zwanzig Minuten hätte, sie nach Hause und ins Bett zu schaffen, bevor sie vornüberkippen würde.

Mein Mädchen ist keine partyverrückte Nachteule, was mir nur recht ist. Es gibt keinen Ort, wo ich lieber sein möchte als mit ihr im Bett.

Heute trage ich eines der kubanischen *Guayabera*-Hemden mit den typischen vier Taschen, die sie mir zu Weihnachten geschenkt hat. Allerdings ist es ihr weiterhin nicht gelungen, mich davon zu überzeugen, eine kubanische Zigarre zu rauchen. Man kann mich zwar aus New York nach Little Havana in Miami verpflanzen, doch ich bleibe trotzdem Arzt und Nichtraucher. Immerhin ist mein Spanisch deutlich besser geworden, und ich verstehe mit jedem Monat, den ich in Miami lebe, mehr.

Meine Mutter und mein Bruder sind in der Stadt, aber sie warten momentan noch in der Küche, bis Showtime ist. Carmen hat sie bei einem Besuch nach Weihnachten in Wisconsin kennengelernt, und wie vorhergesagt ist meine Mutter restlos von ihr begeistert – was übrigens auf Gegenseitigkeit beruht. Dass die beiden hier sind, würde Carmen mit der Nase darauf stoßen, dass was im Busch ist, doch ich will sie überraschen.

Ich bin mir ziemlich sicher, sie hat tatsächlich nicht auf dem Schirm, dass am Dienstag unser Jahrestag ist, aber ich habe mich inzwischen an ihre Vergesslichkeit in solchen Dingen gewöhnt. Ich bin derjenige, der sie in den vergangenen elf Monaten immer daran erinnern musste. Und mein Plan hängt sogar davon ab, dass sie nicht daran denkt.

Ich hab auch Mateo und seine Mutter Sofia zum Brunch gebeten, die inzwischen als Kellnerin im Giordino's arbeitet. Carmens Familie hat die alleinerziehende Mutter und ihren Sohn in ihre Reihen aufgenommen, und der Kleine erholt sich zusehends. Ich halte Kontakt zu seinem Ärzteteam und untersuche ihn regelmäßig. Bislang ist alles in bester Ordnung.

An diesem Sonntag ist Nona als Gastgeberin an der Reihe, und sie hat sich für den Auberginen-Auflauf mit Parmesan entschieden, nach dem ich geradezu süchtig bin, zusammen mit Carmens Lieblingsessen Marsala-Hühnchen und natürlich einem Berg Antipasti, auf den sich alle stürzen, bevor wir uns für die Hauptgänge an unsere Plätze begeben.

Irgendwie gelingt es mir, tatsächlich etwas zu essen, aber nur damit Carmen keinen Verdacht schöpft. Ich bin hier inzwischen gut bekannt für meinen unersättlichen Appetit. Ich glaube fast, dass das die Eigenschaft ist, die ihre Großmütter an mir am meisten lieben: dass ich immer Hunger auf das habe, was auch immer sie mir vorsetzen. Ich bin inzwischen ein echter Kenner kubanischen und italienischen Essens geworden. Und nichts ist so gut wie das, was man im Giordino's bekommt.

Ich verbringe mehr Zeit als früher im Fitnessstudio, um gegen die Folgen des köstlichen Essens anzukämpfen, das ich nicht bloß im Restaurant, sondern auch zu Hause kriege. Carmen ist eine wunderbare Köchin, und lange bevor sie tatsächlich bei mir eingezogen ist, hat sie immer gesagt, dass meine Küche sie inspiriert, was mir natürlich nur recht ist.

Sie kocht liebend gern, und ich esse liebend gern. Eine klassische Win-win-Situation.

Ich blicke zu ihr. Sie redet gerade angeregt mit ihrer Cousine Dee, die ich kennengelernt habe, als wir im Frühjahr für ein verlängertes Wochenende nach New York geflogen sind. Ich wollte offiziell aus meinem Apartment dort ausziehen, und bei der Gelegenheit hatten wir auch ein Abendessen mit vielen meiner ehemaligen Kollegen, die unbedingt die Frau kennenlernen wollten, die mich nach Miami gelockt hat.

Sie hat ihnen erzählt, dass ich leicht zu locken gewesen sei, was der Wahrheit entspricht. Ich musste mich entscheiden, mit ihr glücklich zu sein oder unglücklich ohne sie. Da gab's nicht viel nachzudenken.

Ich bin so froh, dass das Miami-Dade mir die offizielle Zulassung erteilt hat, weil regelmäßiges Pendeln nach Fort Lauderdale oder Palm Beach echt lästig wäre, selbst wenn ich das notfalls in Kauf genommen hätte. Wir sind beide dankbar, dass das nicht nötig ist, und richten es so ein, dass wir ein paarmal die Woche gemeinsam in der Krankenhaus-Cafeteria zu Mittag essen, wobei wir allerdings darauf achten, Debbie keine neue Munition für Klatsch zu liefern.

Dabei ist sie eigentlich eine gute Seele, die wir inzwischen zu unseren Freunden zählen, so wie auch Mona und viele andere von den Leuten, mit denen wir arbeiten.

Offenbar hatte Mr Augustino schon vermutet, dass Carmen der Grund für meinen Wechsel nach Miami war, aber wir wussten es nicht sicher, bis Carmen schließlich all ihren Mut zusammengenommen hat, um ihm zu sagen, dass wir ein Paar sind. Er hat nur erwidert, das wisse er schon seit Monaten, und hat ihr dazu gratuliert, dass sie nach ihrem tragischen Verlust eine neue Liebe gefunden hat.

Auf jeden Fall wird es eine Wahnsinnshochzeit werden müssen, wenn Carmens weitläufige Familie und all unsere Freunde mitfeiern sollen.

Gestern Nachmittag habe ich mich um die letzte Sache gekümmert, die vor heute noch zu erledigen war: Ich bin zu Tonys Eltern gefahren. Im Laufe des letzten Jahres hab ich sie ziemlich gut kennengelernt, da sie ein fester Bestandteil von Carmens Leben sind. Das würde ich auch gar nicht anders wollen, und ich möchte, dass sie wissen, dass sie uns beiden immer wichtig sein werden.

Ich hatte überlegt, ob ich erst anrufen sollte, hab mich dann aber entschieden, einfach vorbeizuschauen, so wie Carmen das jedes Mal tut, wenn wir in der Nähe sind.

Als sie die Tür öffnete, wirkte Josie überrascht, mich allein davor stehen zu sehen. »Komm doch rein.« Sie begrüßte mich mit einem Kuss auf die Wange und führte mich in ihr Wohnzimmer. »Das ist mal eine nette Überraschung.«

»Ist Len zu Hause?«

»Ja. Wart einen Moment.«

Sie bat mich, mich zu setzen, während sie ihn holen ging. Während ich wartete, regte sich Nervosität in mir, als mein Blick auf das attraktive Gesicht von Carmens erstem Ehemann fiel. Sie haben Tonys offizielles Polizeifoto zusammen mit seinen gerahmten Auszeichnungen auf dem Kaminsims stehen. Ich betrachtete die Züge des Mannes, die mir inzwischen so vertraut sind, und hoffte, dass es ihm gefallen würde, dass ich seine Eltern aufgesucht hatte, um mit ihnen über meinen Plan zu reden, seiner geliebten Frau einen Heiratsantrag zu machen.

»Hey, Doc«, sagte Len, als er aus dem Poolbereich reinkam.

Ich stand auf, um ihm die Hand zu schütteln. Eine Menge Leute aus Carmens Umgebung nennen mich »Doc«, was mir gut gefällt. Es freut mich, dass sie mir einen Spitznamen gegeben haben, weil das heißt, dass sie mich mögen. Nach kurzem Zögern hat sich auch Len damit arrangiert, dass ich in Carmens Leben bin, und ist um ihretwillen glücklich darüber – und auch meinetwegen. Wenigstens glaube ich das. »Schön, dich zu sehen.«

»Gleichfalls. Wie wär's mit einem kühlen Bier?«

»Da sage ich nicht Nein.«

Er holte uns beiden Bier und Eiswasser für seine Frau. »Ist alles in Ordnung mit Carmen?«

»Ja, alles prima. Maria und Dee unternehmen heute Nachmittag einen Einkaufsbummel mit ihr, daher dachte ich, ich schau mal vorbei.«

»Das ist schön«, meinte Josie.

Okay, dann mal los, dachte ich. »Ich möchte, dass ihr beide wisst, wie sehr ich es zu schätzen weiß, dass ihr mir das Gefühl gegeben habt, willkommen zu sein. Das bedeutet mir viel, und ich weiß, sie empfindet genauso.«

»Sie bedeutet uns alles, und du machst sie glücklich«, erwiderte Len. »Das ist für alle offensichtlich, die sie kennen.«

»Dass ich sie getroffen habe, ist das Beste, was mir je passiert ist«, antwortete ich. Nach einer kurzen Pause fügte ich hinzu: »Es ist mir schmerzlich bewusst, dass der einzige Grund, weswegen ich überhaupt die Chance darauf habe, mit ihr glücklich zu sein, ist, dass ihr euren Sohn verloren habt.«

»Das Leben geht weiter«, bemerkte Josie leise. »Irgendwie geht die Sonne trotzdem auf und unter, und die Jahre verstreichen, und man atmet weiter. Unser Tony hat Carmen von ganzem Herzen geliebt. Das Einzige, was ihm wichtig war, waren ihre Sicherheit und ihr Glück. Und wir sind beide davon überzeugt, dass er dich mögen würde.«

»Ich bin froh, dass ihr das so seht.« Ich rieb mir mit feuchten Händen über meine Shorts. »Ich möchte euch sagen, dass ich ihr morgen beim Brunch einen Heiratsantrag machen möchte.«

Josie keuchte auf, und anfangs war ich mir nicht sicher, ob sie das vor Glück tat. »Das sind ja wunderbare Nachrichten, Jason. Ich hab Len nach dem Brunch letzte Woche gesagt, es sei nur noch eine Frage der Zeit, bis ihr beide heiratet.«

»Meinen Glückwunsch«, erklärte Len. »Das ist großartig.«

»Danke, dass du vorher zu uns gekommen bist«, fügte Josie hinzu. »Das berührt uns tief.«

»Carmen liebt euch. Ihr werdet immer Teil unserer Familie sein, darauf gebe ich euch mein Wort. Unsere zukünftigen Kinder können wirklich von Glück reden, dass sie euch als Großeltern haben werden.«

Josie wischte sich ein paar Tränen weg und kam zu mir.

Ich stand auf, um sie zu umarmen.

»Kümmere dich gut um unsere Tochter.«

»Immer. Versprochen.«

Jetzt ist der große Moment da, und ich krieg auf einmal Nervenflattern. Ist das wirklich eine gute Idee, ihr vor allen andern einen Antrag zu machen? Das versuche ich seit Wochen zu entscheiden, glaube aber wirklich, dass sie die Menschen, die ihr so viel bedeuten, dabeihaben will. Ich hoffe nur, damit liege ich richtig.

Nona, die natürlich eingeweiht ist, schaut mich an und krümmt den Finger. Selbstverständlich habe ich vorher auch mit Abuela, Viv und Vin gesprochen, um mir ihren Segen abzuholen. Sie waren so aufgeregt, dass ich gar nicht weiß, wie es ihnen gelungen ist, das Geheimnis so lange zu hüten.

»Ich muss Nona mal bei etwas helfen«, flüstere ich Carmen zu.

»Okay.«

Sie freut sich so, dass Dee in der Stadt ist und sie mit ihr reden kann, dass ich kaum ein Wort mit ihr gewechselt habe, seit wir uns zum Essen gesetzt haben. Dee sieht ihrer Schwester Maria und Carmen unglaublich ähnlich, doch ich kann auch Züge von Nona in ihr ausmachen.

»Bist du bereit?«, will Nona von mir wissen.

»Ich denke schon.«

»Warum siehst du so aus, als würdest du gleich einen Anfall bekommen?«

»Weil ich so was noch nie zuvor getan habe und ich mich plötzlich frage, ob ich es tatsächlich hier tun sollte.«

»Natürlich. Sie wird begeistert sein.«

»Bist du dir da sicher?«

»Hundertprozentig.«

»Also gut, mehr kann man nicht verlangen.«

»Worauf es wirklich ankommt, ist, dass *du* dir sicher bist.«

»Zigmillionenprozentig.«

Sie küsst mich auf die Wange. »Dann los, hol dir dein Mädchen.«

Bestärkt von Nonas ermutigenden Worten, trete ich in die Mitte der zu einem Hufeisen gestellten Tische. Ich fühle mich hier und bei diesen Leuten zu Hause – und mehr noch mit der außergewöhnlichen Frau, die ich vor einem Jahr getroffen habe.

»Wenn ich mal eure Aufmerksamkeit haben könnte, bitte.«

Diese Truppe zum Schweigen zu bringen ist nicht einfach, aber da ich vorher noch nie um ihre Aufmerksamkeit gebeten habe, wird es viel schneller still, als ich erwartet hätte.

»Carmen, könntest du bitte mal eine Sekunde herkommen?«

Sie wirft einen fragenden Blick zu Maria und Dee, die beide nur die Achseln zucken. Sie haben keine Ahnung, was ich vorhabe. Es war schon riskant genug, es ihren Eltern und Großmüttern zu verraten, sodass ich mich nicht getraut habe, auch ihre engsten Freundinnen und Cousinen einzuweihen.

Carmen steht auf und kommt um den langen Tisch herum zu mir.

Ich halte ihr meine Hand hin, und nach kurzem verwirrten Zögern ergreift sie sie.

Über die Schulter schaue ich zur Küche, in der sich meine Mutter und mein Bruder verbergen. »Hey, Mom, Benny, ihr könnt jetzt rauskommen.«

»Was geht hier vor sich?«, will Carmen wissen, überrascht, als mein Bruder und meine Mutter sich zu uns gesellen.

»An alle, das sind meine Mutter Donna und mein Bruder Ben. Mom, Ben, das ist Carmens Familie, allerdings bloß ein Teil davon.«

Carmen blickt mich mit verwirrter Miene an. »Jason, warum hast du mir nicht gesagt, dass deine Mutter und dein Bruder in der Stadt sind?«

»Weil ich dich überraschen wollte.«

»Nun, das ist dir gelungen.«

»Das ist gut, weil sie nicht die einzige Überraschung sind, die ich für dich vorbereitet hab.« Okay, jetzt gibt es kein Zurück mehr. Während ich sie anschaue, ihr wunderschönes Gesicht, das ich nächste Woche vor genau einem Jahr das erste Mal gesehen habe, werde ich ganz ruhig, und alle Nervosität verfliegt. Das Einzige, was wichtig ist, ist, ihr zu sagen, was sie mir bedeutet, und sie zu bitten, für immer die Meine zu sein. »Betty, dein Einsatz.«

Aus der Küche kommt die Frau, die ich kennengelernt habe, bevor das Schicksal mir Carmen geschickt hat. Meine Geliebte ist sprachlos, als Betty, die dasselbe rote Kleid anhat, das sie an dem Tag getragen hat, an dem ich der Liebe meines Lebens begegnet bin, auf ihren High Heels, ihrem Markenzeichen, hereinstöckelt. Nachdem sie mir einen Dankesbrief geschickt hat, zusammen mit den fünfzig Dollar, die ich ihr vorgestreckt hatte, haben Carmen und ich den Kontakt aufrechterhalten.

Carmen traut ihren Augen nicht. »Was zur ... Betty?«

Betty umarmt meine verblüffte Liebste und reicht mir dann das Samtkästchen mit dem Ring. »Ich hab euch beide so gern«, flüstert sie.

Während meine Liebste immer noch daran knabbert, dass Betty hier ist, sinke ich vor Carmen auf ein Knie.

Sie stößt ein unelegantes Quietschen aus und schlägt sich dann eine Hand vor den Mund, während ihr Tränen in die Augen steigen.

»Nächste Woche ist es genau ein Jahr her, dass wir uns kennengelernt haben.«

Sie schüttelt den Kopf. »Nein, das ist eine Woche später.«

Jetzt schüttle ich den Kopf. »Der kommende Dienstag vor einem Jahr war ein in vielerlei Hinsicht weltbewegender Tag für mich.«

Sie wirft mir einen strengen Blick zu, der mich davor warnt, das Wort »Gefängnis« in den Mund zu nehmen, wenn ich mir den wichtigsten Moment meines Lebens nicht ruinieren will.

»Seit jenem ersten Tag, als du mir auf beinahe verbrecherische Weise das Herz gestohlen hast …«

Natürlich versteht sie meinen Witz und schnappt nach Luft, weil ich so scharf daran vorbeischramme, ihr Geheimnis zu verraten.

»Du hast im vergangenen Jahr mein Leben auf jede nur denkbare Weise verändert. Du hast meinen Albtraum in ein Märchen verwandelt, das so wunderschön ist, dass ich es immer noch nicht wirklich glauben kann. Ich liebe dich mehr als Priscilla, und du weißt, dass das die höchste Ehre ist, die allein du erreichen kannst.«

Carmen lacht, auch wenn ihr Tränen über die Wangen laufen.

»Ich verspreche, dass ich immer auf deine Morgenmuffeligkeit Rücksicht nehmen werde und an den Wochenenden die Versorgung mit *cortadito* gewährleiste.«

Auf das Stichwort hin kommt Juanita aus der Küche, mit einem Pappbecher ihres Wundertranks, den sie Carmen reicht, bevor sie sich vorbeugt und ihr einen Kuss auf die Wange gibt. »Alles Gute, *amiga*.«

»Ich kann einfach nicht glauben, dass du hier bist«, sagt Carmen unverkennbar verblüfft.

»Das hätte ich mir um nichts in der Welt entgehen lassen.«

Ich drücke Carmens linke Hand, um sie daran zu erinnern, was wir hier gerade machen. »Willst du mich heiraten und mir erlauben, den Rest meines Lebens mit dir zu verbringen, was das Einzige ist, was ich mir für den Rest meines Lebens wünsche?«

Sie weint und nickt heftig dazu, bevor ich am Ende meiner Frage angekommen bin. »Ja. Ja!«

Ich stecke ihr den funkelnden Zweikaräter, den ich schon vor Monaten besorgt habe, an den Ringfinger und stehe auf, um sie in meine Arme zu ziehen und zu küssen, während die Familie wie verrückt klatscht und in Jubelgeschrei ausbricht, in das sich Pfiffe mischen.

Nona betupft sich die Augen und gibt den Kellnern ein Signal, die daraufhin Tabletts mit Champagnergläsern hereintragen und an alle Erwachsenen verteilen.

Vincent und Vivian sind plötzlich bei uns und heben ihre Gläser.

»Auf unsere wunderschöne Tochter und unseren großartigen zukünftigen Schwiegersohn, Carmen und Jason. Herzlichen Glückwunsch.« In Vincents Augen schimmern Tränen. »Wir lieben euch beide so sehr. Möge euch gemeinsam ein langes und glückliches Leben beschieden sein.«

»Hört, hört«, ruft Len und hebt sein Glas, toastet uns zu, eine Geste, die Carmen und mich sehr glücklich macht.

Carmen und ich haben kaum eine ungestörte Sekunde an diesem Nachmittag, doch sie ist direkt neben mir, während wir die Glückwünsche unserer Lieben entgegennehmen. Meine Mom und Ben müssen um drei los, um den Flieger zu erwischen, versprechen aber, schon bald für einen längeren Besuch zurückzukommen.

Die Feierlichkeiten gehen noch lange weiter, sodass am Ende alle mit anpacken, um das Restaurant rechtzeitig zur regulären Öffnungszeit um vier Uhr nachmittags herzurichten.

Wir schaffen es gerade so, bevor die ersten zahlenden Gäste eintreffen.

»Der zweitbeste Tag meines Lebens«, sage ich zu Carmen, als wir schließlich in Priscilla sitzen und nach Hause fahren, beladen mit Resten, die dafür sorgen, dass wir in der ganzen nächsten Woche keine Lebensmittel einkaufen müssen. Wir haben auch viel Besseres zu tun, als prüfend Avocados zu drücken, was Teil unseres sonntäglichen Rituals geworden ist.

Ihre linke Hand liegt auf meinem Bein, und der Diamantring glitzert in der späten Nachmittagssonne. In wenigen Wochen wird es zu heiß sein für das Cabrio. »Was ist dein allerbester Tag?«

»Der nächste Dienstag vor einem Jahr.«

»Der war besser als heute?«

»Ja, klar. Werden wir je die beiden Stippvisiten im Gefängnis am selben Tag vergessen?«

»Die würde ich eigentlich liebend gern vergessen. Ich muss unbedingt was mit dir anstellen, damit du mich endlich lässt.«

»Also, ich hätte da ein paar Ideen.«

»Glaub mir, ich kenne all deine Ideen.«

»Du hast gerade mal den Anfang gesehen. Warte nur, bis wir verheiratet sind.« Ich schaue sie an. »War das heute gut?«

Sie drückt meinen Oberschenkel. »Das heute war besser als gut. Danke, dass du das alles so arrangiert hast.«

»Ich hatte gehofft, dass es okay wäre, wenn ich es dort mache.«

»Es war perfekt.«

»Ich wollte auch, dass es für dich perfekt ist.«

»Das war super.« Ich spüre ihren Blick auf mir, während ich fahre. »Als Tony gestorben ist, war eine der Sachen, die mich am meisten bedrückt haben, dass ich die Person verloren hab, die mich besser gekannt hat als jeder andere. Heute, als du mich gebeten hast, dich zu heiraten, und das vor all den Menschen, die ich so liebe, hast du mir gezeigt, dass ich wieder von jemandem so gut gekannt werde. Das bedeutet mir unendlich viel.«

Ich halte den Wagen an einer roten Ampel an und beuge mich zu ihr hinüber, um ihr einen Kuss zu geben. »Ich bin froh, dass ich dich auf jede nur denkbare Weise kenne.« Dazu wackle ich mit den Augenbrauen, weil heute nicht der Tag dafür ist, traurig zu sein. »Der Ring gefällt dir auch?«

»Er ist einfach unglaublich. Ich liebe ihn.«

»Gut«, antworte ich und atme auf. »Das freut mich.«

»Ich kann kaum glauben, dass du dir deswegen Sorgen gemacht hast. Du wusstest doch, dass ich dir sicher bin.«

»Auf keinen Fall. Du hast mich für jeden Schritt nach vorn so hart arbeiten lassen, dass ich Angst hatte, du würdest mir vor allen eine Abfuhr erteilen.«

»Quatsch.«

»Stimmt«, räume ich lachend ein. »Nicht wirklich. Aber ich bin froh, dass wir es hinter uns haben, der Ring an deinem Finger steckt und du zugestimmt hast, meine Frau zu werden.«

»Und ich kann es gar nicht erwarten, deine Frau zu werden.« Sie schaut mich voller Liebe an. »Ich hab gehört, du warst gestern bei Len und Josie.«

»Natürlich war ich da. Sie hatten es verdient, zu wissen, was ich vorhatte, und ich wollte ihre Unterstützung. Außerdem wusste ich, dass es dir wichtig sein würde.«

»Das hast du genau richtig gemacht, Jason. Danke.«

Dass sie damit zufrieden ist, bedeutet mir alles. »Ich möchte bald heiraten.«

»Wie bald?«

»Diesen Herbst?«

»Das ist ja in nur drei Monaten!«

»Ja, das haut ungefähr hin.«

»Du willst in drei Monaten heiraten.«

»Ich würde es auch morgen tun, aber irgendwie glaube ich nicht, dass du da mitspielst.«

»Da liegst du genau richtig.«

»Also in drei Monaten?«

»Du kannst wirklich nicht länger warten?«

»Nein, unmöglich.«

»Dann, vermute ich, ist es nur gut, dass meine Eltern ein Restaurant haben.«

DANK DER AUTORIN

Danke, dass Sie Carmens und Jasons Geschichte gelesen haben. Ich hoffe, es hat Ihnen so viel Spaß gemacht wie mir das Schreiben. Die ersten paar Kapitel (bis zu der Stelle, wo sie das erste Mal essen gehen) habe ich vor über zehn Jahren zu Papier gebracht und mir seither gewünscht, noch mal etwas damit anzufangen.

Südflorida hat in meinem Leben eine wichtige Rolle gespielt, und ich wollte schon immer die Handlung eines Buches dort ansiedeln. Mein Vater war in den Fünfzigerjahren am Embry-Riddle-Luftfahrtinstitut, als es sich noch in Miami befand (inzwischen ist es eine Hochschule geworden und nach Daytona Beach umgezogen). Er hat sich in Südflorida verliebt und wäre dort auch dauerhaft geblieben, nur war er das einzige Kind einer verwitweten Mutter, die in Rhode Island lebte. Glücklicherweise für mich (und meinen Bruder) ist er also nach Rhode Island zurückgegangen, wo er meine Mutter kennengelernt und als Flugzeugmechaniker gearbeitet hat, letztlich sogar seine eigene von der FAA zertifizierte Flugzeugwerkstatt hatte.

Aber er hat jede sich bietende Gelegenheit genutzt, um nach Südflorida zurückzukehren. Als Kind bin ich im Swimmingpool des Fontainebleau geschwommen, an den sich Carmen aus ihrer Kindheit erinnert, habe Zeit in Key Biscayne und Fort Lauderdale verbracht, wo meine Eltern den Winter über waren, nachdem sie sich zur Ruhe gesetzt hatten. Meinem Dad hat es dort so gut gefallen, und daher haben auch wir es sehr gemocht. Während ich das Buch geschrieben habe, war ich zweimal in Miami und hab jede Minute genossen – ganz besonders, weil ich Carmens und Jasons Geschichte an einem Ort spielen lassen konnte, der mir selbst so viel bedeutet.

Ich bin dankbar, dass Alison Dasho und das Montlake-Team von dem Projekt genauso begeistert waren wie ich. Nachdem Sie fertig gelesen haben, werden Sie bitte Mitglied der englischsprachigen Lesergruppe zu dem Buch auf Facebook (facebook.com/groups/HowMuchIFeelReaderGroup), wo man nach Herzenslust über alles, was mit dem Buch zu tun hat, reden kann und wo Spoiler erlaubt sind. Und tragen Sie sich auch für meinen Newsletter auf marieforce.com ein, und folgen Sie mir auf Facebook (facebook.com/marieforceauthor) und Instagram (@marieforceauthor).

Ein Riesendank geht an Laura Ortiz, die in Little Havana aufgewachsen ist und mir bei zahllosen Details geholfen hat, mir sogar ein Carepaket mit kubanischen Spezialitäten geschickt hat, während ich die Geschichte geschrieben habe. Danke an meine langjährige Leserin-Freundin aus Miami, Mona Abramesco, die mich mit Laura bekannt gemacht hat. Mona und Laura haben auch alles vorab gelesen, was unglaublich hilfreich war, und Mona hat mich mit dem köstlichen kubanischen Essen in Miami versorgt. Danke auch an Tracey Suppo und Joyce Lamb für das sorgfältige Gegenlesen.

Während ich in Miami war, habe ich in der Gegend einen Lunch für Leserinnen veranstaltet. Zu dem Zeitpunkt hatte ich die Arbeit an dem Buch weitestgehend abgeschlossen und war vor Ort, um ein paar zusätzliche Details zu recherchieren. Bei dem Essen war auch Carmen Morejon anwesend, die aus Kuba nach Miami gekommen ist, als sie zehn Jahre alt war, begleitet von ihrem fünfjährigen Bruder. Ich hatte so viele Fragen über ihre Erfahrungen, und Carmen hat mir großzügig alles erzählt und mir versprochen, das noch unfertige Manuskript zu lesen. Die Hilfe so unglaublich wunderbarer Leute zu erfahren und ihre Geschichten zu hören ist der beste Teil an diesem wunderbaren Job, und es war mir ein wahres Vergnügen, Sie kennenzulernen, Carmen, und die anderen Leser aus der Gegend um Miami, die zu dieser Geschichte beigetragen haben. Ich bin für Ihre Großzügigkeit und Ihre Hilfsbereitschaft unendlich dankbar!

Mein aufrichtiger Dank gilt Gwendolyn Neff, Lizbeth Silva Costa, Carmen Morejon, Dinorah Shoben, Tia Kelly, Miriam Ayala, Emma Melero Juarez, Stephanie Behill, Angelica Maya und Isabel Acevedo, die das Manuskript speziell auf sensible Themen hin gelesen haben. Und wie immer danke ich auch meinen ausgezeichneten Beta-Leserinnen Anne Woodall und Kara Conrad. Ein fröhlicher Gruß an Angel, meine wunderbare Fremdenführerin in Little Havana. Unser gemeinsamer Nachmittag hat mir großen Spaß gemacht.

Meinen vielen Lesern, die meine Fragen zu den inneren Abläufen in Krankenhäusern so geduldig und hilfreich beantwortet haben, danke ich ebenso wie Sarah Hewitt, der Hausärztin, die mir dabei geholfen hat, Jasons Karriere und seine Forschungsarbeit glaubhaft darzustellen. Dass es Sarah gibt, ist für mich ein Geschenk des Himmels.

Und natürlich danke ich auch bei diesem Buch dem fantastischen, dynamischen Team, das mich Tag für Tag unterstützt: Julie Cupp, Lisa Cafferty, Holly Sullivan, Nikki Haley, Tia Kelly und Ashley Lopez. Ebenso von Herzen Dank meinem Team zu Hause: Dan, Emily, Jake, Brandy, Louie und Sam Sullivan.

Und schließlich den Leserinnen, die meine Bücher unterstützen, egal, wohin meine Muse mich führt: Sie alle geben mir jeden Tag das Gefühl, vom Glück begünstigt zu sein.

Alles Liebe

Marie

Hat Ihnen dieses Buch gefallen? Möchten Sie informiert werden, wenn Marie Force ihr nächstes Buch veröffentlicht? **Dann folgen Sie der Autorin auf Amazon.de!**

1) Suchen Sie auf Amazon.de oder in der Amazon App nach dem eben gelesenen Buch.

2) Klicken Sie auf den Namen der Autorin um auf die Autorenseite zu gelangen.

3) Klicken Sie auf den »Folgen«-Button.

Noch schneller gelangen Sie zur Autorenseite, indem Sie diesen QR-Code mit Ihrem Smartphone oder Tablet scannen:

Wenn Sie dieses Buch auf einem Kindle eReader oder in der Kindle App lesen, wird Ihnen automatisch angeboten, der Autorin zu folgen, sobald Sie die letzte Seite des Buches erreicht haben.

Zeitfracht Medien GmbH
Ferdinand-Jühlke-Straße 7
99095 Erfurt, Deutschland
produktsicherheit@kolibri360.de

Druck:
CPI Druckdienstleistungen GmbH
im Auftrag der
Zeitfracht Medien GmbH
Ein Unternehmen der Zeitfracht - Gruppe
Ferdinand-Jühlke-Str. 7
99095 Erfurt